Vencida

Hope Tarr

Vencida

Vencida

Serie: *Los hombres de Roxbury House.*

Título original: *Vanquished. The Men of Roxbury House.*

© Hope Tarr
© de la traducción: Rosa Fragua Corbacho

© de esta edición: Libros de Seda, S.L.
Paseo de Gracia 118, principal
08008 Barcelona
www.librosdeseda.com
info@librosdeseda.com

Diseño de cubierta y maquetación: Germán Algarra
Imagen de la cubierta: © Alinari Archives/CORBIS

Primera edición: abril de 2013

Depósito legal: B. 8549-2013
ISBN: 978-84-15854-00-5

Impreso en España – Printed in Spain

Queda rigurosamente prohibida, sin la autorización escrita de los titulares del copyright, bajo las sanciones establecidas por las leyes, la reproducción total o parcial de esta obra por cualquier medio o procedimiento, comprendidos la reprografía y el tratamiento informático, y la distribución de ejemplares mediante alquiler o préstamo públicos. Si necesita fotocopiar o reproducir algún fragmento de esta obra, diríjase al editor o a CEDRO (www.cedro.org).

A mi madre, Nancy Louise Tarr,
por su apoyo firme y su incondicional
amor de madre, con mucho cariño.

Agradecimientos

Vencida fue el primer libro que publiqué tras un paréntesis de tres años en mi actividad como escritora de novela romántica, así que, para mí, representó un renacer en todos los sentidos, tanto en lo profesional como en lo personal. Como siempre que se vuelve a algo que se ha dejado, escribirlo comportó también que me pasara más de una noche en vela y un tiempo con cierta inseguridad, que a veces se hacía dolorosa. Sin embargo, no sería justo por mi parte olvidarme de agradecer a las siguientes personas, amigos y colegas, todo el amor, el apoyo y el ánimo que me brindaron. Y antes que nada, me gustaría expresar mi mayor agradecimiento a Earl Pence. Diecisiete años de firme y cariñosa relación no suceden por casualidad y los maravillosos recuerdos surgidos en todo este tiempo son mucho más de lo que el corazón de un escritor puede albergar.

Muchas gracias, con todo el cariño, a mi madre, Nancy Louise Tarr, por haber sido siempre ese puerto seguro en el que amarrar, por darme ánimos y por su amor incondicional. Siempre ha estado ahí cuando más lo necesitaba.

Gracias a Marvin y Clara Pence, mi segunda familia. Os echo de menos mucho más de lo que soy capaz de expresar con palabras.

Mi más cálido agradecimiento para mi mejor amiga, Lisa Davila, por hacerme reír y, a ratos, dejarme llorar, así como a Susan Shaver y a Nancy Greer por ser las mejores colegas de este planeta.

También quiero dar las gracias a Terri Wright (que escribe con el seudónimo de T.A. Ridgell), Lori Pepio, Pamela Moniz, Paul Lewis,

Karen Derrico, Carole Bellacera y Christopher Whitcomb por entenderme como solo otros escritores pueden hacerlo.

Muchas gracias a Kathy Liu, lectora de romántica, por su inestimable ayuda a la hora de responder a mis preguntas acerca del movimiento sufragista en Londres. Y dicho esto, cualquier error al respecto que haya en este libro es enteramente culpa mía.

Finalmente, quisiera dar las gracias a mis editoras de los diversos países en los que *Vencida* ha visto la luz, por creer en la historia de amor de Hadrian y Callie.

Prólogo

«En primer lugar, debo afirmar que resulta evidente que la prostitución existe, y florece, porque también hay una demanda del servicio que se oferta.»

WILLIAM ACTON, *La prostitución, vista desde sus aspectos morales, sociales y de salud*
2ª Edición, 1870.

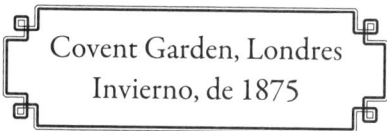

Covent Garden, Londres
Invierno, de 1875

Una nueva ráfaga de viento frío se abrió paso a través de la escasa ropa del muchacho, dibujando en su semblante un temblor que lo recorrió de la cabeza a los pies. La nieve que le caía sobre la piel agrietada no le ayudaba mucho. Aquellos grandes copos, que a primera vista parecían suaves como plumas, le picaban como si fueran ortigas cuando le llegaban a la piel. Si seguía así, cuando amaneciera estaría completamente empapado... Eso si no se moría antes de frío.

Todavía no eran las siete en punto, pero para Harry Stone su miserable situación hacía que le pareciera ya medianoche. Se refugió bajo la columnata porticada de San Pablo, contemplando la escena con los ojos brillantes por el frío. La plaza, que pocas horas antes bullía de actividad, estaba casi desierta, con las farolas de gas titilando y dando un brillo aceitoso a los porteadores que acarreaban de aquí para allá las frutas y verduras que todavía quedaban por recoger. Tan pronto como desapareciera el último de ellos, Harry se adentraría en el oscuro mercado y rebuscaría entre los puestos vacíos en busca de algo que llevarse a la boca. Pero, de momento, tenía que esperar.

Deslizó una de sus frías manos dentro del abrigo, en busca de su botellita de ginebra. Tenía los dedos paralizados por el frío, pero aun así la abrió, se la acercó a los labios y la apuró de un trago, dulce y largo. Con un hombro apoyado contra la columna, saboreó el licor que le calentaba las entrañas, verdadero antídoto para resistir la miseria, fuera del tipo que fuese, al tiempo que iba grabando en su mente imágenes de lo que veía, igual que una cámara fotográfica. Llamaría a las fotos *Noche nevada en la plaza de Venus*. Sí, esa es la foto que habría tomado de haber tenido su cámara consigo... Pero no, esta no había sobrevivido al último choque.

Con sus pensiones y sus baños turcos, sus teatros y sus casas de juego, se decía que Covent Garden era el barrio de la ciudad donde había más putas. Harry lo sabía de sobra, pues su madre era una de ellas.

Sin embargo, no quería pasarse la vida mendigando... O al menos no siempre. Algún día, de alguna manera, intentaría ahorrar lo suficiente para comprarse una cámara fotográfica, esta vez una de verdad, y establecerse como fotógrafo. Sería como su ídolo, Roger Fenton, cuyas fotos documentales sobre la guerra de Crimea habían dado la vuelta al mundo. Él tomaría grandes fotos, fotos importantes, fotos que te hicieran sentir que veías las cosas de una manera distinta, como nadie antes nunca lo hubiera hecho.

Pero más que una escena estática, lo que de verdad le apetecía fotografiar con su ojo certero era gente. Personas. *Oda a la gente de la sombra*, la titularía, y su colección de fotografías no dejaba de crecer en su mente. Ya sabía cómo serían, había oído hablar de ellas o podría

documentar sus historias. Polly *la Sifilítica*, alta y rubia, a la que llamaban así porque tenía una llaga a un lado de la boca que nunca parecía curarse. María, aquella italiana bajita y bonita que, con ayuda de una esponja empapada en vinagre, se las apañaba para aparentar que tenía el himen de una virgen cada noche. Y luego estaba Randy Roger, tan solo unos años mayor que Harry pero que aparentaba tener más cuarenta que veinte a consecuencia del opio, del que nunca parecía fumar bastante. Le gustara o no, Harry era ahora uno de ellos, era parte de las sombras de aquel lugar.

Autorretrato de un muchacho apoyado en una columna. Con la cabeza ladeada, los hombros encogidos, las manos en los bolsillos... todo lo que le rodeaba le decía que mejor estar en cualquier otra parte que allí. Aquella no era la escena de un retrato, no era una fotografía en realidad, pues no se le veía la frente, cubierta por unas greñas rubias, y solo se sugería su nariz bien perfilada y se adivinaba la punta de una barbilla cuadrada. Aquellos eran rasgos que tenía en la memoria y que parecían hacerse más borrosos con cada día que pasaba.

Harry no se había mirado en un espejo desde hacía más de un año. Antes, echar un vistazo a su reflejo no había sido una costumbre, sino más bien una ocurrencia inevitable, consecuencia de haber crecido en el Palacio del Placer de madame Dottie, donde había más espejos que jerez o champán y por supuesto eran más abundantes que las buenas comidas, que solo tenían lugar en las ocasiones especiales o cuando llamaba algún cliente importante.

Grandes espejos de marcos dorados cubrían casi todas las paredes; también había espejos que colgaban del techo de las habitaciones donde las mujeres como su madre entretenían a sus «invitados». Además, también estaban los espejos que su amiga Sally colocaba para verlo a él. Por fuera, parecían espejos como cualquier otro, pero por detrás, una vez colgados tapando algún hueco en la pared, permitían ver lo que sucedía en la habitación desde la estancia de al lado. Cuando preguntaba para qué querría alguien ver lo que pasaba en la otra habitación, o que otra persona lo viera, Sally se echaba a reír y le explicaba que las personas, en

general, podían clasificarse en tres grupos: los que hacen, los que miran y aquellos a los que les apetece hacer cualquiera de las dos cosas de vez en cuando. En aquel entonces, Harry no entendía nada de todo aquello. Pero ahora sí.

El ruido que le hacían las tripas lo devolvió a la realidad. El último carro de verduras se estaba marchando. Por fin tenía vía libre cuando observó a un hombre alto con chistera y sobretodo que cruzaba por en medio de la plaza vacía.

Con el corazón latiéndole a toda prisa, se apartó de la columna y corrió por los escalones resbaladizos hasta la calle. Plantándose en medio de su camino, levantó la vista para mirarlo a la cara. La tenía como embotada.

—Por favor, ¿tendría una moneda para que este pobre muchacho pueda cenar esta noche? —se forzó a decir, con los labios tiesos por el frío e intentando esbozar una sonrisa.

El hombre no sonrió, sino que lo miró con desdén y unas cejas espesas que marcaban un inconfundible ceño fruncido. Con sus fieros ojos y pétreas facciones, a Harry le recordó a uno de aquellos metodistas hacedores del bien, el tipo de individuos que predicaban contra los demonios del alcohol en las esquinas de la calle East End y que repartían sopa, y no mucha, en la misión cristiana de la carretera de Whitechapel. Sin embargo, bajo su aspecto piadoso, Harry podía sentir su ansia, su hambre afilada, no muy distinta de la que veía en algunos de los mejores clientes de su madre. Cielo e infierno, santos y pecadores. Una línea muy fina separaba ambas categorías.

Entonces se fijó en el enorme bastón que llevaba, así como en la manaza que lo sujetaba, y dio un paso atrás.

—Lo siento, señor. Ya me iba.

Se dio la vuelta para echar a correr, con la esperanza de perderse entre la maraña de cajas y cubos de basura que allí había.

—¡Espera, espera!

Y desde atrás sintió cómo una enorme mano enguantada asía su hombro con fuerza.

Aterrorizado y enfadado a partes iguales, Harry se dio la vuelta.

—¡Eh, oiga! ¡Déjeme! Ya le he dicho que lo sentía.

El hombre apartó la mano.

—No te asustes, muchacho. No voy a hacerte daño. Solo quiero hablar contigo.

Aquellos ojos le resultaban sagaces, aunque no desagradables.

Harry observó al hombre de ancha espalda de arriba abajo, desde un ángulo un poco inclinado. Tanto su abrigo como su sombrero eran de calidad, y la empuñadura de su bastón parecía de oro.

—Muy bien —dijo al fin—, pero mi tiempo le costará dinero.

La dureza del rostro de aquel hombre desapareció, aunque Harry no sabía decir si era por pena o por disgusto. Con un suspiro, el caballero se llevó la mano al bolsillo interior del abrigo.

—¿Será esto suficiente?

Entonces se sacó un billete de cinco libras de la cartera y se lo tendió. ¡Un billete de cinco libras! Harry se quedó con la boca abierta.

—Sí, se-ñor —respondió entre balbuceos, al tiempo que cerraba la boca y se metía el billete en el bolsillo antes de que nadie pudiera verles.

—¿Cómo te llamas, muchacho?

Harry dudó. Dar tu nombre a un desconocido, y más cuando en realidad todavía no sabías qué te iba a pedir, era jugársela.

—Eso depende de quien pregunte.

—Yo me llamo William —dijo el hombre.

El chico dudó un instante.

—Harry, me llamo Harry.

Sin embargo, no quiso decir su apellido, «Stone», el de su madre. No lo hizo por pragmatismo y por precaución. William, si es que era ese su verdadero nombre, tampoco le había dicho el suyo. Si las cosas se ponían feas, podría birlarle la cartera a aquel viejo caballero y salir corriendo sin que supiera cómo se llamaba, así que decirle su apellido hubiera sido una estupidez.

—¿Cuántos años tienes, Harry? —le preguntó el hombre mirándolo con ojos solemnes.

«Los suficientes» habría sido la respuesta que le hubiera dado a cualquiera, pero el modo de comportarse de William le obligó a decir algo distinto, a dar una respuesta más seria.

—Catorce, creo. Quizá quince. —Clavando la puntera de la bota en la nieve añadió—: No... No estoy muy seguro.

—¿No tienes padres? ¿Ningún pariente que pueda socorrerte? —preguntó el hombre con voz amable.

Harry no entendía muy bien qué era eso de «socorrerte», pero notó que empezaban a saltársele las lágrimas, y aquello no tenía nada que ver con el frío.

—Solo a mi madre, señor, y está muerta. —Entonces apartó la mirada bruscamente, avergonzado por aquella voz rota que le estaba saliendo, y añadió—: Murió de tifus.

Después de todo, el tifus era una enfermedad respetable, no como la sífilis, que te llenaba de pústulas rojas y hacía que acabaras loco como una cabra. Claro está que, con el oficio que había tenido su madre, también podría haber pillado la sífilis. Pero no, Sally le había asegurado que lo que se había llevado a su madre era el tifus, y aquella era la única mujer en este mundo en la que confiaba.

Después de todo, había que confiar en alguien.

—Ya veo —dijo William. Harry se obligó a mirarle a los ojos, aquellos ojos sabios y amables, y casi pudo creerse que así había sido—. ¿Qué te parecería si te dijera que, si vienes conmigo ahora, te ayudaré a encontrar un empleo en el campo, donde te darán buena comida, ropa limpia y tendrás un sitio donde dormir caliente?

—Se refiere a un asilo para pobres, ¿verdad?

Harry pateó la gruesa capa de nieve que cubría los adoquines, como si quisiera limpiarse aquella odiosa palabra de los labios. Todo el mundo sabía lo que eran, en realidad, aquellos centros: lugares terribles donde los niños trabajaban por el día y rezaban durante la noche, y donde les castigaban si no hacían alguna de las dos cosas con suficiente dedicación.

Una mirada de dolor cruzó el rostro curtido de William.

—Roxbury House no es un asilo para pobres, no se le parece en nada. Es un orfanato fundado y gestionado por la Sociedad de Amigos, los cuáqueros. Su misión es encontrar un hogar cristiano para muchachos que no lo tienen y apartar del pecado a quienes hayan caído en él, así como prepararlos para que tengan una vida productiva y sean personas temerosas de Dios.

Harry se encogió de hombros, aunque en su interior el corazón no dejaba de latirle con fuerza. «Qué demonios tendrá qué ver todo eso conmigo», se preguntaba.

—Ahora mismo, en el orfanato están buscando a un muchacho que pueda trabajar allí como asistente del encargado de mantenimiento de las pistas de deporte. El puesto te permitiría estar al aire libre y hacer ejercicio al tiempo que trabajas en el huerto y en la propiedad.

El único «aire libre» que Harry conocía era el de Londres, contaminado por el polvo del carbón y lleno de olores inmundos. En cuanto a lo de trabajar en un huerto, dudaba que él supiera diferenciar un rábano de un puerro. Sin embargo, cuando cerraba los ojos por la noche, la visión que acudía a su mente y le permitía dormir era la de amplios campos verdes y cielos azul cobalto; la de la leche con la nata flotando por encima, todavía caliente tras el ordeño; la de campos de manzanos donde un muchacho podía darse un festín de fruta con las manzanas de los árboles.

William se agachó hacia él, sin dejar de mirarlo a los ojos.

—¿Te gustaría ocupar ese puesto?

La nieve arreciaba y se iba acumulando sobre los hombros del abrigo de William, lanzando destellos plateados a la vista de Harry. Parecían de plata, sí, plateados, como las alas de los ángeles. Harry se quedó sin respiración sin saber por qué.

«¿Te gustaría ocupar ese puesto?»

¿Podría? Harry empezó a buscar en su interior, en su alma herida. Por fin, una oportunidad para empezar una nueva vida, para hacer algo limpio y bueno. ¿Acaso existían de veras tales oportunidades?

—Sí, señor. Creo que sí —respondió balbuceando, casi temeroso de creer que a él pudiera sucederle algo así.

—Bien, entonces esta noche vendrás a mi casa y mi querida esposa te preparará algo de cena. Mañana nos pondremos en marcha para que te encamines hacia una nueva vida.

Y sin decir más, el hombre se dio la vuelta y se dirigió hacia la calle James, mientras su bastón iba dejando marcas en la nieve según avanzaba. La escena le recordó a Harry una historia que le habían contado de pequeño, en la que un niño y una niña, perdidos en un espeso bosque, habían ido dejando un rastro de miguitas según avanzaban para que los encontraran más tarde.

«Quiero que me encuentren», pensó.

Con el corazón latiéndole a toda prisa, Harry echó a correr tras él. Las finas suelas de los zapatos que calzaba hacían que resbalara sobre la nieve.

—¡Espere! ¡Espere!

Tragándose el aire frío de la noche a bocanadas, Harry siguió corriendo, sin hacer caso de la música de violín, de las risas chillonas y de algún que otro grito de «agua va» que salía por las puertas de las tabernas y los burdeles frente a los que pasaba. Alcanzó a William en Long Acre, justo cuando subía a su carruaje, un vehículo lacado en negro que le pareció impresionante, no muy distinto de los que había visto frente al teatro de Drury Lane, de los que se apeaban los ricachones que asistían a las representaciones.

Antes de que el cochero con librea le diera con la puerta del carruaje en las narices, saltó hacia el interior del vehículo. Exhausto, cayó de espaldas contra el asiento de piel que estaba frente al de William.

El hombre lo miró con ojos serios e inquisitivos.

—Bien, Harry, me parece que no me equivoco al pensar que estás preparado para dejar atrás tu vida de pícaro, ¿a que no?

Antes de que pudiera responder, la puerta del carruaje se cerró. Al final sintió una pequeña vibración en cada centímetro de su tembloroso cuerpo.

Entonces William se acercó a él, pero solo fue para darle una manta de viaje y apuntar hacia dos ladrillos envueltos en franela que había

bajo su asiento. Envuelto en la cálida manta de lana, con los pies sobre aquellos ladrillos calientes, Harry echó la cabeza atrás y la apoyó sobre la superficie de piel. Inhalando aquel confortante olor a cuero, puros y ron de malagueta, se quedó dormido. Cuando abrió los ojos, el carruaje se había detenido y un brazo fuerte y a la vez amable le zarandeaba con suavidad para que se despertara.

Se desperezó y se sentó erguido, horrorizado al darse cuenta de que se había dormido frente a un desconocido.

—¿Dónde? ¿Dónde estamos?

A William no pareció ofenderle su actitud, o por lo menos no lo demostró. Apoyándose en el respaldo de su asiento, agarró con su mano enguantada el mango de su bastón.

—En mi casa de Downing Street. En el número 10, para ser más preciso.

El 10 de Downing Street. ¿De qué le sonaba a Harry esa dirección? No lo sabía. Al sacar la cabeza por la ventanilla y contemplar aquella calle, tan tranquila y elegante, lo único que podía afirmar era que nunca antes había estado allí. Una mujer poco atractiva, de mediana edad, abrió la puerta delantera del carruaje antes de que William tuviera tiempo de pedirlo golpeando con su bastón. Cuando la mujer le quitó al hombre con un movimiento brusco el abrigo empapado y el sombrero y luego lo envió hacia la chimenea de la biblioteca, diciendo que acabaría con fiebre si no entraba pronto en calor, Harry dedujo que aquella debía de ser la «querida esposa» de la que William le había hablado. En cuanto a Harry, pronto se vio envuelto en un cálido edredón y sentado frente a la chimenea de la cocina, con un tazón de delicioso caldo y un pedazo de pan crujiente entre las manos. Después lo dejaron al cuidado de una muchacha rolliza y de cara amable que lo acompañó hasta su habitación tras subir por una gran escalinata. Aquella estancia olía a limpio. Era un olor tan maravilloso que, por un momento, se detuvo para disfrutar del aroma de la ropa de cama lavada y planchada. Aunque pensaba que no podría dormir al pensar en el giro que su vida acababa de dar, cayó exhausto en un profundo

sueño en el instante en que posó la cabeza sobre aquella almohada de plumas de ganso.

A la mañana siguiente, después de haber tomado un baño, haber desayunado bien y haberse puesto ropa limpia, aunque no fuera muy de su talla, se encontró en un andén de la estación de trenes Victoria, con un billete de segunda clase para Kent, que sujetaba en la mano apretándolo, como si tuviera miedo de perderlo.

—Dios Todopoderoso ama tanto al pecador como al santo —le había dicho William poco antes de subir al tren—. Sé buen chico, trabaja duro, ama al Señor y prosperarás.

En los últimos años, cuando Harry recordaba su primer y único encuentro con William Edward Gladstone, el por aquel entonces primer ministro del Reino Unido, lo hacía con alegría y una especie de temor reverencial. Aquel encuentro tan improbable, que se había producido en su vida en una amarga noche de invierno, cuando gobernaba el popularmente conocido como William del Pueblo, marcó el momento en que un muchacho llamado Harry Stone empezó a morir para dar vida a... Hadrian St. Claire.

Capítulo 1

«La negación de mi derecho al voto como ciudadana es la negación de mi derecho a consentir como gobernada, la negación de mi derecho de representación como contribuyente, la negación de mi derecho a un juicio con un jurado compuesto por mis iguales como ofensora de la ley. Es, en definitiva, la negación de mi sagrado derecho a la vida, a la propiedad, a la libertad.»

SUSAN B. ANTHONY,
Los Estados Unidos de América contra Susan B. Anthony, 1873

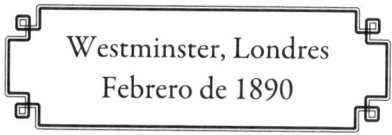

Westminster, Londres
Febrero de 1890

¡Derecho al voto para la mujer ya! ¡Derecho al voto para la mujer YA!

Las voces de las manifestantes se elevaban cada vez con más fuerza, con mayor estridencia, o eso le parecía a Hadrian según cruzaba el puente de Westminster, mientras el viento tiraba de su gabán y su bufanda, amenazando con arrancarle el bombín de la cabeza. Saliendo de la abarrotada calle, sujetó con más fuerza su cámara, una Anschütz alemana con un obturador capaz de captar el movimiento en una milésima de segundo. Había puesto su equipo a prueba aquella tarde en el hospital de St. Thomas, fotografiando una anomalía médica recientemente descubierta. El pobre desgraciado había nacido con un escroto enorme, la piel llena de manchas tumorales y una parálisis crónica que cualquier otra fotografía habría mostrado como poco más que una mancha borrosa. A pesar de todo, emplear su habilidad para convertir a un ser humano en algo mejor que una atracción de circo no era lo que le gustaba a Hadrian. Los ojos tristes del enfermo y su paciencia para posar en las diversas y humillantes posturas que le pedían le hacían sentirse como la peor de las bestias. Muerto de frío, con los pies cansados y ganas de comer, no llegaría a tiempo a su estudio.

Si quería hacerlo, en primer lugar tendría que correr la baqueta para superar a todas aquellas sufragistas que habían tomado la calle donde estaba el Parlamento. Habían acampado allí hacía ya dos días y creado toda clase de problemas de paso para peatones y vehículos. Vestidas en tonos gris oscuro o en color negro, con aire muy serio, la cincuentena de mujeres que se manifestaban bajo aquella lluvia invernal hubieran sido tan fáciles de superar para una comitiva fúnebre como un grupo de políticos protestando, de no haber sido por los carteles que portaban y el alboroto que armaban. Especialmente por el alboroto.

«La señorita Caledonia Rivers hablará sobre la emancipación de la mujer... Caxton Hall, en Westminster... Mañana por la tarde... A las siete en punto.»

Esquivando el tráfico para cruzar a la otra acera, Hadrian no podía dejar de mover la cabeza. El hecho de que cualquier mujer que tuviese un techo y cuatro paredes entre las que vivir saliera a protestar así, a la calle, le resultó chocante. Le pareció una especie de perversa autoindulgencia, una estupidez solo comparable a callejear por los suburbios para repartir comida o visitar una prisión para ver cómo los convictos recogen estopa. No tenía paciencia para eso, ninguna, y cuando alguna mujer de ojos saltones tenía el descaro de plantarle uno de aquellos panfletos en las manos, que ya llevaba de por sí ocupadas, soltaba cualquier palabrota de las que se sabía de sus tiempos en Covent Garden y se escabullía en dirección a la entrada de la plaza.

Hadrian se dio cuenta de su error enseguida. Aparentemente, aquellas brujas, no contentas con llenar las aceras y entorpecer el paso, habían acampado incluso en el parque. Habían levantado una tarima en el centro del césped y otras tantas, también vestidas de negro, se afanaban por encender unas antorchas en torno a su perímetro. Para evitarlas, mantuvo la cabeza baja y miró hacia otro lado, allí donde se veía una puerta de hierro.

El estruendo que provocó el silbato de un guardia desde fuera de la valla del parque hizo que, instintivamente, se diera la vuelta en redondo y, por casualidad, se topara con el suave cuerpo de una mujer.

—¡Oh!

Hadrian miró consternado hacia abajo. La mujer contra la que había chocado y a la que había hecho caer estaba allí, tirada a sus pies, con el sombrero de plumas ladeado y las faldas revueltas. Sobre la hierba escarchada, a un lado, yacía una carpeta de piel abierta, abarrotada de papeles.

Hadrian se agachó junto a ella.

—Señora, ¿se encuentra bien?

Soltó la cámara y le pasó un brazo por debajo de los hombros.

La mujer rechazó su ayuda con un manotazo. A pesar de que su rostro aparecía oscurecido por un velo de sombrero completo y enmarcado por unas gafas de alambre, sus ojos verdes centelleaban.

—Señorita, en realidad —apostilló la joven, al tiempo que se abría paso con un codazo y se alisaba de inmediato la falda, aunque no antes de que Hadrian pudiera percibir bajo la tela unos preciosos tobillos—. Y sí, estoy bien. Y estaría mejor si usted se fijara en por donde pisa —le espetó.

Con el sombrero de plumas medio roto, se arrodilló y se puso a recoger los papeles que se le habían caído.

Para Hadrian, la cortesía era algo innato cuando se trataba de una mujer, uno de los pocos valores que tenía, y el único que le convertía en un caballero de hecho, aunque no lo fuera por nacimiento. Así pues, en

lugar de seguir discutiendo, argumentando que ella tampoco se había fijado en por dónde iba, alargó la mano para ayudarla a recoger los papeles.

—Permítame, por favor —le dijo.

Bajo el peso de aquel horrible sombrero, la mujer consiguió erguir la cabeza.

—Creo que por hoy ya me ha ayudado bastante.

No había acabado de decir estas palabras cuando, de repente, se levantó un aire endemoniado y esparció sus papeles a los cuatro vientos.

De nuevo, se agachó para recogerlos.

—¡Mis papeles! —gritó, al tiempo que se levantaba la falda y echaba a correr por el parque. Entonces volvió la cabeza y dijo—: Vamos, no se quede ahí pasmado. ¡Haga algo!

Rogando por que su cámara fotográfica siguiera en el mismo sitio a su vuelta, Hadrian la dejó y echó a correr tras ella. Con aquel espantoso viento en contra, consiguió rescatar una hoja de un barrote de hierro y atrapó otra al pie de la estatua de Benjamin Disraeli. Ante la insistencia de la dama, alcanzó dos hojas más que se habían quedado enganchadas en lo alto de la copa de un roble, con el que se arañó. Corto de resuello, lleno de arañazos y luciendo un desgarrón en el abrigo, se metió los últimos papeles que había conseguido atrapar y se bajó del árbol. Al saltar al suelo, miró con atención la plaza en busca de su víctima, pero parecía como si se hubiese esfumado.

Cuando estaba a punto de abandonar y continuar su camino, la vio, gateando y enterrada tras unos bancales de boj. En pie, tras ella, la tocó con suavidad en la espalda.

—¿Qué demonios cree que está haciendo?

—Recogiendo mis papeles, por supuesto —dijo ella con una voz apagada que llegaba desde debajo de las ramas.

Salió de su escondite, con las plumas a media asta y sujetando con un guante mugriento una maraña de papel de vitela.

Esta vez sí aceptó sin quejarse la mano que él le ofrecía. Cuando ambos estuvieron cara a cara, él se dio cuenta de que era alta, aunque no superaba su más de metro noventa de estatura. La novedad de mirar a

una mujer a los ojos le llevó a fijarse con más detalle en ella a través de su velo. No era una gran belleza, pensó, ni tampoco una jovencita inexperta. Arriesgándose a hacer un pronóstico, pensó que tendría unos treinta, quizás uno o dos años más que él, una solterona, a juzgar por el apelativo «señorita» y su triste vestimenta. Aun así, aquellos ojos tan vivos que brillaban bajo unas pestañas negras le resultaban expresivos y fascinantes, además de que su boca carnosa y las formas suavemente angulosas de su mandíbula completaban un retrato bastante agradable.

Atrapado en esa mirada, fue la tos discreta de ella la que le recordó que tenía un montón de papeles en el bolsillo.

—Creo que aquí están todos —dijo él dándoselos.

—Gracias —repuso ella, tomándolos de su mano.

Al agarrar los papeles, las puntas de sus dedos enguantados rozaron los de él, de manera que su calor le llegó hasta lo más profundo y despertó su deseo. Mientras ella guardaba los papeles en la cartera que llevaba, se dio cuenta de que se había manchado el abrigo de barro y hojas secas.

—Por Dios, estoy hecha un desastre —dijo, tratando de limpiarse con un guante que, en realidad, estaba sucio—. Es que no hay manera de que me acuerde de llevar siempre un pañuelo en el bolso.

Hadrian buscó en sus bolsillos.

—Aquí tiene el mío —dijo apretándolo sobre la palma de la mano de ella y, una vez más, sintiendo ese calor tan peculiar que aquella mujer encendía en él.

La joven aceptó con una graciosa sonrisa y se puso a limpiarse.

—Gracias... otra vez.

Enderezándose completamente, le devolvió el pañuelo.

Hadrian estaba de buen humor y negó con la cabeza.

—Quédeselo. De veras, es lo mínimo que puedo hacer después de haberla poco menos que arrollado.

Ella se echó a reír y, al hacerlo, Hadrian oyó un airoso tintineo que le hizo pensar en las campanillas que su casera insistía en colgar en la puerta trasera de su casa.

—Muy bien... Como guste.

Ella se guardó el pañuelo de hilo en el bolsillo del abrigo y se volvió con la intención de marcharse. Pero entonces se detuvo para mirar atrás.

—Cuidado, no pierda «sus» papeles.

—¿Mis papeles? Oh, vaya.

Por todos los santos, se había dejado su mejor cámara fotográfica y casi se había olvidado de ella. ¿Qué demonios le estaba sucediendo? Mientras echaba a correr para recuperarla, pensó en su apartamento, en el que tan solo le esperaba su gato, y, de repente, se dio cuenta de que no tenía tantas ganas de irse a casa. O, como mínimo, de que no le apetecía hacerlo solo.

—¿Sabe?, no siempre soy un zoquete —le gritó, pensando a toda prisa en algo que decir para retenerla un poco más allí.

—¿Cómo? —dijo ella, todavía a pocos metros de distancia y acercándose la mano a la oreja para oírle mejor.

—He dicho que no siempre soy un zoquete.

—Vaya —dijo ella, tras detenerse a medio paso, como si estuviera pensando en lo que acababa de oír—. Bueno, la verdad es que yo tampoco suelo comportarme como si fuera una anciana.

Con su cámara en mano, corrió hasta acercarse a ella dando tres zancadas ridículas.

—¡Dichosas manifestantes! Ocupan toda la maldita calle, como si cada adoquín y cada estatua fueran suyos, y se dedican a esparcir por ahí esa basura de folletos a todas horas molestando a todo el que pasa. Por eso crucé por el parque, para evitarlas.

Ella asintió con una bonita sonrisa en los labios, rosados y carnosos, mientras contemplaba el espacio que les rodeaba.

—Pues me temo que no ha tenido éxito en su intento.

—Sí, es cierto. No lo he conseguido.

Hadrian echó un vistazo por encima de su hombro y se percató de que ambos eran el centro de no pocos cuchicheos y miradas. Su loco arranque había ofrecido a los demás un espectáculo bastante divertido.

En general, darse cuenta de algo así le hubiera puesto de mal humor y, sin embargo, en esta ocasión ni siquiera le importó.

—Hay una tetería justo al volver la esquina. ¿Me permite enmendar lo sucedido invitándola a tomar una taza de té? —se oyó decir.

Ella negó con la cabeza. Parecía adorablemente tímida y mucho más joven de lo que había apreciado en un principio, cuando estaba todavía enfadada y con los labios apretados.

—No hace falta. Además, tengo... una cita que atender.

Ah, sí, claro, la cita a la que llegaría tarde por su culpa. Un hombre como es debido aceptaría la derrota y la dejaría marchar. Sin embargo, al imaginarse lo espléndida que estaría sin todas aquellas horribles ropas que ocultaban su cuerpo, en su cama, solo cubierta por una sábana, pensó que valía la pena insistir.

—Va a llegar tarde de todos modos. ¿Por qué no pospone su cita, por lo menos hasta que haya entrado en calor?

Ella movió la cabeza, provocando con ello que las plumas de aquel sombrero roto que llevaba se movieran como una vela retorcida.

—No puedo. De verdad, tengo que marcharme.

La firmeza con que lo dijo le hizo comprender que en esta ocasión había ido demasiado lejos y que, ahora sí, ella quería irse.

—Bien, de acuerdo. Quizá volvamos a chocar alguna otra vez.

Hadrian se puso entonces a buscar una tarjeta de visita en el bolsillo de su americana, como si quisiera, a su vez, que ella le dijera cómo se llamaba.

—Sí, puede —dijo ella, aunque pudo ver en sus ojos que no había esperanza de que tal cosa sucediera.

La mujer se volvió para marcharse y Hadrian supo que no tendría otra oportunidad de verla. Esta vez sí, el adiós parecía definitivo.

Antes de que pudiera dar un paso, una mujer bajita y rechoncha, con el pelo canoso y una bufanda de caballero enrollada alrededor de su corto cuello, se apresuró a interceptarla.

—Gracias a Dios, Callie. ¿Qué te ha pasado? Estaba fuera de la puerta de la verja y acabo de enterarme de lo que ha pasado.

Bajo su velo, Callie se sonrojó.

—Cálmate, Harriet. Estoy bien. Me he caído y los papeles que llevaba en la cartera salieron volando por ahí, eso es todo —dijo, dejando escapar una mirada tímida hacia Hadrian—. Por suerte, este caballero me ha ayudado.

Tras sus gafas de pasta, los ojos saltones de Harriet se dirigieron a la funda de la cámara que Hadrian llevaba en una mano.

—No sé en qué clase de periódico trabaja usted, señor, pero si su idea es levantar un escándalo y destrozar el nombre de la señorita Rivers a base de acosarla y fotografiarla así, con este aspecto, será mejor que se lo piense dos veces.

Desprevenido, Hadrian se sorprendió cuando desde la cercanía de la tarima alguien con un megáfono en la mano empezó a hablar.

—La señorita Caledonia Rivers va a decir unas palabras. Cinco minutos, señoras. Cinco minutos...

Callie Rivers. Caledonia Rivers. Justo en ese momento, Hadrian se dio cuenta. La misteriosa mujer era una de ellas... ¡una sufragista! ¡Y no era una sufragista cualquiera, sino su líder! Mirándola bajo una nueva perspectiva, se dio cuenta del abrigo de solterona que llevaba, de aquel sombrero horrible que lucía como tocado y de la cartera en la que guardaba sus «importantísimos» papeles. Se preguntó entonces cómo una sonrisa bonita y un par de tobillos bien torneados habían logrado convertirlo en un idiota total.

La miró. Se sentía como si alguien acabara de darle un bofetón.

—Así que esta era la cita a la que tenía tanta prisa en llegar, ¿verdad?

—Pues sí —dijo ella, primero asintiendo con brusquedad y luego de la manera más correcta posible, como si estuviera en medio de un asunto de negocios.

Ahora que su sorpresa inicial se estaba desvaneciendo, podía tomar conciencia de lo irónico de su situación. Resulta que la primera mujer que le había llamado la atención en muchos años era nada menos que la laureada campeona de una causa que él aborrecía.

—Para que no quedemos como extraños, permítame que le diga cómo me llamo: mi nombre es St. Claire, Hadrian St. Claire.

Para entonces, ya había encontrado una de sus tarjetas de visita y la sorpresa inicial se le había pasado. Le dio la tarjeta.

—No soy periodista. Soy fotógrafo. Mi estudio no queda lejos de aquí, en Great George. Mi especialidad son los retratos.

Ella se guardó la tarjeta de visita en el bolsillo sin mirarle.

—Me temo que no me gusta mucho que me fotografíen —dijo.

—Pues es una lástima. Resulta usted de lo más intrigante —replicó Hadrian, que, como no tenía nada que perder ahora que sabía quién era ella y a qué se dedicaba, y, por supuesto, tenía claro que no iba a interesarse por alguien así, la miró directamente a aquellos bonitos ojos, ahora mortificados, y añadió—: Debería haberla reconocido de los grabados de los periódicos, aunque la verdad es que no le hacen justicia. Es usted mucho más bonita y más joven de lo que pensaba.

Bajo su velo, pudo ver cómo las mejillas se le sonrojaban y pasaban del rosa pálido al fucsia. A pesar de eso, Callie le sostuvo la mirada.

—Creo que quiere burlarse de mí, señor.

—En absoluto, señorita. Si hay alguien aquí de quien puedan reírse, ese soy yo —dijo él mirando a un grupo de jovencitas que no les quitaban los ojos de encima y se reían en cuchicheos, tapándose la boca con los guantes.

Harriet lo atravesó con una mirada afilada antes de darle la espalda.

—Vamos, Callie —reclamó la mujer, agarrando a su amiga del brazo y tirando de ella para llevársela.

—Señoras —dijo él saludando con su bombín a las dos, aunque fue a Caledonia Rivers a quien siguió con la mirada mientras esta se apresuraba hacia la tarima, con la falda llena de barro y aquel sombrero destrozado que iba perdiendo las plumas al viento según avanzaba.

Así que aquella era Caledonia Rivers, la portavoz de las sufragistas que llenaba los titulares de todos los periódicos. ¿Cómo la llamaba la prensa? Ah, sí, la «doncella de Mayfair». A diferencia de muchas de sus compañeras, cuya reputación rayaba los límites de la respetabilidad, Caledonia Rivers tenía fama de ser buena y virtuosa, aunque no lo suficiente como para flirtear un poco en un parque público. Menuda hipocritilla.

Él solo le había hecho un cumplido para torturarla y, aunque lo hubiera dicho de una manera indirecta, todo era cierto. La mujer de carne y hueso con la que había pasado los últimos minutos, escasos y deliciosos, poco tenía que ver con la amazona austera que salía en los periódicos.

En cuanto a eso de que fuera «doncella», era una lástima no tener la oportunidad de comprobarlo personalmente.

✳ ✳ ✳

—La verdad, Harriet, es una pena que no te hayas dedicado a tu verdadera vocación. Tendrías que haber sido detective —le dijo Callie bromeando cuando ya se habían subido a la tarima, con el discurso hecho un desastre en una mano—. Supuse que lo que llevaba en esa especie de bolso eran documentos.

Harriet se encogió de hombros.

—Solo sé un par de cosillas sobre las cámaras fotográficas, eso es todo. De haber pensado con claridad, me habría dado cuenta de que ese tipo, que parece un modelo alemán, está muy lejos de ser uno de nuestros chicos de Fleet Street.

Callie ya conocía bastante bien por entonces a la mayoría de los fotógrafos de prensa, si no por su nombre, por lo menos de vista. Estaba bastante segura de que nunca antes había visto al señor St. Claire. No, pues de lo contrario lo habría recordado muy bien.

—Aun así, no me fío de él —siguió diciendo Harriet con el ceño fruncido—: Tiene una mirada lasciva.

Al recordar cómo aquellos ojos azules parecían querer desnudarla para dejar expuestas sus curvas no pudo evitar sonrojarse. Para cambiar de tema, tuvo que recurrir a bajar la vista hacia los papeles que se suponía estaba poniendo en orden.

—De verdad, me pareció un joven bastante agradable.

Sí, agradable, aunque también superior a los demás y con el malvado encanto de diez hombres juntos. Con su impresionante mirada, de-

jaba ver con claridad que era alguien acostumbrado a conseguir lo que quería de las mujeres. Pero dejando de lado las miradas y su encanto, no había motivo para que ella tuviera que coquetear con él. O quizá sí. Tal comportamiento, completamente inocente de su parte, resultaría peligroso. Se convertiría en carne de cañón para las crónicas sensacionalistas y eso la llevaría seguro a despertar a las lenguas más afiladas, incluso en el movimiento sufragista. Con el asunto del voto femenino a punto de llegar a la cámara de los Comunes a finales de mes, no había peor momento para arriesgarse tontamente. Desde que la prensa la había bautizado con ese estúpido calificativo, «doncella de Mayfair», sus enemigos de la oposición conservadora se fijaban en ella ahora mucho más que antes, decididos a pillarla en alguna situación escandalosa o, como mínimo, embarazosa. La verdad es que habían luchado mucho y habían logrado también mucho como para ahora dejarse pillar en un desliz. No podía defraudar las esperanzas de todas sus compañeras dejándose caer como una torre de naipes. Su mentora, la señora Fawcett; los miembros de la Sociedad Londinense para el Sufragio Femenino, de la que la señora Fawcett era la presidenta; las mujeres que desafiaban el frío tras los barrotes de las vallas de los parques, en definitiva, todos los que confiaban en ella para que les llevase a la victoria.

No podía ni debía dejarlos ahora.

Sin embargo, a pesar de todas esas consideraciones, lo cierto era que había pasado mucho tiempo desde que alguien, un hombre, le había dicho que era bonita.

※ ※ ※

Tarareando una canción de baile, Hadrian caminó hacia el oeste, hacia el lugar donde la calle Bridge se convertía en Great George. Preocupado, pensando en Caledonia Rivers y en su rostro sonrojado bajo aquel velo, tomó el atajo habitual por el callejón que discurría por la parte trasera de su estudio. Entonces llegó hasta sus oídos el ruido de dos pares de fuertes pisadas, pero fue demasiado tarde. Volvió la cabeza para mirar atrás y se topó con dos figuras enormes que le resultaban familiares. Se acercaban. La boca se le quedó seca al darse cuenta de quiénes eran: Sam Sykes y aquel cobrador de morosos, Jimmie Deans. ¡Mierda!

Atrapado, lo mejor que podía hacer era esconder su cámara fotográfica en el primer cubo de basura que encontrase y dar la vuelta para enfrentarse a ellos con la esperanza de que, una vez más, la suerte le acompañara.

—¿No iréis a decirme, muchachos, que habéis venido a que os haga un par de retratos, verdad? —dijo forzando una sonrisa, aunque lo cierto era que no dejaba de pensar cuántos dientes le dejarían en su sitio tras aquella visita.

Con los pulgares en los bolsillos, Sykes y Deans se detuvieron ante él, desafiantes.

—Primero borra esa estúpida sonrisa de la cara, St. Claire, antes de que lo haga yo —le advirtió Sykes—. Hace tres meses que expiró el plazo para que pagaras tus deudas y Bull quiere sus cuatrocientas libras o que le des otra compensación —dijo muy serio, llevándose la mano a la cabeza afeitada antes de añadir—: Conoces las condiciones de Bull tan bien como yo.

Bull, sí, Bull Boyle, ex boxeador y ahora propietario del emporio del juego Mad Hare, en Bow, un local en el que Hadrian lamentaba profundamente haber puesto el pie. En cuanto a las «condiciones», estaban claras: había que pagar con una libra de la propia carne por cada cien libras de dinero que no se hubieran devuelto en la fecha estipulada. Mirándolo en retrospectiva, Hadrian se decía ahora que eso era algo que debería haber tenido en cuenta antes de jugar, no una mano, ni dos, ni tres, sino hasta cuatro, al bacará contra la casa, a cien libras por partida. Y a crédito. Pero necesitaba el dinero para conseguir comida, un nuevo trípode para su cámara, pagar el alquiler de su estudio y, además, cubrir los gastos de los huérfanos de Sally, que dependían de él para llegar hasta la primavera.

—Dile a Bull que necesito dos semanas más, y que entonces le pagaré todo lo que le debo, y al doble de interés —dijo atrapado.

Sykes le escupió a los pies.

—Palabras, St. Claire. Lo tuyo son siempre palabras. Antes preferiría cortarte esa lengua tan fina que tienes que perder el tiempo escuchando ni una más de tus mentiras —escupió metiéndose la mano en el abrigo, que llevaba abierto, para sacar a continuación una navaja—. Jimmie, vamos, al trabajo.

Deans dio un paso al frente y, con una rapidez impresionante para alguien de su tamaño, sujetó a Hadrian y lo puso contra el muro de piedra.

—¿Por dónde empezamos, por las orejas o por la nariz? —le dijo enseñándole su cara de bulldog, tan cerca que Hadrian casi podía contar los pelillos negros que le salían de cada una de las fosas nasales y tocar los mocos que le caían con cada respiración.

Mientras sujetaba la navaja y el metal destelleaba con la escasa luz que allí había, Sykes se puso a pensar en lo que le había dicho.

—Vamos, decídete.

Oh, Dios, iban a trincharlo como si fuera un pavo de Navidad.

—Tendré el dinero, pero necesito tiempo —dijo Hadrian, con las gotas de sudor resbalándole por la espalda. Inspirado, añadió—: Pronto cobraré un encargo importante.

Sykes frunció el ceño y le acercó el filo de la navaja a la nuez de la garganta.

—¿Cómo de importante?

Hadrian se tragó la respiración mientras un calor pegajoso le bajaba por el cuello de la camisa.

—¿Qué dirías si te contara que voy a fotografiar al príncipe de Gales?

Como las mentiras a veces funcionaban, pensó que esta sería genial. Ojalá Sykes y Deans fueran lo bastante ignorantes como para no saber que una empresa londinense, la de John Mayall, tenía los derechos exclusivos para fotografiar a los miembros de la familia real.

—Pues diría que eres un mentiroso, eso es lo que haría.

—Como quieras, pero lo que sí es cierto es que no podré hacer muy bien esa foto si estoy en el hospital, ¿no te parece? Y quién sabe, quizá Bertie pregunte por qué no he podido hacerle la foto y, en medio del

delirio, puede que, por error, diga uno o dos nombres que lleguen a sus reales oídos, ¿lo entiendes ahora?

Deans, el más tonto de los dos, miró a Sykes para asegurarse.

—Nos está tomando el pelo, ¿verdad, Sam? No conoce al príncipe de Gales, ¿a que no?

Hadrian se encogió de hombros ahora que podía hacerlo, pues Sykes había retirado la navaja de su cuello.

—¿Quién dice que no lo haré, a ver? En cualquier caso, vosotros decidís, muchachos. Por supuesto, si no lo hago, no creo que Bull os dé las gracias por ser los responsables de que la policía le haga una llamadita. Y no hace falta hablar de lo que los muchachos que representan a la ley encontrarían si se dieran una vuelta por su local, ¿a que no? Y Bull, bien, no me extrañaría nada que decidiera ocuparse personalmente de obtener una o dos libras de carne por su cuenta —dijo, puntualizando cada vez con la mirada para que entendieran que cada libra vendría de uno de ellos.

Sykes escupió otra vez y se limpió los labios en la manga de la camisa mientras parecía pensar.

—Muy bien, St. Claire. Tú ganas, por ahora. Tienes dos semanas más, pero transcurrido ese tiempo... —le dijo antes de pasarse un dedo por la garganta, como recordándole que le cortaría el cuello si no pagaba.

Con la cara muy seria, Deans señaló hacia la cicatriz que le cruzaba el mentón.

—A Bull no le va a gustar.

—Dos semanas más y entonces tendrá que pagar quinientas libras, no cuatrocientas. Mientras tanto, le dejaremos que conserve los ojos y las orejas. Bull tiene otros tipos a los que cobrar —dijo Sykes, encogiendo los hombros y echando un ojo a Hadrian, para luego apuntarle a la cara con el índice—. Pero te aseguro, St. Claire, que volveré para cobrar, y, tengas o no tengas amiguitos en las altas esferas, pagarás o acabaremos contigo.

Hadrian los contempló alejarse por el callejón. Una vez hubieron desaparecido bajo la oscuridad del crepúsculo, que lo invadía todo, se

quitó el sombrero y se secó el sudor de la frente con la mano enguantada. En la distancia, alcanzaba a descifrar parcialmente el discurso que se oía a lo lejos.

—Distinguidos colegas... invitados, hermanas... hermanos.

A pesar del eco que levantaba el megáfono, parecido al que se oía en un túnel, se percibía con claridad una voz femenina, fuerte y segura. Era la voz de una mujer, de una líder.

La voz de Caledonia Rivers. ¿Quién se hubiera imaginado que tropezarse con aquella sufragista sería lo mejor del día?

❋ ❋ ❋

Era ya casi de noche cuando Callie se subió a aquel podio improvisado entre los flashes de las cámaras de los fotógrafos de la prensa. Como siempre que se disponía a hablar, el estómago se le revolvía y empezaba a darle saltos como si se le hubiese llenado de mariposas. Incluso podía sentir el sudor humedeciendo sus manos por debajo de los guantes.

Aun así, sabía muy bien que en el momento en que se pusiera a hablar el nerviosismo desaparecería y tanto su mirada como su corazón conectarían con los de la multitud. En este caso, no es que hubiera una gran participación, y casi todos los allí presentes eran miembros de la Sociedad Londinense para el Sufragio Femenino y representantes de otras organizaciones, como la de Millicent Fawcett, que se había formado hacía poco, la Unión Nacional de Sociedades para el Sufragio Femenino. Pero de nuevo, tras aguantar durante dos días temperaturas gélidas y empapadas por la niebla, quizá las más convencidas necesitaban en estos momentos más inspiración que nadie.

Antes de empezar, dedicó unos minutos a colocarse bien las gafas que le habían prestado. Eran un accesorio, algo así como una muleta para quien no puede andar, que le permitía ver con claridad. Parecía una tontería, y lo sabía, pero, por alguna razón, el hecho de mirar al mundo desde detrás de aquellos cristales le hacía sentir como si estuviera protegida por una barricada y le daba confianza.

—Distinguidas colegas, invitadas, hermanas. Y hermanos —añadió, volviéndose hacia su amigo Theodor, Teddy Cavendish, que le sonreía y la saludaba desde el fondo de la multitud.

Al contemplar a la gente que la escuchaba desde la hierba, se dio cuenta de que muchos tenían la nariz enrojecida por el frío y la cara helada, así que pensó que sería mejor acortar su discurso. Cuando estaba a medio camino del texto, el megáfono demostró ser más un problema que una ayuda, así que se lo dio a Harriet y siguió hablando sin él, subiendo la voz.

Después de aquello, se pasó un buen cuarto de hora dando la mano a todas aquellas mujeres que habían venido para escucharla, damas de la alta sociedad y esposas de comerciantes, mujeres independientes y otras que no tenían un centavo, aparte de lo que les pudieran dar sus maridos. Mujeres que no habían trabajado ni un solo día de sus vidas y otras que se habían pasado la vida trabajando. Al final de todo aquello, tenía los dedos tan adormecidos que casi no podía sentir aquellas manos deseosas de juntarse con las suyas y la nariz le empezaba a moquear. Sin pensarlo, se metió la mano en el bolsillo en busca de un pañuelo pero, al encontrar uno de lino, recordó que no era suyo. Aquellas iniciales, H.S., bordadas en una esquina, se lo recordaron. Se lo volvió a meter en el bolsillo, sin usarlo, y dejó que las gotas que salían de su nariz se abrieran camino por su cara, agrietada por el frío.

La vicepresidenta, Lydia Witherspoon, fue la primera en felicitarla cuando bajó de la tarima.

—Buen discurso, como siempre, Callie. Pero, dígame, ¿se encuentra bien? Parece como si tuviera fiebre.

—¿De verdad? Seguramente será por el viento, además de por el café cargadísimo que Harriet me preparó para que no me quedara dormida a medio discurso —dijo. Deseando cambiar de tema, se volvió hacia su secretaria, que seguía ocupada recogiendo sus cosas, y, tan pronto como Lydia se fue, se acercó a Harriet y le comentó—: Me temo que ya no me queda voz para lo de mañana por la noche.

Harriet hizo una pausa mientras recogía. Levantó la mirada y sonrió ampliamente.

—Pues espero que la recuperes, porque creemos que van a venir doscientas mujeres o incluso más.

«Doscientas mujeres o incluso más.» Callie contuvo un suspiro. Ahora que había terminado el discurso, sentía un cansancio profundo que tiraba de ella y que iba más allá de una simple fatiga física. ¡Ojalá pudiera irse a casa y acurrucarse bajo las mantas con una taza de té y un libro, tal vez una de esas historias tontas y dulces que no leía desde que iba al colegio, cuando todavía creía en ideas como el «amor eterno» y el «felices para siempre». Pero esos días de ocio estaban fuera de su alcance, eran un capricho para el que, simplemente, no tenía tiempo. Antes de irse a la cama le quedaban todavía muchos asuntos que atender, así que no podía dedicarse a soñar con novelas ni guapos fotógrafos.

De repente, oyó que Harriet gemía y anunciaba:

—Oh, no, aquí viene.

De pronto, a Callie le dio un brinco el corazón y se le subió a la garganta. ¡Hadrian St. Claire había dicho que regresaría! Se dio la vuelta impaciente. Pero en lugar del atractivo fotógrafo, se encontró con Teddy caminando rápidamente hacia ellas, con su abrigo verde botella y los pantalones a cuadros, visible a la perfección en la penumbra.

Tragándose el desencanto, fingió una sonrisa.

—Teddy, te he visto antes. Gracias por haber venido.

—No me lo habría perdido por nada del mundo —dijo sonriendo y buscando sus manos para sujetarlas y posar un beso en cada una de ellas—. Por Dios, lo que has dicho sobre «romper el yugo de la servidumbre patriarcal» me ha impresionado de veras.

Por el rabillo de ojo, Callie pudo ver que Harriet le hacía señas con los ojos.

—Si me disculpa, esos carteles no se guardarán solos en las cajas si no lo hacemos nosotras.

—Me está encandilando, qué quiere que le diga —comentó Teddy cuando estuvo seguro de que Harriet no podía oírle.

Callie no pudo contener la risa.

—Yo de usted no contendría la respiración.

—¿Por qué no? ¿Qué hay de malo en mí?

Callie se permitió una breve y desleal mirada hacia su bigote, con las puntas enceradas de tal manera que se elevaban hacia lo alto como el manillar de una bicicleta. Cada vez que intentaba imaginarse besando la diminuta boca que se veía debajo, se daba cuenta de que, simplemente, no podría. En cambio, para besar a Hadrian St. Claire no tendría que hacer ningún esfuerzo. Pensar en cómo se sentiría si aquellos labios firmes presionaran los suyos hacía que se acalorase, y eso a pesar del viento frío que corría.

Completamente avergonzada, se llevó la mano al velo para comprobar que estaba en su sitio.

—No pasa nada. Es que nuestra Harriet es una mujer muy seria y le gusta que los demás nos comportemos como ella.

—Seamos serios pues, si esa es la forma de ganarse a la vieja bruja —dijo para añadir de inmediato—: Pero lo que de verdad me gustaría es ganármela a usted. No creo que tenga ningún inconveniente al respecto, ¿verdad?

—Oh, Teddy, pero si eso ya lo ha logrado. Le considero un amigo —contestó Callie, sin molestarse en dejar que se notase la exasperación en su voz por las muchas veces que le había pedido matrimonio. Ojalá pudiera darle una respuesta distinta. Pero no podía.

A pesar de su gusto por los colores chillones y sus formas decadentes, Teddy podría ser en muchos sentidos el compañero perfecto, tranquilo y sin complicaciones, y, sospechaba, alguien que estaba tan solo como ella. Lo más importante era, además, que no había nada de cruel en él. Y aunque temía que lo que más le gustaba de implicarse en el movimiento sufragista era que eso irritaba al puritano de su padre, su apoyo era sincero e incondicional.

Como siempre, se tomó su negativa de buen grado.

—Entonces, como «amigo» espero que me permita visitarla en su casa antes de que la muerte la atrape —dijo. Y volviéndose con seriedad añadió—: Querida amiga, dejemos a Harriet con todo esto. Creo que ella se las puede arreglar perfectamente sin usted y, sobre todo, sin mí.

Aliviada porque el momento más difícil había pasado, Callie se dejó convencer.

—En ese caso, de acuerdo.

Se colgó de su brazo y ambos caminaron hasta la esquina de la calle, donde al poco Teddy paró un coche. Callie se recostó sobre el desgastado respaldo de piel y cerró los ojos, sin hacer caso de las instrucciones que su acompañante daba al cochero y dejando que la arropase colocándole una manta sobre el regazo.

—Eres tan bueno conmigo, Teddy —le dijo bostezando sobre el guante y pensando que, aun así, en la vida debía de haber algo más.

Inesperadamente, un rostro de cálidos ojos azules se abrió paso entre sus pensamientos, y a ellos se unieron una nariz fina y fuerte, una mandíbula angulosa con una barba rubia de dos días y una boca firme y masculina.

«Vaya, Callie. Siempre quieres más. ¿No ha sido eso lo que ha acabado por llevarte a la perdición?», se dijo.

Se forzó a mirar de nuevo a Teddy, que seguía sentado al otro lado. Echar un vistazo a aquel rostro querido y sencillo hizo que se reprendiera a sí misma por actuar siempre en el papel de la perfecta idiota.

Tranquilo, sin complicaciones y amable. ¿Qué más se podía pedir?

Capítulo 2

«Un hombre libre es un ser noble; una mujer libre, en cambio, resulta despreciable. La libertad para un hombre es algo que le permite emanciparse de condiciones degradantes que no le permiten la expansión de su alma y le lleva a una grandeza y nobleza casi divinas. Esa es su tendencia natural en libertad. Sin embargo, la libertad para una mujer no significa otra cosa que escapar de unas restricciones necesarias para evitar que su alma se hunda en la degradación y el vicio, puesto que se considera de manera inconsciente que esa es su tendencia natural.»

VICTORIA WOODHULL y TENNESSEE CLAFLIN,
Woodhull & Claflin's Weekly, 1871

Más tarde, aquella misma noche, Hadrian permanecía en pie frente al lavamanos, tratando de despojarse de la solución de nitrato de plata que le quedaba entre los dedos. En el cuarto oscuro de su estudio se estaban secando las fotos de la anomalía médica. Mientras miraba la deformidad de los ojos de aquel hombre, Hadrian sentía cierta afinidad, pues creía ver en las oscuras profundidades de esa mirada la misma expresión que él tenía cuando se contemplaba en el espejo que usaba para afeitarse y limpiarse la sangre seca del cuello.

Atrapado. ¿Acaso no sabía qué era eso?

Mientras trabajaba en sus fotografías, repasó las posibilidades que tenía de conseguir quinientas libras para librarse de la deuda que había contraído con Boyle. Aparte de robar un banco, la única opción que se le ocurrió era preguntar a su amigo abogado, Gavin Carmichael, si le podía hacer otro préstamo. Cuando se presentó en la puerta de Gavin un año atrás, su amigo lo recibió como a un hermano a quien hubiera perdido de vista hacía tiempo, en lugar de como a un amigo del orfanato del que no había sabido nada en quince años. Había sido Gavin quien le había ayudado a establecerse con un nombre nuevo, Hadrian, como el del emperador romano, que también había sido huérfano, y St. Claire porque ambos habían estado de acuerdo en que ese apellido daba un cierto caché, lo que le permitiría acercarse a la gente adinerada. Luego le había llevado a fiestas y estrenos teatrales, a visitar a algunos viejos ricachones en sus casas y a su club de caballeros, introduciéndolo así en la buena sociedad. Mientras Gavin se conformaba con vivir en unas habitaciones de Inns Court, a él lo había ayudado a establecerse en Parliament Square. ¿Cómo iba a pedirle quinientas libras más? Gavin estaba empezando como abogado y puede que no tuviera tanto dinero como para rescatarle de una situación en la que había caído por imprudente. No, antes de caer tan bajo y aprovecharse de su amigo dejaría que Sykes y Deans le despellejaran vivo.

Una actitud muy valerosa, sí, pero en cuanto sonó el timbre de la tienda de abajo se sobresaltó de tal manera que casi tira el lavamanos al suelo. «Vamos, tranquilízate, muchacho. Después de todo, si fueran Boyle y compañía seguro que entrarían sin llamar a la puerta», se dijo.

No obstante, era ya tarde, más de las seis, y con la excepción del Parlamento, que convocaba a sus miembros a las nueve para la sesión nocturna, las oficinas gubernamentales y las tiendas del barrio estarían ya cerradas, al igual que debiera haberlo estado la suya, si se hubiera acordado de darle la vuelta al letrero que decía «Cerrado». Con el corazón desbocado, se quitó el mandil y bajó las escaleras a toda prisa. Al no ver ni a Boyle ni a sus secuaces allí, sino a un hombre de mediana edad, bien vestido, dando vueltas por la tienda, respiró con alivio.

—¿Puedo ayudarle en algo, caballero? —le preguntó, dando un paso hacia delante.

—Eso depende.

Cuando el hombre se dio la vuelta, Hadrian pudo comprobar que no se trataba de un dependiente mofletudo ni de un oficinista de los que trabajaban para el gobierno, sino de un político o un oficial de alto rango, justo el tipo de cliente adinerado que esperaba atraer a una tienda como la suya.

—¿Es usted St. Claire? —le preguntó, dispensándole una mirada vacilante que a Hadrian le hizo recordar que había bajado para atenderlo sin desenrollarse las mangas de la camisa ni ponerse la corbata.

—Sí.

Como si fuera un frenólogo que tratara de adivinar las facultades mentales y de carácter de aquel hombre, Hadrian examinó su rostro delgado y curtido. La ancha frente estaba surcada por unas arrugas profundas, lo que significaba que el individuo era un sufridor. Su nariz larga y fina y las fosas nasales hablaban de arrogancia, de que era alguien que se consideraba superior a los demás.

La boca caída dejaba percibir cierta amargura, como si la vida le debiera algo y lo que esta le hubiese dado resultara, a todas luces, insuficiente. Pero como siempre, era en los ojos donde de verdad podían verse las intenciones de alguien, y en aquellas frías esferas grises, tan pálidas que casi resultaban opacas, Hadrian solo podía leer crueldad.

—Soy Josiah Dandridge, diputado por Horsham —le dijo, sin alargar la mano para dársela, como era habitual en cualquier presentación.

Mirando de refilón hacia abajo, Hadrian vio que el maletín que llevaba estaba forrado de piel y tenía el sello del Parlamento en relieve.

—Y dígame, ¿cómo puedo ayudarle, señor Dandridge?

—¿Cómo puede ayudarme?

Dandridge se acercó a la vitrina donde Hadrian exponía algunas de sus fotos más populares, retratos de bolsillo a los que se llamaba «tarjetas de visita», y dio unos golpecitos sobre el cristal.

—Este retrato de aquí es el mismo que tiene en el escaparate, ¿verdad? —le preguntó.

Acercándose a él, Hadrian echó un vistazo al retrato de lady Katherine Lindsey y asintió.

—El retrato de lady Katherine es el que más se vende.

Las fotografías de damas como aquella, bellezas profesionales, se hacían a señoras que permitían que sus retratos se colgaran para su venta en todos los escaparates londinenses. En el caso de lady Katherine, esta había accedido a darle la exclusiva a Hadrian a cambio de recibir el cincuenta por ciento de lo que se pagaba por cada copia vendida. Lo que hacía con su parte era algo que él nunca le había preguntado, aunque desde luego no era la única dama de alcurnia que tenía problemas económicos.

—Demuestra tener un talento especial para sacar a la luz la vulnerabilidad subyacente del sujeto retratado.

Hadrian apartó la vista del llamativo rostro de lady Katherine, de aquellos ojos inteligentes, abiertamente desafiantes y sutilmente malvados, y pensó: «No me gusta usted, no.»

—No creo que a la dama en cuestión le gustara oír que se la describe como alguien vulnerable. Lady Katherine es una de las mujeres más independientes que jamás he conocido.

Bajo aquellas cejas, canosas y pobladas, los ojos gélidos de Dandridge se endurecían más y más, como si fueran escamas de hielo que, al desprenderse de un glaciar, no se derriten, sino que se congelan aún más.

—Me está hablando de la independencia femenina como si fuera una virtud. No irá a decirme que es usted uno de esos idealistas ingenuos que quieren conceder derecho al voto a una panda de histéricas que se pasan el día dando voces por ahí, ¿verdad?

Así que Hadrian no era el único a quien le ponían nervioso las protestas de las sufragistas en la calle.

—La política nunca me ha interesado —dijo encogiéndose de hombros y reconduciendo la conversación con la esperanza de sacar algún provecho de todo aquello.

—Aun así, tendrá principios, algún tipo de convicción que desee que prospere, ¿no?

El motivo por el cual un hombre como Dandridge debiera interesarse por el estado de su conciencia era un misterio para Hadrian.

—Dejo los principios y las convicciones para aquellos que tienen el tiempo y el dinero necesarios para perseguirlos. Para quienes debemos trabajar para vivir, el único interés que nos podemos permitir es el nuestro —le respondió sin pensar y con total sinceridad.

Aquella cara llena de arrugas se relajó de manera visible.

—Entonces, St. Claire, usted es un pragmático convencido. Bueno es saberlo.

El parlamentario empezó a dar vueltas por la estancia otra vez, deteniéndose para examinar las fotografías enmarcadas que colgaban de las paredes del estudio. A pesar de que tenía muchas ganas de decirle a aquel desgraciado arrogante que ya había cerrado, se quedó esperando paciente. Necesitaba dinero, lo necesitaba desesperadamente, y si un cliente potencial que podía tener cierta influencia en alguien con los bolsillos vacíos como los suyos quería tenerlo ahí esperando durante horas, no había nada que pudiera hacer, aparte de olvidarse de su rabia, poner buena cara y esperar a que el caballero se decidiera.

Dandridge se detuvo ante una fotografía de dieciocho por veinte centímetros, un desnudo femenino de una mujer que yacía boca arriba sobre un lecho lleno de cojines, en una habitación cubierta con alfombras persas; un cono de luz claroscuro jugaba con las sombras que enmarcaban las curvas de su pecho de alabastro.

—Muy bueno —dijo dando la espalda a Hadrian—. La claridad del primer plano es impresionante y el escenario elegido muestra que se ha prestado mucha atención al detalle, más de lo que parece.

Por lo menos el tipo no carecía de buen gusto. Aquella escena de inspiración clásica había sido un trabajo hecho con mucho cariño, el fruto de más de dos semanas de trabajo experimentando con varios decorados y efectos de iluminación, también con poses, hasta que finalmente había logrado la composición que encajaba con la idea que él tenía. Había pensado participar en la exposición anual de la Sociedad Fotográfica, pero en lugar de eso quizá pudiera utilizar la fotografía para algo mucho más práctico.

—Si desea comprarlo... —se atrevió a decir, tragándose el orgullo.

Dandridge hizo un gesto con la cabeza y descartó esa posibilidad.

—No dejo de advertir que todos sus retratos son de mujeres —dijo el hombre antes de volverse hacia Hadrian.

El fotógrafo se encogió de hombros, aunque por dentro sentía un cierto recelo.

—Me gusta trabajar con mujeres por muchas razones, y una de ellas es que por lo general son mucho más disciplinadas que los hombres en lo que se refiere a mantener la pose que se les pide.

—Ya veo. Dígame, ¿también les gusta a ellas trabajar con usted?

Al no responder Hadrian de inmediato, Dandridge se volvió hacia el desnudo y colocó un dedo de su mano enguantada justo en el punto donde el tejido que cubría a la modelo se hundía, revelando un pecho perfecto.

—Supongo que usted debe de haberle gustado mucho a esta mujer como para que le haya permitido fotografiarla en un estado tan, digamos, «vulnerable».

—Justine es una modelo profesional y está acostumbrada a posar para pintores.

—Aun así, me pregunto si algún otro retratista habrá logrado antes captar ese semblante tan dulce y soñador, con esa sensualidad tan espontánea.

Hadrian se cruzó de brazos.

—No sabría decirle.

En realidad, se había acostado con aquella joven unas cuantas veces, influidos por el ambiente creado para la sesión pero, desde luego, no tenía la menor intención de contarle su vida privada a aquel extraño para satisfacer su curiosidad.

—Es tarde, señor Dandridge —dijo cuando la paciencia se le hubo acabado—. Quizá debería decirme en qué puedo servirle.

—Muy bien, hablemos de ello. Lo que tengo en mente es que usted tome para mí una fotografía similar a esta, con la única diferencia de que quiero que elija a una modelo en particular.

Por fin parecía que estaban llegando al fondo del asunto, después de tanto carraspeo. Lo más seguro era que aquel viejo tuviese alguna amante en alguna parte y quisiera que la fotografiara desnuda. Sentía que ya pisaba un terreno seguro, así que caminó hacia su mesa de trabajo de madera.

—Por favor, tome asiento y hablaremos de los detalles de...

—Quiero que haga una fotografía escandalosa, lo más escandalosa posible. Aparte de eso, los demás detalles los dejo en sus expertas manos.

Hadrian dejó la silla que había empezado a sacar para que su cliente se sentara.

—Si me está gastando una broma...

—Nada de eso, puede estar seguro de que no. Quiero que la fotografíe completamente desnuda, St. Claire. Quiero avergonzarla, humillarla, exponerla al mundo como la zorra asquerosa que es.

Hadrian negó con la cabeza y se dio la vuelta.

—Si lo que está buscando es un detective privado que espíe a su amante, tengo un amigo abogado que puede recomendarle una de las mejores agencias privadas de investigación.

—Maldita sea, escuche. No estoy buscando una simple instantánea. Quiero un retrato, uno de esos que solo alguien con su experiencia puede hacer, y estoy dispuesto a pagar generosamente por él.

Hadrian se debatía entre la desesperación y la decencia, pero al final se volvió hacia aquel individuo.

—¿Cuán generosamente?

La sonrisa que le dedicó Dandridge hubiera cautivado al mismísimo Lucifer.

—¿Le parecerían bien cinco mil libras?

¡Cinco mil libras! En cuanto oyó esa cifra se le secó la boca. Para alguien como él era casi una pequeña fortuna. Durante unos segundos, se permitió pensar en la cara de pena que pondrían Sykes y Deans

cuando se enterasen de que había saldado su deuda con Boyle y que, después de todo, no tendrían el placer de hacerle picadillo. Se miró las manos, todavía manchadas de solución de nitrato de plata, del que nunca parecía librarse, y se puso a pensar en todo lo que podría hacer si pudiera pagar a un ayudante que trabajase en el revelado de las fotografías, que se ocupara del mantenimiento del instrumental y que se encargara de mantener la tienda en orden. Quién sabe, puede que incluso contratara a otro fotógrafo para que se ocupara de los encargos más pequeños o de menor interés.

—Esa es una suma considerable, señor Dandridge. Aun en el caso de que le contestara de manera afirmativa, ¿qué le hace pensar que la dama en cuestión aceptaría posar para mí, y mucho menos aún desnudarse ante la cámara?

Dandridge concentró la mirada en Hadrian como si estuviera valorando la compra de un cargamento o algo así.

—No se exceda en su modestia, St. Claire. Usted es un hombre endiabladamente apuesto, además de que tiene ese cierto encanto de tipo duro que atrae a las mujeres. Estoy seguro de que puede resultar muy persuasivo cuando le interesa. Si la mitad de los rumores que circulan sobre usted son ciertos, conseguirá que la zorra se abra de piernas, tanto para usted como frente a su objetivo, en un par de semanas. A no ser que, por supuesto, a la dama en cuestión le gusten las mujeres. Después de todo, a algunas de ellas les gustan, ya sabe.

Hadrian intentó no hacer caso de aquellos ojos gélidos que le estaban helando la sangre.

—¿Algunas de ellas?

—Las sufragistas —dijo Dandridge, casi escupiendo la palabra—. Son como una plaga de langostas que ha caído sobre el país, un cáncer que se extiende con el crecimiento de una sola célula. Y como un cáncer, nuestra única esperanza de curarlo es arrancando las células malignas de raíz, empezando por sus cabecillas.

—¿Y espera conseguir algo así con una simple fotografía? —dijo Hadrian, casi deseando que Dandridge retirase su oferta.

—No será una fotografía cualquiera, St. Claire, sino «la fotografía», una imagen que hundirá a Caledonia Rivers para siempre.

¡Caledonia Rivers! Al igual que las imágenes se van formando durante el proceso de revelado, las que pudieran resultar de aquella hipotética fotografía fueron adquiriendo una forma fantasmagórica en su mente: una silueta alta, tipo estatua, cubierta por un abrigo pasado de moda, una cabeza orgullosa escondida detrás de un sombrero horrible, la dulce curva de una barbilla fuerte pero muy femenina nublada por un velo negro. Lo mejor de todo habían sido aquellos breves instantes, mágicos, antes de que se enterase de quién era aquella mujer y lo que hacía, cuando la ignorancia había sido su dicha y él la miraba como si fuera un niño embelesado con una estrella fugaz, deseando que el viento levantara aquel velo y descubriese a la mujer que había debajo.

Sin embargo, si aceptaba la oferta de Dandridge estaría descubriendo mucho más que el rostro de la dama.

—¿Por qué tiene que ser ella? —le preguntó, casi atragantándose.

—Caledonia Rivers es joven, de buena familia y, a diferencia de sus compañeras sufragistas, tiene una reputación intachable. Como presidenta de la Sociedad Londinense para el Sufragio Femenino, es una de las tres líderes sufragistas que se reunirán en privado con el primer ministro antes de que su maldito proyecto de ley sea llevado a la Cámara de los Comunes a final de mes —respondió el hombre, deteniéndose para sacar un pañuelo y secarse el sudor de la frente antes de añadir—: Húndala y hundirá al maldito movimiento con ella. Muéstrela como a la furcia asquerosa que es y ningún parlamentario respetable al que hayan convencido de su causa querrá apoyarla. La propuesta morirá sin siquiera ser leída. Pero debe tener cuidado, en su fotografía no debe haber lugar para la ambigüedad ni la incertidumbre. Tiene que ser una imagen que la incrimine, indiscutible. Mi intención no es solo arruinar la reputación de Caledonia Rivers, sino vencerla. Quiero verla vencida, St. Claire. No me conformaré con menos.

※ ※ ※

La tía Charlotte, Lottie, que formaba parte de la familia tras casarse con su tío, le dio la bienvenida a la entrada de su casa en la calle de la Media Luna. Con un solo vistazo, la mujer advirtió que su sobrina llevaba el sombrero arrugado y casi destrozado y la ropa manchada. Movió la cabeza con tristeza, haciendo que con ella se removieran sus cuidadosamente elaborados rizos de color plata.

—Por Dios, Callie, parece como si te hubiera atropellado un carruaje de cuatro caballos.

Callie levantó la vista de sus dedos, casi congelados.

—Vamos, tía, no exageres.

—Me preocupo por ti, querida. Trabajas demasiado y recibes poco a cambio. No te vendría mal tomarte un poco de tiempo libre y salir. La nueva opereta de Gilbert & Sullivan está en cartel y las críticas son excelentes.

—¿Quieres que te diga la verdad? Eres tan mala como Teddy.

Acto seguido, Callie se puso a quitarse las agujas que le sujetaban el sombrero. Encantada de librarse de aquel tocado tan horrible (en qué habría estado pensando para dejar que el sombrerero confeccionara algo así), se lo dio a la criada, Jenny, junto con los guantes que llevaba.

La sirvienta, con gran eficiencia, lo dejó todo en la mesa del recibidor y se acercó de nuevo a Callie para ayudarla con el abrigo. Frunció el ceño al ver las manchas y se echó el abrigo sobre un brazo.

—Me lo llevaré arriba y le daré un buen cepillado —dijo.

Según subía las escaleras, un pedazo de tela blanca cayó sobre el suelo de parqué.

Muerta de vergüenza, con la cara roja como el carmín, Callie se apresuró a recoger el pañuelo, pero Lottie, muy rápida a pesar de su edad, lo alcanzó primero.

—Oh, vaya, pero ¿qué tenemos aquí? —quiso saber, levantándose con dificultad para mirar primero el pañuelo y luego a su sobrina, con cara inquisitiva—. ¿Quién es H. S.?

Callie se sentía como si la hubieran pillado metiendo una mano en un bote de miel y se puso a balbucear.

—Nadie... un hombre... Me lo encontré en la plaza. Bueno, no exactamente. Tropecé con él, más bien —repuso, y miró a Jenny con los ojos brillantes—. Lo reconozco, sé que soy un poco egoísta y que eso es tan cierto como que no hay día sin noche, pero, la verdad, lo que más me apetecería ahora mismo es dejar esto y tomar una taza de té caliente.

Con la esperanza de que la criada se diera por aludida y se fuese a preparar un té, le pasó a su tía el brazo por los hombros y se la llevó hacia la salita.

Sin embargo, Lottie no estaba dispuesta a dejarla escapar tan fácilmente.

—Háblame ahora mismo de H. S. ¿Cómo os presentaron? ¿Qué profesión tiene? ¿Siente simpatía por nuestra causa? —empezó a preguntar la anciana, tan pronto se hubo acomodado en el sillón forrado de seda.

Con un suspiro, Callie se hundió en el atestado sillón orejero que se encontraba cerca del fuego. Siempre se sentaba allí.

—De verdad, tía. No hay nada que contar. Se llama Hadrian St. Claire. Es fotógrafo y, según parece, tiene un estudio fotográfico que no queda lejos de Parliament Square. Chocamos accidentalmente en el parque, eso es todo.

—Bueno, querida, no me dejes así. Sigue contándome más.

Empezaba a dolerle la cabeza y el dolor le nacía justo detrás de los ojos, así que Callie se quitó las gafas, que habían pertenecido antes a su tío, el marido de Lottie, y se frotó el puente de la nariz.

—De verdad, no hay absolutamente nada más que contar. Me dio su pañuelo con amabilidad y me ayudó a recoger mis papeles. Luego se marchó.

Si quería mantener la cordura, mejor era no contarle a tía Lottie nada acerca de que la había invitado a tomar el té. Era un atrevimiento y, por supuesto, ella nunca habría aceptado, claro que no.

Lottie se puso entonces a sacudirse unas pelusas de la falda que en realidad no existían, pero Callie pudo advertir que, a pesar de todo, su tía no dejaba de maquinar algo con rapidez.

—Deberías devolverle el pañuelo, aunque solo sea por educación. Por supuesto, primero habrá que lavarlo y plancharlo.

—No hace falta. Me dijo que me lo podía quedar —repuso Callie, mientras recordaba la imagen de él y lo bien que le caía sobre los hombros el abrigo de *tweed*, pues era sin duda una pieza de sastrería fina. Añadió—: Estoy segura de que en casa tendrá un cajón lleno de pañuelos como este.

—Aun así, debes devolvérselo. No creo que haya tantos estudios fotográficos en Parliament Square. Seguro que lo encontrarás.

Callie recordó entonces la tarjeta de visita que el joven le había dado, que seguramente seguiría en el otro bolsillo de su abrigo, a salvo de la vista de ojos curiosos, y se hundió todavía más en el sillón, entre aquellos mullidos cojines. Por el rabillo del ojo, pudo ver a Jenny en la puerta. Agradecida porque su presencia le permitiría un descanso, indicó a la criada que entrase.

La muchacha se acercó con la bandeja del té y ofreció a Callie una de las dos tazas con dibujos de color rosa y su correspondiente plato.

—Le he puesto bastante leche y tres terrones de azúcar, tal y como a usted le gusta, señorita.

—Muchas gracias, Jenny.

Callie rodeó la taza de porcelana con sus frías manos e inspiró el aroma que el té desprendía. Era Darjeeling, su favorito.

—Jenny, ¿te han dicho alguna vez que eres una joya que no tiene precio?

Cruzando la estancia, Jenny dejó escapar una sonrisa.

—La verdad, señorita, nadie me lo ha dicho o, al menos, no últimamente.

Lottie aceptó su taza. Mientras tomaba el té, esperó a que la muchacha se hubiera marchado para seguir haciendo preguntas a su sobrina.

—Por cierto, ¿qué tal te ha ido el discurso?

Agradecida por el cambio de tema y por la oportunidad de llevar la conversación a un terreno neutral, Callie se relajó y puso los pies sobre un escabel bordado en punto de cruz.

—Bastante bien, supongo, si no tenemos en cuenta la gente que se ha puesto a sonarse o a toser.

—Seguro que Theodore no ha faltado, ¿a que no? —dijo Lottie.

—Aparte de los fotógrafos de prensa, a quienes no les queda más remedio que asistir por tratarse de su trabajo, me temo que Teddy era el único representante masculino.

—No puedes negar que te es siempre fiel, Callie.

La joven dirigió la mirada al interior de su taza.

—Adoro a Teddy, de verdad, pero no siento nada más por él. Cada vez que me hace una proposición la rechazo, y tengo la impresión de que cuando lo hago se siente casi tan aliviado como yo.

Para su sorpresa, su tía estuvo de acuerdo.

—Theodore es un joven entrañable, pero sí, creo que vosotros dos no encajaríais. No sabría decir por qué, hay algo... En fin, qué más da —dijo Lottie mirando a su sobrina con ojos muy serios—. Sin embargo, el pañuelo que con tanto celo guardas demuestra que Theodore no es el único soltero joven de Londres.

—Y al decir que no es el único te refieres a que hay más que puedan casarse, claro —añadió Callie.

Lottie entornó los ojos.

—No me hables de los grilletes del matrimonio, instrumento de la opresión femenina, la prostitución legal, etc. ¿Eso es todo o me estoy dejando algo?

Callie tuvo que reírse aunque le pesara.

—Quizá, pero creo que has mencionado lo básico.

Lottie dejó la taza y el platillo sobre la mesita de mármol donde estaba la lámpara.

—Ya sé que para ti es algo difícil de entender, pero casarse con la persona adecuada puede ser una experiencia muy satisfactoria. Mi querido Edward, a quien Dios tenga en su Gloria, fue un compañero maravilloso y un buen amante.

—¡Tía Lottie! —gritó Callie, que casi hizo que se derramara el té sobre su regazo.

A pesar de que ya hacía más de una década que a instancias de una tía tan moderna ambas habían empezado a tener este tipo de charlas de mujer a mujer, todavía no se sentía del todo cómoda hablando de asuntos íntimos.

—Pues sí, lo era —dijo Lottie, echándose de nuevo sobre los cojines con una expresión soñadora en el rostro que le daba una apariencia más joven, en lugar de la que le otorgaban sus sesenta años—. Hacer el amor con alguien a quien se ama profundamente es una de las más elevadas expresiones del ser humano, una oportunidad preciosa para conectar con la divinidad mientras todavía estamos firmemente enraizados en este mundo.

Sin saber qué decir, sin escapatoria, Callie sujetó con más fuerza todavía el asa de la taza de porcelana que sostenía.

—Entonces quizá puedas explicarme por qué el acto sexual despierta a la bestia incluso en los grandes hombres.

La mirada que le dirigió su tía contenía a la vez tristeza y pena.

—Hacer el amor puede y debe resultar placentero tanto para el hombre como para la mujer. Cuando la pasión se acompaña de cariño y paciencia, el resultado puede ser altamente satisfactorio para ambos amantes.

«Amantes.» En una ocasión, Callie había pensado que eso es lo que Gerald y ella serían cuando se hubieran casado. No se trataría de una relación entre el amo y su esclava, el conquistador y la conquistada, sino entre dos almas que caminan a la par por la travesía de la vida. Pero esas ilusiones de cuento de hadas le fueron arrancadas de la mente de la manera más despiadada, así que ahora, con solo pensar en colocarse en una posición tan vulnerable, el pánico la invadía. Aun así, había habido algunos momentos, muy breves en realidad, durante los cuales había mirado a los irreverentes ojos azules de un extraño y se había sentido transportada lejos de todo aquello.

—Supongo que tengo que aceptar tu palabra, tía —dijo, a sabiendas de que le resultaría inútil discutir sobre aquel asunto. Callie empujó el escabel a un lado y se levantó—. No te importará que me vaya arriba,

¿verdad? Necesito mejorar un poco el discurso que tengo preparado para la reunión de mañana por la noche.

—Claro que no, querida —repuso Lottie, y cuando la joven ya tenía un pie en el umbral de la puerta la llamó de nuevo—: Callie.

—Sí, tía —dijo ella, volviéndose lentamente.

—No puedes esconderte tras esas gafas para siempre y lo sabes. Tarde o temprano tendrás que hablar de este asunto.

—Quizá... —repuso la joven, advirtiendo la preocupación que se dibujaba en el suave rostro de su tía, que casi la conmovió. Sin embargo, no fue suficiente—. Pero hoy no.

No, hoy no. Y si por ella fuera, nunca.

✳ ✳ ✳

Sentado a la mesa de Hadrian, Dandridge abrió la cartera que llevaba y sacó de ella un fajo de papeles atado con un cordel.

—Aquí tiene, artículos de prensa y publicaciones de la Rivers, del año pasado. Familiarícese con el material —le dijo dándoselo.

Hadrian bajó la vista y se fijó en el panfleto que se veía en la parte superior del fajo. *Reflexiones contadas por esclavas: tratado sobre la subyugación de la mujer.*

—Escrito por la propia señorita Rivers, según veo.

—Es solo basura radical. Sin embargo, espero que tenga suficiente estómago para soportarlo si va a llevar a cabo su misión.

Su «misión». A la luz de dicho encargo, Hadrian dejó que su pensamiento se trasladara al encontronazo accidental con la joven. Era increíble cómo podían cambiar las cosas en tan solo unas pocas horas. En aquel momento, Caledonia Rivers había sido una cara bonita a la que él quería poner nombre, una desconocida atractiva a la que había invitado a tomar el té con la intención de llevársela a la cama. Cuando le había ayudado a recoger sus papeles, ella había sonreído como si él fuera un caballero andante en lugar de un fotógrafo pícaro que tan solo había recogido algunas hojas de papel arrugadas que volaban al viento.

Pero mirando a los ojos endurecidos de aquel individuo, su encuentro casual con la joven resultaba siniestramente providencial, algo así como si el universo se hubiera confabulado para poner a aquella dama en manos del diablo. Sin embargo, lo primero que tenía que hacer era encontrar el modo de atravesar las murallas de lo que él suponía era una vida muy reglamentada y bastante complicada.

—Y dígame, ¿ha pensado ya en cómo podré acercarme a ella? Si se lo propongo directamente no me hará ni caso.

—Ya hemos pensado en eso —dijo el parlamentario mientras deslizaba una mano hacia el bolsillo superior de su abrigo y extraía de él una carta cerrada—. Considere este su salvoconducto para llegar hasta el círculo más íntimo de la señorita Rivers.

—De no ser que quiera que lo abra, tendrá que hacerlo mejor.

—Millicent Fawcett es la presidenta de la Unión Nacional de Sociedades para el Sufragio Femenino, así como la mentora de Caledonia Rivers. La señora Fawcett se ha ido hace poco para participar como lectora en un *tour* por los Estados Unidos, lo que nos beneficia. Esta carta informa a su protegida de que usted será el encargado de tomar una serie de fotografías para exponerlas, como parte de la marcha que se está organizando hacia el Parlamento. La manifestación coincidirá con la tercera lectura, la última, del manifiesto sufragista.

—Entonces, ¿la carta es falsa?

En realidad era una aseveración más que una pregunta.

—Por supuesto. ¿Acaso le sorprende?

Hadrian recordó los días en que él era un simple ladronzuelo que vivía de robar carteras y realizar algún que otro hurto, y negó con la cabeza. Dejando la carta a un lado, miró hacia la cartera abierta.

—Creo que no ha venido aquí solo con una carta falsa y unos cuantos artículos de prensa, ¿verdad?

—Así es —respondió Dandridge, que sacó un fajo de billetes de cincuenta libras del forro de piel de borrego de su abrigo y se lo entregó a Hadrian—. La mitad ahora y la otra mitad cuando me entregue la fotografía.

Hadrian dudó. «Maldito dinero», pensó, y alargó la mano manchada para recogerlo. Con el corazón latiéndole a toda prisa, dio la vuelta al fajo antes de guardárselo en el chaleco.

—Es bastante dinero, Dandridge. ¿Por qué está tan seguro de que, ahora que me lo ha dado, no desapareceré?

—En primer lugar, por la codicia. Si doscientas cincuenta libras pueden mejorar su vida, piense entonces en cómo sería con cinco mil —le dijo cerrando su maletín antes de levantarse—. Naturalmente, también está el instinto de salvar la piel, en este caso la suya —continuó, observando a Hadrian desde arriba, con una mirada más dura si cabe—. Si me engaña, St. Claire, su cadáver será uno más de los que se encuentran de vez en cuando flotando en el Támesis.

Era la segunda amenaza que recibía en apenas unas horas. ¿Cómo había llegado a esta situación? Al ver a Dandridge cruzar la tienda en dirección a la puerta, se le ocurrió pensar que incluso Harry Stone, el pobre mendigo que una vez fue, no había sido alguien a quien nadie quisiera asesinar.

—Espere —gritó Hadrian desde la mesa.

Dandridge se volvió, y durante unos instantes Hadrian pensó en devolverle el dinero y enviar aquel maldito asunto al diablo. Pero ya era demasiado tarde.

Tanto si se quedara el dinero como si no, sabía demasiado como para dejarse atrapar.

—Cuando tenga la fotografía, ¿cómo me pondré en contacto con usted?

Dandridge abrió la puerta y el aire frío invadió la estancia y convirtió el sudor que Hadrian tenía en la frente en escarcha.

—Cuando la tenga lo sabré. Ya me pondré yo en contacto con usted.

La campanilla de la tienda sonó, avisando de la partida de aquel tipo y del cierre de su ruin acuerdo. Hadrian se hundió en su asiento. Miró hacia el escaparate congelado de su tienda y resiguió con los dedos la cicatriz que tenía en la palma de la mano izquierda. Hacía años se había cortado con una lente que estaba allí, en el escaparate.

La cicatriz le recordaba ahora lo mucho que había subido en la vida, y también lo bajo que todavía podía caer.

Aun así, su acuerdo con Dandridge implicaba mucho más que acostarse con una mujer y hacerle algunas fotografías comprometidas. Iba a arruinarle la vida. A pesar de su pasado como hijo de una prostituta, mendigo y carterista, nunca se había sentido tan abatido como cuando había sentido el peso del dinero de Dandridge en la mano.

Lo mejor que podía esperar era que Caledonia Rivers no fuese alguien a quien le costara odiar. Para ponerse las cosas más fáciles, se dispuso a pensar en sus defectos más obvios. El primero de todos que era una sufragista, y no una cualquiera, sino una de sus líderes. El segundo, su estatus privilegiado. Dandridge había dicho que era «de buena familia», lo que en una palabra significaba que era rica. Pensó entonces en las aburridas damas que llegaban a su estudio desde que había abierto sus puertas. Con la excepción de lady Katherine, todas llevaban el mismo maquillaje, el mismo peinado y reparaban en las mismas pequeñeces, sin importarles la desesperación en la que vivían aquellos que debían sudar sangre en las fábricas que dirigían sus maridos para que ellas pudieran tener el último carruaje de moda, además de un montón de lacayos bien parecidos para que las acompañaran.

Sintiéndose un poco mejor, miró al panfleto que estaba encima de la pila de recortes que Dandridge le había dejado. Con solo leer el título podía pensar en Caledonia Rivers como una mojigata dedicada a hacer el bien, una esnob engreída que estaba lejos de saber lo que era la vida de una persona corriente, mientras paseaba por ahí ese trasero inquieto.

Hablando de su trasero... ¿Qué aspecto tendría desnuda? «Debe de estar rellenita», pensó, recordando la centésima de segundo en que notó sus senos apretándose contra su pecho; y, aunque a él solían gustarle más delgadas, intuía que a ella le quedaba muy bien estar algo más gordita. En cuanto a su cara, le había resultado bastante bonita, con el pelo oscuro y aquellas cejas que se arqueaban sobre unos magníficos ojos y una tez clara, como la de una rosa inglesa.

Pero su apariencia no importaba, no de una manera útil. Aunque tuviese el aspecto de un perro carlino, una cara corriente o fuera una despampanante belleza clásica, para él representaba un medio para conseguir un fin. Caledonia Rivers era su billete para escapar del infierno y su última esperanza para salvaguardar el futuro por el que tanto había trabajado.

Caledonia Rivers era, simplemente, un encargo más, y había llegado la hora de ponerse manos a la obra.

Capítulo 3

«Esta mañana me han nombrado miembro de la Asociación de Trabajadores... Me atrevo a decir que cuando hay que hacer algo puedo hacerlo, y no sirve de nada pedir a mujeres que se ocupen de tareas públicas y a la vez querer que eviten la publicidad que eso comporta. Aun así, me temo que es necesario, especialmente porque no se me ocurre qué decir en cuatro discursos distintos. El primero de ellos lo daré la semana que viene. Es un asunto duro y laborioso.»

ELIZABET GARRETT, primera mujer candidata a participar en el Comité de Marylebone School, 1870

Construido para ser la sede del Ayuntamiento de Westminster, Caxton Hall se encuentra al norte de la calle Caxton. Su proximidad al Parlamento hace de él un lugar donde a menudo se llevan a cabo reuniones políticas, como las de las sufragistas. Así pues, la Gran Sala estaba llena a rebosar cuando Hadrian consiguió entrar. Los varios centenares de oyentes que allí había, en su mayoría mujeres, estaban como sardinas en lata. Él permanecía de pie en el fondo de la sala e iba cambiando el peso de un pie a otro, con la correa de la cámara fotográfica casi clavada en el hombro. Aunque la había traído más que nada para que se viera, la verdad es que acabó por desear tener uno de los sitios de la primera fila para sacar alguna instantánea. Atrapado entre los enormes pechos de una mujer que vestía de rojo pasión y una viuda noble que olía a polvos de talco y manzanas agrias, hubiera vendido su alma por estar en un lugar donde se pudiera respirar un poco de aire fresco. Eso, claro está, si no se la hubiese vendido ya a Dandridge.

Dandridge. Se apartó de la pared a empujones y echó un vistazo a la sala, como si esperase ver allí al parlamentario saliendo como un rayo de detrás de uno de aquellos tiestos con palmeras o bajando de las gradas. Menuda estupidez. Los hombres como Dandridge no se manchaban las manos con trabajos sucios, ni tampoco perdían el tiempo acechando el campo enemigo.

El repentino alboroto que levantaban aquellas voces femeninas le hizo volver la vista hacia el escenario, justo a tiempo para ver cómo se retiraba la cortina aterciopelada de color caléndula. En medio de una tormenta de aplausos y de flashes de fotógrafos de prensa, Caledonia Rivers subió a la tarima acompañada de una mujer de mediana edad, menuda como un pajarillo. Fue esta última la que se acercó al atril, con unas notas en la mano.

—Queridos amigos, colegas y hermanas, es un placer y un privilegio para mí presentarles a alguien que se ha distinguido como la oradora que ha llevado nuestro mensaje a las masas...

Hadrian casi no atendió al resto de aquella introducción forzada, pero sí a la bonita cara de la ponente. A diferencia de la mayoría de las asistentes, Caledonia Rivers no llevaba sombrero, sino que se había recogido su cabello negro hacia atrás, sujetándolo en un moño que lucía a la altura de la nuca. Al verla sin la ropa de abrigo que vestía el día anterior, le pareció esbelta como una estatua. Era como una espléndida amazona que se acercaba al podio con el discurso en la mano.

—Buenas tardes, señoras y señores. Estoy aquí con ustedes no para darles un bonito discurso, sino para hablar del asunto fundamental que nos ha reunido hoy. Por qué queremos el voto, dirán ustedes. En serio, estamos aquí porque queremos el sufragio, el derecho inalienable de cualquier miembro de una sociedad libre e independiente a tener voz, algo que decir en su gobierno.

Hizo una pausa para levantar los ojos y mirar a los allí reunidos. Hadrian se emocionó al ver que le estaba mirando directamente. Al encontrarse sus miradas, sintió que el corazón se le aceleraba, a pesar de que se decía a sí mismo que era algo absurdo. Se mantuvo ahí, de pie, al fondo de la sala, lejos del alcance de la lámpara que iluminaba desde arriba. Lo más seguro era que ella no pudiese verle. Aun así, no conseguía librarse de la sensación de que aquella voz aterciopelada solo se dirigía a él.

—Además, cuántas veces me preguntan los hombres, y también algunas mujeres, por qué las sufragistas insistimos en levantar tanto alboroto y protestar por la reforma nacional cuando, en su mayor parte, nuestras vidas están dirigidas por parroquias y vecindarios, que tienen mucho más interés para nuestra salud y felicidad que los asuntos concernientes al Estado y a sus políticas nacionales e internacionales. Para aquellos de entre ustedes que todavía alberguen alguna duda, ya sea abiertamente o en secreto, les digo lo siguiente: el único camino para alcanzar los derechos civiles, la educación superior y un estatus igual para las mujeres descansa en el derecho al voto.

Una oleada de aplausos y gritos de «aquí, aquí» hicieron que Hadrian mirara a su alrededor, a aquel espacio que parecía vibrar como la corriente de un polo eléctrico. Ya fueran jóvenes o viejas, bonitas o vulgares, ricas o pobres, las caras de las mujeres allí presentes reflejaban entusiasmo por igual. Los ojos les brillaban como faros mientras miraban extasiadas hacia delante. Volvió la vista hacia la figura solitaria que seguía en la tarima. A pesar de su altura y su elegante porte, Caledonia Rivers le pareció muy pequeña, muy joven y muy femenina para estar en el ojo de aquel huracán.

Como oradora hábil que era, esperó a que el estruendo se rebajara y llegase el silencio antes de continuar hablando.

—Señoras y señores, no se trata de algo que acabemos de descubrir. Ya en 1867 el honorable señor John Stuart Mill, miembro de Westminster, presentó al Parlamento una primera petición para garantizar el derecho al voto a las mujeres que fueran cabeza de familia. Esa petición, que había recogido nada menos que quince mil firmas de mujeres en todo el Reino Unido, fue rechazada por la Cámara de los Comunes por ciento noventa y seis votos contra setenta y tres.

Como podía esperarse, esa afirmación levantó un coro de abucheos y silbidos.

Caledonia Rivers alzó una mano desnuda pidiendo silencio, y Hadrian empezó a preguntarse cómo sería sentir sobre su piel aquella mano blanca y aquellos dedos tan finos.

—Puede que en proporción a los millones de mujeres que viven en este país y en sus colonias quince mil firmas no signifiquen gran cosa. No obstante, cuando reflexionamos acerca de las pocas mujeres a las que se anima o, me atrevería a decir, «se permite» opinar sobre política de una manera independiente con respecto a sus maridos, padres, hermanos o, en algunos casos, con respecto a sus hijos adultos, se hace evidente que la que consigue hacerlo debería ser contemplada como la representante de un considerable grupo de opinión...

Hadrian pensó que este último punto descansaba sobre una base poco sólida. Si las mujeres como sexo eran demasiado simples para formarse sus propias opiniones, además de proponer a menudo dichas opiniones sin pensarlas lo suficiente, entonces ¿por qué diablos tenía que darles el gobierno derecho al voto? Pero, se recordó a sí mismo, eso no era lo que él creía que importaba. Lo que le interesaba de veras era que Caledonia Rivers pensara... en él. De nuevo, se puso la máscara del interés y siguió escuchando.

—El hecho de que tengamos una soberana demuestra incluso con mayor claridad que la idea de que una mujer no puede ocuparse en tareas de gobierno es del todo falsa. Si el ser mujer no es un obstáculo para alcanzar los mayores privilegios de la vida política, menos aún puede serlo para obtener otros inferiores, como sería el derecho al voto.

Hizo una pausa para beber un poco de agua de un vaso, dejando que la lengua se deslizara por su labio inferior, y entonces Hadrian sintió un dolor cálido y apremiante en la entrepierna.

—Desde la década de 1870 hemos presenciado debates parlamentarios anuales relativos al sufragio femenino, con por lo menos tres proyectos de ley presentados por buenos amigos nuestros, como lord Brassey, que llegaron a una segunda vuelta. Cada vez que hemos hecho la petición y que hemos aguardado, aguardado con paciencia y buena fe, nuestras esperanzas se han visto truncadas por una minoría de vocales que siguen oprimiéndonos.

Su tono de voz iba subiendo más y más, señal de que el discurso debía de estar llegando a su fin.

—Señoras y señores, hoy estoy aquí, ante ustedes, para decirles que, por una vez, estoy harta de esperar, de tener paciencia. Estoy aquí para rogarles que seamos una sola voz, incluyendo la mía, para pedir a los distinguidos representantes de nuestro pueblo el derecho al voto para las mujeres ¡ya!

Un segundo después, una sola voz clamaba al unísono «derecho al voto para las mujeres YA». Hadrian casi tenía miedo al oír aquel estruendo colectivo que resonaba en su propio pecho. Era como si una fiebre, un contagio, hubiera invadido la sala. Los bancos, las sillas y los demás asientos habilitados para la ocasión, todos, se habían quedado vacíos. Cualquiera que estuviese allí podía darse cuenta de que la multitud estaba a sus pies, enardecida por las palabras y el poder de una mujer. Incluso las que le parecían más tradicionales aplaudían y parecían impresionadas, y ululaban y gritaban como si fueran las pescaderas del mercado de Billingsgate. Una matrona delgada como un palo y vestida de alivio de luto color malva levantó su puño enguantado al aire y sacó un silbato de los que se usan en un ring de boxeo, como proclamando la victoria de un púgil.

Volvió la vista de nuevo a la tarima. Tras el atril, Caledonia Rivers permanecía de pie, quieta y muy tranquila. Miraba a la muchedumbre allí congregada y movía la cabeza de vez en cuando al ver una cara conocida o bien saludaba con la mano, sonriente. Sin embargo, Hadrian pensó que la sonrisa no le llegaba a los ojos, que parecían indecisos y quizás un poco asustados.

«Sabe que todo este barullo y los inconvenientes que comporta son necesarios para que su causa venza, pero ni una cosa ni la otra le gustan, nada», pensó para sí mismo. Además, la vulnerabilidad que veía en sus ojos le daba ánimos para conseguir su propia victoria. Tras haberla escuchado, llegó a la conclusión de que Caledonia Rivers podía encontrarse a la altura de cualquier orador u hombre de estado. No le quedaba la menor duda de que estaba total y apasionadamente comprometida con la causa que defendía. Desde luego, era una mujer muy inteligente y con buena formación. Con toda probabilidad, hablaría varios idiomas y lo haría con fluidez. En resumen, de ella emanaba esa clase de educación que no puede adquirirse: se nace con ella, al igual que con el orgullo que demostraba.

Pero aunque Caledonia Rivers fuera una mujer muy culta, bajo aquella armadura de cabellos recogidos en un moño tirante, la blusa abotonada hasta el cuello y aquellas faldas tiesas y almidonadas que impedían que se percibiera su figura, era una mujer, y, como cualquier otra, tendría sus deseos y debilidades. Era a la mujer y no a la líder a quien él apelaría, cortejaría y, finalmente, se ganaría.

Así que, cuando el gentío empezó a dispersarse, una parte dirigiéndose hacia las puertas de salida y la otra haciendo cola para tener la oportunidad de dar la mano a su heroína, Hadrian no vaciló. Con la mirada fija en el haz de luz que iluminaba su pelo negro, se abrió camino hasta la tarima.

※ ※ ※

Callie miraba a la gentil anciana a la que había firmado un autógrafo y, de repente, sintió que el corazón se le salía del pecho. Abriéndose paso entre la gente para llegar hasta ella estaba él, seguro de sí mismo, y eso le resultaba también un poco divertido. Era él, aquel Adonis de ojos azules al que había conocido en el parque. Hadrian St. Claire. El fotógrafo al que ella pensó que no volvería a ver nunca más, aquel cuyo pañuelo y tarjeta de visita, todavía ahora, seguían en el fondo de un cajón de su cómoda. El cajón en el que guardaba sus más preciosos recuerdos, aunque se moriría de vergüenza si alguna vez la obligaran a reconocerlo.

Contuvo la respiración y trató de prestar atención a lo que la mujer que estaba con ella le decía. Era algo relativo a una invitación para que se dirigiera su asociación de mujeres en Hampshire, aunque no estaba muy segura. No obstante, sonrió y asintió con la cabeza, evitando aceptar cualquier compromiso inmediato y haciendo que se dirigiera a Harriet, que estaba a un lado con una agenda preparada.

La mujer siguió adelante y se dirigió a la cola, para colocarse detrás de un reportero del *Times* que iba en busca de una frase. Cuando quiso mirar hacia arriba de nuevo vio que había mucha menos gente en la sala. Hadrian St. Claire tampoco estaba allí. La profunda decepción que sintió al darse cuenta encendió todas las alarmas. En realidad, ¿por qué tenía que importarle aquel hombre? No era nada en su vida, solo un extraño. Sin embargo, le importaba, le importaba mucho o, sencillamente, demasiado, a juzgar por el vacío que la invadía a pesar de que estaba en medio de una sala atestada de seguidoras. Señor, de veras debía de estar sola y desesperada para aferrarse a un extraño y hacer de él la respuesta a aquel vacío que sentía por dentro. «Patético, Callie, total y absolutamente patético», se dijo.

De pronto, notó que una mano se posaba sobre su hombro, y eso hizo que se diera la vuelta para encontrarse cara a cara con Hadrian St. Claire. Los papeles de su discurso escrito le resbalaron de las manos, que se pusieron a temblar, al igual que las rodillas.

—Vaya, parece que esto de que tropecemos se está convirtiendo en una costumbre —dijo ella, poniéndose en cuclillas para bajar de la tarima.

Sonriente, él la imitó y se dispuso también a bajar, asintiendo con la cabeza, sacudiéndose las rodillas y poniéndose también en cuclillas.

—Sí, tenemos que llegar a un acuerdo para dejar de tropezar y encontrarnos de una manera más civilizada.

Ambos se las apañaron para recoger los papeles que habían caído al suelo y, tras esa incómoda labor, los recuperaron, aunque estos habían acabado bastante arrugados y amontonados de cualquier modo. Le ofreció una mano y Callie, al notar su tacto, sintió cómo su calor le subía por los dejos.

—¿Cómo ha llegado hasta aquí? —le preguntó ella.

Dando un paso atrás, miró un poco avergonzado hacia las escaleras que había a un lado de la tarima y que llevaban hasta el escenario, con las mejillas iluminadas.

—Nunca me he sentido tan a gusto esperando en una cola. Bueno, no me haga caso, en realidad eso de esperar no se me da bien. ¿La he molestado?

Entonces la miró, con una de esas miradas que derretían, tan larga que ella empezó a pensar si él tendría el don de ver a través de la ropa, algo así como si con los ojos pudiera hacerte una radiografía. Era algo típico de los fotógrafos o, por lo menos, de este en particular. Las manos, que había mantenido quietas durante su discurso, le temblaban ahora y se le habían quedado frías. Y en su sexo sentía un vergonzante calor húmedo contra el que luchaba sin éxito.

Respiró con tranquilidad y se recordó a sí misma que ceder a una locura como aquella le costaría caro, muy caro. La última vez que se había dejado llevar por sus pasiones había estado cerca de arruinar su vida. No obstante, en momentos como aquellos, con un extraño más guapo que un pecado mirándola fijamente como si pudiera ver bajo la ropa, resultaba demasiado fácil olvidarse de todo. Demasiado fácil olvidar que la mente, el intelecto, era el que debía gobernar el corazón y el cuerpo, y no al revés. Demasiado fácil olvidar que no había que confiar en un hombre. En ninguno.

Buscando protección en su propia reserva, se aclaró la garganta.

—Al contrario, lo único que me sorprende es verle aquí. Por lo que me dijo el otro día, nunca habría pensado que fuera usted favorable a nuestra causa.

—¿Lo que le dije el otro día?

Hadrian sintió que el calor crecía entre ambos, sí, aunque cualquier sentimiento recíproco no cabía en sus planes. Inmerso en ese pensa-

miento, la miró mientras exploraba su lascivo cerebro en busca de algo que hubiera podido decir para haberse ganado aquella respuesta. Habían pasado muchas cosas en las últimas veinticuatro horas, y ninguna de ellas buena. Conservaba en la memoria hasta el más mínimo detalle de ella, desde aquellas mejillas sonrojadas por el viento hasta el sombrero de plumas destrozado, y en cambio no era capaz de recordar nada de lo que había dicho.

—Creo que era algo sobre lanzar basura y podredumbre —dijo ella, arqueando una ceja a la espera de respuesta.

Maldita sea, sus palabras lo habían traicionado otra vez. ¿Cuándo aprendería?

—En ese caso, espero que acepte mis más sinceras disculpas. Lo que sucede es que el sufragio femenino es un concepto nuevo para mí, tengo que admitirlo —dijo, haciendo una pausa antes de añadir una sonrisa lenta y continuar hablando—: Y bien, si me perdona por haber dicho tal cosa, la verdad es que su aspecto no encaja con el de una sufragista.

Al oír aquello Callie se enfureció.

—¿Y qué aspecto debería tener una sufragista, según usted?

Hadrian echó una mirada a su secretaria, una mujer de maneras masculinas y mirada de halcón, que estaba al otro lado del escenario.

—Más bien me imagino lo que no es una sufragista. Usted es demasiado joven y demasiado bonita para dedicarse a pasar las tardes en salas de actos llenas de gente.

—Ni mi edad ni mi aspecto importan.

Sin embargo, el sonrojo de sus mejillas le demostraron que su cumplido había dado en el blanco.

—A decir verdad, señorita Rivers, es su imagen lo que me ha traído hasta aquí esta noche —le dijo, pensando en que le quedaba poco tiempo al ver que alguien, la secretaria, sin duda, iba apremiando a la gente para que saliera—. ¿Hay algún sitio donde podamos hablar en privado?

—Hay una sala de espera entre bastidores —dijo Callie dubitativa.

Entonces se dio la vuelta y se encaminó hacia el centro del telón, donde este se abría, y dejó que él la siguiera. Una vez entre bastidores, franqueó la puerta de una sala que se usaba para personas de fuera que venían a hablar y artistas, en la que había una bandeja con pastas de té y un jarro de agua sobre un aparador de mármol.

—¿Qué era lo que quería decirme? —preguntó, dejando la puerta entreabierta por precaución, como si pensara que él fuera a abalanzarse sobre ella.

Su inseguridad le divertía.

—Como seguramente dije el otro día, buena parte de las fotografías que hago son retratos —comentó él, sacando del bolsillo de su chaqueta la carta falsa que Dandridge le había proporcionado—. Según parece, el encargo más reciente que me han hecho es que la fotografíe a usted.

Ella abrió mucho los ojos y movió la cabeza, como enfadada, bajándose las gafas a media nariz.

—No puede ser —dijo volviéndoselas a subir.

En lugar de discutir, Hadrian le dio la falsa carta de presentación, con la esperanza de que el falsificador hubiera hecho bien su trabajo. Callie la abrió, desdobló el papel y empezó a leer con las gafas resbalándole hacia abajo, aunque esta vez parecía no darse cuenta de ello. Incluso con la cabeza baja, la sorpresa que la embargaba resultaba fácilmente visible. Podía verlo en su cara, sentir cómo se ponía tensa.

Volvió a doblar la carta, muy lentamente, con mucho cuidado, y levantó la vista. La mirada que le lanzó habría destrozado el orgullo de cualquier otro hombre que no hubiera estado tan seguro de sí mismo.

—No me lo puedo creer —dijo al final, mirándole tan desesperada que, de repente y de forma inexplicable, Hadrian deseó tenderle la mano y ayudarla. No me dijo nada de todo esto antes de partir, ni una palabra. Una petición así es algo... tan raro en ella. No lo entiendo.

Tenía que pensar con rapidez.

—Si hacer unas cuantas fotografías sirve para poner a más gente a favor de su causa, estoy seguro de que posar para mí no será un sacrificio tan grande comparado con los que hasta ahora ha tenido que hacer, ¿no le parece?

La amabilidad de su propia voz le pilló por sorpresa. ¿Qué demonios le importaban a él esos «sacrificios»?

—La carta está fechada hace más de una semana y, sin embargo, usted no me dijo nada el otro día, cuando nos encontramos.

Su dulce mirada se posó sobre la de él y, aunque llevaba toda la tarde pasando calor, solo ahora se daba cuenta de que el sudor le había empapado el cuello de la camisa.

—Sí, bien, si lo recuerda, había un pequeño detalle con el que teníamos que enfrentarnos, el viento, y tuvimos que recoger los papeles que se le estaban volando. Cuando me enteré de quién era usted, aquella bruja de secretaria suya se la llevó como si temiera que fuera a abusar de usted en pleno parque —le dijo, sonriéndole de la misma manera que hubiera hecho para tranquilizar a un niño que llora o a cualquier cliente de esos que se ponían nerviosos cuando posaban para él.

Ella le devolvió la sonrisa, pero le pareció ver en sus ojos melancolía, incluso un poco de tristeza.

—Harriet es mi secretaria y se dedica tanto a la causa como cualquiera de nosotras. Aunque a veces resulte excesivamente protectora, lo hace porque la prensa no siempre nos ha tratado bien.

«Si mis circunstancias fueran otras, desde luego que te trataría bien, Caledonia. Muy bien.» Sorprendido, Hadrian advirtió que se había dejado llevar por su mente y no estaba escuchando. ¿Qué le estaba diciendo ahora?

—Lo que no entiendo es por qué le ha elegido a usted. Después de lo que dijo el otro día, me da la impresión de que no está a favor de nuestra causa.

Hadrian dudó. Tenía que responder a eso, y pronto. Aunque el auditorio donde había dado su discurso estaba lleno esa noche, no había visto a muchos hombres por allí. Además de un puñado de fotógrafos, representantes de una prensa que no tenía nada de amable, le había parecido que él era el único hombre entre los asistentes.

—¿Y qué tal si le ofrezco algo a cambio, algo que la sorprenderá? —le dijo.

—¿Qué? —preguntó ella, mirándolo desde detrás de sus gafas y entrecerrando los ojos.

—Dividiremos la sesión entre el tiempo que usted pose para mí, su sacrificio, si prefiere llamarlo así, y el que yo le dedicaré poniéndome a sus órdenes para apoyar la igualdad de las mujeres, ¿qué le parece? Si usted gana y me lleva a su terreno, no dudaré en animar a otros y convencerles para que se unan a la causa, incluido a un amigo abogado, a quien sin duda escucharían en Fleet Street.

Como no respondía, ladeó la cabeza para mirarla y entrever así qué pensamientos se escondían tras aquellos ojos claros y llenos de esperanza.

—De repente se ha quedado muy quieta, señorita Rivers, mirándome de una manera extraña, creo. Vamos, dígame, ¿acepta mi oferta o no?

Ella dudó, mordiéndose el labio inferior de una forma que le hizo que se le insensibilizara.

—Sí, señor, creo que la acepto. Me pasaré por su estudio mañana por la tarde, si le parece bien.

Después de todo, resultaba que había guardado su tarjeta de visita, vaya, vaya. Hadrian escondió una sonrisa. La mujer había caído en la trampa. Pasar más tiempo en su compañía significaría que tendría mucho más margen para llevar a cabo su plan, y si el preludio para la seducción significaba tener que soportar sus discursos sobre su maldita causa, así sería.

Vencerla parecía más fácil de lo que había pensado en un principio.

—Pasaré lo que queda de la tarde contando las horas.

Ella le tendió la mano. Le divirtió que quisiera sellar su acuerdo con un apretón de manos, como hacían los hombres. Le resultó frío y distante, así que se llevó su mano hasta los labios para depositar un rápido beso en ella.

Callie tiró de la mano hacia atrás, como si sus labios la quemaran.

—No «cuente», señor St. Claire, y mejor dedíquese a leer. Le recomiendo el libro de Barbara Leight Smith titulado *Breve resumen, en*

lenguaje fácil, de las leyes más importantes que conciernen a la mujer. Es un buen punto de partida, claro y conciso. Creo que ganará más aprendiendo de las sabias palabras de la señora Smith que pensando en halagos muy elaborados. Quizá vea a mi secretaria al salir. Si es así, ella misma podrá proporcionarle un ejemplar —le dijo, mirando hacia la puerta como indicándole que se marchara.

Así que lo estaba echando. ¡Menudo descaro! Reprimiendo una queja, se recordó a sí mismo que su objetivo era ganarse su confianza.

—Se engaña, señorita, si cree que mi comentario era malintencionado —dijo él dirigiéndose hacia la puerta.

Su voz le llamó de nuevo la atención.

—No, señor St. Claire, es usted quien me ha malinterpretado.

Lo que le dijo lo puso en guardia. Casi se le escapó una sonrisa y, con ella, parte de la seguridad que tenía en sí mismo.

—¿Cómo dice? —preguntó, dándose la vuelta.

—Debe de pensar que soy una perfecta simplona si espera que vaya a creerme toda esa basura, a pesar de que la haya expuesto con tanto encanto.

Hadrian se relajó, sintiéndose más seguro una vez más. Su estimada señorita Rivers estaba flirteando con él, quisiera reconocerlo o no.

—Al contrario, señorita, me estoy dando cuenta de que no hay nada de simple en usted.

❈ ❈ ❈

«Simplona, debo de ser una completa simplona.»

Dando vueltas en la cama hasta muy tarde, aquella noche Callie pensó que, en realidad, se había comportado como una perfecta idiota. Solo una idiota se avendría a posar para Hadrian St. Claire como si fuera un mono de feria; y, además, se había dejado engatusar para hacer de tutora. Como si a ella le importara lo que pensase aquel tonto. ¡Maldita sea!

En cuanto a la carta que le había dado, ¿qué pretendería Millicent haciéndole malgastar su precioso tiempo para que la fotografiaran

cuando había tanto que hacer en las próximas semanas? Si su mentora todavía estuviera en Inglaterra, Callie no dudaría en suplicarle que no lo hiciera. Sin embargo, el ancho océano las separaba. Por un momento pensó en enviarle un telegrama, pero el viaje como conferenciante por Estados Unidos seguro que había sumergido a su amiga en una actividad frenética y muchos desplazamientos en tren, así que, ¿de veras pensaba molestar a Millicent con un asunto que, en realidad, no tenía la menor importancia?

Y ciertamente era algo que no la tenía o, al menos, así debiera haber sido. Fotografías, cualquiera posaba para hacerse una en estos tiempos. No había casi ni un solo domingo en que no se viera a un fotógrafo en un parque, rodeado de gente a la espera de que le hicieran una foto a su bebé, a su esposa o a su novia. Además, no le gustaba la idea de que alguien capturase su imperfecta imagen con una cámara cuyas lentes fijan para siempre las inseguridades que un rostro refleja.

«Por Dios, ¿es que aquello no iba a acabarse nunca?» Cerró los ojos y se pasó la mano por la frente. Diez años y todavía tenía que vivir situaciones así: cuando era de noche y estaba a solas, volvía a su memoria aquella astilla que tenía clavada desde hacía tanto, pero que le hacía daño como si todo hubiera sucedido ayer.

Era primavera en el campo y había una maravillosa puesta de sol. Las lilas y las rosas tempranas perfumaban el aire; la brisa le acariciaba la cara y los hombros desnudos como si fuera seda, como si se tratara de un bálsamo después de haber pasado horas sumida en el sofocante ambiente que se respiraba en el salón de baile. Tenía diecinueve años y estaba a punto de casarse con Gerald, uno de los solteros más populares de la temporada. Incluso sus padres estaban entusiasmados, y ella siempre había querido agradarles. Sin embargo, algo no estaba saliendo bien, o, al menos, no todo lo bien que debería, lo notaba. Bajo el pretexto de que los zapatos de baile le hacían daño, salió del salón al jardín en busca de un poco de aire fresco. Con cuidado de no mancharse el vestido, una prenda de color rosa pálido con demasiados volantes y lazos para alguien de su estatura, se apoyó en el borde de un banco de piedra y se quitó los zapatos. Las puertas del balcón que había justo encima de ella se abrieron. El humo de los puros descendió, desplazando al aroma de las rosas.

—Dime, muchacho, ¿cómo se siente uno cuando está a punto de que lo atrape una gorda, disfrutando de su última temporada como hombre libre?

Era el mejor amigo de Gerald, Larry, de cuyas palabras se desprendía un cierto tono de burla.

Con las mejillas ardiendo, ella se escondió entre las sombras y esperó a que Gerald la defendiese.

Sin embargo, no lo hizo.

—Bueno, ya sé que está como una vaca, es verdad, pero con un par de tetas tan espléndidas y una dote más que generosa me casaría incluso con una bestia —dijo el aludido, deteniéndose para dar una calada a su puro—. Su viejo debe de estar desesperado por librarse de ella.

Riéndose entre dientes, apagaron los puros y entraron de nuevo en el salón. Paralizada, se sentó en el banco durante un buen rato. Le parecieron horas. Al final, se levantó, entró en la casa y siguió con la velada, como si nada hubiera pasado. No fue hasta la mañana siguiente cuando llamó a sus padres para hablar con ellos en privado y decirles que ya no había compromiso. Al comprobar que no querían escucharla, hizo las maletas y tomó el primer tren para Londres y se instaló en casa de su tía Charlotte. Desde entonces, vivía con Lottie.

Cada mañana durante los últimos diez años, se recogía el pelo en un moño tirante, cubría su pecho con una blusa de cuello alto y escondía sus sinuosas caderas bajo un montón de enaguas y faldas. Había abrazado la soltería y también la causa sufragista con el mismo entusiasmo, con la misma pasión con que otras mujeres se dedicaban a desempeñar su papel de esposas y madres. En lugar de tener un hogar y a alguien en su corazón, ella había elegido luchar como si fuera un soldado, por una causa justa y noble. Se estaba avanzando, aunque fuera poco a poco. En unos quince días tendrían una reunión a puerta cerrada con el primer ministro, lord Salisbury, que ya había expresado cierta simpatía por su causa. La victoria estaba cerca, lo sabía. Y si no había encontrado exactamente la felicidad, al menos podía decir que estaba contenta.

O eso creía.

Pero a veces, como aquella noche, cuando toda su energía había ascendido hacia una especie de cumbre física, no se sentía ni mucho menos contenta. En la quietud de su soledad, podía oír el tic tac del despertador que tenía en la mesita de noche, que de repente sonó tan fuerte que casi le hizo estallar los tímpanos. Pensó en encender la lamparita y ponerse a leer un rato, o quizá escribir un par de líneas en su diario, pero fue incapaz de hacer ninguna de las dos cosas.

No, solo había un remedio, tan vergonzoso como inevitable. Cerró los ojos, deslizó una mano bajo la ropa de cama que la cubría y se centró en pensar en «él», el protagonista de su fantasía. Aunque ciertamente simulado, y no mucho más que un esbozo, era real. Cuando se puso a pensar en ello, no pudo evitar sentir el peso de su cuerpo a su lado, en la cama, el calor de su respiración que le llegaba a un lado del cuello, la suavidad de sus labios presionando sobre los de ella mientras la besaba por todo el cuerpo, un cuerpo que, milagrosamente, a él le parecía perfecto en todos los sentidos.

No importaba cuánto se concentrara en ello, el caso es que nunca conseguía penetrar en su rostro. La única vez que había logrado hacerlo, el vacío se llenaba con los rasgos de Gerald tal como lo había visto la última vez, con lo que toda su fantasía se venía abajo.

La única parte de él que sí había visto con claridad eran sus manos. Unas manos fuertes. Unas manos cálidas. Unas manos expertas, de amplias palmas, pero no demasiado grandes, con dedos largos y sensibles, perfectamente formados. Incluso se había fijado en las yemas de sus dedos; llevaba las uñas cortas y tenía el vello dorado. Y sus nudillos, o la imagen de estos acariciándole la mejilla, la garganta, la curva de sus pechos, era todo lo que necesitaba para incrementar la palpitación que crecía entre sus muslos.

Cuando ya no podía soportarlo más, cuando el dolor se hacía tan fuerte e inaguantable como para no hacerle caso, dejaba de resistirse y se introducía los dedos para darse consuelo. Sin embargo, esta noche era diferente, esta noche era la primera, pues no eran sus propias manos, demasiado finas, ni sus dedos, demasiado frágiles, los que se deslizaban en su interior ardiente, sino las manos de un hombre de carne y hueso.

Eran las manos de Hadrian St. Claire.

Reprimiendo el llanto, Callie se dejó caer hacia atrás sobre el colchón y regresó a la realidad.

※ ※ ※

«Espera mamá, ya voy.»

Todavía tenía la cabeza justo en el sitio donde había golpeado la pared. Harry se arrastró hasta su madre, agazapada en un sucio rincón como si fuera un muñeco de papel roto arrojado por un colegial. En el suelo que los separaba brillaban diminutos pedazos de cristal, lo único que quedaba del objetivo de su cámara. Los cristales rotos cubrían los tablones del suelo como si fuera nieve recién caída, cristalina. Pura.

«No llores más, mamá. Ya estoy aquí.»

Se acercó y quiso acariciar a su madre. Alargó la mano, que le sangraba, pero ella la rechazó con tal furia que los ojos de la mujer se pusieron tan rojos como la marca de sangre que su hijo le había dejado en la mejilla.

—Desagradecido, ¡mira lo que has hecho! No podías dejarme en paz, ¿verdad? Tenías que pegarte con ese maldito.

—Pero, madre, te hacía daño, te...

—No hay peros que valgan —dijo ella suspirando—. Una sola palabra suya y perderé mi puesto, y entonces los dos nos quedaremos en la calle.

La mujer miró al hombre que seguía de pie en las sombras, contemplándolos desde el lugar más alejado de la habitación. Mirando, siempre mirando.

—Deberías ocuparte de tu madre, muchacho.

Entonces, unas pisadas se acercaron hacia ellos, unos zapatos negros y brillantes que se detuvieron a centímetros de los dedos sangrantes de Harry.

—Levántate.

Antes de que Harry pudiera moverse, el hombre lo derribó y lo agarró por la parte de atrás del cuello de la camisa para lanzarlo luego a sus pies.

—Por favor, señor, no. Lléveme con usted. Haré todo lo que quiera. Todo —gritó la mujer, que tropezó con los pies de su hijo y cayó de bruces contra la manga del abrigo de aquel hombre.

Unos dedos fuertes apretaron a Harry por el cuello.

—No quiero que hagas nada, no me gustas, desgraciada. Es a él a quien quiero.

Como si fuera un pollo desollado, Harry se arrastró hasta la cama, un lecho con dosel sobre el que su madre entretenía a sus clientes.

Intentó atrincherarse en sus talones, pero no le sirvió de nada. Tirado sobre el colchón, se volvió para mirar a su madre.

—Por favor, mamá, por favor.

Ella volvió su maquillado rostro hacia el hombre.

—No le hará mucho daño, ¿verdad?

Mucho daño, mucho daño, mucho daño...

Fue entonces cuando Harry dejó de luchar. Apretó los ojos con fuerza y esperó.

* * *

Hadrian se despertó de repente. Las sábanas estaban empapadas de sudor. Sacudiendo la cabeza, alcanzó la botella de ginebra que tenía encima de la mesita de noche, la destapó y dio un trago. Otra vez ese sueño, esa maldita pesadilla que seguía persiguiéndole. En efecto, era algo del pasado, algo que por fin había dejado atrás. Como siempre, llegaba como una serie de imágenes rápidas con sentimientos unidos a ellas, como un cordel lo está a un globo. No, no a un globo. Esa era una imagen demasiado dulce. Era más bien una niebla negra, una nube de terror y vergüenza, un demonio que se colgaba de su hombro en silencio, esperando la oportunidad para golpearle.

El primer encuentro con Caledonia Rivers debió de hacerle vibrar más de lo que le gustaba admitir. Mesándose los cabellos mojados, trató de decirse a sí mismo que por muy buena y noble que fuera aquella mujer no le debía nada. Aunque no estaba bien arruinar su vida, destrozarla para aplacar el odio de Dandridge y salvarse, así eran las cosas en un mundo de lobos, donde el fuerte se come al débil. No podía permitirse que la culpa le ablandara, no ahora que tenía todo que perder y mucho que ganar.

Perdóname, Caledonia. No es nada personal, pero no puedo echarme atrás. No me echaré atrás.

No volveré atrás.

Capítulo 4

«Oh, no elogies más mi belleza,
En tal grado mundana,
Y dime que soy la que todos los ojos adoran,
¡Pues estas cosas me atormentan!»

THOMAS HARDY, *La Bella*

Relájese, señorita Rivers. Parece tensa como una tabla.

Con la cabeza bajo la cortinilla que bloqueaba la luz, Hadrian estudiaba a su «modelo» a través del objetivo de la cámara. Debido a la precisión de aquel instrumento, rara vez necesitaba utilizar reposacabezas o alguna abrazadera. Si Caledonia Rivers hubiera sido capaz de mantenerse quieta como le pedía lo habrían conseguido con bastante facilidad. En el curso de las últimas dos horas, no obstante, ya había disparado media docena de fotografías, y la siguiente siempre era peor que la anterior. La atmósfera cerrada de su estudio estaba invadida por el acre olor del polvo de magnesio, lo que le ayudaba muy poco a preparar el escenario adecuado para seducirla.

Sentada en la silla de posar contra un fondo de madera pintado sobre un lienzo, ella levantó la barbilla desafiante.

—Lo hago lo mejor que puedo, señor. Me dijo que debería estarme quieta, pero ya le advertí que no tengo costumbre de posar sin hacer nada.

Cuando dejaron de bromear, se echó el abrigo hacia atrás y se enderezó. Aquella mujer era capaz de poner de mal humor a cualquiera.

—No está usted sentada sin hacer nada. Está posando. Piense en ello como una tarea, como su trabajo, si es que hacerlo así la ayuda.

—Lo siento.

Ella levantó los ojos para mirarlo a pesar de que él le había dicho que se sentara quietecita en su sitio y no mirara hacia ninguna parte.

Metiéndose las manos en los bolsillos, pues no se le ocurría una manera mejor de evitar la tentación de zarandearla, él se acercó a la cámara.

—Lo único que quiero decir es que usted, desde luego, no es que se relaje mucho. Si el mundo necesitara la salvación y usted fuera la única que pudiera lograrla, no le quedaría tiempo libre, y menos aún se permitiría divertirse.

—No se llega a nada bueno cuando alguien deja de hacerse cargo de sus obligaciones, señor St. Claire —le dijo Callie, dejando inmediatamente que aquella cara de pocos amigos que traía al llegar desapareciera—. Oh, maldita sea. Me he comportado de una forma espantosa, lo sé. Me temo que estoy abusando demasiado de su paciencia.

Había abusado de su paciencia, ciertamente, pero no del modo en que ella se imaginaba. Desde las últimas horas que había pasado en su irritante presencia, a Hadrian le había quedado clarísimo que seducir a Caledonia Rivers, la famosa doncella de Mayfair, no iba a ser cuestión de horas o de un día.

—Es solo que nunca me ha pintado nadie un retrato, y aún menos me han pedido hacer algo tan duro como posar para... un fotógrafo.

Miró hacia abajo, distrayéndose con los largos dedos, que mantenía posados sobre el regazo. Así sentada, tan dubitativa e insegura, parecía más una muchacha que una mujer hecha y derecha, tanto que Hadrian no tuvo corazón para decirle que se había movido, otra vez.

Evitando hacer caso de sus emociones, acortó la distancia que los separaba.

—Debería esforzarse en sonreír un poco más, señorita Rivers —le dijo levantándole la barbilla con la mano, encantado de que ella no la apartase—. Está muy bonita cuando sonríe. Vaya, ahora se sonroja. Dígame, ¿acaso no se ve usted guapa? —le preguntó, bajando la mano y resistiendo la tentación de tocar con el pulgar aquella seductora barbilla—. Lo es, a pesar de que se esfuerce tanto en esconderlo.

Callie lo miró con el ceño fruncido.

—No escondo nada.

—¿De veras? Dígame entonces, si es que me permite que se lo pregunte, ¿quién elige sus vestidos?

Y la miró de pies a cabeza, deslizando la vista desde su remilgado peinado hasta aquellas botas bajas que llevaba.

Ella lo miró como si a él le hubiese salido un tercer ojo.

—Lo hago yo misma. ¿Por qué lo pregunta?

—Porque ese hábito de monja que lleva le da un aspecto lúgubre.

Callie arqueó las cejas.

—¿Qué le pasa a mi vestido?

—Más bien debería preguntarme si hay algo en él que esté bien y, en tal caso, yo le contestaría con la mayor sinceridad: nada —replicó Hadrian, suavizando sus palabras con una sonrisa.

—Una mujer es algo más que un ornamento para adornar el brazo de un hombre, señor —respondió ella desafiante.

—Usted nunca adornará el brazo de nadie si insiste en vestirse de una manera tan gris.

Callie se levantó de un brinco de la silla. A pesar de que ella era alta, él la superaba en bastantes centímetros, algo que, por la razón que fuera, le proporcionó un placer enorme.

—Es usted tan sincero que acaba por fastidiar, señor, y resulta pero que muy grosero.

—En ese caso, permítame que le diga también que esa forma en que se peina, ese moño tirante en la nuca, me recuerda a una tía solterona.

—Pues tengo una tía que vive sola, es viuda, «solterona», como usted diría, y precisamente ella es una persona que va bastante a la moda.

—Entonces haría bien en imitarla. En cuanto a sus gafas, ¿de veras las necesita?

Ella dudó, mordiéndose el labio, lo cual confirmaba lo que él había sospechado: que las llevaba para esconderse tras ellas.

—Solo si quiero ver bien.

—Pues yo diría que usted es una mujer que ve sobradamente bien. Quíteselas, por favor.

Ella ni se movió. Hadrian se dio cuenta entonces de que la obediencia no era algo que formara parte de su carácter. En cierto modo, le pareció que ambos eran almas gemelas.

Sin embargo, él tenía un trabajo que hacer.

Consciente de que ella le miraba a la cara, estiró el brazo y retiró aquellos aros de alambre de su cara con la mayor gentileza. Las plegó y se las dio, asegurándose de que sus dedos se tocasen.

—Así está mucho mejor. Tiene unos ojos muy bonitos, con una forma muy hermosa. Lo único que siento es que me resultará imposible conseguir ese color con pinturas y pigmentos. Un verde tan vívido, especialmente ahora que está enfadada.

Ella se sonrojó otra vez y negó con la cabeza.

—No estoy enfadada. Enfadarse sería una estupidez, un gasto de energía inútil.

Hadrian empezó a pensar en otro modo de emplear aquella energía de la que presumía, pero se detuvo a tiempo. ¿Qué demonios le estaba pasando? Si ella se marchaba enfurecida de su estudio, el juego se habría acabado antes de empezar. ¿Acaso la poca decencia que le quedaba, le llevaba a protegerla? ¿Estaba intentando salvar a Caledonia Rivers de... sí mismo?

Independientemente del motivo que tuviera, necesitó de toda su fuerza de voluntad para no tocar aquella mejilla sonrojada.

—Permítame que disienta. Se ha enfadado y con razón. Soy yo quien, una vez más, ha sido demasiado franco. La he ofendido. En el

futuro, intentaré mantener la boca cerrada y, si hace falta, me morderé la lengua.

Tanta charla sobre lenguas hizo que ella se pusiera todavía más colorada, lo que dejaba ver que sus pensamientos no eran ni tan limpios ni tan puros como él creía.

—No, no cambie nada por mí. Prefiero que se comporte de manera natural —dijo mientras bajaba la vista, como contemplando el espacio que separaba sus pies de los de él—. Lo que quiero decir es que cada vez más me veo rodeada de personas que solo me dicen lo que suponen que me gustaría oír. Se me hace muy... aburrido —añadió antes de levantar la vista—. Su franqueza me ha sorprendido, lo admito, pero es como un soplo de aire fresco. Se lo agradezco. Me encantaría que siguiéramos como hasta ahora, hablando con total sinceridad.

Total sinceridad. Un sentimiento, quizá de culpa, se apoderó de Hadrian.

—En tal caso, permítame que le repita que me parece usted atractiva, bastante atractiva en realidad, y a pesar de sus elevados ideales no me quejo. Pero de nuevo tengo que recordarle que soy un hombre, señorita Rivers, y como tal, esclavo de mis instintos más básicos, de mi naturaleza animal. No puedo soportar sus panfletos infernales con esas ideas de las que pretende convencernos a todos.

Con los ojos brillantes como las brasas de una hoguera, Callie lo miró.

—Panfletos infernales, vaya. Me pregunto, señor, si usted será alguien tan abierto a nuevas ideas como me ha hecho creer.

Hadrian dio un paso atrás.

—Solo hay una manera de comprobarlo. Como suele decirse, señorita Rivers, dispare.

Ella se dejó caer otra vez en su asiento.

—De acuerdo. Había pensado emplear el método socrático con usted, como si fuera un alumno, y que me hiciera preguntas sobre lo que haya leído.

«Chica lista», pensó, por convertir su primera sesión en una prueba que serviría para averiguar si él había hecho los deberes o no. Por

suerte, los había hecho. Pensó en el folleto que ella le había dado la noche antes. Leer aquello había sido deprimente, una solemne tontería, y sin embargo había tenido que ceder y hacerlo. De acuerdo, el texto no era muy largo, pero sí denso: una lista de leyes británicas relativas al estatus social, político y económico de las mujeres.

Se sentía salpicado por lo que decían aquellos testimonios de varias mujeres, algunas de las cuales daban su verdadero nombre, aunque la mayoría se habían buscado seudónimos como «Mary B» o «señora Smith». En parte, esa información era nueva para Hadrian: ¿sería cierto que, entre los derechos conyugales del marido estaba la potestad de encarcelar a su esposa? Pero en su mayoría, no obstante, lo que había leído confirmaba lo que ya sabía, aunque nunca se había puesto a pensar en ello. Sí, se había dado cuenta de que cuando una mujer se casaba, todo lo que poseía, heredaba o ganaba se convertía en propiedad únicamente de su esposo. Sin embargo, como la mayoría de las mujeres que él había conocido cuando era Harry Stone no tenían nada, ni lo habían heredado ni tampoco ganaban nada, una ley así no había causado en él mayor preocupación. En cuanto a las mujeres que llegaban a su estudio para hacerse un retrato, vestidas de punta en blanco y con sirvientes, no le parecía que sufrieran mucho por eso ni por cualquier otra cosa, o sí, quizá de aburrimiento.

—¿No le parece, dada la naturaleza más delicada y sentimental de las mujeres y su innata aversión a los conflictos, que ampliar el derecho al voto a ellas pondría al Imperio en grave peligro? Dado que las jóvenes reciben una educación menos exigente, ¿resultaría injustificado pensar que a algunas votantes, por supuesto descartando a una mujer como usted, claro, les faltaría suficiente criterio para entender sobre qué están votando?

—Si las mujeres son un sexo que detesta la guerra, quizás eso resulte positivo. Los hombres, según demuestra la historia, parecen estar demasiado entusiasmados con ella. En cuanto a la supuesta inferioridad intelectual de las mujeres, ¿por qué no abrir las puertas de las escuelas y universidades, hoy todavía exclusivamente masculinas, a las niñas y jóvenes, para dejar que sean sus expedientes académicos los que hablen por ellas, y no su sexo? En cambio, los hombres, descartando a alguien como usted, claro, contribuyen a mantener a las mujeres en la ignorancia y la opresión —le dijo, con una mirada furibunda de aquellos ojos suyos, más verdes que nunca y muy centrados en él.

Hadrian volvió a su cámara. Posicionando la lente, enfocó para preparar el disparo.

—Mejor, mucho mejor. Ahora, por favor, ¿podría mantener esa posición? Tan quieta como pueda —dijo tirando del cordón del disparador de la cámara. El *flash* se disparó e iluminó a una Caledonia Rivers radiante—. Vaya, mucho mejor. Debería permitirse un poco de humor más a menudo, señorita Rivers.

—¿Ha hecho la foto... ahora? —preguntó ella horrorizada.

Hadrian salió de debajo de la cortinilla de la cámara el suficiente tiempo como para sonreírle.

—No hay mejor instante que el presente. ¿Sabía que los ojos le cambian de color salvia a verde oscuro cuando se enfada y pone pasión en las cosas? —dijo él. Pasión. Había escogido esa palabra a propósito y había acertado. Su modelo se había sonrojado, empezando por la garganta y siguiendo por las mejillas. Sí, lo había logrado. Y añadió—: ¿Sabe?, le brillan como si fueran dos esmeraldas.

—Ni estoy enfadada ni he puesto pasión en nada, como usted dice.

—Siga, por favor, señorita Rivers. ¿Qué estaba diciendo? —preguntó, al tiempo que volvía a su hoja de papel.

—Pues... sí, ya lo recuerdo. Una vez casada, el cuerpo de una mujer pertenece a su marido. Si ella hace algo para negarse a él, él tiene el derecho, el derecho «legal», señor St. Claire, de encerrarla hasta que se rinda, así como el derecho de forzarla. Es como una violación legal, si quiere. ¿Cómo puede aceptar algo así siendo un hombre civilizado?

—Entonces, ¿aboga usted por el amor libre?

Con un aspecto maravillosamente aturrullado, ella dudó antes de responder.

—Si una mujer debe casarse, entonces se le tendría que permitir que lo hiciera siguiendo sus propias inclinaciones y sentimientos al elegir a su compañero. Tal y como están las cosas, son demasiadas las mujeres que acaban casándose como si el matrimonio fuera una subasta y ellas tuvieran que aceptar al mejor postor. Venden su libertad por tan poco como un nombre. Si la esposa deja al marido y pide el divorcio, pierde cualquier derecho, no solo sobre sus propiedades, sino también de ver a sus hijos, si su marido así lo quiere.

—Pero si es ella quien los deja primero, quizá no se lo merezca.

La mirada abrasadora que le lanzó habría sido capaz de derretir hasta el objetivo de su cámara.

—¿Y qué hay de todos esos hombres que abandonan a sus esposas y a sus familias o, por ejemplo, tienen amantes?

—Soy la última persona en este mundo que le diría que la vida es justa, señorita Rivers. Por otro lado, creo que se sorprendería de la cantidad de mujeres casadas que se las arreglan para sortear las reglas y vivir a su aire —le dijo, pensando en las caprichosas matronas a las que el había complacido en ese sentido. Menos mal que la cortinilla de la cámara le tapaba y, con eso, ella no podía ver su sonrisa.

Callie se levantó de la silla.

—Creo que me está provocando deliberadamente.

Salió de debajo de la cortinilla de la cámara y se puso derecho, pero no intentó negarlo.

—¿Y qué hay de usted, señorita Rivers? ¿Qué propone en lo relativo a las relaciones íntimas entre los sexos?

Callie se volvió a sonrojar con ese color rosa pálido delicioso que a él le recordaba a los melocotones en verano. Sin embargo, no retiró la vista.

—Personalmente creo que... el acto sexual tendría que ser una expresión del más profundo cariño y estima. Creo que solo debería darse entre dos personas cuyos cuerpos y mentes estén preparados para encontrarse en lo más alto.

El «acto sexual», vaya. Por fin estaban llegando a algo concreto.

—Y, dígame, ¿deben estar casadas esas dos personas antes de que sus almas se encuentren en lo más alto? ¿De verdad se cree usted eso?
—Sería lo mejor.
—Sería lo mejor, cierto, pero no se da siempre, ¿verdad? —dijo avanzando hacia ella.
—A veces pueden darse circunstancias especiales en que una de las almas se mantenga lejos de la otra.
—Entonces, usted acepta el divorcio, ¿no es así?
—Si con ello me está hablando de facilitar las leyes actuales para permitir un acceso al divorcio justo y equitativo, sí.
—Y dígame, ¿usted admite que una mujer que se casa por amor puede equivocarse al hacer su elección?
Una nube le cruzó por la mente.
—Cuando un hombre corteja a una mujer puede esconder mucho sobre sí mismo.
La estudió durante unos minutos antes de seguir preguntando.
—¿Y no podría decirse lo mismo de una mujer?
—Una mujer bien educada aprende a satisfacer en todos los sentidos, a ser dócil y permanecer callada cuando hay gente. Si se muestra de una manera distinta a como es en realidad, eso no se debe a que quiera ocultar nada o a algún ardid, sino a su propia ignorancia acerca de quién es en realidad.
—No puedo dejar de observar que sus teorías se refieren siempre a mujeres de buena cuna. ¿Qué hay de las mujeres de los comerciantes, o incluso de las llamadas «clases bajas»? ¿Qué pasa con las mujeres que no han sido «bien educadas»? ¿Sirven sus elevadas teorías de algo para ellas?
Callie se encogió de hombros y, al hacerlo, él se fijó en cómo subían y bajaban sus senos.
—Creo que sí, pero...
—¿Qué?
El hecho de que dudara le sirvió para clasificarla como lo que había esperado que fuera, una zorra nariguda de la alta sociedad que consi-

deraba a las llamadas «clases bajas» casi como a una especie aparte. Destrozaría su vida. Después de todo, quizá lo disfrutase.

—Para ser una mujer que tiene unas convicciones tan firmes, si no me indica lo contrario, demuestra una deliciosa ambigüedad cuando se trata de hablar de relaciones entre los sexos. De una parte, dice que las mujeres deberían decidir por sí mismas a quién amar y cómo, y aun así, si las cosas salen mal, supone que deben de haber sido seducidas en contra de su voluntad.

Los ojos le brillaron y las mejillas le ardían. Ahora que estaba de veras enfadada, Hadrian pensó que, además de enojada, se la veía muy bonita.

—No he dicho tal cosa. Usted está tergiversando mis palabras.

—Al contrario, las reproduzco de las misma manera que un fotógrafo describe lo que ve el objetivo de su cámara.

—Creo que nuestra sesión de fotos ha terminado. Tengo que marcharme —le dijo mirando hacia la puerta, como si quisiera que se abriese.

Él confirmó sus palabras.

—He disfrutado de nuestra conversación, señorita Rivers. La he disfrutado sobremanera. Aunque no haya servido para otra cosa, que habláramos le habrá demostrado lo lejos que todavía están mis ideas de las suyas. Se le presenta por delante un gran reto: creo que ya se ha dado cuenta. Estoy impaciente por empezar con la siguiente sesión.

—¡Otra sesión! —exclamó ella. Hizo una pausa mientras recogía sus pertenencias para mirarle con la boca abierta—. Estoy segura de que dos horas son suficientes para hacer un retrato, ¿no le parece?

Él negó con la cabeza.

—La fotografía no es un simple medio para la expresión artística y de documentación, señorita Rivers. Se trata de un proceso para descubrir la verdad. Para hacerlo, no debemos ir demasiado deprisa, ni tampoco correr demasiado en todo el proceso. Me pasaré la tarde revelando las fotografías que he tomado hoy, pero ese es el principio de la tarea. Necesitaremos bastantes sesiones más antes de que obtenga un conjunto de fotografías que verdaderamente le hagan justicia.

—¡Bastantes más!

Él asintió.

—Pues sí. De todos modos, sospecho que no se siente muy cómoda aquí. Y la verdad es que a mí me gustaría mucho más captarla como la primera vez que la vi, caminando a paso ligero y muy ocupada en Parliament Square, en lugar de posando entre unos muebles y un fondo pintado. Por suerte, puedo organizarlo todo con facilidad para fotografiarla en la calle.

—Pero si es invierno...

—También lo era el otro día, cuando usted y sus hermanas sufragistas mantuvieron aquella gélida vigilia. De no ser que, por supuesto, le preocupe que la vean en público conmigo. No quisiera mancillar su intachable reputación, después de todo.

Levantó la barbilla, algo habitual en ella, o así se lo pareció.

—¡Menuda tontería...! Aunque creo que no podré venir mañana, tengo reuniones durante todo el día.

—Entonces, ¿pasado mañana?

Dudó y luego asintió.

—De acuerdo, pasado mañana. Creo que tengo libre el miércoles después de las diez. ¿Le parece bien?

Sintiéndose como un gato que acecha a un pájaro al que se va a comer, Hadrian casi se relamió del gusto y sonrió con satisfacción.

—Excelente. Como estamos en invierno, lo mejor será el mediodía, cuando hay más luz.

✷ ✷ ✷

La Sociedad Londinense para el Sufragio Femenino tenía el cuartel general en Langham Place. Acostumbrada como estaba a entrar y oír el ruido que producían el tecleo de las máquinas de escribir y los teléfonos que no dejaban de sonar, esta vez le pareció que la oficina se mantenía en un silencio sepulcral.

Con el semblante serio, Harriet se abalanzó sobre ella antes de que ni siquiera pudiera quitarse el abrigo.

—Callie, gracias a Dios, ya estás aquí. Estaba a punto de enviar a alguien a buscarte.

La aludida miró por encima del hombro de su amiga a las voluntarias, generalmente muy ocupadas, pero que hoy permanecían sentadas en silencio, taciturnas, en torno a la mesa de reuniones. Desanimada, se volvió hacia Harriet.

—Algo ha salido mal, ¿verdad?

—Me temo que sí —asintió la secretaria, señalando con la cabeza hacia los periódicos que había en la mesa de Callie—. Será mejor que lo leas por ti misma.

Callie se acercó a su mesa, donde pasó los siguientes minutos leyendo con detenimiento los artículos que hablaban del mitin y el discurso de la noche anterior. A medida que leía, la cara se le iba poniendo roja, no de vergüenza sino de rabia. Los había publicado el *London Times,* el *Global* y la *St. James's Gazette,* aunque como eran todas publicaciones marcadamente conservadoras no le sorprendió. Lo que sí hizo que le hirviera la sangre fue la cobertura del evento que hizo la *Westminster Gazette,* de tendencia liberal. Lástima que Hadrian St. Claire no estuviera allí ahora, con lo que le gustaba a él enredarla en largas conversaciones. Sin embargo, si hubiera estado, esta vez la habría encontrado más que preparada para enfrentarse.

Tiró los guantes sobre la mesa y dejó escapar una grosería impropia de una dama.

—¡Maldita, maldita, maldita sea!

Harriet, que estaba a su lado, se levantó y esperó a que amainara la tormenta antes de alcanzarle el abrigo.

—¿Cómo ha ido esta mañana con el fotógrafo?

Callie dudó. La sesión a dúo con Hadrian St. Claire había sido de lo más estimulante, pero no podía decirlo.

—No es que sea un retratista muy bueno, pues de lo contrario ya habría terminado.

Harriet se volvió para colgar el abrigo en el perchero que había cerca de la puerta.

—Aun así, creo que alguien debería haberte acompañado.

Pero Callie no estaba de humor para recibir críticas de nadie. Se quitó el sombrero.

—No veo qué se gana con llevarse a dos personas del trabajo en lugar de a una cuanto hay tanto que hacer. En cualquier caso, ya soy mayorcita como para necesitar una carabina. Puedo cuidar de mí misma —dijo, echando un ojo a la mesa de reuniones donde las mujeres habían reanudado su trabajo. Luego bajó la voz hasta que esta se convirtió en un susurro y añadió—: El señor St. Claire es un profesional. Fotografía a muchas damas respetables y no creo que las seduzca a todas.

Cierto, pero aun así, con solo un ligero toque de su mano mientras posaba se derretía, sentía un calor tan abrasador que había preferido regresar a la oficina a pie en lugar de tomar una calesa, para que le diera un poco el aire.

Harriet se volvió hacia ella. Parecía de todo menos convencida.

—Solo espero que así sea. Con un hombre como ese una nunca sabe.

Mejor no preguntar qué quería decir su secretaria con «un hombre como ese».

—No te preocupes, puedo controlar de sobra a Hadrian St. Claire —repuso Callie.

Lo que no le dijo a su secretaria, porque se moriría de vergüenza si lo hiciera, es que la persona que más necesitaba que la controlaran era ella misma.

Capítulo 5

«Si consideramos que las mujeres deben dedicarse especialmente a lo que es bueno o bello, tienen mucho que hacer en política; y si las damas se ocuparan aunque solo fuera de los colegios, casas de misericordia, edificios públicos, parques, jardines y galerías de arte, e intentaran enviar al Parlamento a algunas que trabajasen con eficiencia en estas materias, el resto de la comunidad tendría motivos para estarles agradecida por su ayuda...»

Helen Taylor, El clamor de las inglesas por el sufragio considerado constitucionalmente, 1867

ientras, en Parliament Square, Hadrian se felicitaba a sí mismo por haber tenido la idea de llevar la siguiente sesión de fotos con Caledonia al exterior. Una gran idea. El aire era frío, más fresco que helador; el sol, aunque tibio, eliminaba la humedad del ambiente. Y, por supuesto, la plaza quedaba a un corto paseo desde su estudio, un detalle muy importante en su juego de seducción. Lo triste era que tuviera que utilizar la pasión como arma para destruir, para vencer, según le había dicho Dandridge. Porque de no haber sido así, no habría dejado que Caledonia Rivers volviese corriendo a su oficina tan rápido.

—Señor St. Claire, hola.

Empezó a desempaquetar las patas del trípode y vio a su presa saludarle desde el otro lado del parque. Al contemplar cómo se acercaba, admiró el porte con que lo hacía. Con los hombros hacia atrás, la espalda recta, dando pasos ni remilgados ni apresurados, sino decididos. Cómo se movería cuando le quitara toda esa pesada ropa y la metiese en su cama era un delicioso descubrimiento que todavía le quedaba por hacer. La perspectiva de lograrlo hizo que la entrepierna de doliera.

—¡Qué buen día!

Llegando hasta donde estaba, alargó su mano enguantada para dársela igual que haría un hombre, algo que él estaba empezando a ver con cierto agrado.

—Cierto, hace muy bueno.

Entonces le dio la mano, manteniéndola durante un segundo o dos más de lo necesario junto a la suya.

Ella llevaba otro de esos sombreros horribles, aunque no esperaba otra cosa. Unos mechones de cabello se le habían escapado y volaban al viento, bajo el sol, donde estaba ella. Su pelo, que le había parecido más oscuro, se veía con tonos caobas al sol. Incluso su maldito color de cabello resultaba complicado, confuso, como ella, y distinto a lo que se veía a primera vista.

Recordándose a sí mismo que tenía trabajo que hacer, apuntó hacia la estatua del gran presidente y libertador estadounidense, Abraham Lincoln; además de estar situada en un sitio que, casualmente, se encontraba iluminado por el sol, el obvio paralelismo con la joven lo golpeó.

—Había pensado que podríamos empezar por fotografiarla allí.

—De acuerdo —dijo ella, acercándose a la estatua de bronce y rodeándola, con los brazos a los lados, como si quisiera abrazar el día en todo su esplendor—. ¿Así?

—Veamos.

Él se deslizó bajo la cortinilla de su cámara y abrió el objetivo tratando de enfocar su cabeza y sus hombros.

No es que tuviera, estrictamente hablando, una cara bonita, o al menos no lo era en el sentido clásico de forma y simetría, pero había belleza en ella, una cierta sutilidad, un matiz, una «pasión» que le decía algo a su alma de artista. Lo que más le gustaba era su barbilla, aunque resultara demasiado angulosa para lo que estaba de moda, pues se suavizaba con aquellos hoyuelos suaves y encantadores. El otro día, en su estudio, cuando se levantó para increparlo, se imaginó poniéndole los dedos ahí, justo ahí, y dibujando su cara, fantaseando con que la besaba.

—Supongo que no habrá posibilidad de que se separe de ese sombrero, ¿verdad? —preguntó Hadrian, a sabiendas de que no le serviría de nada. Conocía de antemano cuál sería su respuesta.

Anticipando sus palabras, Callie negó con la cabeza.

—Estamos en pleno invierno, señor St. Claire.

Bueno, después de todo lo había intentado. Por lo menos había conseguido que se quitara las gafas. «Algo es algo», pensó.

—En ese caso, por favor, échese el velo hacia atrás... Sí, así, un poco más...

Hadrian se escabulló tras su cámara y se acercó hacia ella. Estirando el brazo, alisó un poco un lado del velo que se había levantado con el viento y que le había hecho llegar ese aroma delicioso a agua de rosas y canela, o así era como lo percibía él. Con solo un ligero toque detrás de aquella bonita oreja le llegaba su olor, pensó. Aunque solo tardó unos segundos en prender el velo y colocarlo en su lugar, al estar tan cerca de ella no necesitó más tiempo para que el deseo se hiciera patente en su entrepierna.

Hadrian dio un paso atrás, agradecido a los pliegues de su abrigo por ocultar lo que allí abajo sucedía.

—Mucho mejor así. Tiene unos ojos muy bonitos, como le dije antes. Es una pena que los esconda.

Ella arqueó una ceja.

—Es usted un maestro de la seducción, ¿verdad?

Enfadado, se volvió y regresó hacia donde estaba su cámara. Nunca jamás se había encontrado con una mujer tan reacia a los piropos.

—La respuesta más habitual a un piropo es decir «gracias». Podría intentarlo la próxima vez —le espetó, hablando por encima del hombro.

Callie abrió la boca para contestar cuando unas risas infantiles hicieron que se volviera hacia tres niños que jugaban con una pelota. Él ya se había dado cuenta antes, al llegar y empezar a montar su equipo, de que estaban cerca y quizá podrían distraer, pero no les dio mayor importancia. Sin embargo, ahora que había vuelto la mirada hacia Caledonia, su percepción había cambiado. A juzgar por lo embelesada que se la veía y por su sonrisa suave, debían de gustarle los niños. Otra paradoja más, pues parecía que hubiera decidido no tenerlos.

La pelota que daba saltos entre ellos acabó por golpear una de las patas del trípode, pillándolo desprevenido y casi tirando la cámara al suelo. Por un instante, la imagen y el sonido del objetivo de una cámara rompiéndose recorrieron su memoria, resucitando un dolor agudo y primitivo.

Uno de los niños corrió hasta Caledonia, un rubito con el pelo mojado que se le pegaba a las mejillas, sonrosadas como las de un querubín.

—Caramba, señorita, lo siento. Ha sido sin querer. Solo estábamos jugando.

Hadrian se dio la vuelta para enfrentarse al culpable, que no era más grande que una pinta de cerveza.

—No me importa lo que estuvierais haciendo, mocoso —le gritó, más alto de lo que debía, aunque su enfado había empezado a decaer y a dejar en su lugar un vacío en el alma, un sentimiento que le resultaba familiar.

El niño se detuvo. Con el labio inferior temblando, miró a Caledonia al mismo tiempo en que sus dos compañeros de juegos se acercaban. Los dos pequeños echaron una mirada a Hadrian y se detuvieron.

Caledonia envió a Hadrian una mirada llena de furia por encima de la cabeza del pequeño.

—De verdad, señor St. Claire, solo ha sido un accidente. Solo estaban divirtiéndose, ¿a que sí, chicos?

Los tres asintieron al unísono. Uno de los niños, alto y desgarbado, que llevaba un gorro de lana y unos pantalones con remiendos a la altura de las rodillas sujetos a la cintura con una cuerda, se atrevió a dar un paso al frente para recoger la pelota. Con la nuez de la garganta subiéndole y bajándole, el muchacho tragó saliva antes de hablar. Por su determinación debía de ser el mayor.

—No queríamos molestar, señor, de verdad que no —dijo, mirando entonces al niño rubio, el más pequeño de los tres, sobre cuyo hombro Caledonia había posado una mano—. Lo que pasa es que Ned no tiene muy buena puntería, eso es todo.

—Oliver Tuttle, retira eso ahora mismo o... —le dijo el pequeño Ned, como si de repente su orgullo masculino le hubiera hecho olvidar el miedo. Dando un paso hacia delante con los puños cerrados, dejó atrás la mano protectora de Caledonia.

—¿O qué? —preguntó Oliver, que le sacaba la cabeza y más. Entonces se acercó para enfrentarse a él.

En los labios de Caledonia se dibujó una sonrisa, suficiente para que Hadrian se olvidara de la regañina que había estado a punto de echar a aquellos mocosos.

—¿Sabéis una cosa, chicos? Juego muy bien al fútbol, o, por lo menos, solía hacerlo. Quizá pueda daros algunos consejos, ¿qué os parece? —les dijo Callie mirándolos con dulzura.

Los ojos de Ned se abrieron como platos.

—Pero usted... es una chica.

Oliver le dio un codazo en las costillas.

—Es una dama, idiota.

Su sonrisa se hizo entonces incluso más amplia y dejó a la vista aquellos bonitos hoyuelos que Hadrian solo había visto antes una vez, cuando se conocieron.

—Puede que sea una chica, pero crecí jugando a muchos de esos juegos a los que a las niñas no se les anima a jugar.

Entonces alargó la mano para atrapar la pelota y Oliver tuvo que aceptarlo y rendirse.

Consciente de que se había convertido en un mero espectador, Hadrian volvió a su cámara. Deslizándose bajo la cortinilla del aparato, enfocó antes de disparar.

Olvidándose de que el fotógrafo estaba allí, Caledonia levantó la pelota por encima de su cabeza y luego la hizo descender, para atraparla con su pie derecho y empezar a darle patadas. La pelota subió hacia arriba, un buen tanto, coincidiendo con una ráfaga de viento. Como si fueran la vela de un barco, el aire levantó las faldas de la mujer y dejó a la vista, desde su esbelto tobillo hasta la bien formada rodilla.

Al estar detrás de la cámara, Hadrian no se perdió detalle y se quedó helado. Con un solo clic podría obtener, si no la maldita fotografía que Dandridge quería, sí al menos una bastante comprometedora. Sin embargo, no movió un dedo y dejó que la oportunidad pasara.

Ella se tiró de las faldas hacia abajo justo en el instante en el que el pequeño Ned, con la mano colocada por encima de los ojos para darse sombra, miraba fijamente hacia el lugar donde había caído la pelota.

—Vaya, es usted... muy buena —dijo el pequeño echándose hacia atrás.

Caledonia se rió.

—Caramba, gracias por el cumplido. También solía jugar muy bien al cricket, aunque lo que más me gusta es correr, más que batear, y eso que hacerlo con faldas resulta un poco más difícil para nosotras —dijo ella guiñándole un ojo.

Los dos niños mayores se marcharon en busca de la pelota, pero Ned regresó a donde estaba ella.

—Aunque sea una chica, puede jugar en mi equipo siempre que quiera —dijo ceceando y levantando los ojos para mirarla.

El niño se alejó arrastrando los pies y luego se detuvo, se dio la vuelta, se lanzó a sus faldas y le dio un abrazo muy fuerte.

—Gracias, cielo. Es lo más bonito que me han dicho en mucho tiempo.

Conteniendo las lágrimas, le acarició la cabeza y le animó a que regresara con sus amigos. Con un abrazo final, el muchacho partió. Ella

se quedó mirándolo durante un buen rato, con tal cara de nostalgia que Hadrian se conmovió. La tristeza podía palparse en su rostro, y eso produjo un eco doloroso en su interior que le llegó al corazón.

—Le gustan los niños, ¿verdad?

No era en realidad una pregunta, sino simplemente algo que se le ocurrió decir para romper el silencio.

Como si de repente recordase que estaba allí, Callie se volvió hacia él.

—Sí. ¿Le sorprende?

—Un poco —admitió, inclinándose hacia delante para enfocar el objetivo a sus ojos.

¿No fue el filósofo estadounidense, Thoreau, quien dijo que los ojos son el espejo del alma? Si eso era cierto aunque solo fuese a medias, Caledonia Rivers debía de tener un alma preciosa. Un hombre menos precavido podría caer de cabeza a sus pies al contemplar aquellos ojos verdes, tan serios y tan tristes.

—Lo dice porque la maternidad es la vocación sagrada de la mujer, ¿verdad?

Lo afilado de su tono le decía que había tocado un asunto sensible, algo que, de alguna manera, la había herido.

Hadrian pensó en su madre, que pasaba la mitad de su tiempo emborrachándose con ginebra y la otra mitad abriéndose de piernas ante cualquier hombre dispuesto a pagar por sus servicios. Si la maternidad hubiese sido una «vocación», sagrada o no, su madre lo había disimulado muy bien.

Saliendo de debajo de la cortinilla de su cámara, sacudió la cabeza.

—Al verla con esos niños, no he podido evitar pensar que usted sería una madre maravillosa.

Ella bajó la mirada hacia el suelo helado.

—Creo que ya es un poco tarde para tener una familia. Casi tengo treinta años —dijo ella, revelando su edad como si fuera un sucio secreto o, como mínimo, algo de lo que tuviera que avergonzarse.

—Bueno, no es para tanto.

Con la mirada perdida en la distancia, Callie agitó la cabeza.

—Tener una familia me distraería o, como mínimo, sería un obstáculo para mi labor. No sería justo para nadie, y menos para los niños.

La frialdad de su respuesta le chirrió un poco, quizá porque su propia madre le había hecho sentirse como si fuera un estorbo.

—Ah, sí, la noble causa según la cual ningún sacrificio es demasiado grande.

Después de sus palabras, lo que él esperaba era alguna de esas mordaces réplicas, pero en cambio se encontró con que se quedó mirándolo durante un rato antes de decir nada.

—¿Y qué hay de usted, señor St. Claire? Debe de haber algo que le importe, algo por lo que esté dispuesto a sacrificarse.

El hecho de que ella pensara que en él había cierta nobleza innata estaba tan fuera de contexto que tenía que reírse. ¿Acaso aquellos ojos tan sagaces no podían ver quién era y qué era en realidad?

Sacó el pañuelo y se dispuso a limpiar el polvo del objetivo de la cámara como si aquello fuera lo más importante del mundo.

—Lamento desilusionarla, pero me temo que la mera supervivencia consume todas mis energías.

—Sin embargo tiene que haber algo o alguien que le importe.

Su perseverante mirada le obligó a estrujarse la cabeza. Gavin y Rourke eran más hermanos de sangre que amigos; eran lo más parecido a una familia que tenía. También le importaba Sally, aunque el ardor de juventud que había sentido por ella se había convertido con los años en simple amistad. Más allá...

—Hubo un tiempo en que deseé llegar a ser como Roger Fenton, pero de eso hace mucho —dijo y, viendo que con la mirada le decía que no sabía quién era ese personaje, añadió—: Fenton fue el fotógrafo que documentó en imágenes la guerra de Crimea; sin embargo, lo que yo quería hacer era un reportaje sobre la pobreza en Inglaterra, Londres particularmente.

Los ojos de ella se iluminaron, lo que no pasó desapercibido para Hadrian. Dios, esos ojos eran capaces de atrapar la luz y el corazón de un hombre, su corazón, como jamás otros habían logrado.

—Todavía está a tiempo de conseguirlo, ¿no le parece?

Él se encogió de hombros y se guardó el pañuelo en el bolsillo.

—El trabajo por encargo paga las facturas; la caridad, no. En cualquier caso, el mundo está lleno de mártires. Los individuos interesados como yo existimos para mantener un cierto equilibrio.

Ella sacudió la cabeza, más que enfadada, defraudada por la respuesta, como si él fuera un caso perdido.

—¿Por qué será que creo que quiere hacerme picar el anzuelo?

Él sonrió.

—Pues, francamente, señorita Rivers, o Caledonia, si me permite el atrevimiento, no tengo ni idea.

—Si quiere llamarme por mi nombre de pila, llámeme Callie. Las únicas veces que me llaman Caledonia son cuando hay problemas de algún tipo.

Después de decir aquello la joven sonrió. Fue una sonrisa suave, sencilla, que le hizo volver al escondite de su cámara, bajo su cortinilla, y no porque fotografiarla así le pusiera más cerca de llevársela a la cama, sino porque, por algún motivo, quería captar este instante y guardarlo para siempre.

—De acuerdo entonces, que sea Callie. Si piensa seguir rebuscando entre las profundidades oscuras de mi alma, entonces será mejor que me llame Hadrian.

Tiró del cordón del disparador de la cámara. El pum que hizo el aparato confirmó que su imagen, que aquella sonrisa, estaba grabada y formaría parte de la historia, o, como mínimo, de la historia de ambos.

Enderezándose, miró por encima de la cámara.

—Entonces dígame, Callie, ¿qué piensan sus padres acerca de su determinación de seguir adelante sin un marido ni hijos? —le preguntó para proseguir enseguida—: ¿O es que tiene suficientes hermanos como para mantener llenas las habitaciones para niños de la familia?

De repente, su rostro se ensombreció.

—Tengo un hermano mayor al que hace años que no veo. Su esposa y él tienen gemelos, dos niños, y mis padres están encantados de

que lo sean, por aquello de mantener el nombre de la familia y demás —respondió, sin mirar demasiado hacia donde estaba, sino más allá.

—¿Cómo son sus padres?

Ella hizo una pausa.

—Serios, convencionales. Mi padre es el penúltimo patriarca. Mamá lleva la casa con puño de hierro pero, a pesar de eso, ni se le ocurriría leerse un periódico, y mucho menos formarse una opinión propia sobre nada. Aparte de las contadas visitas que les hago durante las vacaciones, nuestro contacto se limita a la correspondencia, bastante exigua, por cierto. Supongo que está claro que mi familia no aprueba mi actitud.

Mantuvo un tono firme y, aun así, le pareció que aquel estado de cosas producía en Callie un cierto dolor.

—Ellos se lo pierden, estoy seguro —dijo él, no porque intentara cortejarla, sino porque, simplemente, le parecía que así era.

—¿Qué me dice de usted? ¿Tiene familia aquí, en Londres?

Él movió la cabeza, maravillado por el esmero con que ella se las había arreglado para dar la vuelta a la conversación y hablar de él otra vez. Volvió entonces a pensar en la historia que Gavin y él habían vivido, después de que él regresara a Londres un año antes.

—Soy hijo único —le dijo él.

Era cierto, o por lo menos lo era hasta lo que él sabía, pues, de niño, había soñado con tener un hermano de la misma manera que soñaba con vivir en el campo. No fue hasta que hubo dejado Londres, y con la ciudad su pasado, para empezar de nuevo en Roxbury House cuando se dio cuenta de que aquello era lo que siempre había deseado.

—Un hijo único y un chico que debe de haber tenido muchos tíos y abuelos para mimarlo.

El retrato de familia feliz que ella estaba dibujando suponía un contraste tan duro y cruel con las circunstancias reales que había vivido en su infancia que el viejo sentimiento de amargura que lo embargaba cuando era un niño, y que creía enterrado para siempre, pareció salir a la superficie una vez más.

—Ni mucho menos. Mi madre era... viuda —dijo, pensando en la otra mujer que trabajaba en casa de madame Dottie, Sallie, de la que, por alguna extraña razón, había decidido hacer algo bello—. Tuve un montón de tías que me mimaron hasta la saciedad. Después de que mamá, madre, muriese, viví en un orfanato durante algún tiempo. Resultó ser un gran cambio.

—Lo siento. No pretendía curiosear en su vida —dijo ella, con los ojos tristes, tristes por él.

Hadrian se encogió de hombros para indicar que no tenía importancia y también por otro motivo, y es que el hecho de que ella sintiera pena de él le hería profundamente.

—No era un sitio tan malo. De hecho, todo lo contrario. Estaba en el campo, y con el tiempo hice tres amigos allí, uno de los cuales vive actualmente en Londres.

—¿Y los otros dos?

—Uno era un escocés grandote y valiente, Patrick, que se apellidaba Rourke. Lo último que supe de él era que estaba en el norte de Escocia trabajando para el ferrocarril. En cuanto a la pequeña Daisy, fue adoptada por una pareja, un hombre y una mujer que no eran matrimonio pero que iban a hacer el papel de padres para ella, y desapareció para siempre.

—¿Así que se quedó solo?

La forma en que lo dijo le recordó lo mucho que le había dolido verse abandonado otra vez.

—Sí, creo que sí —dijo, encogiéndose de hombros y tratando de ocuparse en algo, como cambiar las placas de la cámara de fotos que ya habían sido utilizadas y colocar otras nuevas. Consciente de que ella lo estaba mirando, levantó la vista y añadió—: ¿En qué está pensando ahora? —preguntó.

No estaba jugando con ella, no esta vez. Por algún motivo, quería saberlo.

Ella se volvió para mirarlo con una sonrisa en los labios, unos labios que, de repente, quería besar, como si lo necesitara.

—Que está empezando a hacer frío, aunque ya sé que usted está cumpliendo con su parte de nuestro acuerdo.

Habría apostado cualquier cosa a que aquello no tenía nada que ver con lo que ella había estado pensando en realidad. Sin embargo, no quiso presionarla.

—Ha llegado la hora de recoger el equipo y marcharse, ¿no le parece? —le dijo, enderezándose y alejándose de la cámara—. Y sí, es cierto, parece que hace frío. Creo que eso tampoco me ayuda a trabajar porque el objetivo de la cámara empieza a empañarse. ¿Qué le parece si tomamos esa taza de té que le ofrecí el otro día, Callie?

※ ※ ※

Cuando la invitó de nuevo a tomar el té en su casa, no esperaba que fuera a aceptar. Como norma, una joven de buena familia como Caledonia Rivers nunca consentiría en ir a la casa de un soltero, aunque fuera una de esas que están encima de una tienda. Por eso, se había preparado, si no para una batalla verbal exactamente, sí para una negativa que no le dejaría ningún género de dudas. Pero, en lugar de eso, ella lo miró apenada e hizo una pausa más larga de lo habitual, para acabar asintiendo con un rápido movimiento de cabeza y un «sí, muy bien».

Después de todo, bajo aquella blusa tiesa y abotonada hasta el cuello y aquellas faldas almidonadas había una mujer.

Y él era un hombre.

Caminaron en silencio, algo que parecía apetecerles a los dos. Cuando llegaron y entraron en la tienda, Hadrian dio la vuelta al letrero que había en la puerta por el lado en que se leía «Cerrado» y dio una vuelta a la llave. Observó que Callie vagabundeaba por su estudio, aparentando estar interesada en las fotografías que tenía enmarcadas, aunque lo más probable era que ya las hubiera visto antes, cuando había posado para él.

Como si pudiera sentir los ojos de aquel hombre sobre ella, se apartó de la pared y le dio la cara. Hadrian sintió que algo en su interior

le cedía el paso como si estuviera a punto de robar un objeto que ni siquiera le estaba permitido tocar.

—Estos están muy bien. Quise decírselo el otro día. No soy ninguna experta en el arte de la fotografía, pero creo que tiene talento.

Él la miró con los brazos cruzados.

—Algunos dicen que no se trata de un arte, sino como mucho de un oficio.

Ella le sonrió con aquella sonrisita de Mona Lisa que tenía, que producía sin duda un intenso efecto en sus entrañas.

—Si me permite que se lo diga, usted no parece alguien a quien le importe mucho lo que dicen los demás —comentó ella.

—Es cierto, pero sí me importa lo que usted diga o lo que piense.

De repente, Hadrian se dio cuenta de lo que había dicho sin pensar. Habría dado todo lo que tenía porque aquellas palabras volvieran a su boca, todas y cada una de ellas.

—Dígame, ¿cómo funciona exactamente? —preguntó ella sorprendiéndole.

—¿Cómo dice?

Callie cruzó la habitación hasta llegar a donde él estaba.

—La mecánica de la cámara, por dentro. Me deja atónita que algo que se ve a través de un objetivo acabe por transformarse en una representación física que puedo sostener en la mano y ver con mis propios ojos.

Aunque pareciera ridículo, le gustó que se interesara por todo aquello. Le indicó con un gesto que se acercara a la cámara que él acababa de dejar en su mesa de trabajo.

—El proceso requiere la alineación de tres componentes: luz, una cámara oscura con una abertura a través de la cual la luz pueda pasar, y una sustancia sensible a la luz, que en este caso es una placa de cristal revestida de una emulsión gelatinosa que contiene unas sales fotosensibles —le explicó, apuntando con el dedo a cada punto.

Ella asintió con la cabeza.

—Pero ¿cómo se consigue fijar la imagen?

Buena pregunta, sí señor. La manera en que se lograba capturar la imagen y evitar que se desvaneciera era el enigma que atormentaba a los primeros fotógrafos, como sir Humphrey Davy y Thomas Wedgwood, hasta una fecha tan cercana como 1802.

—Tras la exposición, empleo un agente químico que fija la imagen y, después, se deja secar la placa y ya está.

Callie frunció el ceño.

—Parece un proceso bastante largo.

Él se encogió de hombros.

—Solo dura unos minutos.

Ella agitó la cabeza, sorprendida como una chiquilla, con aquella bonita cara iluminada por la luz del mediodía.

—Pensar que en tan solo unos minutos usted puede hacer algo que perdurará quizá cambie el mundo para siempre.

—Cambiar el mundo, claro. Esa es su misión, no la mía —dijo, recordando que, hasta no hacía tanto, él había soñado con utilizar sus dotes de fotógrafo precisamente para eso—. En cualquier caso, nada dura eternamente, ¿no le parece?

Como idealista que era, Callie se tomó aquellas palabras de la manera que él esperaba.

—¿Y qué hay del Partenón, de la torre de Pisa, de...?

Hadrian tuvo que hacer un esfuerzo enorme por reprimir el deseo de sellar aquella bonita boca con la suya.

—Como nunca he visto ninguno de esos lugares, tendré que dar su palabra por buena. Sí he visto una fotografía de la torre de Pisa. Es una torre que está torcida, que se está cayendo, ¿verdad?

Ella empezó a reírse con ganas. Era como escuchar unas campanillas al viento, un sonido maravilloso que no había vuelto a oír desde su primer y accidentado encuentro.

—Está bien, de acuerdo, unos cuantos siglos, más o menos —dijo. Y encogiéndose de hombros añadió—: Mi trabajo acabará en la basura mucho antes.

—¿Por qué dice eso? —preguntó ella, ladeando la cabeza.

—Es el lado oscuro de la naturaleza humana: supongo que solo se valora lo que cuesta conseguir. Buena parte de mi trabajo como retratista implica hacer ferrotipos, nada más, y eso tiene poco de artístico. Las galerías de arte los desprecian y muchos de los fotógrafos más prestigiosos se niegan a exponer su obra junto a imágenes que resultan tan fáciles de obtener y, por tanto, tan accesibles a las masas.

—Me parece una bobada.

—Bueno, pues puede que lo sea o puede que no.

Seguro que alguien como Fenton no tenía que preocuparse por si podía pagar o no el alquiler del mes siguiente. Desde luego, nunca tendría que vender su alma a alguien tan odioso como Dandridge. Y no era solo su alma la que había vendido, sino también la de Callie. Eso sí que lo sentía.

Antes de que la melancolía hiciera mella en él y lo ablandara, aprovechó la oportunidad para seguir hablando.

—En realidad, la única forma de entender cómo funciona el proceso fotográfico es hacerlo uno mismo. ¿Le gustaría a usted probar?

El motivo para hacer tal invitación era doble. Por un lado, le encantaría compartir la pasión de su vida con una aprendiz brillante y deseosa de aprender; por otro, el trastero que le servía de cuarto oscuro estaba arriba, y aquella era una excusa excelente para lanzar el anzuelo, hacer que picara y arrastrarla hasta sus habitaciones.

Ella dudó.

—Debería saber que nunca he sido muy... artística.

—Tomará una fotografía. Nada de acuarelas ni bloc de dibujo, lo prometo. Diez minutos, eso es todo. ¿Podrá dedicarle todo ese tiempo a la ciencia?

Estaba bromeando abiertamente con ella, que en lugar de ofenderse le sonrió.

—De acuerdo entonces, si no le importa que yo esté fisgoneando por ahí.

—Fisgonee todo lo que quiera, señorita Rivers, pero antes tomemos ese té que le había prometido.

Capítulo 6

«La historia de la humanidad es la historia de las repetidas vejaciones y usurpaciones perpetradas por el hombre contra la mujer con el único objetivo de establecer una tiranía absoluta sobre ella.»

Declaración de Seneca Falls, 1848

Hacía frío en el piso de arriba, o por lo menos fresco. Hadrian cerró la puerta tras de sí y se dio la vuelta, haciendo un esfuerzo por adivinar cómo vería Caledonia Rivers aquel entorno, los pocos muebles que tenía, todos de segunda mano, una hamaca colgada detrás de un biombo de madera de teca, la mesa donde comía, un diván cuya tapicería de terciopelo estaba apolillada y que usaba como decorado para las mujeres que se hacían las fotografías más atrevidas.

Al ver que Callie se frotaba las manos se apresuró a preparar el té. Tenía un pequeño hornillo de gas, regalo de Gavin, que le había dado casi vergüenza aceptar, aunque al final lo había hecho, sobre todo por evitar una discusión. Ahora agradecía tenerlo. Encendió el quemador de parafina, llenó el hervidor con agua del grifo y lo puso al fuego, y acto seguido calculó la cantidad de té que esperaba fuera la correcta para prepararlo como es debido.

Ella se desplazó hasta la mesa y se inclinó para oler el centro de rosas que él había comprado en la floristería del barrio a un precio escandaloso. Después, por la tarde, y siguiendo su plan, arrastraría una de esas flores rojas por la blanquísima y desnuda piel de aquella mujer.

Pero antes había que fingir que lo que quería en realidad era tomar el té. Siguiendo su plan, vertió el agua hirviendo en la tetera de porcelana del delicado juego de té que había tomado prestado de la casera, que le juró que le partiría un brazo si se lo devolvía con alguna taza desportillada.

—¿Le gusta solo o con leche? —le preguntó, tirando a un lado la manopla de cocina que había utilizado para no quemarse al servirlo.

—Con crema, por favor, y mucho azúcar.

No tenía crema, solo leche. Con la esperanza de que no se hubiera echado a perder, abrió la nevera y la olió. Satisfecho, derramó un poquito en cada taza, añadió varios terrones de azúcar y se lo llevó todo a la salita de estar.

Encontró a Callie sentada en el diván acariciando a *Dinah*, que parecía estar lo bastante en forma como para saltar sobre su regazo.

—Así que no solo le gustan los niños. Según parece, los animalillos peludos también son de su agrado.

Ella aceptó la taza de té asintiendo con la cabeza en señal de agradecimiento, inhalando el aroma que desprendía antes de dar un sorbito.

—Me encantan los animales de todos los tamaños, especialmente los caballos, aunque hace mucho que no monto —dijo dejando la taza en la mesita.

Hadrian recordó los caballos que había en los establos de Roxbury House, la mayoría de los cuales eran demasiado viejos o estaban demasiado débiles para montarlos. Como a los niños perdidos, el orfanato le había proporcionado un lugar seguro. Ayudar al mozo de cuadra que se ocupaba de estos animales había sido una de las tareas que más le gustaba hacer.

Sentándose en el cojín que se encontraba al lado de ella, tomó un sorbo de té y empezó a bromear.

—¿Debería entonces hacerle la próxima fotografía montando a caballo? Sería algo así como la de un general comandando a sus tropas.

Notó que ella se sentía incómoda; ya fuera por el comentario que acababa de hacer o por su cercanía. O por ambas cosas, no sabría decirlo. Ella echó un vistazo rápido al reloj de pulsera que llevaba.

—La clase que iba a darme, casi lo había olvidado.

—Una alumna entusiasta, por lo que veo. Esas son las mejores —dijo él, dejando el té en la mesita, al lado del suyo, y levantándose, a la vez que le indicaba que lo acompañara a donde estaba la cámara fotográfica.

Levantando la cortinilla de la cámara, la animó a que se metiera debajo. Ella dudó y luego se agachó.

Hadrian colocó la cortinilla de manera que le tapara la cabeza y los hombros. Al hacerlo, no podía dejar de percibir la maravillosa fragancia floral que desprendía su cabello.

—Al mirar a través de esa pequeña pantalla podrá ver lo mismo que capta el objetivo de la cámara. Así es como se enfoca antes de disparar.

—Ah, sí, ya lo veo. Pero es tan pequeño —dijo Callie pasados unos minutos con la voz apagada.

Él sonrió.

—Más allá de eso, la dirección de la luz es el factor más importante para hacerse una idea de conjunto de cómo será la fotografía. El botón que sirve para regular la apertura del objetivo es el encargado de controlar cuánta luz se deja entrar. Si falta luz, la fotografía saldrá oscura; si hay demasiada, se arriesga a que haya demasiados destellos y la imagen se deteriore.

Para demostrárselo, llevó las manos a la parte delantera de la cámara y empezó a jugar con el enfoque.

Entusiasmada con la clase, ni siquiera se le ocurrió pensar en cómo su increíble trasero se inclinaba hacia arriba, quedando a pocos centímetros de la ingle de él. Inclinándose en su dirección, cambió de posición y, al hacerlo, le rozó con la cadera en el muslo. A Hadrian se le secó la boca de deseo. «Mal asunto», se dijo. En este juego de gato y

ratón se suponía que era él el depredador, el cazador. Lo que no esperaba era sentir algo por el ratón, no se lo podía permitir.

—Lo primero que hay que hacer después de poner a punto el equipo es enfocar hacia lo que se quiere fotografiar, que, en este caso, soy yo —dijo aclarándose la garganta.

Saliendo de debajo de la cortinilla de la cámara, se enderezó y se volvió para mirarle.

—¿Así que usted es lo que quiero fotografiar?

Pensando en lo bonita que se la veía con el cabello revuelto, asintió.

—A no ser que prefiera hacer una fotografía de algún objeto inanimado, como por ejemplo ese diván que ahora está vacío. Le sugiero que me diga en qué posición desea que me coloque. Le prometo que no me moveré ni un centímetro. A diferencia de otras personas, yo sí soy capaz de permanecer quieto.

—¿De veras? Pues vamos a verlo.

La repentina sonrisa de ella, deliciosamente diabólica, hizo que él también sonriera y olvidara por un momento que aquello no era un pasatiempo, sino un juego que él debía ganar a toda costa.

Hadrian se aproximó al diván, se inclinó hacia ella y extendió los brazos de la misma forma que había hecho ella en el parque. La diferencia radicaba en que ya no estaban en la calle, a la vista de todos, sino encerrados en aquel espacio tan reducido, en su estudio.

—Haga conmigo lo que quiera.

Ella dudó y cruzó la estancia en dirección a él. Hadrian no se movía, se mantenía erguido, mirándola con atención. Después de todo, el objetivo de aquel juego no era otro que ella le tocara.

—Muy bien, siéntese.

Él agitó la cabeza, negándose a moverse.

Contrariada, le presionó con suavidad en el pecho, empujándole. Él pretendía dejarse caer en el asiento, lo que arrancó las risas de ella.

Hadrian se estaba divirtiendo.

—El fotógrafo no es solo un científico. Él o ella —dijo de manera intencionada— tiene que ver la escena con los ojos de un artista, te-

niendo en cuenta mil y un pequeños detalles que contribuyen al todo que es la composición.

—¿Qué tipo de detalles?

—El contraste, sin ir más lejos. Por ejemplo, colocarme con esta camisa blanca sobre un fondo blanco ofrecería un contraste muy pobre, mientras que hacerlo sobre uno negro daría al conjunto un contraste máximo pero quizá demasiado fuerte. Si queremos conseguir un detalle alegre, podemos utilizar esas flores que están en el jarrón que hay encima de la mesa. Así tendríamos un punto de interés, algo que llamaría la atención de quien mira.

Siguiendo su recomendación, ella miró hacia la mesa. Se acercó a ella y sacó de aquel desportillado jarrón de cerámica una de las rosas. Volvió, cortó parte del tallo y se la alargó.

—Quedaría impresionante si se la pusiera en la solapa, ¿no le parece? Como todo un caballero.

Callie estaba empezando a entender cómo funcionaba aquello.

—No puedo verme, pero usted a mí, sí, así que lo mejor será que lo haga usted misma —le dijo, primero porque era cierto y, segundo, porque quería obligarla a tocarlo.

Ella le puso la flor en el ojal y luego dio un paso atrás para ver cómo había quedado.

—Por favor, ponga el brazo sobre el respaldo del sofá, estirado.

—¿Así?

Él mantuvo el brazo tieso a propósito, de modo que la posición resultara desmañada, si no antinatural.

—No, no, así no, mejor así...

Con una mano sobre su muñeca, se inclinó sobre él, con la boca apretada debido a la concentración, su aliento con aroma a menta que acariciaba su cara, su pecho que subía y bajaba bajo aquella blusa almidonada. Hadrian se puso serio al darse cuenta, de repente, de cuánto deseaba levantarse y besarla. No era solo porque besarla y seducirla era lo que le habían encargado, sino porque, de estar en otra situación, en una en la cual pudiera ser honesto, le encantaría hacerlo.

Y como para nada era una buena persona, porque en realidad era un mal tipo, cuando ella se volvió para ajustarle la flor en la solapa forzó la posición para que el pecho de ella lo rozara.

Ella echó la mano hacia atrás como si quisiera abofetearle. Preparándose para la explosión, Hadrian advirtió que en el dedo índice de ella había una marca de color carmesí y se dio cuenta de que se había pinchado.

No se le había ocurrido pensar en eso, como tampoco lo había hecho en su propia reacción. Aunque todavía no la había tocado directamente, piel con piel, algo en sus pantalones empezó a hincharse y crecer. El brillo en los ojos de ella le decía que se había dado cuenta, que sentía lo mismo y que no todo estaba perdido, al tiempo que empezó a imaginarse en su mente febril toda una serie de imágenes de Callie.

Él levanto la vista para ver lo furiosa que estaba ella.

—No hace falta que me tire un plato a la cabeza ni nada por el estilo. Ha sido sin querer, se lo aseguro.

—Queriendo o sin querer, un caballero pediría perdón.

Asimilando la mirada que aquellos ojos oscuros le lanzaron y el temblor y humedad que se adivinaban en su boca, no era precisamente ira lo que Hadrian veía, sino deseo, deseo en estado puro.

—Debo recordarle, de nuevo, que no soy ningún caballero. ¿Lo había olvidado, Callie? Y, además, nunca pido perdón.

Entonces, él alargó la mano, le agarró la suya y se metió el dedo que sangraba en la boca.

✳ ✳ ✳

—Creo que tu gata se pondrá celosa.

Ella yacía sobre Hadrian, en el diván, con la barbilla ligeramente apoyada sobre el pecho de él, cuando echó una mirada hacia la gata blanca y negra que permanecía en el respaldo del sofá. Moviendo la cola y con las orejas tiesas, parecía como si aquel felino estuviera dispuesto a abalanzarse sobre ellos.

Hadrian la siguió con los ojos.

—A nadie le gusta que le quiten el sitio, y *Dinah* está demasiado mimada, acostumbrada a llevarse siempre todas mis atenciones.

Apoyándose en un codo, Callie le sonrió, sintiéndose deliciosamente sensual y totalmente viva por primera vez en... bien, en toda su vida. Estar en la cama con un hombre, hacer algo así con alguien que ni era su marido ni, probablemente, lo sería, es lo último que debiera haberle ocurrido... Y, aun así, no sentía remordimiento alguno.

—Bueno, no puedo decir nada sobre eso, ya que la estoy culpando.

Él deslizó una mano hasta la nuca de ella, haciendo que bajara y se acercara más a él para capturar su boca en otro de aquellos largos y lánguidos besos que hacían que el pulso de ella se acelerara, y también su sexo. Ella hubiera empezado a arrancarle la ropa de haberse atrevido.

—En el caso de que no te hayas dado cuenta, te diré que tanto mis atenciones como mis ojos, labios y manos, han estado dedicados a ti durante la última hora más o menos.

Aunque había dicho que no era un caballero, una vez que la atrajo hacia sí había actuado como tal, sin presionarla para que diera más de lo que ella quisiera dar, sin desnudarla rápidamente, sino desabrochando un único botón del vestido que llevaba.

—¿De veras ha pasado ya una hora? Supongo que nunca me había puesto a hacerte una fotografía.

Riendo, él alargó una mano para tocarle la cara y le acarició una mejilla.

—Puedes hacerme una foto o lo que quieras, siempre que quieras, aunque sería una pena enterrar tanta belleza detrás de la cortinilla de una cámara. Tienes que estar frente a la cámara, no tras ella.

Ella le acarició los cabellos con los dedos.

—¡Qué cosas dices!

—¿Es que no me crees?

Ella le puso la cabeza sobre el hombro, lo que le produjo un sentimiento de puro placer.

—Lo único que digo es que tú eres un poco culpable de todo esto, tú sabes hacer de las cosas algo bello. En mi caso, bueno...

—Oh, Callie, ¿qué voy a hacer contigo? —le dijo, volviendo la cabeza para darle un beso en la cabeza—. Eres una mujer muy hermosa, lo admitas o no. Eres preciosa y me gusta mirarte, tocarte —siguió diciendo, mientras deslizaba una mano por la espalda de ella hasta llegar a los pliegues de la falda, donde se encontraba su bonito trasero—. Muchos pagarían por tener el privilegio de llevarte a la cama.

Sorprendida, Callie sintió cómo le subía el calor por las mejillas. No sabía por qué estaba más paralizada, si por la escandalosa frase de Hadrian o por la traidora excitación que la invadía al pensar en ese hombre, ese hombre que tanto la deseaba.

—¿Pagarías... pagarías por mí? —preguntó ella, volviendo la cara hacia arriba, en lugar de levantarse, indignada.

Mirándola a los ojos, no tuvo ninguna duda.

—Sí, lo haría. En realidad, ya estoy pagando.

—¿Cómo es eso?

Ella se chupó los labios, resecos, consciente del lento y dulce dolor que la invadía entre las piernas. Una sola palabra suya y Hadrian la aliviaría y le daría placer, un placer que, hasta ahora, solo había existido en sus sueños. Pero aun así se contuvo.

—Hay muchas maneras de pagar lo que se debe, Callie —dijo él, contemplando la mirada seria de ella—. Los que pueden, pagan en libras esterlinas. Y los que no podemos, pagamos con nuestro ser. Pero eso es algo que tú ya sabes. Después de todo, ese es el motivo por el que viniste aquí, ¿no es así?

Más que responder a aquella pregunta, se levantó sobre él, tocándose los labios, la frente, los párpados de él, el punto sensible donde el pulso golpeaba un lado de su garganta. Incluso con la ropa que les separaba, la sensación de estar tocando a un hombre de carne y hueso, tras una década de negarse a sí misma y de tener fantasías vacías, resultaba exquisito.

—Me encanta tocarte. ¿Te importa mucho? —preguntó ella, mirándolo fijamente.

—Tócame donde quieras. Donde quieras, salvo en el corazón —añadió él en un susurro y echando la cabeza hacia atrás.

* * *

Hadrian se estaba poniendo una camisa limpia cuando oyó sonar la campanilla de la puerta de entrada de la tienda. ¿Sería Callie? ¿Tan pronto? La había acompañado hasta la puerta hacía escasos minutos. ¿Se habría dejado algo? Quizá fuera incluso mejor, ¿quería de él algo más que un beso?

—Estoy arriba, cariño —dijo pensando que era ella, para que su voz le llegara a través de la puerta entreabierta.

Unas pisadas más pesadas y lentas de lo que él recordaba anunciaron su presencia en el descansillo de la escalera.

—¿Decidida a tomar otra lección de fotografía después de todo? —dijo sin volverse para mirar.

Entonces se dio la vuelta con una sonrisa y vio quien estaba oscureciendo la puerta.

Con el bastón en la mano, Josiah Dandridge cruzó el umbral.

—Creo que le dejaré eso a usted, St. Claire.

A pesar del calor que había sentido al pensar que, de nuevo, estaba allí Callie, Hadrian sintió cómo la temperatura de la habitación bajaba por lo menos diez grados de golpe.

—¿Por qué ha venido? —preguntó sin más preámbulos.

Apoyándose en el bastón, Dandridge se quitó los guantes lentamente mientras miraba el juego de té para dos que había en la mesa, con el contenido de las tazas casi intacto.

—Una foto de la señorita Rivers retozando en el parque como si fuera una loca escapada de un manicomio y con las faldas por encima de las rodillas no es exactamente el tipo de fotografía comprometedora por el que le estoy pagando un precio exagerado, aunque sin duda es un principio prometedor que servirá para construir todo el entramado contra ella. La quiero.

Así que su instinto, que le decía que les estaban siguiendo, no había sido después de todo una simple paranoia.

—Ha enviado a alguien para que me siguiera.

El viejo hizo caso omiso de la pregunta con un golpe de mano, con aquellos dedos finos y retorcidos como el tronco de un roble nudoso, con aquel vello que por arriba era oscuro y por abajo se tornaba gris. Hadrian miró aquella mano durante un momento, molesto y algo más nervioso, sintiendo que la ansiedad le crecía en el estómago. Era solo una mano, después de todo, y la mano de un viejo. No sabía por qué le inquietaba tanto, pero lo hacía, no podía evitarlo.

«Estoy cansado. No he dormido suficiente. Sí, debe de ser...»

—¿Cuánto tiempo tardará en revelarla?

Hadrian dudó, sopesando si valía la pena decir que la imagen se había echado a perder durante el proceso de revelado. Pero no, un novato podría cometer un error así, pero no un fotógrafo con experiencia como él.

—Me temo que eso es imposible. No he tomado una foto así.

Eso llamó la atención del parlamentario.

—Eso es mentira.

Hadrian cruzó los brazos.

—Si hubiera intentado hacerle una fotografía así, la señorita Rivers se me habría echado encima. Después de todo, no es ninguna tonta.

Pues claro que Callie no era ninguna tonta. Ni tampoco la mala zorra de corazón helado que una vez quiso pensar que era. En lugar de eso, había descubierto en ella a una mujer cariñosa y amante, graciosa y amable. En realidad, era más apasionada de lo que ella misma creía, políticamente comprometida con su causa hasta la obstinación, cierto, pero eso era un pecado pequeño comparado con lo que Dandridge le estaba preparando. Qué podía haber hecho ella para ganarse el odio de aquel parlamentario era algo que no podía imaginarse. Desde luego, tenía que haber sido algo más que repartir algún folleto sufragista en el parlamento.

Otro misterio que tenía que descubrir era por qué demonios le había consentido tanto aquella tarde. Abandonada con docilidad en sus

brazos, le habría resultado fácil arrancarle la ropa y seducirla, y todo eso frente a su cámara, nada menos. Con solo dar un tirón del cordón del disparador de la cámara, habría pagado plenamente la deuda que tenía con Dandridge. Y ahora, lo del parque, acababa de mentir... ¿Por qué?

Dandridge le miró con los ojos entrecerrados.

—Es bonita, ¿verdad?

—Muchos así lo dirían —dijo Hadrian, intentando mantener una expresión neutra.

—No es la opinión de alguien la que a mí me interesa. ¿Cómo la encontró?

Miró a Dandridge, y por su expresión decidió que tenía que elegir sus palabras con mucho cuidado.

—Más que atractiva, yo diría «pasable», aunque la ropa que se pone no es que le favorezca mucho.

Sin previo aviso, Dandridge golpeó el suelo con el bastón, con fuerza, tanta que *Dinah* se asustó y se escabulló.

—¡Entonces elija una, por Dios!

Hadrian no cedió terreno.

—Estamos empezando. Todavía nos quedan, por lo menos, dos sesiones de fotos. Si le hubiese propuesto ni tan siquiera quitarse un guante, habría salido huyendo por la puerta para no volver. Sin embargo, ha prometido que estará aquí mañana.

Dandridge le apuntó con uno de sus dedos huesudos.

—Quizá no sepa cómo funciona una cámara fotográfica, pero sí sé bastante sobre la naturaleza humana, St. Claire, y me parece que vacila.

A pesar de los latidos de su corazón, Hadrian consiguió encogerse de hombros.

—Imaginaciones suyas. Aparte del desafío que supone fotografiarla, esa mujer no significa nada para mí.

Sus palabras lo convencieron. Dandridge retrocedió.

—Procure que siga siendo así.

Con el bastón en la mano, el parlamentario emprendió la marcha. A medio camino, antes de llegar a la puerta, se detuvo.

—El proyecto de ley para el sufragio universal llegará a la Cámara de los Comunes para su lectura final en trece días. Debo tener la prueba en mi mano antes de esa fecha.
—Así será.
—Eso espero, St. Claire. Por su propio bien, no me falle.

※ ※ ※

Con el carruaje rodeando Victoria Embankment, Dandridge corrió hacia un lado la cortinilla y miró hacia fuera. Ahí estaba la inconfundible y oscura forma de aquellos pies, a orillas del río. Golpeó el techo del carruaje con el bastón para que el cochero lo detuviera. Un momento después, se abrió la puerta. El vehículo se hundió cuando un ser enorme y corpulento, con cara de asesino, un viejo abrigo de *tweed* y un sombrero deforme, subió.

Sam Sykes cerró la puerta y se sentó en su sitio, haciendo que los muelles del asiento crujieran.

—Buenos días, jefe
—Ya has tardado demasiado.

Dandridge se volvió hacia su esbirro más reciente y tuvo que batirse en retirada ante lo que percibían sus fosas nasales. «¿Cebolla?», pensó, «¿O será ajo?». Fuera lo que fuese, estaba aderezado con el inconfundible hedor de alguien que no se lava. Siempre había sido molesto, un error suyo, suponía. Aun así, nunca pudo entender por qué el haber nacido en las alcantarillas parecía empujar a quienes lo hacían a llevar consigo aquella pestilencia allá donde fueran.

Y más la gente como Sykes y los suyos.

Dandridge esperó hasta que el carruaje continuó el camino antes de seguir hablando.

—¿Qué tienes para mí? —preguntó.

Echándose atrás contra el respaldo de piel, Sykes dibujó algo con sus manos heladas.

—La mujer ha pasado unas dos horas a solas en la tienda con él.

—¿Estás seguro?

—Oh, sí, me quedé fisgando desde el otro lado de la calle, aunque hacía tanto frío que incluso a un mono de bronce se le habrían helado las pelotas. Les vi entrar juntos y luego a él dando la vuelta al cartel por la cara en que dice «Cerrado». Un par de minutos después se encendió una luz en el piso de arriba, pero la tienda seguía a oscuras. Ella no salió hasta cerca de las tres de la tarde.

Dandridge hizo una pausa para mirar hacia los elaborados mástiles que se veían a lo largo de la orilla, con sus fieros delfines enrollados en la base.

—¿Sola? —preguntó.

Sykes se encogió de hombros.

—Bueno, no exactamente. Él la acompañó hasta la puerta y se quedó ahí.

—¿Cómo los encontraste?

—¿Perdón?

—¿Estaba colorada? ¿Desarreglada? ¿Medio desnuda? —dijo con los dientes rechinándole por el frío.

—Ah, ya entiendo. Ella llevaba el vestido bien abotonado, tocada con uno de esos sombreros tan grandes que están de moda y un abrigo largo que le llegaba hasta los tobillos. Él estaba en mangas de camisa, llevaba pantalones bombachos y también la bragueta abrochada. Me fijé.

Dejando de lado su decepción, Dandridge tomó el paquete atado con cadenas que había en el asiento que estaba junto al suyo y se lo dio a Sykes, con cuidado de que sus manos enguantadas no tocaran ni un solo momento a aquel individuo.

—Ya veo. Sigue vigilándolos hasta que recibas nuevas órdenes.

Los gruesos labios de Sykes se alargaron en una sonrisa que dejó al descubierto una dentadura mellada. Se metió el dinero en el bolsillo del abrigo.

—Oh, sí, lo haré. En realidad, puede decirse que será un placer.

✳ ✳ ✳

—Bien, bien, esto sí que es un encuentro inesperado. Nunca antes te habías escapado para ir de compras en un día laborable.

Callie se asustó. Levantó la vista de los maletines de caballero que estaba buscando para encontrarse a Teddy de pie, a su lado. Vaya, había olvidado que él trabajaba en Harrods, en las oficinas.

—Sí, bueno, necesito comprarme un maletín —dijo intentando sonreír.

Desde que había dejado el estudio de Hadrian, hacía algunas horas, se había obsesionado con la idea de darle algo, un recuerdo, un regalo para que la recordara. Un maletín era perfecto, porque estaba entre lo práctico y lo personal; lo importante era lo personal, desde luego, aunque sin resultar un regalo comprometido. Se había dado cuenta de que el maletín de piel que llevaba con su cámara estaba desgastado, casi raído. Era como si lo hubiera dejado olvidado bajo un montón de encargos y no se hubiese acordado de comprase uno nuevo.

Teddy frunció el ceño, torciendo extrañado uno de los extremos de su bigote encerado.

—Pero ¿no te había regalado Lottie un maletín para tu último cumpleaños? Si está roto ya lo repararemos, solo tienes que traerlo.

Callie se aclaró la garganta. Señor, ¿es que tenía que ser su sino en la vida que la descubrieran siempre?

—No es para mí. Es un regalo... para... una colega —dijo, escogiendo las palabras con mucho cuidado.

—Ya veo.

La mirada herida que le dirigió le hizo pensar que aquel hombre veía con claridad lo que pasaba.

Luchando por no sonrojarse, ella miró de nuevo hacia la estantería donde se exponían los maletines

—El negro es precioso —afirmó.

—Tienes muy buen gusto —dijo Teddy, muy servicial, alcanzando el maletín y abriéndolo a continuación—. El forro es de piel de cordero, no de paño verde, como en modelos de menor calidad. Aunque el paño verde no tiene nada de malo...

—Me lo llevo —le interrumpió ella, desesperada por marcharse y quedarse a solas con sus pensamientos y el nuevo curso que había tomado su vida aquella tarde, importante, desastrosa y, en general, maravillosa—. ¿Cuánto tardarían en grabarlo?

—El caballero que se ocupa de nuestros trabajos en piel tiene algunos otros encargos anteriores al tuyo, pero creo que podré hacer algo —dijo Teddy, haciendo chascar uno de sus tirantes antes de añadir—: Intercederé en tu favor, diré que es para un amigo que espera y todo eso. Debería estar listo mañana, a última hora de la mañana. ¿Es suficiente?

—Oh, Teddy, sería maravilloso. ¿Estás seguro de que no te importa hacerlo?

—Claro —contestó él, golpeando suavemente el suelo con los tacones de sus relucientes zapatos. Mirando hacia abajo prosiguió—: Salgo del trabajo dentro de unos minutos. ¿Hay alguna posibilidad de que te tomes un té comigo en la cafetería de arriba?

—Me encantaría, pero no tengo tiempo.

Después de las horas que había pasado con Hadrian, necesitaba aprovechar hasta el último minuto para ponerse al día.

—No te lo pienses más, vieja amiga. Es solo que... bien, vaya, que te echo de menos, Callie. Te echo muchísimo de menos. Casi no nos vemos últimamente.

Ella le saludó, con la esperanza de que aquello pareciese natural, que no se notara que en realidad ella era culpable, una cualquiera, una mentirosa a punto de que la pillaran.

—Con el proyecto de ley del sufragio universal a punto de volver a la Cámara de los Comunes, estoy tan ocupada buscando potenciales apoyos que no he tenido ni un solo momento para mí. Pero dentro de unos quince días todo esto se habrá resuelto, y un día u otro, como mínimo hasta la próxima sesión, tendremos la oportunidad de charlar y ponernos al día, te lo prometo.

Intentó sonreír, y que la sonrisa pareciera sincera, aunque sentía que el corazón se le hundía como una piedra de molino lanzada a la corriente.

Quince días. Lo que no dijo, porque no podía soportar pensar en ello, era que su retrato también estaría listo para entonces. Eso significaría que ya no le quedaría ninguna excusa para ver a Hadrian St. Claire.

Capítulo 7

«El voto es un derecho de todas las mujeres, así como de todos los hombres, y aunque las más felices y prósperas, las mujeres con buenos maridos y casas cómodas, no sientan lo inmediato de su necesidad, insistimos en ello por solidaridad con las mujeres que lo pasan mal, con aquellas a las que la vida ha tratado de manera injusta; insistimos en la libertad, para que todas ellas puedan compartir las bendiciones de la libertad.»

MARY LEE, South Australia Register, 1890

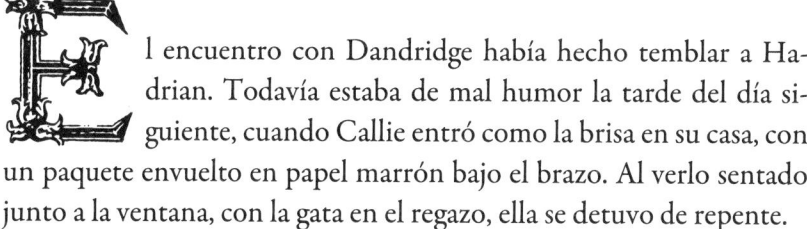l encuentro con Dandridge había hecho temblar a Hadrian. Todavía estaba de mal humor la tarde del día siguiente, cuando Callie entró como la brisa en su casa, con un paquete envuelto en papel marrón bajo el brazo. Al verlo sentado junto a la ventana, con la gata en el regazo, ella se detuvo de repente.

—Hadrian, ¿te encuentras bien?

Sin afeitarse y sin lavarse, sabía que no debía de tener muy buen aspecto y que no olería precisamente bien.

—¿Por qué lo preguntas? —le dijo sin poder resistirse.

—Porque pareces, bueno... no pareces tú.

Le vino a la cabeza la idea de decir que, en realidad, ella no le conocía, o por lo menos no fuera de la cama, pero por supuesto no podía decir algo así. No con esa franqueza y bajo ningún concepto. Dejando a *Dinah* en el suelo, Hadrian se levantó con dificultad, como lo haría un anciano.

—Teníamos una cita. ¿Acaso crees que tu tiempo es el único que importa?

Lo que quedaba de la sonrisa de Callie desapareció para convertirse en desconcierto.

—Claro que no —dijo mirando atrás, hacia la puerta—. Puedo volver en otro momento si lo prefieres. Si la luz no es buena o...

Por lo general, un retraso de diez minutos más o menos no le hubiera importado lo más mínimo, pero desde que se había enterado de que Dandridge le estaba vigilando se sentía más vulnerable y no sabía cómo controlar aquello. Atrapado en semejante lodazal, le resultó fácil convencerse de que el parlamentario y Callie estaban cortados por el mismo patrón. Aparte de sus ideas políticas, ambos buscaban controlar a los demás para conseguir sus propios objetivos. Ningún sacrificio era demasiado si era otro quien lo hacía, alguien que estuviera por debajo de ellos.

—No hay problema con la luz. Siéntate —le dijo, sin esperar a que le respondiera y acercando una silla—. Ahora, háblame de esa reunión, la que era tan importante que ha hecho que llegases tarde.

Ella dejó el paquete que llevaba sobre la mesa y se sentó en el asiento que él le ofrecía.

—Se trataba de una conferencia sobre los apuros de las mujeres y las niñas del East End, impartida por la señora Catherine Booth, fundadora, junto a su marido, del Ejército de Salvación. De la mano de la señora Booth, el Ejército de Salvación otorga a las mujeres la misma responsabilidad para rezar y para trabajar.

—¡Qué... edificante! —dijo con sarcasmo, al tiempo que sacaba otra silla para sentarse él.

Ella dudó.

—Pues sí, lo ha sido. De hecho la señora Booth relató un caso sucedido la semana pasada: una joven, una niña en realidad, llegó hasta ellos en busca de protección, huyendo de un padre que pretendía venderla a un burdel solo para llegar a final de mes.

Hadrian pensó en su amiga de la infancia, Sally, que ahora era la *madame* de la casa donde él había crecido. Su vida había sido dura, sí, pero al menos no se habían muerto de hambre. No había conocido lo que era pasar hambre de verdad hasta que dejó aquella casa para buscarse la vida por su cuenta. El recuerdo de aquel constante vacío en el estómago permanecería en su mente para el resto de sus días. Todavía, en sus sueños, aparecía de vez en cuando.

En sus sueños.

Se encogió de hombros. Tensos como los tenía, casi no se podía mover.

—Ya sea un burdel o un orfanato, la versión del infierno en la tierra que tiene cada cual es diferente. Mejor eso que la niña muriera de hambre, y con ella toda su familia.

Callie hizo una pausa para quitarse los guantes y mirarlo.

—Hadrian, no puedes decirlo en serio.

—Claro que sí, estoy totalmente convencido.

Ella hizo caso omiso del comentario con un movimiento igual al que había hecho Dandridge el día anterior. Más leña al fuego.

—Sería mejor para ella que encontrara refugio en otra parte y aprendiese un oficio, que se ocupara en algo útil para la sociedad.

Por alguna razón, la forma en que ella pronunció la palabra «sociedad» le molestó.

—Algunos dirían que la prostitución proporciona un servicio necesario a la sociedad, una válvula de escape, si lo prefieres.

Hadrian estaba siendo muy desagradable y lo estaba siendo a propósito, con lo que estaba poniendo en peligro el encargo que le habían hecho y su propia vida. Pero es que su vieja osadía se estaba abriendo camino con la fuerza de una droga. No le importaba nada. En verdad, lo

que esperaba era que, al oír todo aquello, ella se marchara. O mejor aún, que saliera corriendo ahora que todavía estaba a tiempo de hacerlo.

«Corre, Callie, corre.»

—Eso es fácil de decir para ti, que eres un hombre —le soltó ella, tirando los guantes sobre la mesa. «Hombre». Lo había dicho así, como echándoselo en cara—. ¿Sabías que, solo en Inglaterra, un vergonzoso cuarenta por ciento de las mujeres solteras viven en la más absoluta pobreza, lo que las convierte en presas fáciles de la prostitución y de otras actividades degradantes?

Bien, por fin era ella, la había provocado, y eso era lo que él quería.

—¿Y qué sabrá alguien como tú de las putas?

El hecho de que, en lugar de hablar de prostitutas, hablara de «putas» era prueba de lo fuera de sí que estaba. Eso debía de haberle servido como señal de aviso, pero de momento no era así. En su estado, lo que le apetecía era gritarle: «Si quieres saber algo acerca de cómo viven las putas, pregúntale a alguien que las conozca. Pregúntame a mí.»

Ella se puso colorada, pero le sostuvo la mirada.

—He oído historias de mujeres que deben hacer la calle para comer.

—Historias, ¿verdad? Dime, Caledonia, ¿te has rebajado alguna vez a hablar con una mujer así? ¿Has hablado cara a cara con alguna?

—No, no exactamente.

—¿No exactamente? —preguntó, toqueteando el trozo de cristal que tenía en la mano y sin el más mínimo rastro de sarcasmo en la voz—. Dime, ¿qué tipo de recompensa les has ofrecido a esas mujeres por contarte su historia? ¿Cinco chelines? ¿Diez? Quizá más, cotillear sobre algo tan excitante lo vale, ¿no es cierto?, para todas esas solteronas que se hacen las buenas y que no permiten que un hombre se acerque a ellas para tocarlas, tocarlas de verdad.

Con las mejillas coloradísimas, Callie se levantó de la mesa.

—Por alguna razón, quieres que discutamos. Estás de un humor fatal y yo no quiero que lo pagues conmigo ni un minuto más.

Entonces recogió su paquete, le dio la mano y se volvió para marcharse, dejando los guantes en la mesa.

Como si estuviera borracho, avanzó hacia ella trastabillando.

—Caledonia. Callie.

Alargó la mano para tocarla, pero algo en su interior hizo que se detuviera.

—Si no te importa, no digas nada más, ni una sola palabra. Cuelga tus malditas fotografías y... cuélgate tú también —le soltó, con el labio inferior temblando.

Dicho aquello, ella se volvió y salió del estudio. Él esperó el portazo de rigor, pero cuando ella cerró la puerta despacio entendió que aquello significaba que no volvería jamás, que era una despedida, no un simple adiós. Lo peor de todo era que no podía culparla. En absoluto. Si tuviese una pizca de decencia, la dejaría ir, dejaría que se pusiera a salvo y aceptaría las consecuencias, lo que le pasara.

Pero, de algún modo, no podía resignarse a que se marchara. No precisamente ahora. No de esa forma.

—Callie, espera.

Hadrian salió tras ella y llegó al vestíbulo. La alcanzó en el descansillo de la escalera y la sujetó con firmeza por los hombros.

Ella intentaba librarse de él agitándose, por lo que el paquete que llevaba se le cayó.

—Quítame esas malditas manos de encima.

Él se mantuvo firme, absorbiendo su dolor, su ira, el calor que desprendía y que le quemaba en las manos.

—Callie, por favor. No te vayas. No así.

—Si me voy ahora, ¿de quién es la culpa? Primero me insultas. No, peor aún, te ríes de mi inteligencia y me desafías, y pones en duda mi honor al sugerir que mis colegas o yo misma sobornaríamos, no, sobornamos, a otras mujeres para conseguir nuestros objetivos políticos. Te burlas de mi... falta de experiencia y acto seguido me maltratas como harías con... una mujer de la calle. ¿Quién demonios te has creído que eres para tratarme así?

¿Quién era? ¿Harry Stone? ¿Hadrian St. Claire? De alguna manera, ambos se habían mezclado en su cabeza.

—Creo que soy el patán que te debe una disculpa, la más humilde y sincera. Nunca debí hablarte como lo hice.

Entonces la liberó de su abrazo. Aunque estaba enfadada, se sentía muy a gusto, muy bien en sus brazos.

—¿Por qué lo hiciste? —le preguntó.

Ella se mantenía erguida y se apartó un poco de él, aunque por lo menos ya no estaba en franca huida.

—El otro día recibí la visita de un... cliente habitual, uno muy influyente, al que no le gustaron mis servicios. He dejado que eso me pusiera más nervioso de lo que debía —le dijo, escogiendo sus palabras con mucho cuidado.

La expresión de Callie se suavizó.

—Deduzco que es un cliente muy importante... ¿O quizá debería decir «una clienta»?

Bajo el ala de su sombrero, Hadrian vio cómo arqueaba una ceja, a modo de interrogante.

—No, era, es, un hombre —dijo, y no sabía si se lo imaginaba o no, pero le pareció ver que ella ponía cara de alivio—. Debido a su importancia, creo que puedo decir que se considera a sí mismo alguien muy influyente.

Dios, aquellos ojos tan grandes y llenos de esperanza le derretían. Casi le rompen el corazón.

—Hadrian, dime la verdad, ¿has desatendido otros encargos por trabajar en mi retrato? Porque si es así, enviaré un telegrama a la señora Fawcett y le pediré que contrate a otro fotógrafo. Estoy segura de que ella...

—No, no será necesario —dijo con el corazón latiéndole desbocado. Entonces se tomó unos minutos para recomponerse antes de seguir hablando con voz más calmada—: En realidad, he atendido todos los encargos. Aseguré al caballero en cuestión que habrá valido la pena esperar por la fotografía que le entregaré.

La tensión contenida que se dibujaba en la boca de ella desapareció, para convertirse en una tentativa de media sonrisa que le pareció cautivadora.

—Entonces todo va a ir bien, ¿verdad?

Oh, cielos, como si algo hubiera ido bien alguna vez.

—Sí, bien, tenemos que esperar y ya veremos —dijo, desesperado por cambiar de tema. Entonces miró al suelo, al paquete que se le había caído a ella. Se agachó para recogerlo—. ¿Qué es esto?

Ella dudó, mordisqueándose el labio inferior.

—Es un regalo… para ti —dijo.

Su turbación le pareció adorable.

—No puedo decir que haya hecho nada que me haga merecedor de ningún regalo, a no ser que sea un trozo de carbón, pero aun así, ¿por qué no lo abrimos?

Volvieron adentro. Él la sujetaba con ligereza por la cintura, con una mano que encajaba perfectamente ahí, como si ese fuera su sitio.

Ella dejó el paquete encima de la mesa y alcanzó unas tijeras para cortar el cordel con el que estaba atado.

—Hace mucho tiempo que no me regalan algo.

—Espero que no te parezca que me estoy apresurando. Es solo que, después del otro día, bien, yo también quería regalarte algo —dijo ella con los brazos cruzados.

Al retirar el papel que lo envolvía, él hizo una pausa para mirarla.

—Callie, lo que sucedió el otro día entre nosotros… En fin, no te regalé nada. No fue una obra de caridad —dijo. Para no arriesgarse a que ella se enfadase más, se concentró en acabar de rasgar el papel para desenvolver el regalo. Sí, señor, un maletín de caballero, tan bonito o más que el que llevaba Dandridge. Entonces la miró y añadió—: Oh, Callie, no tenías que haberme traído nada.

—Ya sé que no es el tipo de regalo que una mujer haría a un hombre al que acaba de conocer, pero pensé… Me pareció ver que el tuyo estaba… muy desgastado, y pensé… Ha sido un capricho, una tontería mía, me pareció que te gustaría.

Emocionado, lo acarició con un dedo.

—Has pedido que grabaran mis iniciales.

Ella asintió.

—El dependiente que me atendió en la planta de caballeros de Harrods se ocupó de ello. Desafortunadamente, no pudo tenerlo listo hasta hoy.

Así que ese había sido el motivo por el que había llegado tarde. Antes había ido a recoger su regalo, un regalo que no se merecía. «Por Dios, Callie, perdóname.»

Moralmente hundido, casi no se dio cuenta de que ella estaba dando vueltas a algo.

—No sabía si tenías un segundo nombre, así que pedí que pusieran H.S. Si no te gusta, o si prefieres tu viejo maletín, no tienes por qué usarlo. No me sentiré ofendida, de verdad. Solo quería... Quería darte algo.

H.S. Podía ser tanto Harry Stone como Hadrian St. Claire, le serviría de todos modos. Levantó la vista para mirarla. Se sentía como si su corazón canalla estuviera a punto de ceder en cualquier momento, pero aun así encontró la voz para hablar.

—Es espléndido —le dijo, pensando que quien era espléndida en realidad era ella—. Me ha gustado mucho que... hayas pensado en mí —añadió, aunque le pareció que aquello sonaba demasiado formal, casi como el tono arrogante que forzaba la mayor parte del tiempo pero sin las maneras propias de ese tono, algo que nunca había sabido imitar—. Será un honor llevarlo. Gracias.

—Me alegro de que te guste —replicó ella encantada, bajando la mirada al reloj que llevaba prendido en el canesú. Al igual que las gafas que había llevado hasta hace poco, Hadrian sospechaba que aquel reloj era un adorno más que otra cosa—. Tengo que marcharme.

Entonces se volvió.

—Callie... espera, por favor.

Ella se volvió lentamente hacia él.

—¿Sí, Hadrian?

Él dudaba, no sabía qué diablos decir para compensarla, aliviar su dolor, hacer que todo volviese a ser como antes entre los dos o, por lo menos, mejor de lo que estaba ahora.

—Hay un algo, un sitio que quiero enseñarte. Por favor, piensa en ello como mi regalo para ti —le dijo, y ante su mirada perpleja añadió—: Una conferencia, por muy bienintencionada que sea, nunca puede sustituir a la realidad.

—Hadrian, ¿qué me estás proponiendo?

—Antes de que sigas adelante con tu causa, ¿por qué no acercarse al East End y ver a esas personas con tus propios ojos?

※ ※ ※

La calesa de alquiler les llevó hasta el mercado de Covent Garden. Hadrian pagó la carrera y pidió al cochero que les dejase en la entrada de la calle Rusell. Al entrar en el mercado, Callie vio que los pasillos estaban prácticamente desiertos, con las mercancías expuestas desde la mañana. Hadrian le explicó que mientras algunos vendedores ambulantes estaban ya recogiendo, otros continuarían con los puestos montados hasta que anocheciera para atraer la atención de los primeros espectadores que se acercaban hasta el teatro.

Hadrian llevaba una cámara colgada del hombro, pero todavía no la había sacado de la funda. Mientras se preguntaba por qué la había traído si no pensaba hacer fotos, Callie se daba una vuelta por los puestos de comida, que ofrecían al público desde delicias como piñas, limones y otras frutas de importación hasta bollos calientes y anguilas en gelatina. Dudaba si comprarse un cucurucho de castañas asadas cuando la voz de una mujer con un tono característico le llamó la atención desde el otro lado del mercado. Era una mujer alta y rubia, que permanecía de pie frente al puesto de empanadas calientes.

—Por el amor de Dios, Tim Brody, ten corazón. Soy una muchacha que tiene que comer, ¿no te parece? —gritaba.

—No eres ninguna muchacha, Pol, y ya hace años que dejaste de serlo. Ahora llévate tu sífilis de aquí antes de que asustes a más clientes —gritó el vendedor desde detrás del mostrador.

Estirándose, le propinó a la rubia un buen empujón.

Callie se agarró horrorizada del brazo de Hadrian.

La mujer se enderezó, dando un paso atrás para colocarse bien el gorro de terciopelo raído, algo que hizo con gran dignidad.

—Me voy, está bien, pero recuerda: pagarás por esto, si no es en el cielo será en el infierno.

Echándose sobre sus huesudos hombros un chal muy fino con flecos, la mujer se dio la vuelta y se alejó tambaleándose por el pasillo, tanto que casi se da de bruces con Callie y Hadrian. Al levantar la vista, dejó escapar una sonrisa melosa.

—Harry Stone, Dios bendito. ¿Dónde has estado, cariño? Hace siglos que no se te ve por aquí.

Hadrian se quedó helado. Recuperándose, se tapó uno de los agujeros de la nariz antes de contestar.

—Creo que se equivoca de persona, pero tenga, esto es para usted —murmuró buscando en el bolsillo y sacando varios billetes de una libra.

Con los ojos mirando a un lado y a otro, Polly agarró el dinero y se lo guardó en el bolsillo de delante del vestido. Mientras se toqueteaba una costra que tenía a un lado de la boca, echó un vistazo a Callie, a la que miró de arriba abajo.

—Vaya, así es como vives ahora —dijo antes de echar la cabeza hacia atrás y reírse como si alguien hubiera dicho algo divertido—. Oh, no pasa nada. Ha sido un error, jefe.

La mujer le guiñó un ojo y siguió su camino, pero no antes de que Callie se percatara de la mirada que les había echado.

Tan pronto como se hubo alejado lo suficiente para no oír lo que decían, Callie se acercó a Hadrian para hablarle.

—¿Era ella una de esas...? —le susurró al oído.

—Prostitutas callejeras —acabó de decir él.

—Eso me parecía. Pobrecilla, parecía tan frágil, tan delgada y tan enferma.

Con la mandíbula apretada, él asintió, aunque ella se dio cuenta de que evitaba mirarla a los ojos.

—La pobreza, la enfermedad y los partos son la gran amenaza de la típica prostituta londinense, más que Jack el Destripador o que la falta del derecho al voto, por ejemplo.

Vaya, por fin había comprendido por qué la había traído hasta allí. Ella, que pretendía ser su profesora, veía ahora con claridad, y con dolor, lo mucho que tenía que aprender.

—Si lo que querías era mostrarme lo desdichada, mimada e insensible que soy, lo has conseguido.

Con esta respuesta, Callie no esperaba otra cosa que él se pusiera a jactarse como un gallo. Sin embargo, no fue así: se volvió hacia ella y la miró durante un buen rato con cara amable.

—No creo que seas ni una mimada ni una insensible. Si algo tengo que decir de ti es que eres una de las mujeres más sensibles y amables que he tenido el privilegio de conocer.

Aturdida por el calor de su mirada y por un cumplido tan inesperado, Callie se quedó sin palabras.

—Gracias —dijo al fin; sin pensarlo, se agarró de su brazo.

Salieron del mercado a la calle. Hadrian iba indicando de vez en cuando algunos lugares, como el orfanato para niños judíos, un comedor social, las tabernas donde se bebía ginebra y los espacios que eran una verdadera escuela de ladrones. Caminando del brazo de Hadrian, ella se sentía segura, no tenía miedo. Estaba tan absorbida por lo que veía, además de por la nueva faceta que había descubierto del hombre que la acompañaba, que se acercó sin darse cuenta a una figura fantasmal tendida a un lado de la acera.

—¿Me das una moneda, cariño?

Sorprendida, Callie miró hacia abajo.

Desplomada contra una de las dos columnas que daban entrada a un imponente edificio de varios pisos, había una mujer de edad indeterminada, con la cara semitapada por una bufanda y como hundida, que evocó a Callie la figura de un globo hinchado a medias. A un lado tenía un gato lleno de pulgas y varias cajas de cerillas. Callie no sabía qué hacer. Las cerilleras que ella había visto hasta entonces eran mu-

chachas jóvenes, no mujeres adultas, y desde luego no criaturas marchitas como aquella pobrecilla.

Cuando se disponía a buscar una moneda, se percató de la botella vacía que la mujer sujetaba en la mano y cerró el bolso.

—No voy a darle dinero para beber más, señora, pero, si lo desea, con gusto le pagaré un coche para que la lleven al refugio del Ejército de Salvación. Allí le darán un plato caliente y una cama donde dormir.

Y también atención médica, estuvo a punto de decir, aunque no lo hizo.

La mujer tosió y escupió a Callie a los pies.

—¡Ja! Malditas metodistas hacedoras del bien, prefiero pudrirme en el infierno antes de dejar que me pongan sus asquerosas manos encima.

Sin decir una palabra, Hadrian buscó en su bolsillo la cartera y la sacó. Los nebulosos ojos de la mujer brillaron cuando le dio un billete.

Ella lo agarró y lo manoseó, como si temiera que él se lo fuese a quitar después de habérselo dado. Mirando al dinero, pestañeó y luego levantó la vista hacia Hadrian, que vio cómo en aquellos labios agrietados se dibujaba una amplia sonrisa.

—¡Uno de cinco! Oh, gracias, señor. Me llena de gozo el corazón saber que todavía existe un caballero de verdad, que todavía hay alguien que hace verdadera caridad cristiana.

Impresionada, Callie habría reiterado su oferta de llevarla hasta el refugio de no haber sido porque Hadrian la detuvo.

—Déjala —le dijo con voz de acero. Y tirando de ella se marcharon de allí.

No fue hasta que cruzaron al otro lado de la calle cuando Callie tuvo la presencia de ánimo para liberarse.

—¿En qué estabas pensando al darle dinero a esa mujer cuando sabes perfectamente que lo empleará para comprar más licor de ese que la está destrozando? —le soltó indignada.

Entonces, él se volvió hacia ella, con los dedos apretándola del brazo.

—¿Y qué más da? Si con una botella de ginebra puede olvidarse del dolor durante unas horas, doy ese dinero por bien gastado.

Aturdida al ver que la atacaba cuando ella sabía que tenía la razón, Callie no pensaba callarse.

—Por si no te has dado cuenta, estamos en invierno. Si se duerme en la calle de una borrachera podría quedarse helada y morir —contraatacó ella.

Él respondió encogiendo los hombros, algo que le resultaba exasperante.

—¿Y quiénes somos nosotros para decir que eso no sería una bendición en su caso?

¿De veras le importaba tan poco una vida humana?

—¡Una bendición! Por Dios, ¿es que no tienes sentimientos?

Él dejó de hablar y sus ojos se volvieron tan sombríos como el hollín que llenaba el aire.

—Mira a tu alrededor, Callie. ¿No te has dado cuenta de dónde estamos?

Sin esperar respuesta, la agarró de los hombros e hizo que se girara para ver el otro lado de la calle, donde un puñado de mujeres rodeaban un cubo de basura en el que había unas brasas y, por turnos, unas y otras se iban calentando las manos acercándolas a unas débiles llamas.

—Ese enorme e innegablemente hermoso edificio de ladrillo que está frente a nosotros es la fábrica de cerillas Bryant & May. Esas mujeres son trabajadoras de la fábrica, al igual que un día lo fue la pobre miserable a la que he dado el dinero.

Ella ladeó la cabeza para mirarle.

—¿Y qué?

—¿Has oído hablar alguna vez de la fosfonecrosis?

Aunque le irritaba mostrar su ignorancia, esta vez tuvo que hacerlo.

—No —admitió.

Soltándola de los hombros, Hadrian suspiró. De su suspiro surgió una pequeña nube que parecía polvo de hadas, que se mantuvo entre ellos durante un puñado de segundos.

—El fósforo amarillo con el que se hace la cabeza de las cerillas es altamente tóxico —le explicó, en el mismo tono didáctico que había em-

pleado cuando le explicaba cómo funcionaba el proceso fotográfico—. La exposición prolongada al fósforo amarillo causa todo tipo de enfermedades: quemaduras en la piel, dificultades respiratorias, ictericia. Y, en los casos más graves, como el de esa mujer, se come el hueso hasta que los dientes y a veces incluso algunos trozos de la mandíbula se caen.

—Por Dios —dijo ella, luchando por evitar las náuseas al sentir cómo parte de la tostada que se había tomado para desayunar se le venía a la boca. Buscó con la mirada la cara de Hadrian, fijándose en lo bonita que le parecía aquella mandíbula cuadrada antes de preguntar—: ¿No tiene cura?

Él negó con la cabeza, confirmando lo que ya sospechaba.

—La fosfonecrosis es mortal, me temo, un cáncer de hueso, así que no, nadie puede ayudarla, y el único consuelo que puede encontrar está en una botella. En cuanto a las demás... —bajó la voz, encogiéndose de hombros otra vez, aunque por la intensidad con que agarraba a Callie estaba muy lejos de hablar de algo que no le importara—. La empresa podría sustituir el fósforo amarillo por el rojo, que resulta inocuo.

—Déjame adivinarlo: ¿el fósforo amarillo es más barato?

La expresión de Hadrian se suavizó, aunque ella tenía la desconcertante sospecha de que por dentro se estaba riendo de ella.

—Bueno, Callie, ahora empiezas a entenderlo. Además de eso, si se mejorasen las condiciones de trabajo el problema se minimizaría, por no decir que desaparecería del todo, pero todavía se tardará mucho. Con solo mejorar la ventilación y que en la fábrica entrase más aire fresco, disponer un comedor separado para que los trabajadores pudieran comer en lugar de hacerlo en su puesto de trabajo o acortar las jornadas se ganaría mucho. Sin embargo, poner en marcha tales medidas se llevaría por delante los beneficios del propietario igual que la fosfonecrosis se lleva por delante el hueso —dijo mirando a la mujer que seguía desplomada contra aquella columna—. Y Dios sabe que eso no se va a hacer.

Callie estaba cobrando conciencia de que, en realidad, a él le importaban las cosas mucho más de lo que parecía.

—Quizá al principio la inversión sería mayor, pero después creo que unos trabajadores más sanos y felices serían también más productivos a largo plazo, ¿no te parece?

—Sí, es cierto, pero ahí está precisamente el meollo de la cuestión. La mayoría de la gente no ve más que el aquí y el ahora. Hace falta un visionario que sea capaz de ver más allá. Hace falta alguien como tú.

¿Le estaba haciendo otro cumplido? Callie le miró, pensativa, y luego apartó la mirada.

—Perdóname —le dijo, y cruzó la calle adoquinada.

—¿Dónde demonios crees que vas? —le preguntó él desde atrás.

Sin detenerse, se volvió para hablarle por encima del hombro.

—Voy a hablar con esas mujeres, por supuesto. Quiero saber de primera mano en qué condiciones trabajan y, también, por qué mejoras están luchando. Quizá pueda ayudarlas.

Él la alcanzó e hizo el gesto para que lo agarrase del codo otra vez, pero en esta ocasión ella se apartó.

—Déjalo, Callie.

—Ni hablar. Me acercaré y hablaré con ellas unos minutos, y luego seguiremos nuestro camino.

—No te dejaré sola, no.

Ella se volvió y lo detuvo, poniéndole una mano en el pecho.

—Somos mujeres, y las mujeres resolvemos las cosas hablando, no peleándonos. Son los hombres los que usan los puños para que se haga lo que dicen, mientras que las mujeres empleamos la razón para convencer a quienes son de distinta opinión.

Él miró aquella mano, plana sobre su pecho. Aunque ambos llevaban abrigo y guantes, lo íntimo del gesto y la seguridad con que le tocaba pillaron a la propia Callie desprevenida. Retiró la mano.

—Estás en Bow, Callie, no en un recibidor de Mayfair. He conocido mujeres a las que no les importaría machacarse unas a otras como su fueran púgiles. La supervivencia del más fuerte es la única ley que funciona aquí o ¿es que acaso no has leído *El origen de las especies*, de Darwin, simplemente porque su autor es un hombre?

—Ya veremos.

Lo dejó ahí, en la acera, y se dio la vuelta para encaminarse hacia la fachada llena de hollín de la fábrica. Al llegar, se fijó bien en el grupo reunido en torno al cubo de basura. No le llevó mucho tiempo adivinar quién era la líder, una mujer delgada que estaba un poco apartada del puñado de cuerpos que no dejaban de tiritar. A pesar del frío que hacía, la mujer llevaba un gorro viejísimo y un fino chal de percal sobre el vestido, pero su aire de autoridad resultaba inconfundible.

Callie se aclaró la garganta, aunque las caras de recelo de las mujeres dejaban claro que se habían dado cuenta de que estaba allí.

—Hola. Quisiera saber quién de vosotras es la líder.

Como esperaba, la mujer que vestía el chal de percal la miró. Podría haber tenido veinticinco años o cuarenta y cinco, resultaba imposible decir cuál de las dos edades. Las patas de gallo surcaban su piel, sus ojos eran duros, tenía la boca tirante y el color de la piel de aquella cara angulosa y huesuda era el del pergamino.

—Soy yo —dijo la líder, poniendo los brazos en jarras y mirando a Callie de arriba abajo, lentamente, con la intención de intimidarla—. ¿Quién lo pregunta?

Callie se mantuvo firme, rodeada de aquellas mujeres que la observaban con miradas que iban desde la envidia hasta una hostilidad abierta. A pesar de la sencillez de su atuendo, en compañía de aquellas mujeres la suya parecía una vestimenta lujosísima. Además, estaba el asunto de su nombre. Aunque el Movimiento aceptaba a mujeres de todas las clases sociales, para muchas trabajadoras la lucha por el sufragio femenino era algo por lo que tan solo luchaban las privilegiadas. Si alguna de las mujeres que allí había eran de esa opinión, ser Caledonia Rivers sería más un problema que una ayuda.

—Por ahora, quizá piensen que soy una espectadora interesada.

La mujer frunció el ceño.

—Entonces será mejor que se vaya a mirar a otra parte. Aquí estamos tratando de un asunto serio y no tenemos tiempo para curiosas, ni tampoco para bienhechoras de boca harinosa...

Aquella mujer quería seguir hablando, pero la tos se lo impidió. Mientras tosía, se sacó un pañuelo del bolsillo de la falda y, sin disculpa previa, escupió entre los pliegues raídos de aquella pieza de tela. Se lo volvió a guardar en el bolsillo, pero no antes de que Callie pudiera ver que había tosido sangre.

—Ya es suficiente. Si digo que soy una simpatizante de su causa y que tengo cierta experiencia en organizar protestas, ¿me escucharían entonces? —dijo levantando la mirada hacia la mujer de rostro desgastado en tono asertivo.

—Mamá, no parece una rompehuelgas.

Callie miró a la niña que tiraba de la falda.

Unos ojos grandes e inteligentes la miraban desde una cara delicada y blanca.

—Porque no lo soy —afirmó dirigiéndose a la pequeña—. Soy lo que la gente llama una reformista, una persona que trabaja para cambiar las cosas a mejor —continuó y, haciendo caso omiso de las risitas que oía tras de sí, se agachó hasta quedar a la altura de la niña—. ¿Y tú cómo te llamas?

—Soy June Brown. Y ella es mi mamá —dijo apuntando a la líder del grupo.

Volviendo la cabeza para mirar a la madre, Callie vio cómo la mirada de esta se suavizaba al contemplar a su hija. «Es la alegría de su vida», pensó, y, por increíble que pareciera, sintió una punzada de envidia.

Callie volvió a mirar a la niña.

—Encantada de conocerte, June Brown. Yo soy Caledonia. Caledonia Rivers.

Un silencio repentino la rodeó, haciendo obvio que todas ellas sabían muy bien quién era y qué hacía.

—Maldita sufragista —dijo una de ellas, casi sin aliento.

Sin embargo, Callie no le hizo caso y tendió la mano a la niña.

June le ofreció su manita, confiada, y Callie sintió como si el corazón se le quedase pequeño. Podía entender muy bien por qué la señora

Brown se resignaba a trabajar como una esclava en el infierno de aquella fábrica de cerillas para mantener alimentada y vestida a su tesoro más preciado.

—Me encantaría que me llamases Callie.

Los ojos marrones de June la miraron con solemnidad. La niña asintió.

—Muy bien. De todos modos, Callie me gusta más —dijo la pequeña con una sonrisa.

—A mí también.

Sonriendo, Callie se levantó y plantó cara a las mujeres, que se habían movido para formar un círculo a su alrededor. Durante algunos segundos se le pasó por la cabeza lo que Hadrian le había advertido, pero prefirió no hacer caso. Después de todo, aquellas mujeres estaban demasiado cansadas, demasiado desanimadas y sospechaba que, también, demasiado débiles, hambrientas y desesperadas como para que alguna de ellas le levantara una mano, y menos tratándose de una persona que, aunque extraña, era alguien que pretendía ayudar.

La líder del grupo se acercó hasta ella y le tendió la mano.

—Me llamo Iris. Iris Brown.

—Señora Brown, es un placer —dijo Callie, tomando con fuerza aquella mano rugosa en la suya.

Iris Brown se quedó mirando las manos de ambas durante un buen rato antes de dejar el apretón. Parecía que había tomado una decisión, así que se volvió hacia las demás para hacer las presentaciones.

—Estas son Doris, Jenny, Annie, Martha y la vieja Emma.

—Señoras.

Callie fue saludando a aquellas mujeres, una por una. Su mano, cubierta por un guante de piel de cabritilla, se unía a las de aquellas mujeres, que llevaban guantes de lana apolillados o, simplemente, las manos desnudas.

—¿Puedo saber qué piden para volver al trabajo? —preguntó Callie, separándose un poco de la última mujer a la que había saludado.

Iris sacó un papel doblado de debajo de su chal y se lo pasó a Callie.

—Supongo que no le hará ningún mal saberlo. No tenemos nada que ocultar.

—Gracias.

Callie desdobló el papel, que estaba bastante arrugado, y leyó la lista de peticiones, media docena de demandas escritas con letras mayúsculas, mala ortografía y la caligrafía propia de un niño pequeño. A pesar de todo, los cambios que aquellas mujeres querían que se llevaran a cabo estaban muy claros: la eliminación del sistema actual de multas. De tres peniques a un chelín por hablar, dejar caer las cerillas o ir al baño sin permiso del capataz; o medio día de paga como castigo por llegar tarde. Aunque los «cargos» tenían escasa importancia, tan poca que rayaban en el absurdo, las multas no le parecieron a Callie excesivamente duras... hasta que alguien le explicó que la paga semanal era de tan solo cinco chelines.

¡Cinco chelines! Por lo poco que había leído acerca del trabajo en fábricas clandestinas, le quedaba claro que las condiciones laborales en las factorías estaban, como mucho, por debajo de lo que debían y eran de lo peor. Aun así, no sabía que la situación fuera tan mala.

Leyó por encima el resto de peticiones: tener un comedor separado para que las mujeres no tuvieran que comer en sus puestos de trabajo, subir la paga a seis chelines por semana y tener la mitad del sábado libre, cada dos semanas, para que así las trabajadoras tuvieran más tiempo para estar en casa con sus familias.

—Todas estas peticiones son bastante razonables. ¿Qué ha dicho el propietario de la fábrica cuando se han reunido con él para presentar sus quejas? —dijo devolviendo el papel.

Iris resopló.

—No lo sé, no hemos tenido una reunión con él propiamente dicha. El propietario contesta que él lleva un negocio, no una casa de beneficencia, y que cualquiera que no esté contento con la situación puede irse a otra parte. Además, me impuso una multa, el sueldo de una semana, por atreverme a asomarme por su oficina. Con esa multa no pude comprar leche para June durante una semana. Cuando se acercaba el fin de semana, tuve que dejarla en casa y no pudo ir al colegio; no tenía fuerza para caminar.

Esta vez, Callie no se contuvo.

—Pero eso es... indignante.

—Hardcastle no es conocido precisamente por su calidad cristiana, señorita.

—El señor Hardcastle es el propietario de la empresa, ¿lo he entendido bien?

Todas asintieron al unísono.

—Sí, y también es un miserable sin sentimientos, igual que lo era su padre antes que él.

—Nosotras le llamamos a sus espaldas el señor «Culoprieto» —dijo otra mujer, que se presentó como Doris y que sonrió abiertamente, dejando a la vista una dentadura mellada y negra que tristemente no hacía juego con su joven y suave rostro—. Y cuando pilló a Peg Yardley llamándole así, la castigó con un día de paga. Peg, Dios la tenga en su gloria, dijo que valía la pena hacerlo solo por ver la cara de aquel cerdo cuando estaba furioso.

El grupo sonrió con escaso entusiasmo. Los rostros de las mujeres no reflejaban alegría, solo miseria.

Una manaza se apoyó sobre su hombro.

—Hay cosas a las que no puedes ponerles precio.

Callie se dio la vuelta y vio a Hadrian de pie, tras ella, tan cerca que si ella retrocedía un solo paso toparía con él. Nada más pensarlo, sintió un pequeño calambre que le subía por la espalda y la hacía temblar de una manera que no tenía nada que ver con el frío.

Doris ladeó la cabeza, dejando a la vista numerosas calvas que le clareaban por entre su fino cabello castaño, un efecto más del envenenamiento que producía el fósforo o de la mala alimentación. O quizá producto de ambos, sospechó Callie.

—Si hacemos huelga y no conseguimos nada, esta vez seguro que nos despedirán a todas —dijo Doris antes de aclarar—: Una vez más, como suele decirse, «quien no arriesga, no pasa la mar».

Quien no arriesga, no pasa la mar. Callie miró a la pequeña June, que estaba acariciando la parte superior de uno de los guantes de cabritilla que llevaba con la misma reverencia que si fuera un gatito y pidió al cielo que lo que decía el dicho popular fuera cierto.

Capítulo 8

«Cada vez que se hace un acto noble, el corazón de un héroe se agita. Allí donde triunfe la justicia, se habrán escuchado las voces de los héroes.»

MARY LEE, *South Australia Register*, 1890

Salarios justos para las mujeres, ya. ¡Salarios justos para las mujeres, YA!

Llevando las pancartas que ellas mismas habían elaborado, las mujeres marchaban arriba y abajo por la acera de enfrente de la fábrica, gritando su eslogan para atraer la atención de los que pasaban por allí.

Desde el interior de la valla, el propietario, el señor Hardcastle, no dejaba de gritar.

—Largaos o llamaré a la policía para que os eche de aquí, malditas zorras, no hablo en balde —exclamaba.

—Estamos en la calle, es un espacio público, y por tanto tenemos todo el derecho de estar aquí. Si hay alguien que esté alborotando, ese es usted —dijo Callie desde una caja de madera de las que se utilizaban para las verduras, a la que se había encaramado para utilizarla como tarima improvisada desde la que hablar.

—¿Es eso cierto? —preguntó Hardcastle al fornido capataz que estaba junto a él, dándole un codazo.

Haciendo una mueca, el capataz se separó de la pared sobre la que estaba apoyado y salió fuera del recinto para ir a donde estaban las manifestantes. Se detuvo frente a Iris Brown y, alargando la mano, le arrancó el cartel que llevaba.

—Toma esto, zorra —le dijo para, acto seguido, golpearla con el mango de madera del cartel en la cabeza.

—¡Mamá! —gritó la pequeña June echando a correr hacia su madre, que se había acurrucado en el suelo. Estaba sangrando y la sangre caía sobre los adoquines de la calle.

El caos se desató y empezaron a salir más hombres de la fábrica, armados con puños y palas, que se dirigían a donde estaban las manifestantes.

En medio del tumulto, Callie no se dio cuenta de que el encargado de una tienda venía hacia ella hasta que notó sus fuertes manos rodeándole la cintura y sacándola de encima de la caja de verduras.

—¿Qué hace un bomboncito como usted armando este alboroto aquí? —le dijo para, acto seguido, besarla en la boca.

—¡No!

Callie levantó la rodilla y le dio a su asaltante un fuerte golpe en los testículos. Con un alarido de dolor, el hombre se retiró para protegerse la entrepierna.

Mirando más allá, Callie buscó a Hadrian entre el mar de brazos y piernas que se agitaban por todas partes, pero no lo veía. Entonces se dispuso a seguir con lo que estaba haciendo, hasta que una figura oscura le bloqueó el paso.

Allí estaba el capataz, levantándole la mano.

—Maldita zorra, vas a recibir tu merecido, ya verás.

El golpe del revés que le dio impactó en plena mejilla y la hizo caer. En su caída, la puerta de la valla que había tras ella se rompió.

—¡Desgraciado!

Otro puñetazo cortó el aire. Callie se agachó para evitarlo, pero esta vez el golpe no iba para ella, sino para su agresor. El golpe impactó

en la nariz bulbosa de aquel hombre y se la rompió, y el desgraciado cayó al suelo.

Esquivando al hombre, Hadrian se apresuró a donde estaba Callie.

—Vamos, tenemos que sacarte de aquí —dijo pasándole una mano por debajo de los hombros y llevándosela de aquel lugar.

—Pero no puedo dejarlas. Yo... —exclamó ella.

En alguna parte, cerca de allí, sonó una sirena de policía. Hadrian sujetó a Callie con fuerza.

—Escucha, haz lo que te digo aunque solo sea por una vez. Agárrate a mí y corre. ¡Corre, Callie, corre!

✳ ✳ ✳

Hadrian la guió por un laberinto de calles tortuosas, patios y callejones llenos de basuras, como si fuera un capitán de barco experto que sabía qué hacer para salir de la tormenta. Más tarde, cuando pudo pensar con más calma, Callie se maravilló al comprobar cómo se movía Hadrian por aquellas calles, sin dudar, como si conociera el terreno que pisaba. Sin embargo, por ahora todo lo que podía hacer era respirar el aire helado a bocanadas y correr.

Se metieron por una calle llena de tabernas y oyeron a lo lejos cómo un coche de policía la dejaba atrás. Respirando con dificultad, Hadrian se apoyó en una pared.

—Creo que les hemos dado esquinazo. Descansaremos aquí... un... poco.

Callie se derrumbó sobre la misma pared, a su lado, con una mano apretada sobre la puñalada invisible que tenía a un lado.

—¿Qué... qué ha pasado?

Él se volvió hacia Callie para mirarla. Al igual que ella, había perdido el sombrero. Tenía la cara llena de sudor y eso oscurecía el pelo rubio de sus sienes.

—Después de todo, parece que Hardcastle cumplió su amenaza e hizo que llamaran a la policía.

—Pero eso es indignante. Fue él quien ordenó a esos hombres que vinieran a por nosotros. Oh, Hadrian, debe de haberlo planeado todo —dijo. Y ella, Callie, había caído en la trampa y había arrastrado junto a ella a las demás mujeres. Se apartó de la pared y añadió—: Tengo que volver y explicárselo.

Él la agarró de un brazo y tiró de ella hacia atrás.

—No seas tonta ni busques convertirte en mártir. No podrás ayudarlas si te meten con ellas en la cárcel, ¿no crees? Mañana podrás pagar su fianza o hacer una declaración. De momento, déjalo.

Déjalo. Cuántas veces en las últimas horas le había dijo que hiciera eso y cuántas veces le había dicho que no, asumiendo que sabía muy bien lo que hacía. Sin embargo, lo que había conseguido era que tanto Iris Brown como las demás hubieran recibido unos cuantos golpes y estuviesen camino de la cárcel.

Al recordar a la pequeña June Brown acariciando la cabeza ensangrentada de su madre en su regazo, sintió ganas de llorar.

—Solo quería ayudarlas y, por Dios, fíjate lo que he conseguido. Gracias a mí, ahora están peor que estaban.

—Eh, vamos —dijo él, rodeándola con un brazo y tratando de consolarla y protegerla del mundo—. No todo ha sido malo.

Luchando por no llorar, ella negó con la cabeza.

—¿No?

—Has dado esperanza a esas mujeres, un sentido, un objetivo. Gracias a ti, pueden levantar la mirada con orgullo quizá por primera vez en su vida. Puede que no hayan ganado hoy, pero gracias a ti quizá lo logren mañana o pasado mañana. Por lo menos, ahora tienen los instrumentos y la determinación para intentarlo de nuevo.

Ella levantó la mano y se la puso en la frente mojada por el sudor, que a pesar del aire que corría no se había secado.

—Dudo mucho que eso pueda consolar a nadie. Hoy dormirán en el suelo de una celda, con la cabeza dolorida y el estómago vacío.

Él la miró con la misma mezcla de ternura y resignación con que ella había mirado a la pequeña June.

—A veces es la belleza de la lucha lo que hace que una acción valga la pena. Creo que una princesa guerrera como tú tendría la razón en ese punto.

—No es que me sienta precisamente como una guerrera, y mucho menos como una princesa.

Él le acarició la mejilla. Ahora que habían dejado de correr, el sitio donde la habían golpeado empezaba a amoratarse.

—Mi valiente y hermosa Caledonia, ¿qué puedo hacer para que te des cuenta de la maravillosa verdad acerca de quién eres? —le dijo, dibujando con un dedo el moratón que le estaba saliendo.

Sin pensarlo, Callie actuó, algo que se estaba haciendo cada vez más habitual en ella desde que Hadrian había entrado en su vida.

—Podrías besarme.

—¿Ahora?

Él sonrió, pero sus ojos la atravesaron con la mirada mientras los de ella permanecían desconcertantemente serios.

—Sí —murmuró ella.

Levantó la cara hacia él y sintió que algo frío y húmedo le caía en la punta de la nariz.

Hadrian debió de sentirlo también. Se retiró para mirar hacia arriba. Ella también lo hizo, para fijarse en el cielo blanquecino que se veía a través del arco de los tejados hundidos. Caramba, estaba nevando.

Él se quitó la bufanda que llevaba y la enrolló alrededor del cuello de ella.

—Será mejor que dejemos ese beso para más tarde. De momento, tengo que buscar algún sitio donde puedas estar a cubierto, segura y caliente, hasta que todo esto haya pasado. Por suerte, conozco el lugar adecuado.

Se estaba haciendo de noche cuando llegaron a la casa de Sally, una amiga de Hadrian. Las calles de esa parte de la ciudad no solo eran estrechas y tortuosas, sino que también estaban mal iluminadas. La luz eléctrica todavía no había llegado al este de la ciudad y, por lo que Callie pudo ver, el viejo alumbrado de gas, cuando lo había, era muy escaso. Eso dejaba la mayor parte de las calles a oscuras, tan solo iluminadas por la luz que salía de alguna ventana o de la entrada de alguna casa. Sin embargo, la casa con el tejado a dos aguas hasta la que la llevó Hadrian resplandecía como si fuera un árbol de Navidad. La puerta de entrada y las tres hileras de ventanas estaban decoradas con lámparas chinas que lanzaban su luz hasta el patio y el empedrado de la calle.

Sally Potts era una prostituta, eso era algo de lo que Callie se dio cuenta enseguida. A diferencia de la criatura harapienta y cansada que había visto en el mercado, la mujer que abrió la puerta después de que Hadrian llamara dando unos golpes era rolliza y bonita. Llevaba un vestido de noche muy escotado que le favorecía y eso que apenas eran las cuatro de la tarde.

Entraron en el recibidor, cuyas paredes estaban empapeladas con papel flocado y decoradas con espejos. Allí las lámparas eran eléctricas, no de gas.

Cuando hubieron entrado, Hadrian cerró la puerta tras de sí.

—Callie, esta es una vieja amiga, Sally Potts. Sally, quiero presentarte a la señorita Caledonia Rivers —dijo él.

Callie se fijó en la mujer, no podía evitarlo. Llevaba la cara maquillada, sí, mucho. Vestía un corpiño de corte angular del que sobresalía su pecho, empolvado con talco hasta el extremo, como su fuera una protuberancia. Su pelo era rojo, teñido, claro y rizado, y lo llevaba recogido en alto con peinetas. La mujer sería poco mayor que Hadrian, pero con tanto maquillaje y aquel peinado parecía que tuviera por lo menos diez años más que él.

—Nunca digas «vieja», no se lo llames a las de mi oficio —le dijo Sally Potts, dándole un codazo, echando la cabeza hacia atrás y soltando una carcajada.

—Señora Potts, es un placer conocerla —la saludó Callie, extendiendo la mano para dársela.

La había llamado señora por cortesía, aunque dudaba que aquella mujer hubiera estado nunca casada.

Sally miró con curiosidad a Callie, lo que hizo que esta se diera cuenta del deplorable aspecto que debía de tener en aquel momento, sin su sombrero y con el pelo suelto cayéndole sobre los hombros de cualquier modo. A pesar de la franqueza con que parecía decirle «tu aspecto es pésimo» no fue ni mucho menos desagradable con ella.

—Cualquier amiga de Harry es bienvenida a mi casa.

—¿Harry?

¿Se lo estaba imaginando o es que Hadrian se estaba poniendo un poco tenso?

—Oh, vaya, ¿he dicho Harry? Discúlpeme, quería decir Hadrian. Jesús, a veces hasta me olvido de cómo me llamo, pero por suerte siempre tengo algún amigo cerca para recordármelo.

Soltó otra risotada, aunque esta vez más calculada, o eso le pareció a Callie.

Hadrian se aclaró la garganta.

—Tenemos un problema, Sally. Bueno, nada serio, un pequeño lío con la fábrica de cerillas. ¿Podríamos quedarnos aquí hasta que la tormenta amaine? Con una hora más o menos será suficiente, luego nos iremos.

Sally se encogió de hombros y, al hacerlo, los pechos se le salieron todavía un poco más del escote, más aún de lo que ya sobresalían.

—Podéis quedaros tanto tiempo como queráis. Siempre tenemos menos clientes a principios de semana, así que puedo dejaros una habitación.

Hadrian miró hacia la escalera con la alfombra escarlata.

—Una que dé a la calle sería perfecta. Solo por si acaso.

—No hay problema, tengo una.

Hadrian y la mujer se intercambiaron las miradas, y Callie tuvo la sensación de que el corazón se le saldría por la boca. «Son amantes», pensó, aunque se dijo a sí misma que eso no debería importarle, ya que después de todo lo único que había habido entre ellos había sido un

beso suave y algunas caricias. El acceso de angustia que la invadió fue real. La historia iba a repetirse otra vez si no tenía cuidado.

Sally les acompañó hasta el piso de arriba. Mientras subía, la falda de tafetán que llevaba crujía. Una vez allí, la siguieron por un pasillo alumbrado con candelabros de pared. Siguiéndola de cerca, Callie pudo oír el sonido de una bofetada, y luego la risita nerviosa de una mujer, que procedía de detrás de una de las muchas puertas. Con la cara ardiendo, volvió la cabeza para mirar a Hadrian, pero él no le devolvió la mirada.

Sally se detuvo frente a la puerta cerrada que había al final del pasillo. Al abrirla, dio un paso atrás.

—Aquí tenéis, queridos, mi habitación favorita —dijo, guiñando un ojo a Hadrian—. Como podéis ver, la ventana da a la calle. No es la mejor de las vistas, pero a veces resulta práctica... Y no es tan alta como para que no podáis escapar por ella si hace falta. Mientras tanto, haré que os traigan un refrigerio, además de un filete de buey para el ojo de la dama.

—Gracias, Sally. Eres la mejor —le agradeció Hadrian.

Callie advirtió que las facciones de él se relajaban. Entonces se le ocurrió pensar que quizá ella no fuera la única que había estado en peligro de que se la llevaran a la cárcel.

Sally echó la cabeza hacia atrás y sonrió con aquellos labios pintados y esos dientes manchados por el tabaco.

—Oh, sí, eso es lo que me dicen —añadió mirando de reojo a Callie antes de proseguir—: Enviaré a uno de los chicos afuera para que compruebe cuál es la situación y os avise cuando todo haya pasado. Dará tres golpes secos en la puerta.

La mujer salió y cerró la puerta tras de sí, dejando a Callie y Hadrian solos una vez más. Ella miró a su alrededor. El aire olía a perfume y a sexo; la alfombra era suave como una nube bajo sus pies. El centro de la habitación lo ocupaba una cama con dosel. El cubrecama era de terciopelo de color carmesí, a juego con las cortinas de la ventana y el baldaquín. Sobre la cómoda dorada colgaba un gran espejo.

Ahora que se le estaba pasando un poco el sofoco después del tumulto y la huida, sintió el frío de la dura realidad invadiéndola. Ella, Caledonia Rivers, se estaba escondiendo en la habitación de un burdel, en la alcoba de una prostituta. Ni siquiera el hecho de haberse percatado de que Hadrian conocía a la mujer que les había dado cobijo y el preguntarse de qué la conocía lograban quitarle de la cabeza aquellos pensamientos.

«No me importa. No debo dejar que me importe», se dijo.

Al darse la vuelta se encontró con Hadrian de pie, a su lado. Había dejado la cámara fotográfica en el suelo y se estaba quitando los guantes. Al derecho se le habían saltado algunas puntadas. Haciendo un mohín, se lo quitó.

Ella se fijó en la piel descarnada de los nudillos de él y le dio un vuelco el corazón.

—Estás herido.

Él tiró los guantes a un lado y se encogió de hombros.

—Otras veces me han hecho mucho más daño. Si creces como yo lo hice acabas teniendo la piel más dura que un elefante.

—En el orfanato, es a eso a lo que te refieres, ¿verdad? Cuando te peleabas con los otros chicos.

Él negó con la cabeza.

—En las calles como por las que hemos caminado hoy. Viví solo por lo menos durante un año. Después de eso, el orfanato me pareció un lugar tranquilo.

—¿Es que te abandonaron cuando tu madre murió?

Ella lo miraba con el corazón dolorido al pensar en el niño perdido y solo que un día fue aquel hombre callado que, ahora, estaba frente a ella y que, sospechaba, no sabía muy bien cómo confiar en alguien o cómo amar.

Él dudó y luego negó con la cabeza.

—Me escapé. Me dijeron que había muerto más tarde. Fue una amiga... una amiga de los dos. Por entonces, era demasiado tarde para llorarla o, por lo menos, para hacerlo como es debido.

Callie pensó en sus propios padres, a los que hacía más de un año que no veía. Aunque no habían sido muy cariñosos, no quería ni pensar en el día en que desaparecieran de su vida para siempre. Perder a los padres cuando todavía se es un niño tiene que ser terrible.

—Oh, Hadrian, lo siento mucho.

—Yo también lo siento. Siento no haberlo hecho mejor hoy, haberte cuidado mejor.

Alargó la mano y le acarició la cara con gentileza, mirando cómo tenía el moratón que le estaba saliendo en la mejilla, justo debajo del ojo. Callie tembló, aunque no porque le doliera el moratón, que dolía, sino porque el hecho de que la tocaran así, de que lo hiciera aquel hombre, la hacía sentirse pequeña y femenina, cuidada y amada. Por primera vez en mucho tiempo, alguien, un hombre, se ocupaba de ella y, a pesar de que las circunstancias no eran precisamente las ideales, se sentía bien, pero que muy bien.

Aun así, la parte de Callie que insistía en decirle que podía arreglárselas sin nadie salió de repente.

—No tienes la obligación de cuidarme. No necesito un guardián.

Él bajó la mano y dio un paso atrás para mirarla, un poco turbado por el tono estridente de su voz.

—Entonces, ¿qué necesitas?

Con aquella pregunta pretendía desconcertarla, estaba claro, pero a pesar de todo ella se quedó pensativa. ¿Qué necesitaba? La respuesta le llegó a la mente como si alguien se la estuviera susurrando al oído.

«Necesito un amante. Quiero que tú seas mi amante.»

El moratón de debajo de su ojo no era la parte de ella que más palpitaba y le dolía. Además, con un filete de buey o un paño húmedo podría aliviar ese dolor. Pero no el otro, uno más profundo, que solo podría calmar aquel hombre.

Por primera vez en quizá toda su vida adulta, había dado la espalda a sus dudas y a sus persistentes inseguridades, y se había permitido a sí misma sentir. En lugar de apartarse, levantó la cara hacia la de él, ofreciéndole su boca por segunda vez en un mismo día.

—Necesito que me beses, Hadrian. En los labios, como haría un amante. Como hiciste el otro día.

—Callie —dijo él en un suspiro. La sujetó de los hombros, con fuerza, y empezó a besarla en los párpados, en las mejillas, en la garganta, allí donde se le notaba el pulso—. Callie —repitió, y la besó en el labio inferior, luego en el superior, para acabar deslizando la lengua entre ambos abriéndolos—. No soy bueno para ti, Callie, no te convengo, pero aun así esto es tan...

—Sí, lo sé. Lo sé, lo mismo siento yo —susurró ella. Con los ojos abiertos, alargó los brazos para rodearle el cuello. Podía sentir sus músculos bajo las yemas de sus dedos—. Me convengas o no, no me importa. Te quiero, simplemente.

Entonces abrió la boca para él. Puede que más tarde recordase todo aquello, lamentara su estupidez y viese que no tenía sentido, pero de momento no quería pensar, solo sentir. Hadrian St. Claire la estaba besando, besándola como ningún otro hombre la había besado antes, y cuando sintió deslizarse la lengua de él en su boca, la alegría se apoderó de ella. Era como si un sentimiento profundo de sentirse viva de verdad la llenase y eclipsara todo lo demás.

Él subió una mano hasta uno de sus pechos y llegó a su pezón, que acarició con los nudillos descarnados. A pesar de las capas de ropa que les separaban, ella sintió que se le endurecía y que un dulce dolor se abría paso hasta alcanzar su parte más íntima.

—Por favor.

Ella tembló y se arqueó hacia él, queriendo más, queriéndolo todo de aquel hombre.

Él la atrajo hacia sí todavía más, pasándole un brazo alrededor de la cintura y profundizando su beso, acariciándole la lengua con la suya, mordisqueándole con cuidado el labio inferior mientras sus hábiles dedos encontraban los botones de su abrigo.

—Callie —dijo respirando fuerte, antes de desabrochar los pocos botones que necesitaba para deslizar una mano en su interior y seguir con los de su blusa, que también desabrochó. Entonces, le puso la pal-

ma de la mano sobre uno de los pechos, cubierto todavía por una camisola—. Precioso —susurró, y le acarició de nuevo el pezón rodeándolo con su dedo pulgar, torturándola de una manera calculada.

Sin separarse, caminaron por la habitación. Callie tropezó contra algo, quizá el colchón, que quedaba a la altura de sus piernas. Era la cama de una puta, y aun así no podía esperar para deslizarse entre aquellas sábanas que olían a sexo y hacer el amor con Hadrian puesto que, hasta ahora, solo lo había hecho en sueños.

Desde fuera, alguien dio tres golpes secos en la puerta.

—No hay moros en la costa —dijo Sally en un tono bastante alto—. ¿Todavía necesitáis el filete de buey?

Como si fueran dos niños malos, se separaron. Hadrian miró a Callie. Ella negó con la cabeza.

—Estamos listos, Sally, pero gracias de todos modos —contestó él unos minutos después.

Mirando de nuevo a Callie, negó con la cabeza.

—Sí, estamos listos. Ya te había dicho que no te convengo. Soy el último hombre al que deberías dejar acercarse a ti. Destruyo todo lo que toco —le dijo en un susurro solo para sus oídos.

—Eso no me lo creo.

Él apoyó la cabeza sobre la frente de ella y respiró con dificultad.

—Pues deberías. De hecho, tendrías que considerarlo como una advertencia.

—Quizá no me interese que me adviertan. Soy una mujer adulta. Sé lo que hago.

—¿De veras? —dijo él apartándose. Se acercó a la ventana, corrió las cortinas de terciopelo y miró a la calle—. Ya es casi de noche. Las luces de la calle se están encendiendo —añadió antes de cerrar las cortinas y volverse hacia ella—. En este mundo donde la noche es el día, los clientes de Sally empezarán a llegar pronto. Tenemos que marcharnos antes de que alguien te vea.

Por Dios, la estaba alejando de él. La decepción fue amarga y ella se rió sin ganas.

—Demasiado tarde para preocuparse por mi reputación ahora, ¿no te parece? De todos modos, dudo mucho que pueda encontrarme aquí a alguien a quien conozca.

—¿De veras? —dijo él volviéndose hacia ella—. No seas tonta. Los clientes de Sally van desde prósperos comerciantes de lo más selecto de Londres, incluyendo a varios miembros del Parlamento, hasta el primo del alcalde. No quiero saber a quién podrías encontrarte si nos quedamos.

Hadrian cruzó la habitación en dirección a ella. Apoyando una mano sobre cada uno de sus hombros, hizo que se volviera para mirarse en el único espejo que había en la habitación, que reflejaba la cama que había enfrente.

—El cristal de este espejo puede parecerte normal, pero tiene dos caras. Incluso ahora, en la otra habitación podría haber alguien espiándonos —dijo deslizando un brazo por su cintura y acercándola hacia sí, con la espalda pegada a ella y subiendo las manos hasta llegar a sus pechos—. Podrían estarme viendo hacer esto y... esto otro —repitió, excitándola con los pulgares alrededor de sus pezones una vez, y otra...

Callie gimió y se recostó contra él, sintiendo cómo su miembro presionaba sobre sus nalgas.

—Quizá si sigo escuchando esos suaves ruiditos que haces cuando te toco aquí y... aquí....

Él deslizó una mano hacia abajo, del pecho al ombligo de ella, hasta llegar al calor que albergaba entre sus piernas.

Aplastando su mano contra ella, Callie se miró al espejo y vio a una mujer ansiosa y despeinada que era ella misma, una extraña.

—¿Y si digo que no me importa? —preguntó.

—Puede que ahora no te importe, pero sí te importará mañana, o pasado mañana y los días siguientes —dijo Hadrian besándola a un lado del cuello y liberándola de su abrazo.

La repentina ausencia de aquellos brazos sujetándola la dejó desolada. Después de diez años sin que nadie la tocara significaba entender lo que era el silencio, el sufrimiento. Haber conocido las caricias de un

hombre, las de Hadrian, y perderlas de repente era casi una tortura. A pesar de que él lo hacía por su bien, que la dejara así había hecho que volvieran a ella sus viejas inseguridades. ¿Qué querría un hombre como Hadrian St. Claire de ella? Era una solterona, se le habían pasado los años. Los besos, las caricias, habían sido porque le daba pena y, sospechaba también, por conveniencia: cualquier animal después de una pelea busca una satisfacción, y ella era la única mujer que tenía a mano para satisfacerse.

Se apartó del espejo y se puso a abrocharse los botones.

—Tienes razón —dijo mientras intentaba que las palabras fluyeran a través de su garganta atascada—. Lo mejor será que me saques de aquí. Ahora, llévame a casa.

❋ ❋ ❋

A casa. Sentado esa noche en el desgastado sillón orejero de su apartamento, curándose los nudillos y tomándose una copa de ginebra, Hadrian se preguntaba cómo un día que había empezado tan mal podía haber acabado muchísimo peor. La respuesta estaba en su poco juicio, nada nuevo. Haber llevado a Callie a Bow había puesto en marcha la maquinaria del desastre. ¿Qué le importaba a él si ella sabía o no cómo vivía la otra mitad de la población? Sin embargo, para ser sincero consigo mismo, tenía que aceptar que su motivo para llevarla hasta allí había sido más que didáctico. Quería que ella supiera cuál era su verdadero nombre y su pasado, y esa había sido la manera de hacerlo. Cuando Polly lo había llamado por su verdadero nombre en el mercado, una parte de él se sintió casi, digamos, aliviada.

Así las cosas, los acontecimientos del día habían jugado a su favor, después de todo. Podría haberle hecho a Callie muchas fotografías que le resultarían muy dañinas, como por ejemplo la de los guardias llevándosela a la cárcel y ella resistiéndose. Pero en lugar de eso, no había hecho un solo disparo y se había ocupado de llevársela de allí y protegerla.

Después, cuando se detuvieron en la calle para recuperar el resuello, abrazarla y consolarla le había parecido lo más normal del mundo. No se lo había pensado ni un minuto, igual que tampoco necesitaba pensar para respirar. Parecía que lo único que era capaz de hacer era dejarse atrapar por la calidez y la dulzura de Callie.

Y en casa de Sally había dejado escapar otra oportunidad de oro. Dado lo sórdido del lugar, con solo haber hecho una foto a Callie parcialmente desarreglada hubiera sido suficiente para satisfacer a Dandridge, con lo que el juego habría terminado a favor de Hadrian en ese momento y en aquel lugar. Sin embargo, cuando la abrazó pensando en tumbarla en la cama lo suyo no había sido un juego en absoluto. No había estado jugando.

Echó un vistazo a la mesa donde estaba el maletín que ella le había regalado, cerrado, y dejó la ginebra a un lado. Por lo general, no le gustaba nada pensar en sí mismo, lo evitaba como una plaga bíblica, pero esta vez era plenamente consciente de la agitación que lo turbaba, de su infelicidad. Fuera quien fuese Hadrian St. Claire, no le gustaba mucho. No le gustaba nada.

Y debido a su comportamiento, con toda probabilidad a Callie dejaría de gustarle también. En la calesa, de camino a casa de su tía en la calle de la Media Luna, ella había mantenido la mirada baja, en las manos que apoyaba sobre el regazo, en las calles que se veían a través de la ventanilla. Miraba a cualquier sitio menos a él. Hadrian había herido sus sentimientos y se sentía fatal por haberlo hecho. No quería herirla, no la estaba venciendo, que era, precisamente, lo que tenía que hacer.

No había otra forma de verlo: aquella mujer se le estaba metiendo bajo la piel. Como si fuera una astilla clavada en la palma de la mano, la única manera de curar aquello era extirparla. Se arrancaría a Callie del corazón. Era la única oportunidad para ambos.

Capítulo 9

«No recordamos días concretos, sino momentos concretos.»

Anónimo

arry yacía echado sobre su estómago, con los pantalones bajados de un tirón hasta los tobillos y la cabeza torcida en un ángulo extraño. La colcha olía a humedad; estaba hecha de una especie de tela brillante, satinada, estampada con ramos de rosas y hiedra enredada en una celosía. Resiguió una de las costuras con un dedo, como para unir las hojas y las ramas con aquella extraña mancha, jugueteando.

Por el rabillo del ojo vio a su madre de pie, junto a la mesita de noche, con las lágrimas resbalándole por las mejillas.

—Aquí tiene, con esto será más fácil —dijo, dando al hombre un tarro de cristal de color cobalto y saliendo de la habitación.

Con los ojos cerrados y muy apretados, Harry oyó sus pasos al retirarse. La puerta de la habitación se cerró con suavidad, aunque él sintió una vibración al cerrarse esta, y, al final, esa sensación se abrió camino hasta su pecho.

La cama se hundió y una rodilla se abrió paso entre sus piernas. Él trató de oponerse pero estaba atrapado, tan indefenso como un animal salvaje en una trampa de un cazador. Enterrando la cara en la almohada, apretó los dientes.

—No puede hacerme eso.

En respuesta a sus palabras, oyó cómo el hombre se reía. Entonces sintió el frío de aquellos dedos engrasados entre las nalgas.

—Muchacho, me importa un comino si te gusta o no. Si te resistes, seré más duro contigo y con esa puta que tienes por madre. Ahora sé un buen chico y todo acabará pronto.

Sé un buen chico, sé un buen chico, se un buen chico...

Primero sintió una presión muy fuerte y luego un dolor agudo, como si le hubieran partido en dos con un cuchillo afilado. Apretó las manos y cerró los puños, tan fuerte que las uñas se le clavaron en la carne y las palmas le sangraron, y se mordió el labio inferior hasta que el sabor metálico de la sangre le llegó a la boca. Hubiera dado cualquier cosa, cualquier cosa por no gritar.

Una mano grande y peluda le tocó por delante, manoseándole los testículos. Como si tuviera vida propia, el pene se le endureció.

—Habías dicho que no podría hacer que te gustara, pero sé muy bien que te gusta, mi pequeño puto —le susurró al oído.

Mi pequeño puto, puto, puto...

Unas pocas embestidas más, ardientes, un grito ronco de triunfo y liberación, y todo acabó. El colchón se hundió y luego volvió a su forma al apartarse el hombre de él. Harry se encogió de lado, dejando que el aire fresco le acariciara el trasero. Con la mejilla ardiendo pegada a la almohada, oyó los sonidos que hacía el hombre al vestirse, un gruñido de satisfacción y unas pisadas que volvían a la cama. Él se tensó, expectante. Por favor, Dios, más no.

Un papel, un billete de cinco libras, cayó flotando en el hueco de la almohada donde había estado antes la cabeza del hombre.

—La próxima vez ponle un poco más de entusiasmo y te daré diez.

La próxima vez, la próxima vez, la próxima vez...

Esperó hasta que se hubo cerrado la puerta y luego se guardó el dinero debajo de la almohada y se dio la vuelta. Aparte de eso, no tenía

fuerza para hacer nada más. No sabía decir cuanto tiempo permaneció así, echado, mirando al techo. Tanto pudieron ser horas como unos minutos, pero llegado un momento alguien llamó a la puerta.

—¿Mamá? —dijo él, apoyándose en los codos para levantarse.

—No, soy yo. ¿Puedo pasar?

El susurro que le llegaba desde el pasillo era la voz de su amiga, Sally, una de las chicas nuevas, tres años mayor que él.

Sally, ¿cómo podría mirarla a la cara ni ahora ni nunca? Se dejó caer de nuevo sobre la espalda sin responder, con la esperanza de que ella lo dejase y se marchara. Pero hubo suerte. La puerta se abrió un poco más y ella entró.

—¿Cómo estás, Harry?

El sarcasmo le sirvió de consuelo.

—¿A ti qué te parece? Ha sido el mejor día de mi vida, ¿es que no lo sabías?

Harry se quedó mirando al techo fijamente, no sin antes advertir que ella no iba maquillada, lo que solo podía significar una cosa: que hoy no había clientes.

La muchacha se sentó en la cama junto a él.

—Ese cabrón asqueroso te ha hecho daño, ¿verdad? —dijo ella, en un tono que fue para él como un bálsamo reparador de indignación y lealtad.

Él dejó de mirar a la pintura desconchada del techo y volvió la vista hacia ella, llorando de vergüenza.

—Oh, por Dios, Sally, por la sangre de Cristo —dijo apretándose los ojos con las palmas de las manos, como si quisiera borrar de ellos las imágenes que acababa de vivir.

—La primera vez es siempre la más difícil.

Ella alargó la mano para darle unos golpecitos en el hombro y al hacerlo el corpiño que llevaba se le abrió. A pesar de las muchas lágrimas que resbalaban por sus mejillas, pudo verlo con claridad. Tenía unos pechos grandes como melones con los pezones rosados, que ya había visto la semana anterior.

Negó con la cabeza.

—No habrá una próxima vez. Me gustan las chicas, como tú, Sally.

De repente, dejó de llorar y a pesar de todo lo que le había pasado sonrió.

Alargó una mano y la deslizó por debajo del vestido de ella. Era como la había imaginado, suave y blandita, como debían de ser las nubes.

—A mí también me gustas, Harry, pero ya sabes que no podemos hacerlo. Las normas de la casa y todo eso.

A pesar de sus palabras, vio que ella no se apartaba.

—Quien no paga, no folla —repitió él, harto de las normas de madame Dottie.

Sally asintió con solemnidad, como si estuvieran en una iglesia en lugar de medio desnudos en la cama de una puta, mientras él le toqueteaba el pezón.

Y el pezón empezó a endurecerse, pero no tanto como el miembro de Harry, que volvió milagrosamente a la vida y se irguió enhiesto como un bastón.

—Oh, caramba —exclamó ella, levantándose la falta y mirándole durante un buen rato antes de tocárselo con la mano—. La tienes muy grande —dijo lamiéndose los labios de una manera que a él le hizo temblar.

Él bajó la mano.

—Entonces, ¿te parece que es normal?

Ella soltó una risita.

—Mucho mejor que normal, diría yo, mientras sepas cómo usarla.

Sally empezó a mover la mano arriba y abajo, con suavidad y seguridad. Se levantó las faldas y se movió para colocarse a horcajadas sobre él. Aparte de las medias y las ligas, no llevaba ropa interior. Harry contempló el triángulo cubierto de vello oscuro que se abría entre sus muslos, en el centro del cual se veían unos labios rosados, y sintió que se le secaba la boca.

Arqueando las caderas, él empezó a empujar entre sus nalgas, con el sudor cayéndole por la frente al ver que no lo lograba.

—Poco a poco, tranquilo, esto no es una carrera —le dijo ella, alargando una mano y guiándolo hacia su interior.

—¿Te dolerá? —le preguntó Harry, deteniéndose y recordando lo que le habían hecho a él.

Puede que Sally fuera solo una chica, pero también era su amiga. No quería hacerla llorar.

—No, tonto, a mí me gusta.

Ella se apretó contra él para que la penetrara completamente, o al menos eso fue lo que le pareció a Harry, que todavía no había reunido el valor suficiente para mirar hacia abajo.

Echado y quieto, cerró los ojos y dejó que ella cabalgara sobre él, pensando que nunca había sentido algo tan agradable, que le gustara tanto. Entonces ella hizo algo con las caderas que acrecentó el placer y lo llevó a rayar casi el dolor. Luego llegó él, y se perdió en el interior de ella.

Después de aquello, ambos permanecieron frente a frente sobre las sábanas. Tenían las manos metidas bajo las almohadas y ella el pelo suelto, rizado y castaño. Fue Sally la primera en hablar.

—Volverá a por más, sabes que lo hará.

—Ya no estaré aquí para cuando lo haga —dijo metiendo la mano bajo la almohada y sacando el dinero que había escondido allí—. Escápate conmigo, Sally. Yo cuidaré de ti.

Ella negó con la cabeza.

—Mi sitio está aquí, al menos durante un tiempo, y te aseguro que hay lugares peores donde podría acabar. Pero prométeme que algún día, cuando seas un caballero, un fotógra...

—Fotógrafo —dijo él, para ayudarla a completar la palabra.

Ella sonrió, aunque tenía los ojos tristes.

—Sí, eso. Prométeme que me vendrás a ver de vez en cuando, ¿lo prometes? Y también podrás hacerme una foto otra vez, si quieres.

—Te lo prometo.

Con las primeras luces del amanecer de aquel cielo manchado de carbón, Harry metió las pocas pertenencias que tenía en un almoha-

dón y el billete de cinco libras doblado en su bolsillo, y salió por la ventana de la habitación bajo la atenta mirada de Sally. Esperó a que ella le diera la señal de que todo estaba en calma, tres golpes secos en el cristal de la ventana, antes de seguir adelante por la cornisa del tejado a dos aguas de la casa. Cuando hubo alcanzado el lugar elegido, saltó al callejón.

Se enderezó y se volvió para mirar hacia arriba, a la ventana, pero la habitación ya estaba a oscuras.

—Nunca te olvidaré, Sally, lo prometo. Algún día volveré, ya lo verás.

Harry se dio la vuelta y caminó hasta perderse entre la niebla.

✳ ✳ ✳

Hadrian se sentó de repente en la cama. Estaba a punto de gritar y en su cabeza resonaban unos cristales rotos. El sudor le caía por el pecho hasta la cintura y empapaba las sábanas. Se abrazó a sí mismo, en un abrazo solitario, desgarrado entre el alivio que sentía al comprobar que estaba solo en la cama y el terror al pensar que eso siempre sería así.

Se pasó una mano temblorosa por el cabello húmedo. Como siempre, su primer pensamiento después de sufrir una pesadilla era: necesito una mujer. Sally regentaba una casa limpia y, cuando no estaba ocupada con alguno de sus clientes habituales, siempre estaba dispuesta a complacerle. Cuando tenía dinero le pagaba y cuando no lo tenía ella le prestaba gratis sus servicios. Sin embargo, salir en busca de un revolcón rápido era solo sexo, demasiado esfuerzo para tan escasa recompensa y, sobre todo, tan breve. Necesitaba desahogarse, eso no había cambiado, pero sentía que empezaba a querer algo más. Quería a alguien a quien poder abrazar, alguien que le abrazase, que le hiciera sentir, no solo sentir su cuerpo sino también sentir en el corazón.

Empezó a pensar en Callie, algo que hacía cada vez más a menudo en los últimos tiempos. Por Dios, cuánto le gustaba tenerla en sus brazos, con aquella figura voluptuosa que encajaba a la perfección en su cuerpo de la misma manera que una mano encaja en un guante hecho a

medida. Aunque todavía no la había visto desnuda, tocarla por encima de la ropa le había permitido hacerse una idea de cómo era. La imaginación, o por lo menos la suya, era una fuerza muy potente, y su mente era más que capaz de completar la imagen con los detalles que faltaban.

Cerrando los ojos, se la imaginó junto a él, con sus blancas nalgas y un vello espeso en el pubis, y la humedad que su interior albergaría. En su mente, se vio enterrando la cara en aquel calor almizclado, dándole placer con los labios, la lengua y los dientes. La fantasía se estaba haciendo tan real que casi podía saborear su humedad con la lengua.

Apretó los ojos con más fuerza y dejó que su imaginación le llevara más lejos mientras él se tocaba. La penetraría. Esperaría hasta sentir los primeros temblores cosquilleándole en la lengua y entonces la retiraría y la sustituiría por su pene. El suyo era grande, lo sabía, y grueso, y no se trataba de chulería. Era un hecho. Con solo verle la bragueta abierta, a las mujeres que se llevaba a su casa les faltaba tiempo para desnudarse.

No obstante, Callie debía de ser virgen. Nunca había estado con una mujer que lo fuera, pero se imaginaba que al principio estaría muy tensa, quizá un poco seca. Tendría cuidado con ella, sería gentil pero no demasiado. En el centro del placer siempre había un cierto grado de dolor y, si ella era como él, preferiría que la tomase de una forma rápida e intensa. La penetraría de una estocada y luego se retiraría un poco para que se acostumbrase a él. Cuando lo hubiera hecho, la cabalgaría, lentamente al principio y más rápido después, hasta que ella se volviera loca por aquello tanto como él. Y solo entonces se correría.

Hadrian abrió los ojos al sentir el primer espasmo. «Oh, Dios, Callie.» Con unos cuantos más consiguió sentir alivio. Luego se dejó caer sobre la almohada y se secó la mano con la sábana.

«Oh, Callie, ¿puedes dormir bien con tu inocencia o estás despierta como yo en la cama?»

Si fuera un hombre normal y corriente con un corazón intacto que ofrecer sería fácil amar a Callie Rivers. Pero era como era y estaba trabajando para destruir a alguien de corazón puro, a una persona buena. ¿Cómo podía hacerlo?

Dinah se subió a la mesita de noche para acariciarle el pecho con la cabeza. Él alargó una mano para acariciar su suave pelaje hasta que la gata se arqueó, imitando a la perfección la silueta del gato de una bruja.

—¿Qué voy a hacer con ella, *Dinah*? O mejor dicho, ¿qué voy a hacer conmigo?

※ ※ ※

Una semana después:

—Callie, querida, ¿qué voy a hacer contigo? Estos últimos días no has sido la misma —dijo Lottie levantando la vista de la carta mecanografiada que acaba de doblar en tres partes.

Callie ocultó un bostezo con la mano. Había pasado otra noche en vela. Ya había dejado de contar cuántas llevaba así. Estaban en la oficina de Langhan Place. Había mandado a Harriet y a las demás voluntarias que se fueran a comer, no porque quisiera ser amable, sino porque deseaba quedarse a solas con sus pensamientos. Lottie, como era de esperar, se había negado, así que tuvo que salir con ella a la tienda de enfrente para comprar un bocadillo.

Sentada frente a ella, en aquella mesa de caoba llena de máquinas de escribir, pilas de peticiones y folletos anunciando la próxima manifestación frente al Parlamento acabados de salir de la imprenta, Callie empezó a bromear.

—Si no soy la misma, ¿a quién me parezco? —inquirió, aun a sabiendas de que era una pregunta un poco agria; pero estaba demasiado inquieta como para que le importara.

La mirada de complicidad que le lanzó Lottie echó por tierra su aparente seguridad.

—Si no te conociera, diría que pareces una joven enamorada.

—Como ya no soy joven y tampoco estoy enamorada, te sugiero que te dediques a leer las hojas del té —le espetó, e hizo una pausa antes de proseguir—: Oh, tía, lo siento. No debía hablarte así, y menos cuando llevas todo el día aquí ayudándonos con la correspondencia.

—No importa, cariño. Pero es que estás triste, se ve.

Callie no hizo gesto alguno para negarlo, pues sabía perfectamente que la causa de todo aquello era que echaba de menos a Hadrian. El día después de que la huelga en la fábrica de cerillas acabara en un tumulto, ella se había dirigido a la oficina del juez y había puesto una denuncia contra Hardcastle, que había sido quien había ordenado que sus hombres la atacasen. Después de eso, no pudo hacer más que pagar las fianzas de las mujeres que habían sido encarceladas y rogar que no llegara a la prensa antes de final de mes la noticia de que ella se había visto envuelta en todo aquel jaleo, pues sería entonces cuando la ley para el sufragio universal se debatiría en el Parlamento. En lo personal, había escrito una carta de su puño y letra para Iris Brown, en la que la recomendaba al propietario de una fábrica de Manchester, conocido por el buen trato que daba a sus trabajadores. Puesto que Iris había sido la líder de la revuelta, Hardcastle no volvería a contratarla jamás. Aun así, le pareció que todo lo que había hecho era poco comparado con el lío en que había metido a todas aquellas mujeres. Pero una vez más, como en muchas otras cosas en la vida, solo el tiempo diría si había servido para algo.

Perdida en sus pensamientos, intentó retomar el hilo de lo que su tía le estaba diciendo, algo relativo a un baile y a que se animase.

—¿Por qué no vienes conmigo a la fiesta benéfica de la Treymayne Dairy Farm Academy? Tendrá lugar en el teatro de la ópera de Covent Garden pasado mañana por la tarde. Habrá una subasta seguida de un baile y una cena tipo bufé.

Las reuniones sociales como esa tenían fama de ser muy aburridas, por altruista que fuera la causa por la que se organizaban, y en esos días no podía pensar en otra cosa que en su próxima «sesión» con Hadrian. De alguna manera, al principio habían sido una vía, una excusa para verse. La había hecho posar solo para acabar hablando horas y horas hasta que llegaba el momento en que él miraba hacia la ventana y decía que no había suficiente luz; después de todo, estaban en invierno. «En ese caso, ¿tengo que volver mañana o pasado mañana?», le había preguntado ella; ambos se habían reído y habían acordado que sí, que tenía que volver.

No importaba que, a estas alturas, ya le hubiera hecho fotos más que suficientes para llenar un álbum entero. Era un juego, una diversión encantadora que le permitía evadirse de la cruda realidad de la vida. Algunos días, sin importar lo mucho que trabajase, no podía dejar de pensar en él. Eran días tristes, aunque hasta ahora creía que había sido bastante buena disimulando lo que de verdad sentía.

Naturalmente, las cosas no podían seguir como hasta ahora. Un hombre como Hadrian debía de tener decenas de mujeres detrás esperando a que les dedicara su tiempo y sus atenciones. Por ahora ella era la novedad para él, pero tarde o temprano se cansaría de ella, y ella sospechaba que eso sucedería más temprano que tarde. Si fuera una mujer lista se apartaría de él antes de que le hiciera daño, pero le resultaba imposible encontrar la fuerza de voluntad para hacerlo, lo mismo que a un borracho le cuesta dejar la ginebra. Aun en el hipotético caso de que pudiera tener alguna esperanza de que su «relación» pudiera florecer en algo más profundo y convertirse en algo más que amistad, no sería bueno para ella, no estaba preparada. Todavía no. Pero el hecho de pensar en no volver a verle, oír su voz o acariciar su brazo despertaba en ella un sentimiento de vacío que no podía quitarse de encima. Incluso echaba de menos oírle silbar muy bajito, mientras preparaba la cámara fotográfica. Ese sonido se había convertido en algo familiar para ella, y también en algo muy querido.

Distraída como estaba, necesitó unos instantes para entender lo que Lottie le decía y coger el hilo de la conversación.

—Porque esa es la escuela profesional que fundó lady Stonevale, ¿no es así? Tengo que admitir que al principio fui un poco escéptica, pero por lo que he oído hace un gran trabajo enseñando un oficio a antiguas prostitutas.

Lottie asintió con la cabeza.

—Así es, y por lo que me han contado, lady Stonevale mantiene una relación muy estrecha con la escuela. De hecho, su cuñada trabaja allí

como directora. Que te dejaras ver por allí ayudaría a la causa. Todo el mundo sabe que Stonevale consiente a su mujer como si fuera una jovencita en lugar de una madre que ya está en la cuarentena. Quién sabe, quizá tengas la ocasión de ganarte a lord Stonevale y que te apoye.

Lord Stonevale era Simon Belleville, antiguo parlamentario por Maidstone, Kent. Años antes había destacado entre los suyos por luchar por la ampliación de la franquicia municipal para incrementar la representación entre los municipios. Solo cuando su padre, el viejo conde, murió, dejó la Cámara de los Comunes para tomar posesión del lugar que le correspondía en la de los Lores, y con pena. Su palabra tenía mucho peso entre sus colegas de ambas cámaras. A pesar de que era un líder muy respetado entre los conservadores, se había pasado a la oposición en más de una ocasión cuando había considerado que la causa era justa. El bienestar y la protección de mujeres y niños eran un asunto que le preocupaba especialmente, o así lo recordaba Callie.

Mientras alargaba la mano hacia el otro lado de la mesa para alcanzar un nuevo montón de cartas recién llegadas, Lottie empezó a hablar.

—Promete ser el evento de caridad del año. A menudo un cambio de ambiente puede hacer maravillas para levantar el ánimo. Además de Stonevale y su esposa, habrá muchas personas influyentes, como varios parlamentarios que todavía no han mostrado públicamente su posición sobre el asunto del sufragio universal. Podría ser una oportunidad de oro para atraerlos a la causa.

—Iré, claro que sí. No puedo dejar que mi querida tía vaya sin una carabina, ¿a que no?

—En realidad, creo que seré yo quien tenga que hacer de carabina contigo y escoltarte.

Oír aquello hizo que se despertara.

—¿Escoltarme?

Lottie chasqueó la lengua.

—Es un cometido formal, Callie. No es propio que una mujer de tu juventud y posición vaya sola.

—Pero si no estaré sola. Estaré contigo.

Lottie acabó humedeciendo el sello mientras respondía con un movimiento de cabeza.

—Todavía estás en edad de merecer, querida. No eres una solterona, y no importa lo arriba que te abotones la blusa.

Callie hizo una mueca. Era demasiado pronto para empezar otra vez con eso, especialmente cuando el problema podía resolverse con tanta facilidad.

—De acuerdo, muy bien. Si tengo que ir, entonces le pediré a Teddy que me acompañe.

En contra de lo que esperaba, la discusión no terminó aquí. En lugar de eso, Lottie se puso a mirarla durante un buen rato antes de seguir hablando.

—¿No hay nadie más a quien puedas pedírselo? Pareces pasar mucho tiempo últimamente con ese guapo fotógrafo tan agradable.

A Callie se le pusieron los pelos de punta. Por Teddy no había dicho lo mismo el otro día. En cambio, ahora su tía hablaba de «ese guapo fotógrafo tan agradable».

—Ya te dije que la señora Fawcett le encargó que me hiciera unas cuantas fotos. Soy solo su clienta. No puedo obligarle a que me escolte para ir por ahí.

Lottie echó la cabeza a un lado y le lanzó una mirada penetrante.

—¿Y no se te ha ocurrido pensar que quizá al señor St. Claire le gustaría que se lo mandaras, y ya que hablas de eso, que quizá para él pasar una velada en compañía de una joven encantadora e inteligente no sería en absoluto una obligación?

Estaba a punto de objetar algo cuando un pensamiento, demasiado feo como para que fuera cierto, se le pasó por la cabeza. «Lottie, no te atreveras...»

—Pues claro que lo haría, con tal de verte feliz. Si he aprendido algo al perder a la persona a la que más he querido en este mundo es que la vida es demasiado corta y preciosa como para perder el tiempo con esa tontería del orgullo o pensando en lo que pudo ser y no fue, que para el caso es lo mismo —le espetó su tía. Y dulcificando la mirada al

dirigirla hacia su sobrina añadió—: Date una oportunidad, Callie. Sé valiente para esto como lo eres para tantas otras cosas. Pide a Hadrian St. Claire que sea tu acompañante.

Callie sonrió, no podía evitarlo.

—Tía, tienes la cara de un ángel y la astucia de un zorro. Deberías dirigir esta oficina.

Lottie sonrió de oreja a oreja.

—Es lo mismo que mi querido Edward solía decir.

Capítulo 10

«Le digo, señor, que hemos venido para que nos haga una foto; y procure sacarnos favorecidos, porque vamos a darles las fotos a unas damas.»

PUNCH, *Photographic Beauties,* 1858

Charlotte Rivers no era de ese tipo de mujer que deja que los asuntos del amor salgan adelante por sí solos. Se había casado con el tío de Callie, Edward Rivers, tras haber arrastrado al pobre hombre borracho hasta su cama. A pesar de que el hombre estaba demasiado mareado como para moverse una vez allí, ella había arruinado su reputación y tenían que casarse. Incluso la pretenciosa familia de él aceptó que la boda era la única solución honorable para ambos. Y así habían empezado cuarenta y tantos años de felicidad conyugal.

Así que, a pesar de que le había prometido a Callie que no se metería por medio, al día siguiente por la tarde se dirigió en su carruaje hasta la calle Great George. El Big Ben estaba dando la hora cuando vio el letrero en el que se leía: Hadrian St. Claire, Artista Fotográfico. De pie en la acera, miró a través del escaparate del estudio, intentando leer lo que ponía en un pequeño cartel:

«Un recuerdo duradero con solo posar poco más de un segundo. Fondos variados, como paisajes, un templo griego, el interior de una biblioteca, etc.

El precio para un retrato de tamaño estándar, una guinea. Fotografías de grupos ampliadas. Gran variedad de marcos dorados y de madera de arce entre los que elegir; también cajitas y medallones del terciopelo más suave o la marroquinería más fina, y broches especialmente diseñados para fotos. Le garantizamos una satisfacción total.»

Expuestas sobre una estantería forrada de terciopelo había varias muestras de su trabajo, como fotografías de tamaño bolsillo de modelos de sociedad conocidas como «bellezas profesionales». Con quizá la excepción de lady Katherine Lindsey, ninguna de aquellas jóvenes podía competir con Callie. Si por lo menos su sobrina dejara de esconder su luz bajo aquel aspecto anticuado o aquellas horribles blusas y los horrorosos sombreros que solía llevar. Por suerte, había empezado a dejar de usar las gafas y a recogerse el pelo en moño flojo en lugar de en uno tirante. ¿Sería quizá cierto fotógrafo el causante de estos pequeños cambios de gusano a mariposa? Lottie lo deseaba de corazón, pero solo había una forma de saberlo con seguridad.

El timbre de la tienda sonó al entrar con un suave tintineo y la puerta se cerró sola tras ella cuando lo hubo hecho. Se quedó un momento en el umbral, mirando el polvoriento mostrador de cristal, la mesa de trabajo y el suelo de madera. Al no venir nadie, carraspeó un poco.

El ejemplar masculino, alto y de hombros anchos, que salió de detrás de la cortina de la trastienda la dejó sin respiración. Eso era un hombre que sabía qué hacer con una mujer, se veía. Con esa seguridad, esos ojos azules y ese cuerpo, solo esperaba por el bien de Callie que no fuera un canalla.

—Buenas tardes, señora —saludó él.

Secándose las manos en el delantal, se acercó a ella y se subió las mangas. Tenía unos brazos fuertes, salpicados de un vello dorado que hacía juego con la rubia melena que le rodeaba el cuello.

—El señor St. Claire, ¿verdad? —preguntó Lottie casi sin voz.

Él dudó, como si no estuviera muy seguro de llamarse así.

—Para servirla. ¿Qué puedo hacer por usted?

—En realidad, he venido en nombre de mi sobrina —dijo, haciendo una pausa antes de añadir—: Caledonia Rivers.

A juzgar por el modo en que se le agrandaron las pupilas, le había sorprendido aunque solo fuera por un instante.

—Callie está bien, ¿verdad?

Lottie se sentía orgullosa de su intuición acerca del carácter del joven. Su preocupación parecía sincera. Además, había dicho «Callie», no Caledonia ni señorita Rivers, otra señal prometedora.

—Oh, sí, gracias, aunque está trabajando muy duro, siempre se queda hasta altas horas de la noche escribiendo cuando no es un artículo algún discurso, y a la mañana siguiente se levanta pronto. Y ahora, claro, están esas sesiones fotográficas con usted —dijo, y recordó el anuncio que había leído de que una sesión fotográfica solo precisaba de unos segundos, así que no pudo resistirse a preguntar—: ¿Qué tal van sus fotografías? Ambos llevan trabajando en ello algún tiempo, casi dos semanas, ¿verdad?

En realidad, después de todo ese tiempo él podía haber hecho suficientes fotografías como para llenar varios álbumes si, de verdad, se estuvieran dedicando a la fotografía en esas «sesiones».

Hadrian entrecerró los ojos.

—Se trata de varias series de fotos, de hecho, y estamos avanzando, aunque su sobrina todavía no se siente muy cómoda frente a la cámara.

Eso desde luego.

—Mi sobrina nunca ha valorado mucho su aspecto. Un comentario desafortunado de hace mucho le ha hecho pensar que no es una mujer especialmente guapa, pero estoy segura de que usted estará de acuerdo conmigo en que no hay nada más lejos de la realidad. Y, bien, estoy segura de que usted estará haciendo todo lo que esté en su mano para que se sienta cómoda —le dijo, y se quedó mirándole a la cara. A pesar de que él no apartó la mirada, se dio cuenta de que se le había tensado la mandíbula.

Recuperando la sonrisa, él la invitó a que tomara asiento. Al principio, Lottie quiso rechazar la oferta: si Callie se enteraba de lo que estaba haciendo le cortaría la cabeza y la clavaría en una pica. Pero antes de que tuviera tiempo de hacerlo, él ya se había acercado a la mesa de pino para traer una silla para ella. Estaba tan polvorienta que tuvo que resistirse al impulso de sacar su pañuelo y limpiarla antes de sentarse. Finalmente se sentó.

Hadrian se quitó el delantal y lo dejó sobre el respaldo de la silla.

—¿Puedo ofrecerle algo, un té o...?

Ella movió la mano en el aire en señal de negación; después de todo, aquello era una misión, no un entretenimiento.

—Gracias pero no, me temo que no tengo tiempo. Solo he venido para invitarle a un acto.

Sentado frente a ella, Hadrian la miró con cara de no entender nada.

—¿Un acto?

Ella asintió.

—Un baile benéfico para recoger fondos para la Tremayne Dairy Farm Academy. No creo que haya oído hablar de ella, ¿verdad?

Él negó con la cabeza.

—La academia está en el campo, pero la mayoría de sus alumnas son mujeres caídas en desgracia procedentes de las calles de Londres. Allí se les enseña a leer, escribir y contar, así como un oficio con el que puedan ganarse la vida y empezar de nuevo —le explicó.

Él tragó saliva con esfuerzo.

—No, aunque conozco una institución similar de renombre que funciona como orfanato —dijo al fin—. Los que se comprometen en tareas tan nobles tienen todo mi respeto, pero debo ser honesto y decirle que, por el momento, no puedo colaborar económicamente y hacer una donación como es debido.

Hadrian se miró a las manos y ella pudo darse cuenta de que admitir ese hecho le causaba cierto dolor.

Siguiendo su mirada, Lottie se fijó en las manchas de algún producto químico que tenía en los dedos pulgar e índice de la mano derecha

y la pérdida de pigmentación del empeine de la otra mano; además, se veía la señal que había dejado una quemadura bastante fea. Aunque escasamente sabía lo suficiente sobre fotografía, se imaginaba que la mayoría de profesionales contrataban los servicios de un asistente para que se ocupase de las tareas más desagradables relativas al proceso de revelado. A pesar de su porte, era evidente que Hadrian St. Claire andaba corto de dinero, lo que explicaba el aspecto espartano y lamentable de su estudio.

—Al contrario, señor St. Claire, no he venido para pedirle que haga un donativo, sino para que venga como invitado y... —añadió, haciendo una pausa— como acompañante de mi sobrina.

Él levantó la mirada de forma agresiva.

—Quizá sería mejor que Callie me lo pidiera en persona.

Ella lo miró. Desde luego, los hombre podían ser tremendamente obtusos a veces.

—Por supuesto, pero lo más seguro es que no lo hiciera.

Sentándose de nuevo, la miró y ella creyó ver entre ambos una mirada de entendimiento mutuo.

—¿Es demasiado orgullosa?

—No, al contrario, demasiado tímida.

Estaba decidida a que Callie causara impresión en el baile de beneficencia. Tenía que superar el desastre de su presentación en sociedad, con aquel vestido campestre que había arruinado sus posibilidades. La madre de Callie, que no era precisamente una experta en moda, había elegido para su hija, una muchacha alta y rellenita, colores pastel y estúpidos adornos que la hacían parecer y, según Lottie sospechaba, sentirse como una niña desgarbada en lugar de una encantadora joven con un futuro brillante por delante.

Dudó al pensar qué más podía decir, si es que se atrevía.

—Si a veces parece un poco puntillosa, lo único que le pido es que no se desanime por eso. Recuerde: la esperanza es lo último que debe perderse. Después de todo, la actitud de Callie es su modo de protegerse para evitar que la hieran de nuevo.

—¿De nuevo?

La mujer miró hacia la puerta.

—Creo que debo marcharme. Estoy abusando de su tiempo —dijo, empujando la silla hacia atrás y disponiéndose a salir.

Al instante, Hadrian St. Claire la alcanzó y la ayudó para que retirase la silla.

—Al contrario, ha sido un honor que viniera y también lo será acompañarlas a las dos al baile... si está segura de que Callie estará de acuerdo.

En lugar de responder a la delicadísima pregunta que escondía aquella afirmación, Lottie prefirió cambiar de asunto.

—Correré el riesgo de hablar más de la cuenta otra vez, pero tengo que reconocer que conocerle ha sido una sorpresa más agradable de lo que esperaba.

Él levantó una ceja.

—¿De veras?

La anciana lo miró abiertamente.

—Es usted un hombre tremendamente atractivo, señor St. Claire, y también encantador, una combinación que supongo le ayuda bastante para tratar con las mujeres. Además, me parece que usted tiene algo más que su porte y su trabajo, que es uno de esos pocos hombres que son capaces de distinguir un diamante de entre otras gemas y saber lo que vale aunque no lo hayan pulido.

—¿Por qué tengo la impresión de que no me está hablando de gemología? —replicó él con un toque de ironía.

Lottie no lo negó.

—Puede que mi sobrina piense y hable y, a veces, incluso vista como un hombre, pero no dude que es una mujer de la cabeza a los pies. Y el corazón de una mujer así, señor St. Claire, puede resultar muy frágil cuando ya lo han roto una vez —le dijo, para acto seguido abrir su bolso y extraer de él una invitación repujada en dorado que dejó sobre la mesa, antes de dirigirse hacia la puerta—. Ya sé que lo habitual es que sea el caballero quien traiga su carruaje, pero acabo de comprarme uno nuevo y estoy loca por enseñarlo por ahí —comentó como si tal

cosa, aunque sabía positivamente que aquel hombre lo máximo que podría ofrecer era una calesa de alquiler—. ¿Podemos pasar a recogerle mañana hacia las siete de la tarde?

Sonriente, la acompañó hasta la puerta. Al abrirla, se volvió para mirar el reloj del palacio de Buckingham.

—Las siete en punto es una hora perfecta, señora Rivers.

✵ ✵ ✵

Callie miró por encima de los montones de papeles que había en su mesa y vio llegar a su tía a la oficina con un vestido de paseo con adornos de piel y mangas de ese mismo material, acompañada de su doncella, Jenny.

—Callie, querida, sabía que te encontraría aquí. He venido para arrancarte de tus obligaciones y llevarte de compras —le dijo con una amplia sonrisa.

Callie se llevó una mano a la frente, como si empezara a dolerle la cabeza.

—Tía, no puedo salir ahora. Tenemos una reunión con lord Salisbury el viernes próximo, así que ir de tiendas es lo último para lo que tengo tiempo —le dijo, y añadió para sus adentros: «Como tampoco lo tengo para fantasear sobre un hombre al que no puedo tener.»

Pero lo cierto era que sus sentimientos por Hadrian crecían día a día. Aun peor, estaba empezando a sospechar que esos sentimientos estaban llegando más allá de lo que era el mero deseo carnal, aunque también tenía que admitir que había bastante de eso. No se habían tocado desde la semana anterior, cuando ella casi perdió la cabeza y le habría dejado que la arrastrara a la cama de una prostituta, y sin embargo el deseo seguía ahí, el calor la derretía por dentro como si estuviera hecha de cera y entre ellos seguía habiendo aquella atracción mutua que los traspasaba como si fuera una corriente eléctrica.

Lottie desestimó sus excusas con un movimiento de mano, como si reunirse con el primer ministro fuera algo irrelevante.

—Tonterías, tienes una secretaria, además de un montón de voluntarias muy eficientes, ¿no es así? —le espetó, mirando a la media docena de mujeres que se movían de un lado para otro en la oficina, con energía y rapidez—. Estoy segura de que Harriet puede ocuparse de todo durante unas horas, mientras buscamos un vestido como Dios manda para que te lo pongas para el baile, ¿verdad, Harriet?

Al ver que su secretaria asentía e iba a buscar su abrigo, Callie se dio cuenta de que no le quedaba otro remedio que acompañar a su tía.

Su carruaje volvió la esquina entre las calles Bond y Oxford, y Lottie le indicó al cochero que las dejara en Maison Valen, una casa de modas que llevaba allí desde la época de Napoleón. La anciana era bien conocida en el establecimiento, pues era una de las pocas mujeres de su edad a la que le gustaba gastarse el dinero para vestir a la moda. Al entrar, enseguida encontró a una dependienta dispuesta a atenderlas.

La mujer vio a una muchacha con la boca llena de alfileres y se dispuso a hablarle de su problema.

—Necesitamos un vestido de fiesta para mi sobrina y tiene que estar listo para mañana por la tarde.

Con los ojos abiertos como platos, la joven sacudió la cabeza de manera efusiva.

—Pero, *madame*, eso es imposible —le dijo escupiendo los alfileres.

—Al contrario, Genevieve, para mi buena amiga, la señora Rivers, todo es posible —se oyó decir a una voz autoritaria desde el otro lado del mostrador de mármol.

Lottie volvió la cabeza en señal de aprobación hacia la mujer alta y delgada que se aproximaba cruzando la alfombra oriental. Vestida de negro y con el pelo gris plateado recogido en un moño flojo, la modista era la viva imagen de la elegancia.

—Hortense, eres la amabilidad en persona —le dijo a la modista, para luego volverse hacia Callie y añadir con una sonrisa más brillante que el candelabro y las luces que iluminaban el local—: Permite que te presente a mi sobrina, Caledonia Rivers.

Si la modista sabía quién era Callie, no lo dijo. Se apartó de ella unos pasos y la miró de arriba abajo y vuelta otra vez, para luego ayudarla a quitarse el abrigo. Antes de que Callie pudiera decir nada, Lottie y Jenny se habían puesto manos a la obra, flanqueándola, para ayudarla a que se desprendiera de la ropa que llevaba.

—Vaya —dijo madame Valen, llevándose un dedo a un lado de la boca y mirando a Callie como si no fuera más que un maniquí de su taller que hubieran dejado ahí, anclado al suelo.

Callie apretó los dientes. Tenía ganas de salir por la puerta. Eso era precisamente lo que más se temía: que la evaluaran como si fuera un objeto, sin pasión, lo que le recordó su desastrosa presentación en sociedad, en la que tropezó, se cayó y envió las plumas de su tocado volando hasta la Reina, que tuvo que estornudar. Desde aquel día, había sido el hazmerreír, todo el mundo la veía como una patosa. El amigo de Gerald la llamaba la «sombra de la temporada», y tenía razón. Todo aquello le había hecho mucho daño y no le apetecía volver a vivir algo así. Sintió que el labio superior se le tensaba.

—*Pas mauvaise*. No está mal, nada mal.

Los ojos de la modista se detuvieron en su pecho, y le costó no poco esfuerzo no cruzar los brazos para que dejara de observarla así. Dentro de aquella tienda de paredes tapizadas con seda, no era una sufragista, ni siquiera una líder. Era una mujer más, de mediana edad, caderas anchas y pecho abundante.

—De verdad, tía, el vestido azul marino que tengo sería más que suficiente —murmuró en un susurro, volviéndose a Lottie.

Lottie hizo como si no la hubiera oído.

—Hortense, tú eres la experta. ¿Qué nos recomiendas? —le consultó a la modista.

Pensativa, la mujer se volvió hacia Lottie, mirándola con su cara ovalada como si aquello fuera una decisión tan importante como la de un magistrado que tiene que dictar sentencia.

—Queremos algo que tenga pocos adornos, clásico, sencillo y elegante —dijo, estirando el cuello para admirar mejor a Callie por detrás—.

Y desde luego, en esta zona no pondremos muchos adornos, será algo sencillo.

—Es una manera muy diplomática de decir que tengo un trasero demasiado grande —soltó Callie fuera de sí.

—Por favor, Caledonia, deja de comportarte así —le dijo Lottie, todavía con el abrigo puesto.

No la había llamado Callie, sino Caledonia. Estaba poniendo a su tía de los nervios, y podía entenderlo, porque ella también tenía ganas de estrangularla.

Los finos labios de la modista dibujaron una sonrisa fría.

—Un trasero tan bonito como el de *mademoiselle* no necesita adornos.

Mademoiselle. Callie disimuló un resoplido. Aparte de su nariz gala y de que, de vez en cuando, decía alguna que otra cosa en francés, madame Valen no parecía ni sonaba mucho más francesa que las demás mujeres que allí había.

—¿Recuerda el vestido que lleva madame X en el retrato de Sargent? —preguntó la modista a Lottie.

Lottie pensó un poco.

—Creo que sí. ¿Es uno negro con tirantes de pedrería, la cintura ajustada y una falda estrecha?

—Sí, ese. Creo que tengo el mismo modelo. Tendré que hacerle algunos arreglos, claro, pero la costurera podrá hacer los cambios que hagan falta. Venga, se lo enseñaré.

Del brazo, ambas mujeres desaparecieron tras la cortina de terciopelo del vestidor. Jenny también había desaparecido y se había ido a mirar y tocar las piezas de tela que se encontraban en las estantería de la pared opuesta. Acostumbrada como estaba Callie a ser la que siempre llevaba la voz cantante, estar así, esperando sin más, hacía que se sintiera poco menos que invisible.

Como si se tratara de una colmena en la que las abejas no descansan, la actividad incesante de aquella tienda zumbaba a su alrededor. Algunas clientas permanecían sentadas sobre divanes y sillas tapizadas con tejidos adamascados mirando telas, tomando el té y aconsejando a las amigas a

las que habían acompañado acerca de cómo les quedaban los modelos que se estaban probando. Estas, a su vez, seguían subidas a unas bases de pruebas alfombradas y no dejaban de mirarse al espejo, mientras las costureras iban de un lado para otro y, con las prisas, se pisaban entre ellas.

Callie se dejó caer sobre el cojín de un asiento tapizado en terciopelo, contemplando la escena como si estuviera todavía en sus días de debutante en sociedad. Echó un vistazo a las revistas de moda que se amontonaban en una mesita cercana y empezó a pasar páginas furiosa. Aun así, no consiguió entretenerse. Las modelos de las revistas siempre tenían la cara en forma de corazón, el pecho normal y la cintura muy fina. Cerrando la revista, se dijo a sí misma que nunca debería haber permitido a su tía que la trajera a un lugar como aquel, y menos cuando tenía por delante la reunión con lord Salisbury para finales de semana. Lottie siempre había querido imponerle sus gustos en el vestir y hasta ahora ella se había mantenido firme y había rehusado. ¿Por qué no lo había hecho esta vez?

Como en muchas otras facetas de su vida últimamente, la respuesta estaba clara: era una persona. Hadrian. Los comentarios que le había hecho acerca de su forma de vestir en la primera sesión de fotos se le habían quedado grabados. Si no le quedaba más remedio que ir a ese baile, y dada la relevancia de los invitados que asistirían, tenía que hacerlo, no quería tener el aspecto «funerario» que él le había achacado. No obstante, la última vez que había intentado cambiar había sido el hazmerreír de todos, peinada con ridículos tirabuzones y un vestido rosa lleno de volantes que, desde luego, estaba bastante lejos de lo que era la última moda en Londres. Mirando a su alrededor, en aquella tienda tan elegante llena de mujeres vestidas con mucho gusto, intentó decirse a sí misma que, esta vez, estaba desde luego en mejores manos. Sin embargo, sus viejos complejos seguían ahí y no desaparecerían tan fácilmente.

Pensándolo bien, si al final parecía una tonta, por lo menos Hadrian no estaría allí para verlo. Nunca se habría atrevido a pedirle que la acompañara pero, dadas las circunstancias y cómo se sentía, que él no viniera sería un alivio.

Como si Lottie supiera cómo se sentía su sobrina, asomó la cabeza por la cortina del vestidor para hablar.

—El vestido es espectacular. Ven y pruébatelo —le dijo.

Reprimiendo un gruñido, Callie dejó la revista que estaba ojeando y se levantó del asiento.

—Ya voy, tía.

Cuando estuvo al otro lado de la cortina, en el vestidor, Lottie la cerró.

—Por cierto, querida, ¿qué dijo ese fotógrafo joven y encantador cuando le pediste que te acompañara? —inquirió.

Dándose la vuelta para desabrocharse la blusa, Callie casi ni miró el vestido negro ni las tiras de pedrería que colgaban de detrás de la puerta.

—He estado tan ocupada que no he tenido tiempo de hablar con él, y ahora ya es demasiado tarde para pedírselo.

Callie se puso tensa, estaba segura de que iba a recibir una bien merecida regañina, pero en lugar de eso lo único que hizo su tía fue alargar la mano para echar a un lado la ropa que su sobrina se acababa de quitar.

—No te preocupes por eso, cariño. Ya lo he hecho yo —le dijo con una sonrisa.

※ ※ ※

Callie no era la única que necesitaba desesperadamente un atuendo de noche. Por suerte, Hadrian y su amigo Gavin, el abogado, vestían casi la misma talla. Como el caballero que era, los finos trajes de Gavin bien podían ser de Harrods y su sombrero de James Lock & Company, el caso es que no le hubiera importado cortarlos y adaptarlos a su amigo si creía que este los necesitaba más que él. Aunque a Hadrian no le gustaba aprovecharse de la generosidad de su amigo, el hecho de usar el maldito dinero que le había dado Dandridge para comprarse ropa no le hacía ninguna gracia.

Cada vez más, no dejaba de darle vueltas a la cabeza para encontrar la manera de devolverle el dinero a Dandridge y olvidarse de todo aquel asunto. Además, ya solo le quedaba una semana, así que tendría que trabajar rapidísimo si quería cumplir con aquel perverso encargo. El hecho de que hubiera dejado pasar varias oportunidades en las que podría haber hecho la comprometida foto que le habían encargado había disparado todas las alarmas en su cabeza, pues le hacía albergar serias dudas sobre su capacidad de arruinar sin piedad a alguien que era, según se estaba dando cuenta, una de las personas de mejor corazón que jamás había conocido.

«El corazón de una mujer, señor St. Claire, puede ser muy frágil cuando ya lo han roto una vez...»

El encuentro con la tía de Callie solo había servido para hundirle más en ese dilema. Había tenido ante sí a una mujer cuyo respeto, en otras circunstancias, le hubiera gustado mucho tener la oportunidad de ganarse. ¿Qué pensaría de él cuando supiera que su verdadero objetivo era arruinar la vida de su querida sobrina y herirla de la misma forma que algún bruto, según parecía, lo había hecho ya años antes al romperle el corazón? Pensar en todo aquello era más que suficiente como para que necesitara tomarse un buen vaso de ginebra.

Pero en lugar de emborracharse para olvidar, como ya había hecho otras veces, desde que la tía de Callie había abandonado su establecimiento, apenas unas horas antes, había estado cavilando, demasiado nervioso como para concentrarse en su trabajo. Al final lo dejó, se quitó el delantal, salió de la tienda y se encaminó a casa de Gavin. Se estaba haciendo de noche cuando llegó a la casa de su amigo, en Inns of Court. Con suerte, lo encontraría allí antes que en su oficina, donde solía quedarse hasta tarde trabajando.

Solo cuando el sirviente de Gavin le acompañó hasta la salita de estar del apartamento de su amigo, se dio cuenta de que este no estaba solo. Su viejo amigo de Roxbury House, Patrick O'Rourke, que también había sido un huérfano como ellos, estaba esperando en el sofá de piel, con un puro en una mano y un vaso de whisky en la otra.

Al ver a Hadrian en el umbral de la puerta, el joven dejó la bebida a un lado y se levantó. Era un hombre de hombros amplios, pecho fuerte y cabello pelirrojo.

—Harry, caramba, precisamente estábamos hablando de ti —le dijo Rourke antes de darle un fuerte abrazo.

Hadrian disimuló lo incómodo que le hacía sentir oír su verdadero nombre bajo una sonrisa.

—No me extraña que me pitaran los oídos. ¿Cuánto tiempo ha pasado? ¿Una eternidad?

Echándose hacia atrás, contempló a su viejo amigo. Con la corbata floja, las mangas arremangadas y aquella chaqueta de seda que había dejado a un lado, se veía con claridad que a su amigo escocés los negocios le iban bien. El diamante que lucía en una oreja era auténtico, no de bisutería, y lo mismo podía decirse del anillo de oro y esmeraldas que llevaba en el dedo corazón de su mano derecha, una mano fuerte y trabajada.

Impecablemente vestido con un traje oscuro de franela y cuello vuelto, Gavin se levantó del sillón orejero que estaba frente al fuego.

—Nuestro amigo Harry se hace llamar actualmente Hadrian St. Claire.

Hadrian miró a su amigo en señal de agradecimiento. Gavin siempre sabía qué hacer para suavizar las cosas.

Si Rourke pensaba algo acerca de por qué se había cambiado Harry el nombre, lo cierto es que no lo dijo.

—Vaya, ¿entonces es Hadrian? Muy elegante. Procuraré recordarlo.

—¿Qué quieres tomar? —le preguntó Gavin, que ya estaba en el mueble bar dispuesto a servirle una copa.

—¿No tendrás ginebra por casualidad? —le dijo Hadrian a su amigo, acercándose al fuego.

Era una broma, algo a lo que jugaban entre ambos, pues Gavin era un caballero y, claro estaba, los caballeros no bebían ginebra. Sin embargo, con esas palabras siempre conseguía arrancar una sonrisa de su amigo, algo poco habitual.

—Me temo que no. ¿Qué tal una copa de *brandy*?

Hadrian asintió y Gavin le sirvió tres dedos en una copa de cristal. Pasándole la bebida, le indicó que tomara asiento.

Cuando todos tuvieron sus copas en la mano empezaron a hablar.

—Rourke me estaba contando cómo le ha ido en estos últimos años. Parece que nuestro amigo, aquí presente, se ha convertido en un hombre rico.

¡Un hombre rico! Con que Rourke hubiera aparecido dos semanas antes, la vida de Hadrian sería ahora muy distinta. Tomando un trago, miró al escocés, que estaba al otro lado de la estancia, y se preguntó mentalmente si sería capaz de pedirle, después de no haberlo visto durante mucho tiempo, que le prestara una pequeña fortuna.

Durante la siguiente media hora, Hadrian escuchó a medias cómo había sido su vida en los últimos siete años. Tras dejar Roxbury House, se había trasladado al norte, a Escocia, en busca de la familia de su madre. Para poder vivir, se había unido a una empresa ferroviaria, había trabajado muy duro, hasta que le salieron ampollas en las manos, luego había ascendido a capataz, después a socio de la empresa y, finalmente, se había convertido en su único propietario.

Al acabar de contar su historia, Rourke le guiñó un ojo a Hadrian.

—No está nada mal para un muchacho escocés que empezó como carterista, ¿no te parece?

Hadrian asintió. Después de todo, su pasado común como ladronzuelos tenía mucho que ver con los lazos que los unían cuando eran niños. Cuando el jefe para quien Rourke trabajaba cayó en manos de la ley, logró escapar entregando a este en su lugar. El valeroso muchacho de doce años iba camino de la prisión de Newgate cuando la suerte y la bondad de un extraño lo llevaron hasta Roxbury House.

—Así que, querido amigo, aparte de ver a tus viejos compañeros, ¿qué te trae por Londres? —le preguntó, pensativo y preocupado por sus propios asuntos.

Gavin respondió por él.

—Parece ser que nuestro amigo viene en busca de una heredera.

Preguntándose por qué un hombre rico necesitaba casarse por dinero, Hadrian se volvió a Rourke.

—¿Y ya has pensado en alguna en concreto? —preguntó.

Rourke respondió asintiendo lentamente con la cabeza.

—Sí, le he echado el ojo a lady Katherine Lindsey.

—¡Kat Lindsey! —dijo Hadrian estupefacto, tanto que casi se atraganta con el licor que se estaba tomando.

Rourke entrecerró los ojos.

—Pues sí. Entonces, ¿la conoces?

Hadrian asintió.

—Es una de las modelos profesionales que están de moda. Damas que posan para mí —aclaró, al ver que su amigo abría la boca sorprendido.

—No la habrás tocado, ¿verdad?

Ante la mirada feroz del escocés, Hadrian se echó atrás y se apresuró a asegurarle que no.

—Eso sería difícil. Lady Kat es una persona tan apasionada como un pastel de hielo y tiene el temperamento de un gato salvaje cuando está enfadada. Si vienes tras su dinero, mejor busca en otra parte. Se dice que su padre es un jugador empedernido que ha acabado por endeudar a toda la familia.

Ese era un rumor que él sabía cierto, pues a diferencia de otras bellas damas a las que había fotografiado, Katherine Lindsey solo posaba por dinero, no para que la contemplaran y le dijesen lo hermosa que era. Aun así, algo dentro de él, quizá fuera el honor, le impedía hablarle a su amigo de los términos exactos del acuerdo que mantenía con aquella bella dama.

Aparentemente satisfecho, Rourke volvió a sentarse. Mientras estiraba las piernas para calentarse con el fuego de la chimenea bostezó.

—Tanto da —dijo el escocés—. Lo que me importa de ella es que es de sangre azul, no su dinero.

Así que lo que Rourke quería era una mujer de alta cuna para que fuera la madre de sus hijos. Terco como pocos, a su amigo le encantaba ponerse retos, y cortejar a lady Kat sería eso y mucho más.

Gavin seguía en su sitio, tomándose una copa y escuchando a sus amigos. Sus padres habían perecido en un incendio del edificio de varios pisos donde vivían y había llegado a Roxbury House solo para reunirse con su abuelo materno. Tras recuperar el lugar que le correspondía en sociedad, Gavin heredaría algún día la dignidad de *baronet*. Mientras tanto, había seguido los pasos de sus antepasados abriéndose camino en el mundo de las leyes como abogado, una profesión que despreciaba pero en la que se había ganado, a base de éxitos, la fama de ser uno de los mejores.

Gavin se levantó para rellenar las copas de sus amigos.

—Por cierto, ¿qué te ha traído aquí a mediados de semana, Hadrian? —preguntó.

—La visita de una dama —repuso, acercando la copa para que su amigo la rellenase.

—Vaya, eso no es nuevo —dijo Rourke—. Teníamos motivos para llamarte Harry «el guapo».

Hadrian se encogió de hombros. Sin duda le habría ido mejor si hubiera sido menos atractivo pero hubiese tenido más cabeza.

—En realidad se trata de la tía viuda de una amiga. Me ha invitado a un baile benéfico mañana por la noche —aclaró, sacando la invitación del bolsillo de su abrigo para pasársela a sus amigos.

Al verla en su mano, Gavin la observó con detenimiento.

—La Tremayne Dairy Farm Academy es una institución que hace un buen trabajo, desde luego. Yo también voy a ir, por el deber familiar y todo eso —dijo haciendo una mueca, como si ser el heredero de un título y una fortuna fuese menos divertido de lo que uno pudiera imaginarse—. Con el prestigio que lord y lady Stonevale tienen como mecenas, los miembros de las mejores familias de Londres estarán ahí.

—¿Las mejores familias de Londres, dices? —preguntó Rourke, alargando la mano para que le pasaran la invitación y verla. Acto seguido, comentó—: ¿Cómo puede conseguir una de estas un tipo tan caritativo como yo?

Gavin arqueó las cejas.

—Yo tengo una invitación de más. Puedes venir como mi invitado, pero ¿desde cuándo te gustan este tipo de asuntos tan formales? Por Dios, si no soportas las corbatas.

Rourke miró a Hadrian e hizo una mueca.

—Un baile es como una cacería, solo que esta vez mi presa no es un ciervo o un alce, sino cierto «gato salvaje» al que me gustaría domesticar.

Capítulo 11

«Vaya, ¿no es maravilloso?
Dejar atrás la estupidez
y ponerse faldas más cortas
(con muchas pinzas),
y dejar las piernas al aire,
como una hija de Albión, libre.»

BARBARA BODICHON, hacia 1850

Callie estaba en su habitación, de pie frente al espejo de cuerpo entero, sin la bata. Jenny acababa de arreglarle el pelo y había salido de la estancia. Le había hecho un recogido alto que tenía que admitir que le quedaba muy bien. Volvió la cabeza de un lado a otro para asegurarse de que los brillantes que le había colocado en el pelo no se movían. Aquellos adornos hacían juego con las tiras de pedrería de su vestido. Ante la insistencia de Lottie, incluso había dejado que le dieran un ligero toque de maquillaje. Aunque quizá fuera solo porque destacaban de entre las sombras del atardecer, sus ojos parecían más verdes, sus labios más carnosos y deseables y su piel más luminosa.

Echó un vistazo hacia atrás para contemplar su vestido de noche, que seguía allí, colgado. En cualquier momento, Jenny regresaría para ayudarla a vestirse y luego se encontraría con Lottie en el piso de abajo. Juntas irían en el carruaje de su tía hasta la tienda de Hadrian y desde allí hasta el teatro de la ópera de Covent Garden. Antes, solo pensar en tener que ir a un acontecimiento tan formal llevando un vestido tan sugerente como aquel habría sido una pesadilla, pero en esta ocasión casi no podía esperar para ponérselo.

Recordó las palabras que su tía había pronunciado hacía quince días. «Date una oportunidad, Callie. Se valiente en esto como lo eres para tantas otras cosas.»

Date una oportunidad. Sé valiente. Si no ahora, esta noche, ¿entonces cuándo?

✳ ✳ ✳

—¿Quién es aquella belleza? —preguntó Gavin a Hadrian, mientras miraba al otro lado del salón de baile iluminado con candelabros en dirección a donde se encontraba Caledonia hablando con varios caballeros.

—Caledonia Rivers —repuso Hadrian, tomando un trago de champán.

Estaban en el salón principal del teatro de la ópera de Covent Garden. Del centro colgaba una enorme lámpara con miles de pequeñas llamas ardiendo, había jarrones con flores por todas partes y en el suelo repiqueteaban los tacones de aquellos londinenses que podían permitirse asistir a fiestas como aquella. Aquella tarde, al principio de la velada, la cola de carruajes había llegado hasta la calle Wellington y hasta el Strand. Al cochero de las Rivers le costó casi media hora llegar hasta la entrada.

Hadrian se sentía como si hubiera estado conteniendo la respiración desde que habían llegado. En cuanto a Callie, desde que habían estado esperando para entrar no había sido capaz de acercarse a ella lo suficiente para decirle algo. Verla tan guapa y radiante, riéndose y relajada, bebiendo champán y divirtiéndose, debería haberle compla-

cido enormemente. Eso era lo que quería para ella, después de todo. No obstante, el hecho de que su gusano se hubiese convertido en una espléndida mariposa sin hacerle mucho caso le molestaba más de lo que podía admitir.

Los grandes ojos azules de Gavin se abrieron más.

—¿Caledonia Rivers? ¿La sufragista?

Sin pensarlo, Hadrian dejó escapar una respuesta que mostraba a las claras que estaba enfadado.

—Sí, ¿y qué?

—No, nada. Admiro la lucha de esas mujeres, aunque en ocasiones no comparta sus métodos.

—¿Y eso qué quiere decir? —preguntó Hadrian, dejando en evidencia su carácter protector, que acababa de activar en él una alarma. Si iba a pasar algo, quería que su amigo se lo dijera para avisar a tiempo a Callie.

—Hay un pequeño grupo dentro de ese movimiento, son pocas pero muy activas, esposas que emplean tácticas como la huelga de hambre o la destrucción de la propiedad ajena para hacer avanzar su causa. El año pasado fueron arrestadas algunas mujeres de Manchester que, al verse atrapadas, declararon que se embarcarían en una huelga de hambre hasta que las liberasen.

—¿Las liberaron?

Gavin dudó y luego asintió.

—Al final, pero durante el tiempo que estuvieron presas, para evitar su muerte, fueron alimentadas a la fuerza. Como podrás imaginar, la entubación es una experiencia muy desagradable, y a algunas de las mujeres les han quedado secuelas en la garganta y los órganos digestivos. No me gustaría nada ver a la señorita Rivers mezclada en algo así.

Hadrian recordó entonces el episodio de la fábrica de cerillas, la manera totalmente altruista en que Callie se había involucrado en aquello sin pensar en su propio bienestar, poniéndose al lado de las huelguistas, y sintió cómo el frío le invadía. Ese día estaba allí para llevársela y ponerla a salvo pero, ¿qué sucedería la próxima vez…?

—Callie es una persona demasiado lista como para hacer algo así —dijo él pensativo, esperando que ese fuera el caso.

—Y muy atractiva. Menudos... hombros —dijo Rourke sonriente al acercarse a ellos.

Contra toda razón, Hadrian sintió cómo los celos le invadían.

—Está fuera de tu alcance, Rourke.

Tirando de su corbata almidonada como si fuera la soga de un ahorcado, el escocés miró al suelo.

—Venga, hombre. Tu señorita Rivers es muy guapa, cierto, pero yo he puesto mis ojos en otra, ya lo sabes.

Hadrian miró hacia el lugar donde su amigo dirigía su mirada, justo hasta donde estaba lady Katherine Lindsey, rodeada de un gran número de admiradores. Hadrian la había fotografiado muchas veces, pero esta era la primera que la veía fuera de su estudio. Aunque era algo más baja que los hombres que la rodeaban, no había duda de que lo dominaba todo, a sus admiradores y a ella misma. En términos generales, podía decirse que era la mujer perfecta para gastar el dinero de su amigo Rourke.

Al fijarse de nuevo en este, Hadrian se sorprendió al observar la mirada de deseo en la cara endurecida del escocés. Dejando de observar a lady Katherine, se volvió hacia sus amigos.

—Disculpadme, hay una dama que me ha prometido el siguiente baile... aunque ella todavía no lo sabe —dijo Rourke.

Gavin alzó las cejas.

—Perdona que te lo pregunte pero ¿desde cuándo sabes bailar?

El escocés hizo una mueca y se alejó.

—Desde ahora mismo.

Al ver a su amigo abrirse paso entre la multitud cuando la orquesta empezaba a tocar un vals, Gavin y Hadrian intercambiaron miradas de diversión. Hadrian no podía dejar de admirar la manera en que su amigo metía la cabeza en el círculo de admiradores que rodeaban a lady Katherine y se la llevaba a otra parte. La astucia de la calle se imponía en este caso a la sangre azul. Lady Katherine colocó su mano

enguantada sobre el brazo de él y lo siguió hasta la pista de baile sin mirar a ninguno de los tipos que se habían quedado atrás mirándola con hostilidad. En cuanto a Rourke, Hadrian dudaba de que hubiera sido más feliz cuando se había hecho con el control de la compañía ferroviaria que dirigía que en aquel instante.

Gavin se volvió a Hadrian.

—Parece que una flecha de Cupido se ha clavado en el duro corazón de nuestro amigo.

Hadrian hizo una mueca.

—¿Es que Patrick tiene corazón?

—Eso parece... además de dos pies izquierdos —añadió, mirando a la pista de baile—. Solo espero que no la pise, o por lo menos que no lo haga antes de que ella tenga la oportunidad de descubrir sus mejores cualidades.

—Llámalo instinto artístico si quieres, pero tengo la impresión de que ella calza unos zapatos de tacón impresionantes esta noche y que podría usarlos para clavárselos a Rourke en el pie si se atreve a besarla antes de tiempo.

—Ella me parece más del tipo que te da un rodillazo en la entrepierna, pero solo soy un abogado, así que no lo sé —dijo Gavin divertido, al tiempo que dejaba de mirar a su amigo Hadrian para centrarse en algo que había al fondo del salón—. La encantadora lady Katherine no es la única que llama la atención esta noche. Tu querida señorita Rivers causa sensación entre su cohorte de admiradores. Creo que dentro de veinticuatro horas todos los modistos de Londres querrán copiar su vestido.

—No es mi señorita Rivers —le espetó a su amigo, nervioso sin saber por qué— y, como ya debes de saber, el vestido que lleva es el mismo modelo que luce madame X en el cuadro de Sargent.

—Ya decía yo que me resultaba familiar... aunque no recordaba a madame X con ese aspecto tan elegante.

—Si me disculpas, será mejor que vaya a rescatarla.

—Por supuesto.

La alegre mirada de Gavin no sirvió de mucho para mejorar el estado de ánimo de Hadrian. Dándose la vuelta, se abrió camino entre la multitud.

Llegó a tiempo donde estaba ella para oírla hablar.

—Sí, claro, señor Winston —decía la joven—, estoy de acuerdo con usted pero solo hasta cierto punto. Muchos maridos ejercen una influencia indebida sobre sus esposas, a las que hacen callar e incluso reprimen su capacidad de formarse opiniones propias. Dicho esto, lo mismo vale para muchos padres y sus hijos mayores, y sin embargo el gobierno británico no les impide votar por eso. Por ello, no puedo entender cómo su argumento puede sostenerse. En conciencia, no se puede negar el derecho de voto a las mujeres, solteras o casadas.

—Ahí le ha pillado, Winston —dijo el hombre con cara de niño y patillas pelirrojas.

El tal Winston hizo una leve reverencia, al tiempo que le miraba descaradamente los pechos.

—Tocado y hundido, señorita Rivers. Su argumentación ha sido mejor que la mía, no me queda más remedio que retirarme derrotado y depositar mi espada a sus pies.

Alargando una mano, Hadrian agarró al tipo de uno de aquellos hombros rollizos que tenía.

—Hará bien en guardarse la espada, Winston, y también en mantener la braqueta cerrada.

—¡Hadrian! —gritó Callie sonrojadísima.

Al ver cómo se ponía colorada y el rubor le bajaba por la columna desde la garganta y hasta más abajo del escote, Hadrian sintió cómo su miembro se endurecía y se le secaba la garganta. A juzgar por los ojos saltones que le rodeaban y las gargantas que se aclaraban a su alrededor, desde luego no era el único en darse cuenta de lo que sucedía dentro de sus pantalones.

Alargó la mano hasta alcanzar la enguantada de ella, sin esperar a que se la ofreciera.

—Caballeros, discúlpennos, por favor. Tengo reservado este baile.

Era mentira. Ni siquiera se había molestado en reservarlo. Había pensado que todos los bailes serían para él, eso en el caso de que ella se atreviera siquiera a bailar.

Callie volvió la cara para mirarle. La boca de ella, teñida de un ligero rosa pálido, le parecía más que deseable. Quería besarla.

—Tal y como estaba diciendo a esos caballeros, que han sido tan amables de preguntarme, me gusta más mirar cómo baila la gente que bailar.

Hadrian se fijó en la copa de champán llena que ella llevaba en la mano y se preguntó cuántas copas como esa se habría tomado para estar tan contenta. Nunca la había visto así, pero le encantaba.

—¿Quieres tomar entonces un vaso de ponche?

Sin darle una oportunidad para que lo rechazara, la agarró del codo y tiró de ella hasta un rincón algo más tranquilo, al otro lado del salón. Entonces la soltó.

—Esta noche estás preciosa.

Ella bajó la vista hasta su pecho, perfecto como si fuera de porcelana.

—Francamente, siento como si fuera casi desnuda, pero gracias.

«Todavía no, pero ya llegará, Callie. Pronto», pensaba él, aunque no se atrevía a decirlo.

—¿Estás contenta de haber venido? —le preguntó con una sonrisa en los labios, pues ya sabía lo que iba a decirle.

—¿Acaso necesitas preguntarlo? —respondió ella radiante—. Esta noche ha superado mis expectativas. Y... estar aquí contigo es la mejor parte.

Hadrian sonrió, encantado al contemplar la timidez de su mirada.

—En tal caso, bailemos.

Ella dejó la copa de champán en la bandeja de un camarero que pasaba y se volvió hacia él.

—Muy bien, pero si te piso allá tú.

—Tomo nota de tu advertencia, aunque, si lo haces, prepárate para cuidarme hasta que me recupere del pisotón. Creo que estarías igual de guapa con un uniforme de enfermera que con este vestido.

Ella colocó su mano derecha en la de él y lo siguió hasta la pista de baile cuando la orquesta empezaba a tocar un vals. Se dejó llevar por sus brazos, al tiempo que él le ponía la otra mano en la cintura.

Ella lo miraba y le sonreía, y la luz de la lámpara que los iluminaba desde arriba resplandecía en su pelo oscuro con destellos rojos.

—Lamento informarte de que mi carné de baile no me deja tiempo para dedicárselo a sinvergüenzas.

—Ay —dijo Hadrian, gesticulando como si le hubiera dado un bofetón antes de hablar en serio otra vez—: ¿Hay alguna posibilidad de que puedas escabullirte de tu oficina mañana por la tarde durante una hora más o menos?

Ella frunció el ceño, una señal inequívoca de que, en su interior, el deber y el placer se debatían.

—Tengo una reunión de comité por la tarde y luego tengo que trabajar con Harriet en lo que le diré al primer ministro —dijo. Y al ver que Hadrian gruñía ladeó la cabeza y añadió—: Podría dejarlo a la hora del té.

Él sonrió aliviado. Tomar algo frente a la chimenea sería el momento ideal para seducirla pero, aún mejor, sería la oportunidad perfecta para comentar con ella lo que Gavin le había dicho. Si Callie se metía en asuntos que podían acabar con su arresto, o incluso algo peor, él haría todo lo que estuviera en su mano para mantenerla a salvo. Persuadirla para que razonase sería la primera táctica que emplearía, aunque no esperaba tener mucho éxito. Era una mujer testaruda que luchaba con pasión por sus ideales, más que cualquier otra persona, ya fuera hombre o mujer. Nunca había conocido a nadie como ella. Por segunda vez en la última hora, una sirena protectora le revoloteó por la cabeza. ¿Desde cuándo lo que importaba era proteger a Callie en lugar de seducirla?

—En ese caso, organizaré una fiesta para tentar tu paladar, deleitar tus sentidos y despertar tu...

—¡Basta! —gritó ella llevándose la mano enguantada a la cintura, que le apretaba muchísimo por lo ajustado del vestido—. Eso será en el caso de que tenga el valor de ponerme esto otra vez.

—Entonces, ¿qué te parecería tomar unas tostadas con queso y que descorchemos una buena botella de vino?

—Suena maravilloso —dijo mientras algo, o más bien alguien, los miraba. Los celos aparecieron por segunda vez en su mente, pero se apaciguaron al oír lo que decía—: Oh, cielos, ahí está lady Stonevale.

Fuera quien fuese lady Stonevale, o fuera lo que fuese que tratase de comunicarle, a Hadrian no le importaba lo más mínimo. Podría haberse dirigido a ella, haberle plantado un beso en la mejilla y haberse marchado sin pensar en ello.

Callie parecía no darse cuenta de cómo estaba Hadrian.

—Su marido, lord Stonevale, está en la Cámara de los Lores. Antes de heredar su título, asistía a la de los Comunes. Era uno de los protegidos de Disraeli.

—Y por supuesto tú no tienes ninguna duda de que hablarle a su esposa puede ser la oportunidad que estabas esperando, ¿verdad?

—Oh, Hadrian, pero nuestro baile...

—Será el primero de muchos —dijo él.

Tiró de ella hasta que salieron de la pista y entonces la dejó allí. Al ver que ella dudaba, le dio un suave codazo como para animarla.

—Callie, es tu oportunidad. Quién sabe, pero quizá esto sea lo que os lleve a conseguir vuestro objetivo. Has trabajado muy duro para dejar que esta oportunidad se te escape. Vamos, ánimo.

Ella dio unos pasos y se separó de él. Después miró hacia atrás.

—Hadrian, ¿estás seguro?

—Vamos —le dijo, guiñándole un ojo para olvidar el inexplicable vacío que le invadía desde que la había dejado escapar de sus brazos. Callie formaba parte de un mundo más grande, no como él. Aquellos momentos dulces y robados que había pasado con ella no eran más que eso, momentos robados. Cuando ella se diera cuenta de quién era y de lo que era no volvería a mirarlo.

—Esperaré aquí a que vuelvas.

✳ ✳ ✳

Callie se encontró a su tía tomándose un vaso de ponche a la sombra de una palmera plantada en una maceta y hablando animadamente con un elegante caballero de barba blanca y porte magnífico. Como no quería interrumpirles, se dio la vuelta pero, justo en ese instante, Lottie la vio y le hizo señas para que regresara.

—Callie, querida, estás aquí —dijo. Y volviéndose hacia su acompañante añadió—: Permítame que le presente a mi sobrina, Caledonia Rivers. Callie, este es un viejo amigo, Maximilian St. John.

A Callie le pareció que el anciano caballero la miraba con poco más que una simple aprobación pero por respeto a su tía le sonrió y le hizo una reverencia.

—Señorita Rivers, debe saber que soy el más devoto admirador de su tía.

—Así es —dijo Lottie, mirándolos a ambos—. Sin embargo, es en Callie donde hay mucho que admirar.

—Mi tía, como siempre, me elogia demasiado —replicó Callie, agradeciendo la reverencia y la sonrisa del caballero con un movimiento de cabeza. Luego, volviéndose hacia su tía, que parecía más colorada de lo que había pensado, añadió—: Tía, no quería interrumpir, pero ¿puedo hablar un momento contigo, a solas?

—Por supuesto, querida —repuso ella—. Max, si nos disculpas.

—Naturalmente —dijo él, aunque Callie percibió la desgana con que el caballero se marchaba. Cuando se hubo alejado lo suficiente, Callie se agachó un poco y susurró a su tía—: Quisiera que me presentases a lady Stonevale.

—Oh, sí, claro. Por Dios, he olvidado mis buenas maneras. Tendría que haberlo hecho antes —dijo agarrando del codo a su sobrina y cruzando con ella el salón de baile.

Elegantemente ataviada con un vestido de seda de color ámbar, lady Stonevale se encontraba en medio de una muchedumbre junto a un hombre joven, alto y de pelo castaño. Según se acercaban, Lottie le explicó a su sobrina que el caballero era el primogénito de los Stonevale, Simon, que llevaba el mismo nombre que su padre. Desafortunada-

mente, lord Stonevale había caído enfermo con un fuerte resfriado y su hijo le había sustituido para servir como anfitrión en aquel evento.

Empezaron a hacerse las presentaciones y fue entonces cuando Lottie, con mucho tacto, se acercó para hablar con el joven, que prometió regresar enseguida con unos vasos de ponche. Cuando estuvieron a solas, lady Stonevale se volvió hacia Callie.

—Señorita Rivers, es usted una joven admirable. He seguido sus progresos por medio de la prensa —dijo la dama, con acento del oeste del país.

—Señoría... —saludó Callie dubitativa, preguntándose si hacer una reverencia resultaría un poco exagerado.

—Por favor, llámeme Christie —dijo la dama, que alargó su mano enguantada y le dedicó una amplia sonrisa, con lo que la sacó de aquella situación tan embarazosa.

Ante aquella inesperada muestra de familiaridad, lejos de todo artificio, Callie se sintió más cómoda y le dio la mano.

—Será un honor. Yo me llamo Caledonia, aunque la familia y los amigos me llaman Callie.

—Como creo que vamos a ser buenas amigas, yo también la llamaré Callie si me da su permiso —dijo lady Stonevale con una suave sonrisa, el mejor antídoto contra la vergüenza—. Me gustaría saber más acerca de la causa por la que lucha.

—Y a mí también me gustaría saber más sobre la escuela que patrocina.

Lady Stonevale inclinó la cabeza hacia un asiento tapizado en terciopelo.

—En ese caso, sentémonos.

—Será un honor... Christine

—El objetivo de la escuela es la mejora de las mujeres caídas en desgracia por medio de la educación, tanto académica como práctica. Pero al hablar con usted se me ha ocurrido que la educación quizá sea solo una pieza del puzle.

Sentada al lado de lady Stonevale, Callie asintió. Tenía la sensación de que había encontrado un alma gemela.

—Desde luego, *milady*, la inhabilitación entre las mujeres no conoce fronteras de clase. Una mujer está todavía bajo el control de su padre o de su marido, ya sea rica o pobre, educada o analfabeta —dijo Callie, que luego hizo una pausa para añadir más tarde—: Oh, Dios, ya estoy divagando otra vez.

Lady Stonevale asintió con la cabeza. Algunas canas destellaban en su cabello castaño claro, recogido en un sencillo arreglo, pero su dulce mirada era todavía la de una mujer mucho más joven.

—Al contrario, su sinceridad me reconforta. Mañana es mi día de «estar en casa», como dicen los londinenses. Llámeme si está libre. Lo organizaré para que mi marido también esté. El pobre se ha quedado en cama con un resfriado tremendo, pero con un poco de suerte mañana estará algo mejor.

—Estaré encantada de acudir a su casa —dijo Callie, levantándose al ver que el hijo de lady Stonevale volvía con un vaso de ponche en cada mano.

Lady Stonevale también se levantó.

—En ese caso, las dos en punto sería la mejor hora —concretó mientras aceptaba el vaso de ponche que su hijo le ofrecía con una sonrisa. Y añadió—: En asuntos de política, mi marido y yo no estamos siempre de acuerdo, pero puedo asegurarle que es el más razonable y sensible de los hombres. Plantéele su punto de vista de la misma manera que ha hecho conmigo y, francamente, me sorprendería mucho que no se ganara su apoyo.

※ ※ ※

Animada, Callie dejó a lady Stonevale y se dispuso a buscar la sala de descanso para las damas. Necesitaba unos minutos para estar a solas

antes de regresar al salón de baile y... ver a Hadrian de nuevo. Aunque tratara de reducir sus sentimientos por él a algo animal, lujuria o lo que fuera, lo cierto es que estaba a punto de perder el control y dejar que la arrastrara hacia él. Desde luego, se sentía como si estuviera viviendo en un cuento de hadas, como transportada en algo tan frágil como una burbuja de las que suben desde el fondo de una copa de champán. A sabiendas de que en cualquier instante la burbuja podía estallar, se juró que disfrutaría de cada minuto sin reservas ni remordimientos.

Tres mujeres hablaban junto a un espejo de pared dorado, sobre un tocador con la superficie de mármol. Instintivamente, Callie dio un paso atrás, pero ya era demasiado tarde. La habían visto.

—Señoras —dijo a modo de saludo, apartándose un poco de los tres pares de ojos curiosos que la contemplaban.

—Señorita Rivers, no se vaya. Solo nos estamos empolvando la nariz como excusa para charlar un rato. ¿Por qué no se queda con nosotras?

Callie conocía a la que hablaba. Era la señorita Isabel Duncan, la hija mayor del honorable Herbert Duncan III, uno de los amigotes de Josiah Dandridge y uno de los mayores opositores al proyecto de ley de sufragio universal.

Su hermana, la señorita Penelope Duncan, se puso a mirar a Callie.

—Qué vestido tan bonito, señorita Rivers. Quería decírselo antes. La verdad es que yo no me atrevería a llevar algo tan... sugerente —dijo la mujer, mirando a Callie al pecho y poniendo la boca en forma de capullo para sonreír con afectación—. Aunque supongo que eso es un privilegio de la edad.

La tercera mujer era una rubia flaca envuelta en un atuendo rosa pálido que no tardó en intervenir.

—Desde luego, el color que ha elegido hace que una se pregunte si ha sufrido usted alguna pérdida de un familiar recientemente.

La mayor de las Duncan dejó escapar una risita que no gustó nada a Callie.

—La única pérdida que ha sufrido la señorita Rivers tuvo lugar hace más de diez años y fue la de su novio, que la dejó. ¿No es así, seño-

rita Rivers? Como la señorita Rivers es propensa a realizar ciertas actividades muy poco femeninas... —dijo, dejando las últimas palabras en el aire unos minutos, antes de añadir, cambiando la cara de tonta que tenía durante el baile por una de desprecio—: ¿Quién puede culparle por haberlo hecho?

La Callie de hacía diez años se hubiera echado a llorar y se habría marchado corriendo. Sin embargo, esta vez consiguió enderezarse y levantó la barbilla.

—Dudo mucho que sacrificar el pensamiento independiente por simular lo que usted llama feminidad sea una gran virtud. Y ya que menciona los privilegios que me otorga tener cierta edad, creo que tiene razón. Por eso, ahora puedo tomarme la libertad y darme el placer de decirles a todas ustedes que se vayan al diablo.

—Bien, yo nunca... —intentó decir una de ellas, aunque Callie ni la miró y no le importó en absoluto quien fuera.

Una a una, se dieron la vuelta y abandonaron la estancia, con las narices apuntando hacia el norte.

Desde la puerta del baño, se oyó la descarga de una cisterna.

—¡Bravo! Menuda panda de zorras. Si yo fuera usted, no haría caso de nada de lo que han dicho.

Una morena bajita y que le resultaba muy familiar se acercó al tocador, metió las manos en la palangana que contenía agua de rosas y se secó en la toalla de hilo que una de las sirvientas que allí había le ofrecía. A Callie le parecía haberla visto un minuto en el salón de baile del brazo de uno de los amigos de Hadrian, el tipo escocés con un acento encantador y ojos sonrientes.

La muchacha se volvió hacia Callie y sonrió.

—Me llamo Katherine Lindsey, pero puede llamarme Kat. Así me llaman mi familia y mis amigos... Además, creo que usted y yo vamos a ser buenas amigas.

Callie dedicó unos minutos a fijarse bien en la amistad que acababa de hacer. Tenía una nariz larga y redondeada que añadía interés al resto de su cara, totalmente simétrica. Su pelo era castaño y rizado, y

lo llevaba recogido en un moño alto sobre el que habían colocado una tiara de perlas que la hacía parecer más alta.

Agotada tras regresar a su sitio, Callie se sentó en un asiento tapizado en terciopelo rosa.

—¿Por qué? —le preguntó a su nueva amiga.

Lady Katherine se sentó también.

—Porque las dos somos rebeldes a nuestra manera, usted por sus ideas políticas y yo porque no quiero acabar en casa, atada a un hombre solo porque me digan que una mujer de una cierta edad y posición social debe casarse.

Atada a un hombre. Ahora sí que tenía ante sí a una alma gemela. La calidez que desprendían los ojos de lady Katherine invitaba a hablar sin tapujos.

—Me siento como una tonta —dijo Callie relajando los hombros—. No debí perder los estribos de esa forma.

—Tonterías, tenía todo el derecho de hacer lo que ha hecho con esas bobas. A mí también me dicen que tengo mucho carácter. En cuanto a todas esas estupideces que le han dicho sobre su vestido y su aspecto, no haga caso. Lo cierto es que ha logrado atraer la atención de todos los hombres que hay en este salón, o por lo menos de los que respiran.

Callie miró a su contertulia.

—No, la de todos no.

Lady Katherine se quedó pensativa.

—Si me habla del señor O'Rourke, le aseguro que no he hecho nada para que se fijara en mí.

—Me parece que no necesita hacer nada. Creo que él tiene las cosas bastante claras.

—Vaya, pues creo que podría decirse lo mismo de Hadrian. Quiero decir, del señor St. Claire.

De pronto, Callie recordó por qué la cara de aquella joven le resultaba tan familiar.

—Usted es una de sus modelos profesionales, ¿verdad? De hecho, la que más fotos vende.

Lady Katherine se encogió de hombros.

—Ya sé que es una tontería, pero por lo menos con eso puedo pagar las facturas.

«¿Por qué una mujer como lady Katherine necesita trabajar como modelo profesional?», se preguntaba Callie, sin atreverse a decir nada. Sería una falta de tacto.

Lady Katherine se levantó de su asiento.

—¿Qué le parece si volvemos? Me apetece tomar algo.

✳ ✳ ✳

Cuando anunciaron que el bufé para la cena estaba servido, Callie todavía no había regresado y Hadrian empezó a inquietarse. Aunque era una tontería y no tenía que hacerlo, se puso a buscarla. Tras recorrer varios salones y subir y bajar varias escaleras, la encontró saliendo de una puerta lateral acompañada de lady Katherine. Parecía que las dos estaban charlando.

Se encaminó hacia ellas. Saludó a lady Katherine con un leve movimiento de cabeza y luego se volvió hacia Callie.

—Al sonar el timbre que anunciaba que la cena estaba lista y ver que no venías me preguntaba si te habría sucedido algo —dijo Hadrian.

Lady Katherine los miró a ambos.

—¿Ha dicho cena? Gracias a Dios, estoy muerta de hambre —exclamó la joven, que añadió volviéndose hacia Callie—: señorita Rivers, estoy encantada de haberla conocido. Espero de veras que volvamos a vernos pronto. Quién sabe, puede que incluso un día de estos vaya a escuchar alguno de sus discursos.

—Me encantaría que lo hiciera.

Lady Katherine se marchó en dirección al comedor. Hadrian se volvió hacia Callie.

—Parece que tú y lady Kat os habéis hecho amigas enseguida —dijo de manera inquisitoria.

Ella asintió.

—Es una mujer inteligente y con espíritu. Tiene ideas modernas y eso me gusta. Todavía es pronto para decirlo, pero intuyo que seremos buenas amigas. O por lo menos así lo espero.

Hadrian la miró a la cara. Solo hacía unos minutos que la había dejado en el salón de baile y ahora la veía un poco pálida.

—Te ha pasado algo, ¿verdad? —le preguntó.

Como ella no lo negaba, él tiró de ella para llevársela hasta una pequeña salita de estar que había junto al guardarropía. Cerró la puerta tras de sí y se acercó a Callie.

—Dime qué ha pasado. Quiero saberlo.

Como algún hombre la hubiera insultado o, peor aún, tocado, no descansaría hasta enterarse de quién era.

Ella se encogió de hombros, aquellos bonitos hombros cubiertos con las tiras de pedrería.

—No ha sido nada. Solo una tontería que me he tomado demasiado a pecho. Había unas mujeres que me han dicho algunas cosas desagradables a propósito.

—¿Qué clase de cosas?

Ella hizo un aspaviento, como queriendo decir que no tenía importancia. Sin embargo, sus ojos indicaban lo contrario.

—Bueno, ya sabes, comentarios acerca de mi vestido, de la edad que tengo y, en fin… sobre la talla que uso —dijo ella, retirando la vista al añadir lo último.

—Callie, mírame —la apremió él, levantándole la barbilla para verle la cara a la luz.

Sintiéndose como una tonta, ella trató de mirar hacia otro lado, pero con los tacones que llevaba ambos quedaban a la misma altura y, cuando Hadrian se acercó un poco más no pudo mirar a ninguna otra parte que no fueran sus ojos. Rendida, le contó lo que había sucedido con Isabel Duncan y compañía.

—Ya ves, después de todo me ha servido de algo. Me he visto forzada a enfrentarme a mis viejos demonios, que siempre han estado ahí, y por fin lo he conseguido. De verdad, estoy bien.

—Isabel Duncan es una pava estúpida, una tonta con la cabeza hueca —dijo él, con tal enfado en la voz que él mismo se sorprendió—. Te dijo todo eso porque estaba celosa —añadió, sin dejar de mirarla a la cara, a la garganta, a la fina piel de los hombros y a sus preciosos pechos—. Y la verdad es que no puedo culparla. Estás impresionante. Creo que al sacarte a bailar he sido la envidia de todos los hombres del salón. Podía sentir cómo sus miradas se clavaban en mí como si fueran sables.

—Estás siendo muy bueno conmigo, muy amable.

Asintió con la cabeza y, de repente, su mirada se entristeció.

—¿Todavía no te has dado cuenta, Callie, de que no soy ni bueno ni amable? Pero, a pesar de mis defectos más obvios, sigo siendo un hombre que tiene un par de ojos, los ojos de un fotógrafo. Cuando te miro como lo estoy haciendo ahora y te digo que estás preciosa deberías creerme.

—Si hay alguien aquí que pueda causar envidia y admiración, ese eres tú, señor. El negro te sienta muy bien. Estás... estás muy guapo con frac —le dijo tocándole la solapa, algo raro en ella.

Él sonrió.

—Me alegro de que te guste algo de mí.

No la besó. No al principio. Alargó una mano hacia abajo y repasó con un dedo el escote del vestido, justo allí donde la tela acababa y podía sentir el calor de su piel. Un solo dedo, un ligerísimo toque, y ella se excitó. Bajo la fina tela de su vestido de noche, sintió cómo la humedad invadía el centro de su intimidad.

Callie miró la mano de él y, por esta vez, quiso que se detuviera. Ojalá pudiera leer él sus pensamientos. No quería ese dedo ahí, sino en su interior. Quería tenerlo dentro, a él. Había bebido mucho champán, cierto, pero aunque quisiera pensarlo sabía que la bebida no era la culpable de su deseo. Se mentiría a sí misma si lo dijera. Ardía. Todo lo que él tenía que hacer era empujarla contra la pared y deslizar una de sus manos expertas bajo sus faldas. Ella se lo permitiría. Le dejaría que la tomara; que la poseyera, como quisiera, de todas las maneras posibles. Volvió la cara hacia Hadrian, como invitándole a hacerlo.

—¿Quieres que te bese? —preguntó él, con el pelo brillante a la luz de la luna y una sonrisa en la boca que casi rozaba la de ella.

—Sí.

Sí, claro que sí. Quería que la besara. Pero además quería, necesitaba, muchísimo más.

Un gemido de ella atravesó el aire e hizo enmudecer el ruido que llegaba desde la fiesta que tenía lugar tras las puertas cerradas a sus espaldas. Lo agarró de la mano y la llevó hasta su intimidad, apretándola hacia sí.

—Quiero...

—Calla, mi amor. Ya sé lo que quieres, lo que necesitas. Lo que ambos necesitamos.

Con la otra mano le acarició un pecho y con el pulgar sintió el pezón erguido a través de la tela de seda que lo recubría. Callie sentía un dolor punzante. Necesitaba que la liberase de aquella tortura. «Así que es esto. Me ha vencido. Estoy vencida», pensó, y acercó su boca a la de él.

—Llévame a casa, Hadrian. Ahora. Por favor —le pidió, con los labios pegados a los de él.

Apesadumbrado, Hadrian suspiró de tristeza. Se echó hacia atrás para mirarla.

—En ese caso, ¿quieres que busque a tu tía y pida su carruaje?

Callie dudó. «Date una oportunidad. Sé valiente.»

Ella se humedeció los labios, que se le habían quedado secos, y buscó el coraje que necesitaba para responder.

—No, a casa de mi tía todavía no. Llévame a la tuya. Llévame a casa contigo.

Capítulo 12

«Ahora bien, el hecho es que la seducción es, y debería ser, algo mutuo. Ningún amor sin seducción alcanza su sentido más elevado.»

Victoria Woodhull y Tennessee Claflin,
Woodhull & Claflin's Weekly

Como si hubieran llegado a un acuerdo en el que no hacían falta las palabras, no hablaron durante el trayecto de la calesa entre el teatro de la ópera y la casa de Hadrian. Permanecían sentados el uno frente al otro sobre los asientos desgastados del vehículo. El único contacto ocasional que tenían se producía cuando pasaban por encima de algún bache y sus rodillas se entrechocaban. Pero el no hablar ni tocarse les estaba sirviendo de juego preliminar. Cuando la calesa se detuvo frente a la casa de Hadrian, Callie se sintió frágil, como un huevo que se ha dejado hervir demasiado y va a romperse.

Con la calesa parada, el cochero le gritó a Hadrian el importe del trayecto. Este buscó en su bolsillo unas monedas y miró a su acompañante. En la semioscuridad, sus ojos se encontraron.

—¿Estás segura?

Ella logró responder, casi sin aliento.

—Sí, lo estoy.

Se apearon de la calesa y contemplaron la calle. Una especie de vapor gris y amarillento cubría el aire. Era la típica niebla de Londres.

Mientras cruzaban la calle en dirección a la tienda de Hadrian, con la niebla metiéndose entre los pliegues de su abrigo con capucha, Callie estaba aterrorizada y entusiasmada a partes iguales. Iba a entrar en casa de un hombre. Sola. Sin carabina. Después de medianoche. Aunque ya había estado allí en varias ocasiones, esta vez era distinto. Iba a meterse en la cama con él. Un hombre que no era su marido, ni su prometido, ni siquiera su acompañante habitual. Iba a pasar la noche con Hadrian St. Claire, el de la sonrisa arrebatadora, los ojos brillantes y un oscuro pasado. Pero por una noche sería completamente suyo. Solo pensarlo tembló.

Sin embargo, según subían aquellas escaleras que crujían a cada paso la lógica más dura se abrió paso en su mente. Abrirse de piernas para un hombre y dejar que te penetrara era la mayor sumisión, el último juego. Y su amante no era un hombre cualquiera, sino Hadrian. Era tan atractivo, tan sofisticado y se sentía tan a gusto con él que lo que un hombre y una mujer hacían juntos solo podía llenarla de alegría. Cuando estaban en el baile, ella lo había excitado, se había dado cuenta, y por lo que había apreciado a pesar de que estaban vestidos él estaba bien dotado, muy bien dotado. ¿Qué pasaría si ella no podía acogerlo? ¿Y si le hacía daño? O, peor aun, ¿y si lo decepcionaba? Pensar en eso era lo que más miedo le daba.

La puerta se abrió con un crujido.

—Detrás de ti —dijo él, echándose a un lado para que ella entrase.

Callie entró como había echo en media docena de ocasiones, con la única diferencia de que esta vez era algo distinto, premeditado, planeado, y no importaba lo que sucediera después, no podría decir que la habían engañado o seducido.

Empezó a desabrocharse la capa de noche de terciopelo, con los dedos torpes por las prisas y los nervios. Tras ella, Hadrian cerró la puerta.

—Deja que te ayude.

Le tocó los hombros. Tenía las manos calientes a pesar del recorrido helador que habían hecho en calesa.

—Gracias —dijo ella, manteniéndose erguida y dejando que él le quitara la capa, que luego colgó en una percha.

—Ponte cómoda.

Él colocó su frac sobre el respaldo de una silla y luego subió la luz de las lámparas.

Un resplandor cálido inundó la habitación. Frotándose los brazos desnudos, ella se acercó a la mesa. Posando una mano en el borde, miró hacia donde estaba él, ocupado en encender la chimenea. Se fijó en su espalda, en cómo sus nalgas y muslos daban forma a sus pantalones de lana fina. A pesar del frío que hacía en la habitación, sintió una punzada de calor que la hizo sudar. No sabía a qué santo debían encomendarse las mujeres que estaban a punto de sucumbir a la tentación para evitar que aquello dejase una mancha indeleble en su reputación. Por una noche en su vida quería parecer calmada y tranquila, elegante y preparada. Quería sentirse por una vez libre, deseada y, sí, también un poco feliz.

Tenía que romper el silencio, decir algo.

—Creo que deberías saber que no he hecho esto nunca. Nunca le he pedido a un hombre que se acostara conmigo.

—Me lo imaginaba, pero gracias por decírmelo —repuso él por encima del hombro, sonriente—. Aunque estoy seguro de que no te han faltado propuestas —añadió, cruzando la habitación hacia donde estaba ella y mirándola a los ojos—. Eres tan hermosa —susurró, y el calor que desprendían su voz y sus ojos dejaban claro que estaba siendo sincero—. Verte así, de pie y vestida, me hace pensar que el retrato de madame X de Sargent no es nada comparado contigo.

Entonces la miró de arriba abajo, contemplando el corpiño que moldeaba sus pechos, la falda de satén ajustada a su cintura y el pliegue en forma de «V» que formaba la falda sobre su pubis.

Callie sentía su mirada sobre ella como una caricia. Debería haber sentido vergüenza. Tendría que haberse dejado llevar por la timidez. Pero en lugar de eso se sentía plena, excitada.

—Haces que me sienta bella.

Acercándose a ella, le bajó uno de los tirantes de pedrería del vestido, con los dedos perfilando su antebrazo y provocando que punzadas de calor le bajaran por la espalda.

—Y tienes la piel tan suave. Como si fueran pétalos de rosa —añadió él, sonriendo al pensar en el idiota en que se había convertido.

¿Quién habría pensado que Harry Stone, un simple ladronzuelo hijo de una puta, se enamoraría de una mujer como aquella y se comportaría como si esa fuera su primera vez? Era increíble. Absurdo.

Y maravilloso. Por encima de todo era maravilloso.

El poco honor que le quedaba le llevó a dar un paso atrás.

—No tenemos que hacerlo si no quieres, lo sabes —le dijo—. Jamás le diré una palabra a nadie, lo prometo.

Ella levantó los ojos hacia él.

—No voy a salir corriendo. Quiero hacerlo. Te quiero.

Él la miró.

—Tienes que saber que no soy un hombre de los que se casan.

Los ojos de Callie brillaron como el fuego, recordándole la primera sesión de fotos, durante la cuál ella había discutido con él como si fuera un caballero medieval.

—¿Y qué te hace pensar que yo soy una mujer de las que se casan? Los hombres buscan satisfacción a sus necesidades físicas fuera del matrimonio y nadie les culpa por ello ni espera que dejen de hacerlo. ¿Por qué tendría que ser diferente para una mujer?

«El corazón de una mujer puede ser muy frágil...» Las palabras de la tía de Callie perseguían a Hadrian desde que la anciana había estado en su tienda. Ahora seguían ahí, en su cabeza, resonando como el eco.

—Porque lo es. Si hacemos el amor, no pasará mucho tiempo sin que quieras algo más de mí, algo más permanente. Y te lo digo ahora, Callie, no tengo nada que darte, ni a ti ni a ninguna otra mujer. Salvo esto.

Ella movió la cabeza y lo miró.

—¿Lo has intentado alguna vez?

Hadrian le agarró la mano y se la llevó a la boca para depositar un beso sobre ella.

—Hay todo un mundo ahí fuera, esperándote para que lo salves. No vale la pena que desperdicies tu talento y tu tiempo intentando salvar a un único bribón como yo. Sería una pena.

—¿No te parece que debería ser yo quien lo decida?

Él asintió con la cabeza y, al hacerlo, un mecho de pelo le cayó sobre un ojo, haciendo que pareciese más joven, casi un niño.

—No me necesitas, Callie. No soy bueno para ti. Si fueras la mitad de inteligente de lo que sé que eres, te marcharías y no volverías jamás.

Callie alargó una mano para colocarle el mechón rubio en su sitio.

—Quiero hacer el amor contigo, Hadrian. Creo que lo he deseado desde la primera vez que te vi, en Parliament Square. No te pido que me prometas nada para el futuro. Dame lo que quiero esta noche.

La besó en el cuello.

—En ese caso, no habrá quejas ni remordimientos.

Ese era su mantra, pero esta vez se lo estaba dando a ella.

Había tratado de apartarla de él, sinceramente. Y sin embargo la quería. Se debatía entre su necesidad de estar dentro de ella, de ser un solo ser con aquella mujer, de formar parte de su vida aunque solo fuera por una noche, y los planes perversos a que se había comprometido.

Dio un paso atrás y le sostuvo la mirada.

—Tu pelo. Suéltatelo para mí —dijo.

Ella levantó los brazos para hacer lo que le pedía. ¡Qué brazos tan bonitos! Con las manos en su cabello, empezó a quitarse las horquillas. Temblaba. «Oh, Callie...»

Se apresuró a tranquilizarla. Aparte de sus panfletos políticos, ¿qué sabía aquella mujer sobre lo que pasaba entre un hombre y una mujer?

—No tienes que preocuparte por las consecuencias. Tengo una caja de preservativos en la mesita de noche.

Dejando las horquillas en la mesa, ella lo miró dubitativa.

—Te has acostado con muchas mujeres, ¿verdad?

Él se puso a acariciarle aquel cabello de seda sin negarlo.

—Puedo llevarte al clímax de muchas formas. No te obligaré a nada. Tendrás tanto o tan poco de mí como tú quieras. Depende de ti.

Ella respiró profundamente y luego dejó salir el aire poco a poco. Sus magníficos pechos tiraban de la ropa interior que llevaba debajo.

—Lo quiero todo. Te quiero al completo.

El pecho se le hinchó, no con orgullo, sino con algo más. Algo más profundo, mejor de lo que había sentido hasta ahora.

—Nunca he estado con una mujer que fuera virgen, pero no te haré daño, Callie. Iré poco a poco contigo, te daré tiempo para que te acostumbres a mí, y cuando lo hayas hecho te daré lo que quieras, sea poco o sea mucho.

No se esperaba la sincera fragilidad que vio en su cara.

—Oh, Hadrian, soy un fraude.

No podía imaginarse lo que quería decir con aquellas palabras, pero se dio cuenta de que en su mirada había dolor, odio hacia sí misma, los mismos demonios que le acechaban a él cada mañana cuando se enfrentaba al espejo para afeitarse. Estaban ahí desde que tenía memoria.

Ella movió la cabeza. Se la veía muy triste.

—La prensa me llama «la doncella de Mayfair» porque soy pura, pero no lo soy, te lo digo, no lo soy.

El temblor en la voz de ella le dijo que estaba a punto de llorar.

—Callie, cariño, ¿de qué hablas?

—De que no soy una doncella, ni de Mayfair ni de ninguna otra parte. No soy virgen y no lo soy desde hace diez años. Oh, Hadrian, te he estado engañando.

✹ ✹ ✹

—Soy una hipócrita, Hadrian, una de la peor clase.

El par de minutos que pasaron tras su declaración le sirvieron a Hadrian para llevarla hasta la cama. Estaban sentados en el borde y podía sentir la tristeza que la embargaba, era como un latido sordo que bien podría haber salido de su propio pecho.

Le pasó una mano por la espalda, ya desnuda. Tenía la piel más suave que él hubiera tocado jamás.

—Lo dudo mucho, pero sigue —le dijo lo más amablemente que pudo.

Con las manos en la cabeza, Callie empezó a relatarle su historia.

—Hace mucho tiempo estuve prometida. Era joven, solo tenía diecinueve años, y estaba en el campo para disfrutar de mi primera temporada. Mi presentación en sociedad había sido un desastre. Las demás muchachas de aquella temporada parecían ser todas rubias y menuditas, y los hombres casaderos eran todos de mi estatura o incluso más bajos. Creo que llegué a temer tanto que se me viera como que no me hicieran caso a partes iguales. Me aburría en los bailes, y aunque sabía que volver a casa sin un novio supondría que todos me vieran derrotada no me importaba. Quería irme a casa.

Con gentileza, con mucho cuidado, le apartó las manos de la cara y le levantó la barbilla para que lo mirase.

—Pero sí te hicieron una oferta de matrimonio, ¿verdad?

Ella asintió.

—Conocí a Gerald en un concierto en casa de un amigo de mi tía. Era amable, incluso resultaba halagador. Cuando me dijo que no le gustaba bailar, me sentí cómoda por primera vez en muchos meses. Al día siguiente vino a la casa que habíamos alquilado y le pidió a mi padre permiso para cortejarme. Tengo que admitirlo, estaba encantada.

—¿Le amabas?

Sabía que la pregunta era una estupidez pero, por alguna razón, tuvo que hacérsela.

Callie dudó.

—Cuando vuelvo la vista atrás, creo que estaba más obsesionada que enamorada. Él era joven y guapo y... viril, como lo son los hacendados que viven en el campo. Mis padres habían empezado a desesperarse al pensar que su hija sería una solterona y Gerald parecía tener todo lo que se espera de un futuro yerno. Era de buena familia, respetable y, en fin, yo tampoco es que fuera un gran premio para él.

—Permíteme que no esté de acuerdo con eso, pero sigue.

—La única persona a quien no le gustaba era a mi tía Lottie.

—Tu tía es una mujer muy lista.

Ella asintió.

—La verdad es que sí. Me había estado cortejando durante algunos meses cuando me propuso matrimonio.

—Y tú le dijiste que no eras una de esas mujeres que se casan.

Entonces le acarició una mejilla y asintió con la cabeza, aunque solo fuera por lo adorablemente sincera que le parecía, allí sentada, junto a él, haciendo su «confesión».

—Había leído algunos panfletos feministas y había ido a alguna charla, pero no participaba activamente en el movimiento. Gerald me aseguró que cuando estuviéramos casados no tendría tiempo para tantas tonterías. No me gustó su condescendencia, aunque nunca pensé en rechazarlo, ni se me ocurrió que yo pudiera hacer con mi vida algo distinto a ser la esposa de alguien —dijo, y la mirada se le oscureció—. Tan pronto como me puso el anillo de prometida empezó a presionarme.

—¿Para que tuvierais sexo?

Aquello no era una pregunta, sino un absurdo. Se estaba poniendo celoso.

Ella miró hacia otra parte.

—Pude postergarlo durante un tiempo, y no es que yo no pensara en ello también. Nos habíamos besado, eso era todo, pero me gustaba. Tengo que admitir que sentía… curiosidad.

Le agarró una mano. Tocar en ese momento cualquier otra parte de su cuerpo hubiera sido un error, no sabía decir bien por qué. Entrelazó los dedos con los de ella.

—Eres una mujer apasionada, Callie. No hay nada malo en admitir que querías sexo o que te gustaba.

Eso la hizo reír. Levantó los ojos hacia él. Hadrian se imaginó el aspecto que debía de tener durante aquellos años, insegura y tan vulnerable en su inocencia que el corazón le dio un vuelco.

—Más que nada estaba nerviosa… y terriblemente avergonzada. El bochorno que sentí cuando Gerald me sacó de la pista de baile no fue

nada comparado con el momento en que me desabrochó la blusa y gritó lo... lo grandes que las tenía.

«¡Desgraciado!», pensó Hadrian, y cerró los puños.

—Te hizo daño, ¿verdad?

Se mordió el labio y miró hacia la vieja lámpara de su mesilla.

—No era un monstruo si eso es lo que me preguntas, pero había bebido. Digamos que... fue poco paciente conmigo. Cuando le pedí que fuera más despacio, se rió de mí y me dijo algo acerca de que el dolor era el legado de Eva y que si quería podía cerrar los ojos y pensar en otra cosa hasta que hubiera terminado.

—Por Dios —exclamó él, abrazándola y apretándola hacia sí con todas sus fuerzas, pero sin hacerle daño. Ya le habían hecho bastante—. Por favor, dime que rompiste con él en ese momento.

Apoyada en su hombro, negó con la cabeza.

—Debería haberlo hecho, pero no lo hice. Como te he contado, era joven y, a pesar de mis ideas políticas, bastante convencional. Le había servido mi virginidad en bandeja de plata. ¿Qué podía hacer aparte de continuar?

—Entonces, ¿fue él quien rompió el compromiso?

—No exactamente —dijo ella, haciendo un mohín, con lo que él intuyó que lo más doloroso estaba todavía por venir—. Estábamos en nuestro baile de compromiso. Como ya me había conseguido, lo que puedo decir de su actitud es que me resultaba fríamente civilizada. Bailamos juntos el primer baile, como correspondía para abrir la fiesta, y luego cada uno se fue por su lado. Me imaginaba cómo sería mi vida así, todas las noches, juntos pero separados, y sabía que necesitaba salir de aquel salón de baile aunque solo fuera para beber algo. Salí al jardín y llevaba allí pocos minutos cuando Gerald salió al balcón con uno de sus amigotes para fumar. Se estaba haciendo de noche, así que decidí advertir mi presencia antes de volver adentro cuando me di cuenta de que la muchacha de la que hablaban era yo.

—Y puedo imaginarme que lo que decían no era precisamente muy halagador.

—Pues no. He olvidado buena parte de las palabras que tuve que escuchar, pero todavía recuerdo lo de «vaca lechera» y «bestia». Eso nunca se me olvidará. Después de aquello no había nada que Gerald pudiera hacer o decir, ni tampoco me importaban las amenazas de mis padres: no pensaba casarme con él. La única persona que me apoyó entonces fue la tía Lottie. Me ofreció venir a Londres y quedarme a vivir con ella hasta que el asunto se olvidara. Eso fue hace diez años. Llevo mucho tiempo como invitada en casa de mi tía, ¿no te parece?

Hadrian levantó las manos, que tenía unidas junto a su boca, y depositó un beso sobre la de ella.

—Oh, Callie, cariño, mi preciosa muchacha, si no puedes ver lo hermosa que eres, entonces déjame que te lo muestre. Déjame hacerte feliz esta noche —dijo prendido en su mirada—. Dime qué quieres.

Ella sonrió con esa sonrisa de Mona Lisa que él había aprendido a amar y asintió con la cabeza.

—Aparte de estar contigo... no sé qué mas pedir.

Él hizo un ruido con la lengua y deslizó una mano bajo su melena para acariciarle la nuca.

—¿Caledonia Rivers no sabe lo que quiere? No me lo creo.

Ella se mordió un labio.

—Está bien, te quiero... dentro de mí.

Hadrian sonrió ampliamente. Ella era adorable y, aunque no era virgen, era una verdadera dama.

—¿Podrías especificarlo... un poco mejor?

Sus ojos verde esmeralda contrastaban con el rubor de su rostro. La estaba retando.

—Tu... polla. Quiero sentirla dentro de mí. ¿Satisfecho? —dijo levantando la barbilla.

Hadrian inclinó la cabeza, acercando su boca a la de ella y haciendo que sus respiraciones se mezclaran.

—Todavía no, espera un poco.

✳ ✳ ✳

Encontrar los botones de su vestido en la penumbra de la habitación no fue tarea fácil, pero Hadrian lo consiguió y le quitó la prenda. Al deshacerse de ella, Callie se volvió para quitarse el sujetador y el corsé, así como las enaguas de hilo fino. Solo le quedaban las medias negras y las ligas.

Hadrian se colocó tras ella. Le puso las manos en los hombros y se acercó.

—Date la vuelta —le susurró—. Quiero mirarte. Quiero contemplar tu cuerpo.

Callie dudó y luego, lentamente, se volvió hacia él. Había algo erótico en contemplar a una mujer hermosa de pie, frente a él, con las medias puestas mientras el todavía no se había ni aflojado la corbata. Sin embargo, esta vez la hermosa mujer era Callie, su Callie, y cuando la vio encoger los hombros y llevarse las manos al pecho para taparse, no pudo evitar el impulso de atraerla hacia sí y abrazarla.

Con la palma de la mano presionando contra el hombro de él, como para mantenerlo a raya, agachó la cabeza.

—Estoy nerviosa. Lo siento. No puedo evitarlo.

Al contemplar su abatimiento, él le levantó la barbilla con el canto de la mano.

—En ese caso, ayúdame con los botones —le dijo acariciando sus sedosos cabellos.

Se lo había pedido solo para que se distrajese un poco, para que se olvidase de la vergüenza. Quería que ambos estuvieran al mismo nivel o, mejor dicho, los más igualados posible, ya que después de todo Callie era algo demasiado refinado para él. Pero ahora la tenía en sus brazos y no podía dejar de lado el calor sexual que ella desprendía, y tampoco podía ignorar el fuego que ardía en su propio corazón.

Ella consiguió desabrocharle tres botones del chaleco. Tenía los dedos fríos y torpes, lo que contrastaba con su propio cuerpo, que ardía.

Tras quitarle la camisa, Callie dio un paso atrás.

—Tú sí que eres hermoso —le dijo acariciándole el pecho, con voz casi reverencial.

—Quedan más botones por desabrochar, señorita Rivers. Todavía no has terminado —le susurró sujetando su mano y llevándola hasta su entrepierna, donde su erección luchaba por liberarse y mostrarse orgullosa ante su amante—. ¿Notas lo mucho que me excitas, lo mucho que te necesito?

Sin esperar a que ella respondiera, inclinó la cabeza hacia sus preciosos pechos, besándolos y lamiéndole los pezones. Podría habérselos chupado y saborearlos un poco más, pero, al recordar lo que le había contado de su antiguo novio, lo dejó para evitar despertar en ella recuerdos hirientes.

Se quitó la ropa que todavía le quedaba puesta y la empujó sobre el borde de la cama. Luego se arrodilló ante ella como había imaginado tantas veces en sus sueños. Sin embargo, esta vez aquello era real y no producto de su imaginación, maravilloso. Le abrió las piernas y empezó a lamerla, moviendo la lengua sobre su vulva, rosada y fragante como el almizcle.

Gimiendo, ella levantó las caderas para acercarse más a él, agarrándose de su cabeza, pidiéndole que se acercara más.

—Hadrian, no lo sabía. Nunca me imaginé...

—Échate y deja que te haga feliz. Deja que te muestre lo bueno que puede ser.

Ella obedeció y se echó sobre el colchón. Con el pelo oscuro suelto sobre la colcha y la piel sudorosa, se arqueó para llegar mejor a él. Sin dejar de besarla en su intimidad, él le levantó las piernas y se las puso sobre los hombros. Deslizó las manos por debajo de su trasero y lo levantó hacia él, separándole las piernas un poco más. Con la boca en su sexo, llegó hasta su punto de placer, le puso el dedo ahí y empezó a masajearlo.

Ella gimió y se mordió un poco el labio.

—Hadrian, ¿qué me estás haciendo?

—Darte placer... o al menos eso es lo que pretendo —murmuró él, moviendo el dedo una vez más—. ¿Te gusta? ¿Sientes placer?

—Sí, pero...

—No hay peros que valgan, disfruta —le ordenó antes de introducir un dedo dentro de ella y presionarlo con cuidado al tiempo que le masajeaba el clítoris con la punta de la lengua.

—¡Oh, Dios!

Callie llegó al primer orgasmo, que impulsó su cuerpo de mujer contra la boca de él con el ritmo del aleteo de una mariposa. Mirando el color rosado de su sexo, Hadrian supo que no podría aguantar mucho más.

La caja de preservativos estaba en su mesita de noche. Tiró del cajón para abrirlo y la buscó, nervioso, luchando contra su deseo de poseerla sin más. Pero quería que le gustara, que le gustara. Quería que le apasionara. Que fuese algo mágico. El hecho de saber que no era virgen redoblaba de alguna manera su responsabilidad hacia ella. Era mucho más duro superar una mala experiencia sexual que no tener experiencia de ningún tipo, y el hecho de que su antiguo novio hubiese usado el sexo para degradarla y humillarla hizo crecer en él el deseo de darle tanto placer como ella pudiera soportar.

Levantó la tapa de la caja y sacó uno de los condones, lo desdobló y se lo puso en el pene como había hecho tantas otras veces. Pero esta era distinta, del todo, comparada con cualquier otra vez.

Esta vez era con Callie.

Cuando se volvió hacia ella, la vio echada allí, en el centro de la cama, con sus ojos grandes y luminosos. Unos ojos que se adueñarían de sus sueños para siempre, lo sabía.

Se subió al colchón y se sentó a horcajadas sobre ella. Le acarició el ombligo.

—Tienes una piel preciosa —le dijo por segunda vez aquella noche, porque era cierto y, además, porque era algo que ella necesitaba oír.

Se colocó entre sus piernas y se deslizó en su interior, embistiéndola de un solo golpe certero. Ella se levantó para ayudarle y rodear su cuerpo con sus piernas de seda. Había pasado bastante tiempo desde la última vez que había estado con una mujer y el movimiento repentino, junto a los espasmos de ella, casi lo llevaron al límite.

Cuando pudo controlarse, empezó a moverse adelante y atrás, muy lentamente, mirándola a la cara.

Callie se recostó contra la almohada, con los ojos apretados y el cuerpo tenso y arqueado. Si tuvieran tiempo, por lo menos una noche más, le enseñaría a que confiara en él lo suficiente para que le dejara atar sus preciosas muñecas a los barrotes metálicos de la cabecera de la cama y mostrarle lo dulce que podía ser la sumisión, la sumisión total. Pero, de momento, no perdería ni un segundo del escaso tiempo que les quedaba juntos para pensar en lo que nunca podría ser.

Él incrementó el ritmo y la presión, entrando y saliendo de ella con rapidez, con dureza, al tiempo que le acariciaba la cara, la garganta, los pechos.

—Abre los ojos, Callie. Quiero mirarte a los ojos—le dijo al tiempo que deslizaba una mano hasta llegar a su clítoris y lo acariciaba una vez, dos veces...

Ella abrió los ojos.

—H-a-d-r-i-a-n.

Los espasmos del cuerpo de ella lo llevaron al límite. Con una estocada final, llegó al clímax. Embistiéndola con fuerza y con rapidez, acabó por derrumbarse sobre el cuerpo de ella y hundir la cara sobre su mullido pecho.

Callie fue la primera en recuperarse.

—Gracias —le dijo ella, acariciándole la espalda con dedos hábiles.

—Ha sido un placer —musitó Hadrian, que, acto seguido, levantó la cabeza para contemplar su cara, dulce y satisfecha—. ¿Te ha dicho alguien alguna vez lo deliciosa que eres? —añadió como relamiéndose, lo que la hizo reír y sonrojarse a la vez, al tiempo que levantaba la cabeza y la movía de un lado para otro, como si quisiera negarlo.

—Pues es una pena, pero lo eres de veras. Absolutamente suculenta, de hecho, y hablando de eso...

Él bajó un poco hasta que quedaron frente a frente, para besarla.

Ella abrió los ojos. Se levantó un poco apoyándose sobre los codos para mirarlo.

—Hadrian, estoy agotada, de veras, no creo que pueda...
Él levantó la cabeza de entre los muslos de ella y sonrió.
—¿Me está retando, señorita Rivers?

※ ※ ※

Después de un rato, Hadrian yacía apoyado sobre un codo, de lado. Con los dedos sobre uno de sus pechos, le rodeaba el pezón.
—Rosa ceniza —decía, tan bajito que ella no podía oírle bien.
—¿Cómo? —dijo Callie abriendo un ojo.
No estaba dormida, o no exactamente, sino sumida en un dulce duermevela que la traía y la llevaba dentro y fuera del mundo consciente.
—Así, como estás. Tienes el mismo color rosado que las modistas londinenses llaman «rosa ceniza» —le decía él, acariciándola con la yema de los dedos.
Un delicioso escalofrío la recorrió de la cabeza a los pies.
—Dame un pellizco, por favor.
Él la miró y sonrió.
—Será un placer pero ¿por qué?
—Porque así sabré que no estoy soñando y que todo esto es real, que tú eres real —musitó Callie.
—Soy más que real, no lo dudes.
Antes de que las cosas fueran más lejos, necesitaba que él entendiera lo que significaba para ella. Se volvió de lado y lo miró.
—Es como si hubiera estado esperándote toda la vida —le dijo.
Hadrian entrecerró los ojos.
—Pero si casi no me conoces.
No iba a discutir con él sobre eso.
—Entonces háblame de ti, cuéntame algo personal —le pidió.
Cuando sus miradas se cruzaron, ella se quedó helada al percibir el frío que desprendían aquellos ojos enamorados.
—Ten cuidado, Callie. Puede que te enteres de cosas que preferirías no saber.

—Pero es que quiero saberlo todo o, por lo menos, algo más de lo que sé, que no es mucho.

Él la miró.

—Eres como un perro con un hueso, ¿verdad? No vas a dejarlo hasta que hayas llegado hasta la médula —dijo echándose sobre la espalda y poniéndose las manos debajo de la cabeza—. Muy bien, entonces, si quieres saber más, empezaré por decirte que Hadrian no es mi verdadero nombre.

—¿Cómo?

Él torció la boca, más en una mueca que en una sonrisa, y por alguna razón que Callie desconocía sintió que un escalofrío de miedo le bajaba hasta el ombligo y llegaba más abajo, hasta aquellos sitios en los que hacía un rato había sentido placer y calor.

—Hadrian St. Claire es una imagen pública, un personaje inventado si quieres. No existe a ningún otro efecto.

Ella se apoyó en un codo para levantarse. Le miró a la cara.

—Me estás hablando en serio, ¿verdad? —le preguntó.

—Sí.

Entonces recordó el día en que él había insistido en que fueran a Bow. Tanto la mujer que habían visto en el mercado como Sally Potts, la dueña del burdel, le habían llamado Harry, o, por lo menos, lo habían hecho al principio. ¿Acaso era algún delincuente que se escondía de la justicia?

¿Qué habría hecho? Desde luego, no era Jack el Destripador, eso seguro. De haber sido así, ya haría tiempo que le hubiera sacado las tripas. Según estaban las cosas, el único órgano de su cuerpo que estaba en peligro era su corazón.

—¿Por qué te cambiaste de nombre?

—Porque... bien, ¿por qué no hacerlo? No hay ninguna ley que lo impida. Los actores de teatro tienen nombres artísticos. Por ejemplo, mira a esa cabaretera que ahora es tan famosa en París. Delilah du Lac es su nombre artístico, pero ella no se llama así en realidad. Sin embargo, suena bien, ¿no te parece?

Le estaba forzando a hablar. Debía dejarlo ahora pero era demasiado tarde, no podía.

—La mujer que vimos en el mercado y también tu amiga, la señora Potts, te llamaron Harry. Ese es tu verdadero nombre, ¿no es así?

El asintió con lentitud.

—Harry Stone.

—Te llamabas así cuando vivías en Bow, antes de ir al orfanato, ese tan bonito en medio del campo.

Casi aliviado, asintió de nuevo.

—Roxbury House. No suena bien, lo sé, pero que me enviaran allí fuer lo mejor que me ha pasado en la vida. Hasta entonces nunca había visto el cielo azul ni probado la leche fresca o recogido fresas salvajes en el campo o... bien, tú también creciste en el campo. Ya sabes a qué me refiero.

Ella se volvió hacia él y le colocó un mechón de pelo rubio hacia atrás.

—Me gusta más Hadrian —le dijo tratando de sonar suave, incluso de que pareciera que bromeaba. Pero la magia entre ambos se había perdido. Era culpa suya, por querer abrir la caja de Pandora.

Él frunció el ceño.

—Pues es una pena porque me llamo Harry, simplemente Harry.

—Me gusta que solo te llames Harry. Te pega. ¿Quieres que te llame Harry a partir de ahora?

—Quítate esa idea de la cabeza —murmuró el dándose la vuelta para colocarse encima de ella y atraparla bajo su cuerpo—. Querías que te contara algo personal y lo he hecho. Según mi opinión, merezco algún tipo de recompensa por haber desnudado ante ti mi alma de canalla —le exigió, atrapando sus manos para echarle los brazos hacia atrás.

Ella empezó a excitarse. Podía notar la humedad entre las piernas. Lo miró a los ojos, a la cara.

—Yo también he desnudado mi alma ante ti, ¿no es así? —le dijo Callie.

Él miró la sábana con la que ella se había cubierto.

—Sí, es cierto, y tienes un alma preciosa, pero preferiría que desnudaras ante mí esos magníficos pechos.

Había llegado el momento que podía estropearlo todo. Ella volvió la cabeza, tragando saliva con dificultad.

Él la dejó liberarse, para luego levantarle la barbilla y obligarla a mirarlo.

—Supongo que crees que todo lo que un hombre ve en ti son tus pechos, como hacía el patán de tu prometido, ¿a que sí? —le preguntó, y dejó que su silencio le diera la respuesta—: Sí, pues es cierto, tienes unos pechos preciosos, tan hermosos como todo tu cuerpo.

Ella dejó escapar un gruñido.

—Verás, Hadrian, tengo un espejo en casa.

—Veo que hace falta que te convenza. Muy bien, entonces te contaré que, cuando estoy en la cama solo, de noche, sueño que estoy contigo. Todo tu cuerpo es suave y cremoso como tu garganta, y me encanta tocarte por todas partes, el trasero y, sí, pienso en lo bonitos que son tus pechos, en lo que me gustaría tocarlos, besarlos, lamerlos.

—Hadrian, yo...

—No, no digas nada, ya lo sé. Me has pedido que te contara algo personal, algo íntimo, y ahora quieres taparte esas preciosas orejas que tienes porque lo que oyes no te gusta. Pues muy mal, Callie, porque si yo tengo que pagarte con mi honestidad, tú también tienes que ser honesta conmigo.

Ella levantó la barbilla, tratando de parecer más valiente de lo que en realidad se sentía.

—De acuerdo, ¿qué quieres que diga?

—Que tú también pensabas en mí de la misma manera. Que estabas en tu casta cama de soltera pensado en mí, abriendo las piernas y masturbándote con los dedos, pensando en que era yo, en que sentías mis labios, mi lengua, mi polla.

—No seas vulgar, por favor —le dijo Callie, tratando de que su voz sonara estridente, aunque no había sinceridad en ella. Lo que él decía

era exactamente lo que ella había estado pensando y haciendo durante las últimas semanas.

—Es verdad, pero también estoy siendo sincero —susurró deslizando una mano entre sus piernas e introduciendo un dedo en su cuerpo—. Ha llegado el momento de que te confieses, Callie, ¿eres capaz de dar tanto como recibes?

Sin bajar la vista, ella sentía lo húmeda que estaba, cómo el calor y el deseo la inundaban. Estaba preparada para cualquier cosa que él quisiera hacer. Aquel dedo empezó a entrar y salir, a moverse adelante y atrás. De su boca se escapó un gemido.

—¿Qué...? ¿Qué quieres que te diga?

Él detuvo el movimiento para torturarla.

—Quiero que me digas todo lo que piensas hacer conmigo, lo que piensas que voy a hacer contigo, lo que vamos a hacer juntos. Quiero que te toques como lo haces cuando estás sola; sin embargo, ahora no estarás sola, Callie. Yo estaré aquí, mirándote y viendo cómo te das placer, contemplando tu cara cuando grites mi nombre y llegues al clímax.

Capítulo 13

«Nada es más molesto que un secreto.»

Proverbio francés

Las luces del amanecer aparecían en el cielo cuando Callie llegó a la casa de la calle de la Media Luna envuelta en su arrugado vestido, que dejó sobre el respaldo de una silla, y se deslizó en su cama, vacía y fría. Se sentía cansada y, a la vez, sensible en algunos puntos que no podía nombrar pero que la hacían sentirse maravillosamente bien, por encima de todo. Por primera vez en su vida había hecho el amor de verdad, y la fuerza del momento había superado con creces sus sueños más salvajes.

Tenía que creer que él también lo sentía igual, que aquella conexión era una fuerza natural que había circulado entre ellos como la corriente eléctrica, uniéndolos en cuerpo, sí, pero también en alma. ¿Cómo si no la habría tocado así, con tanta ternura, con tanto cuidado, como si estuviera hecha de porcelana en lugar de carne y hueso? Por su parte, nunca antes había sentido aquel arrojo, aquella necesidad absoluta de tocar a otra persona. Después, cuando Hadrian la había acompañado hasta la calle principal y había hecho señas a una calesa que pasaba cuyo conductor estaba medio dormido, le había resultado muy difícil dejarle. Con el rostro protegido por la capucha de su capa, no había podido resistirse a un último beso. Agotada como estaba, su cabeza no dejaba de dar vueltas pensando cómo podría escaparse de la oficina otra vez para ir a verle.

Entretanto, tenía que ir a tomar el té de la tarde con los Stonevale y todavía estaba pendiente la reunión con lord Salisbury al día siguiente. Incluso en una mañana cualquiera, su rutina era lavarse, vestirse y bajar a desayunar a las siete más o menos. Ella misma se servía algo del aparador y se sentaba a la mesa, donde se tomaba los huevos con mantequilla y se bebía sus tres tazas de café, bien cargado, mientras ojeaba el montón diario de periódicos con rapidez, uno tras otro.

Sin embargo, esa mañana le pasó por la cabeza la idea de hacer algo gratificante para ella. Así que aunque lo que tenía eran muchas ganas de dormir, se quedó un rato en la cama pensando en las últimas horas que había pasado con Hadrian: cómo su lengua jugueteaba con sus pechos, cómo había logrado excitarla con sus hábiles dedos, la deliciosa presión que había sentido cuando había entrado dentro de ella y la había llenado por completo. Una llamada en la puerta la sobresaltó y la sacó de sus pensamientos.

Pensando que se trataría de su tía, y ya que esta era demasiado lista como para creerse la excusa del dolor de cabeza, se levantó apoyándose en los codos.

—Estoy despierta. Entra —le dijo.

La puerta se abrió y Jenny entró sonriente, moviéndose con ligereza y con su desayuno listo en la bandeja.

—Buenos días, señorita. Su tía ha pensado que quizá prefiera tomar hoy el desayuno en la cama, ya que ayer salió hasta tan tarde —añadió, guiñándole un ojo.

—¡Qué detalle! —exclamó Callie, luchando por no sonrojarse mientras Jenny depositaba la bandeja en su regazo y le ahuecaba las almohadas.

Tomar el desayuno en la cama era una costumbre decadente y deliciosa reservada para ocasiones especiales como su cumpleaños, pero sabiendo lo moderna que era su tía en lo relativo a los asuntos del corazón, seguro que pensaba que tener un amante después de diez años de abstinencia era algo digno de celebrarse, tanto como cualquier festividad del calendario.

Jenny se daba prisa en arreglar la habitación. Estaba sacudiendo su arrugado vestido de noche con una risita mientras murmuraba «vaya, vaya», lo que confirmaba las sospechas de Callie de que tanto la sirvienta como su tía sabían muy bien a qué hora había regresado. Evitando su mirada, Callie se fijó en el contenido de la bandeja. Le habían servido todo lo que más le gustaba: unos *muffins* calientes, bizcochos, mermelada de melocotón y un cremoso chocolate a la taza en lugar de su habitual café. Cuando Jenny le dijo que volvería enseguida con los periódicos, Callie dudó unos instantes y le pidió que no se tomara esa molestia. Ya habría tiempo más tarde para leer noticias, casi siempre desagradables. Esa mañana, por primera vez en su vida, quería disfrutar de su desayuno, pensar en un mundo distinto y disfrutar de las nuevas posibilidades que se le habían abierto tras la velada de anoche.

La puerta se cerró con un chasquido. Sola de nuevo con sus pensamientos, Callie se centró en su desayuno. No se dio cuenta de lo hambrienta que estaba hasta que dio el primer bocado. Se había perdido la cena de la noche anterior, aunque había sido por el mejor de los motivos. Hadrian.

Mientras masticaba intentaba recordar la palabra con la que él había descrito su figura. Oh, sí, «generosa». En ese momento había pensado que el generoso era él, pero ahora la curiosidad la llevó a echar un vistazo por sí misma. Se chupó la mantequilla que tenía en el pulgar. Después de todo, estaba sola y nadie podía verla así que, ¿por qué no? Descalza, caminó por el suelo de su habitación hasta el espejo, levantó los brazos y se quitó el camisón de franela por la cabeza. Lo tiró sobre una silla, respiró hondo y se miró al espejo.

La mujer de ojos grandes con el pelo revuelto cayéndole por la espalda no era una sílfide, eso era cierto, pero tampoco una gorda, no era la «vaca» que le había hecho creer su prometido desde la infausta noche de su baile de compromiso. Tenía los pechos grandes, sí, bastante, aunque no tenían ni mucho menos aspecto bovino. Si eran algo, eran unos pechos firmes y bien formados. Moviéndose para examinar su cuerpo más abajo, tenía que admitir que no tenía precisamente una cintura de avispa, pero por lo menos estaba donde tenía que estar. Si se quedara embarazada se ensancharía más; sin embargo eso todavía quedaba muy lejos, si es que llegaba a ocurrir alguna vez. Tenía las piernas largas, las nalgas y las pantorrillas firmes, no como las de las cabareteras que a veces había visto en fotografías, con aquellas medias y faldas tan cortas. Se imaginó vestida como una de ellas para un único espectador, Hadrian, y dejó escapar una risita que le hizo cosquillas en la garganta. Respiró hondo y se puso de perfil. No tenía un trasero pequeño, desde luego, pero tampoco tan horrible como ella siempre había pensado.

Durante muchos años se había visto fea, su cuerpo era su enemigo. Pero esa mañana, desde ese mismo instante, estaba haciendo las paces con su físico. Y más que hacer las paces con su cuerpo estaba dando carpetazo a su pasado, dejando atrás sus antiguas inseguridades y sus miedos de una vez por todas. El suyo era un cuerpo de mujer, ni grotesco ni tampoco el de una diosa. Tenía sus puntos fuertes y sus puntos débiles, pero era un cuerpo sano y por esa razón bello. Ella era bella. Por primera vez en más de diez años veía lo que los demás veían, lo que Hadrian parecía ver: a una mujer fuerte y todavía joven con los deseos y necesidades de toda hembra joven y sana.

Unos deseos que él había satisfecho la noche anterior muy por encima de sus expectativas más salvajes, de sus fantasías más secretas. Aun así, quería más de él, no solo la mecánica de la satisfacción física. Quería que fuera su amante en el sentido más amplio del término. No solo deseaba su cuerpo, que era un regalo maravilloso, sino también su mente y su alma.

«Si hacemos el amor, no pasará mucho tiempo sin que quieras algo más de mí, algo más permanente. Y te lo digo ahora, Callie: no tengo nada que darte, ni a ti ni a ninguna otra mujer, salvo esto.»

Por primera vez desde que saliera de la cama su euforia disminuyó. Si pensaba de una forma racional, tenía que darse cuenta de que debía contentarse con lo poco que él quisiera darle. No estaba mal, y después de todo él la había advertido. Pero tras haber saboreado la felicidad tan de cerca, ¿cómo iba a volver a sus viejas costumbres, a su vida anterior?

Siempre quería más. ¿No había sido ese el error de su vida?

✳ ✳ ✳

Callie no fue la única que no durmió aquella noche. Hadrian la había pasado caminando por las calles de Londres desde que la dejó en la calesa. Después de dar muchas vueltas, acabó llamando a la puerta de Gavin.

Cuando el sirviente de su amigo le hizo pasar al pequeño comedor de la casa, no le sorprendió encontrarse allí con Rourke. Ambos alzaron la vista de sus platos, colmados de costillas asadas picantes, huevos con mantequilla y una tostada, cuando entró.

—Harry, por Dios, tienes muy mal aspecto —le dijo Gavin, levantándose de la cabecera de la mesa. A pesar de no ser todavía las nueve de la mañana ya estaba impecablemente vestido—. Siéntate y toma algo para desayunar antes de que desfallezcas.

Hadrian retiró una silla y se sentó a la mesa. En un aparador cercano había unas lonchas de bacón cubiertas con tapaderas de plata, pero ni siquiera las miró.

—¿Podrías ofrecerme algo para beber?

Desde el otro lado de la mesa, Rourke asintió con la cabeza.

—Creo que lo que quieres tomar no es precisamente un café. Aquí tienes, esto te ayudará a despertarte —le dijo su amigo, echando mano de su botella de bolsillo. Se había arremangado la camisa y dejaba a la

vista sus musculosos brazos—. Es el mejor whisky de Escocia. Ningún escocés que se precie puede salir de casa sin él.

Hadrian aceptó la botella y dio un buen trago. Luego la tapó y se la devolvió a su dueño.

—Mucho mejor, gracias.

Gavin lo observaba pensativo.

—Para ser un hombre que desaparece antes de la cena con la encantadora Caledonia del brazo no es que se te vea muy contento.

—La llevé a casa, fin de la historia.

—Ya, claro. ¿A casa de quién, a la tuya o a la suya? —soltó el escocés guiñándole un ojo.

Había prometido a Callie que no hablaría de aquello con nadie, así que prefirió cambiar de tema.

—¿Qué tal te fue con lady Kat?

Con una mirada que daba que pensar a sus amigos, Rourke se encogió de hombros.

—La conseguiré, es solo cuestión de tiempo. Sé que ya le rondo por la cabeza.

Hadrian le guiñó un ojo.

—¿Ah, sí?

Rourke alargó una mano por encima de la mesa y le propinó una colleja que le hizo recordar cuando eran niños.

Gavin sirvió más café para todos.

—De hecho, estábamos hablando precisamente del amor cuando entraste. Aquí nuestro duro amigo —dijo mirando a Rourke— sostiene que o no existe, o bien que existe pero solo como una forma de locura pasajera. En cambio, yo sostengo que cada alma tiene su alma gemela —añadió sin hacer caso del gruñido de Rourke—. Mis propios padres estaban muy enamorados. Cuando mi madre desafió a su familia para casarse con mi padre lo dejó todo: su familia, sus amigos, su posición en sociedad y, sí, también su dinero. Nunca oí salir de su boca una sola palabra de arrepentimiento. Cuando miro atrás y recuerdo el edificio de varios pisos donde vivíamos veo que, aunque era un poco

lúgubre, mis padres hicieron de él un hogar y lo lograron mucho mejor que otros que viven en grandes mansiones.

Cuando dejó de hablar, Gavin se dispuso a echar azúcar en el café, sin duda recordando el día en que, siendo solo un niño de diez años, volvió al edificio del East End donde estaba su casa y se lo encontró en llamas. Tanto sus padres como una hermanita pequeña, que entonces era solo un bebé, habían fallecido. Gavin se convirtió en huérfano y le quedó de por vida la necesidad de salvar a todo el mundo de cualquier problema que pudiera cruzarse en su camino. Incluso cuando todavía era un niño, Gavin siempre rebosaba de esa calidad etérea que le distinguía de los demás. Le llamaban «san Gavin» bromeando, aunque por lo que Hadrian sabía no había ningún santo con ese nombre. Pese a que le quería como a un hermano, nunca pudo entender a Gavin tan bien como a Rourke.

Destapando la botella de whisky de nuevo, Rourke se echó un buen chorro en el café.

—Es una historia preciosa, aunque quizá tus padres sean la excepción a la norma; aun así, insisto en que cualquier hombre que se enamore de Kat Lindsey o de cualquier otra mujer se confunde. Lo único que quiero de lady Kat o de cualquier otra esposa es que me caliente la cama, dé a luz a mis hijos y me sirva a la mesa. Con eso tendré más que suficiente. ¿A que sí, Harry?

Hadrian dudó. Unas semanas antes habría dicho lo mismo que su amigo. Pero desde que Callie había entrado en su vida las cosas habían cambiado. Él había cambiado. Para un hombre adulto que se había planteado el sexo como un servicio, algo que hasta ahora hacía para aliviarse, hecho pensando con todo su cuerpo y, sí, con el corazón, era un experiencia que había cambiado su vida, de la misma manera que el viaje de Saúl a Damasco o el descubrimiento de Daguerre de un método para fijar las imágenes de una cámara oscura. Milagroso. Maravilloso. Aterrador.

Como había llegado demasiado lejos como para echarse atrás, pues antes de que nadie le tocara a Callie un solo pelo de la cabeza él dejaría que Dandridge le fuera arrancando los brazos y las piernas uno a uno, tuvo que tragarse el orgullo y admitir que le pasaba algo.

—Tengo un problema.

Gavin y Rourke le observaban e intercambiaban entre sí miradas de preocupación.

—Te ayudaremos, vamos. Dinos qué te sucede —soltó Rourke, que no era amigo de hablar en balde.

Sin ahorrarse ni un solo detalle, empezó a relatar cómo había conocido a Callie en Parliament Square, el episodio del callejón con los dos matones y, finalmente, la visita que Dandridge le había hecho en la tienda y lo que le había ofrecido.

Cuando todavía no había terminado, Rourke dio un puñetazo en la mesa que hizo saltar los platos y los cubiertos como si fueran de goma.

—Jesús, María y José, ¿en qué demonios estabas pensando? Ya te hubiera prestado yo el dinero. Qué digo prestado, te lo hubiera dado y punto. Voy a dártelo, ya está. Devuélvele a Dandridge el anticipo y dile que se vaya al diablo.

Hadrian asintió con la cabeza.

—Como si fuera tan fácil. Ahora sé demasiado de él como para que me permita seguir con vida. Me ha amenazado, y no es que quiera decir que, llegados a este punto, mi vida valga mucho. Si no le entrego la fotografía que quiere, la que hunda a Callie, será solo cuestión de tiempo que consiga que caiga «vencida», como a él le gusta decir. Si el proyecto de ley de sufragio universal por el que ella lucha llega a presentarse por tercera y última vez, su vida estará más en peligro que la mía.

—¡Desgraciado! —gritó Rourke, que todavía tenía el pelo alborotado de haber dormido. Estaba realmente furioso—. Podríamos acudir a los periódicos.

—De momento, solo es mi palabra contra la de un respetable miembro del Parlamento. Dados sus antecedentes y los míos, ¿a quién iban a creer en la calle Fleet, a él o a mí?

Gavin, que no había dicho nada hasta ahora, se dispuso a hablar.

—Eso es cierto —dijo—. Tenemos que encontrar otra forma de resolverlo —añadió mirando a Hadrian con solemnidad—. Por supuesto, tienes que hablar con Caledonia y contarle la verdad, toda la verdad, aunque solo sea para que esté sobre aviso.

Hadrian se pasó los dedos de una mano por sus cabellos revueltos, mientras recordaba lo mucho que le había gustado que Callie le acariciara el pelo y cualquier otra parte de su cuerpo.

—Sé que tengo que hacerlo. Me odiará, por supuesto, pero eso es menos de lo que me merezco.

Gavin negó con la cabeza.

—Si estuviera en tu lugar no estaría tan seguro de eso. Por lo menos dale la oportunidad de que te perdone. Quizá te sorprenda.

Rourke sonrió.

—Eso si no te corta antes las pelotas.

Sintiéndose un poco mejor ahora que había quitado aquel peso de su conciencia, Hadrian se levantó y se encamino hacia la puerta.

Gavin miró hacia atrás sin darse la vuelta.

—¿A dónde vas ahora?

Aunque fuera un alma perdida, se maldeciría a sí mismo antes que arrastrar a Callie consigo al infierno.

—A mi casa. Quiero estar presentable antes de ver a Callie.

Y así, sin más, cerró la puerta ante la atónita mirada de sus amigos.

Al salir a la calle, se puso a pensar que, antes de conocer a Callie, el sexo había sido algo que sucedía fuera de él, un medio para conseguir un fin o un intervalo en el que se había dedicado a deambular sin pensar en nada. Su cuerpo se había unido a otro pero su cabeza no, seguía lejos. En cuanto a su corazón, bien, hacía mucho tiempo que no había pensado en él.

Sin embargo, amar a Callie había hecho que todo eso cambiara. Aun en el caso de que no volviera a verla jamás después de hablar con ella, estas últimas semanas juntos le habían cambiado. Irremediablemente. Para siempre. Nunca más volvería a ser el mismo, y aunque le dolía muchísimo el corazón y estaba aterrorizado, también se sentía...

aliviado. Seguir siendo Hadrian St. Claire le parecía más un problema, demasiado trabajo por algo que no valía la pena, era como una patada en el trasero. Fuera quien fuese Harry Stone, por fin estaba listo para aceptarlo de nuevo en su vida.

※ ※ ※

Lord y lady Stonevale tenían una modesta casa en la calle Arlington. Mientras subía las escaleras de mármol de la fachada de ladrillo, Callie sintió una punzada nerviosa. Al contemplar el llamador de bronce con forma de cabeza de perro repasó mentalmente la carrera política de Stonevale. Antes de heredar su título de conde y su condado, cuando solo era Simon Belleville, había sido el protegido del último primer ministro conservador, Benjamin Disraeli. Durante los quince años que pasó en la Cámara de los Comunes, se había ganado fama de ser alguien sagaz e imparcial. En más de una ocasión, se había pasado al otro lado del hemiciclo para apoyar alguna propuesta de los liberales relativa al bienestar de mujeres y niños.

Manteniendo esa última idea en su mente, se sintió con más fuerzas y decidió llamar a la puerta. El mayordomo que la abrió era un hombre de aspecto amable que tenía una amplia sonrisa, regordete, con la camisa poco almidonada. No se parecía en nada al individuo estirado que ella esperaba encontrarse como empleado de un parlamentario. En lugar de tener que esperar en el recibidor mientras anunciaba su llegada, simplemente movió la cabeza y le indicó que le siguiera.

—Por aquí, señorita, por favor.

El hombre la condujo por el vestíbulo recubierto de azulejos hasta la parte trasera de la casa, dejando atrás el salón principal, para llegar hasta la biblioteca, que tenía las paredes paneladas en madera de roble. La puerta estaba abierta. Mirando por encima del hombro del mayordomo, Callie vio a lord y lady Stonevale calentándose las manos cerca de la chimenea. Ella tenía un gato atigrado acurrucado en el regazo y él un perro mestizo blanco y negro, con las orejas caídas, a los pies. La

biblioteca estaba repleta de los más diversos objetos, fotografías enmarcadas y toda una miscelánea de detalles que tenían que ver con la vida familiar. Según parecía, aquella estancia era el corazón de la casa. De hecho, la paz y la alegría parecían flotar en el aire.

Contemplar aquella escena era como ver un diorama. Lo hogareño del momento ayudó a Callie a sentirse más cómoda, pero además le llegó al corazón. Ante ella se presentaba la razón misma de que cientos de poetas y filósofos hubieran empleado tanta tinta y papel en exaltar las virtudes del hogar. Antes, esos textos le habían parecido basura sentimental dirigida a subyugar a la mujer, sin embargo ahora consideraba que quizá no se había dado cuenta de lo que aquello significaba en realidad. Tan ocupados como estaban los dos Stonevale con sus carreras y sus causas, tenían un oasis al que regresar cuando llegaban a casa. Se tenían el uno al otro.

Casi le dio pena cuando el mayordomo trajo la luz y el cuadro tan hogareño que estaba contemplando desapareció: al abrir la puerta, se vio entonces ante un lord y una lady.

—Callie... Señorita Rivers, estoy encantada de que haya venido —dijo con una sonrisa radiante lady Stonevale, dejando al gato que tenía sobre el regazo en una silla vacía que estaba justo a su lado para levantarse a continuación.

Lord Stonevale se levantó también y, al verlos uno al lado del otro, Callie no pudo dejar de observar la buena pareja que formaban. Él era alto, de hombros anchos y constitución atlética. Podría haber pasado muy bien por un hombre de unos cuarenta años en lugar de uno que estaba cerca de los sesenta. En cuanto a ella, ataviada con un sencillo vestido de tarde que destacaba su esbelta figura, se acercó a Callie para darle la mano con la gracia natural de una bailarina.

Lady Stonevale pidió que les sirvieran el té y luego hizo señas a Callie para que se sentara en uno de los dos magníficos sillones orejeros que había a los lados de la chimenea. Lord Stonevale observaba con atención a Callie. «Me está mirando», pensó ella, así que echó los hombros hacia atrás y se irguió.

Charlaron de asuntos fortuitos, como el tiempo, hasta que finalmente el tema cambió.

—He estado siguiendo sus esfuerzos y los avances de su proyecto de ley con gran interés, y desde que anoche la conoció mi esposa no me ha hablado de otra cosa —dijo lord Stonevale—. Le aseguro que no resulta nada fácil impresionarla pero usted lo ha hecho, y por eso me decidí a conocerla.

—Es un honor, milord, y quiero agradecerles a ambos que hayan decidido dedicarme parte de su tiempo.

—Mi esposa me ha hablado muy bien de usted, señorita Rivers, y le aseguro que no da su aprobación a cualquiera.

La llegada del té hizo que la conversación se detuviera. Mientras lady Stonevale servía e iba pasando las tazas y los platillos, Callie se fijaba en lo que ya sabía de la vida de los Stonevale por su tía Lottie. Él había conocido a su esposa en circunstancias poco convencionales, por no decir escandalosas. Después de veinticinco años, cinco hijos en común y muchos nietos, la pareja seguía enamorada, y eso era algo que todo el mundo sabía. Callie, a quien no pasaron inadvertidas las miradas de cariño que se lanzaban el uno al otro, veía que era cierto.

Cuando estuvieron todos servidos, con su té y sus sándwiches, Stonevale recuperó el hilo de la conversación.

—Como le estaba diciendo, señorita Rivers, aunque valoro positivamente los méritos de su causa no dejo de tener algunas reservas.

Levantando la vista de su humeante taza de té, Callie captó la dura mirada que lord Stonevale le dirigía.

—Y ¿cuáles son, milord?

—Algunas sufragistas parecen creer que ir por ahí destrozando los cristales de los escaparates de las tiendas y otros objetos es el mejor método para lograr sus objetivos. Le aseguro que esa manera de proceder no encontrará muchos amigos en el Parlamento ni en ninguna parte.

La estaba poniendo a prueba. Ella podía sentir la intensidad de aquellos ojos oscuros. Determinada a defender su causa, se dispuso a hablar para aclarar su postura.

—Le aseguro, lord Stonevale, que esos grupos no tienen nada que ver con la Sociedad Londinense para el Sufragio Femenino ni con la confederación nacional a la que pertenecemos. Dicho esto, la frustración de muchas no deja de estar exenta de motivos. Hace más de veinte años que John Stuart Mill elaboró un proyecto de ley para el sufragio universal y todavía seguimos sin representación, sin voz. Para decirlo de una forma sencilla, pagamos impuestos pero nadie nos representa, una circunstancia similar a la que llevó a las colonias americanas a levantarse contra Gran Bretaña hace más de cien años. Está mal, milord, simplemente, y, con todo el respeto, ha llegado el tiempo de que eso cambie.

Él asintió con la cabeza, al tiempo que jugueteaba con la pasta de té que tenía en el plato, sin comérsela.

—El voto femenino a nivel nacional es para muchos una idea radical. Como todos los jóvenes, señorita Rivers, todavía tiene que aprender el arte de la paciencia. Si hay algo que mi estancia en Oriente me ha enseñado es que a los británicos nos gusta imponer el cambio en los demás pero nos cuesta mucho aceptarlo en casa.

Callie sorbió un poco de té.

—Y sin embargo, milord, nuestras paisanas han mantenido el derecho al voto en la mayoría de localidades desde hace dos años y la sociedad británica no es peor por eso —repuso ella.

Lord Stonevale mantenía su taza y su plato sobre las rodillas.

—La verdad es que su argumento es convincente, señorita Rivers, y aun así debo admitir que en mis días de soltero me hubiera opuesto a tal medida. No obstante, el llevar un cuarto de siglo casado con una mujer inteligente, valiente y maravillosa me ha abierto los ojos en muchos aspectos, uno de ellos la tremenda fuerza y la compasión de las mujeres —dijo mirando a su esposa con cariño y colocando su mano sobre la de ella—. Christine es mi partidaria más leal y también la crítica más sincera. Para mí es mucho más que una esposa, compañera y madre de mis hijos, aunque también tiene muchísimo de todo eso. Por encima de todo es mi conciencia, mi corazón. No hay muchos asuntos sobre los cuales no busque su sabio consejo.

Callie se fijó en los ojos ambarinos de la mujer y vio que casi se le saltaban las lágrimas por la emoción, igual que a ella. Que alguien te quisiera así, te respetase así, te amase así, debía de ser algo maravilloso. Aunque la noche que había pasado en brazos de Hadrian había sido algo grande, ahora sabía que quería más de él, algo más que una noche o que una sucesión de noches. Lo quería a su lado en lo bueno y en lo malo, en la salud y en la enfermedad. Para siempre.

Lady Stonevale retiró la mirada de su marido y la dirigió a Callie.

—Lo que Simon trata de decir con su largo discurso es que ha decidido apoyar su proyecto de sufragio universal, ¿no es así, cariño?

—Una vez más, querida, lo has resumido perfectamente —dijo él, sonriendo y levantando la mano de su esposa con la suya para llevársela a los labios.

Lord Stonevale depositó un beso en aquella mano de finos dedos, para después mirar a Callie.

—Por ese motivo, me reuniré esta noche con mi viejo amigo, lord Salisbury, en nuestro club. Antes de la hora de cenar el primer ministro sabrá que voy a apoyar el proyecto de ley para el sufragio femenino que usted defiende.

Lo máximo que Callie esperaba de esta cita era que Stonevale no despachara sus argumentos al instante, que tras una cuidadosa valoración quizá pudiera convencerlo de que votase a favor del proyecto. Nunca se imaginó que se convertiría en el líder de su causa ante el primer ministro.

Impresionada, casi se le cae el plato del regazo. Intentó recomponerse antes de hablar.

—Lord Stonevale, no se imagina lo que su apoyo significa para mí personalmente pero, de manera muy especial, para las miles de británicas que llevan luchando durante décadas para conseguir el derecho al voto, si no para ellas, para sus hijas y sus nietas. Le aseguro, milord, que el tiempo le demostrará que la confianza que ha puesto en mí, en nosotras, ha valido la pena.

Stonevale asintió.

—En ese caso, señorita Rivers, tiene mi palabra de que haré todo lo que esté en mi mano para apoyar su causa y que el proyecto de ley llegue a una tercera lectura en la cámara, incluido el levantarme de mi escaño y proclamar: «Derecho al voto para la mujer ya.»

Capítulo 14

«Se puede engañar a algunos todo el tiempo y a todos algún tiempo, pero no se puede engañar a todos todo el tiempo.»

ABRAHAM LINCOLN

Cuando Hadrian salió de la casa de Gavin, se dirigió a la oficina de Callie en Langham Place. Allí solo encontró a aquella secretaria con ojos de halcón en la recepción que le dijo que no había venido en todo el día, algo bastante raro, según le dijo todo el mundo. Sabiendo lo tarde o quizá lo pronto que ella se había marchado de su lado, no le sorprendía. Si por un día había decidido quedarse en casa, en la cama, se lo había ganado. Cansado como estaba, el mero pensamiento de Callie en la cama lo excitaba. Se alegró de salir de aquella oficina y escapar a la mirada de aquel par de ojos tan afilados de la secretaria. Se encaminó hasta la calle Regent y allí paró una calesa.

Indicó al cochero que se dirigiera a la casa de las Rivers en la calle de la Media Luna. Tras hacerlo, se recostó contra el respaldo de piel del asiento y se puso a pensar en lo que diría cuando llegase. Empezó a darle vueltas a varias opciones, pero la verdad era la verdad, sin tapujos, y en este caso no tendría excusas. Callie lo odiaría, eso seguro, pero por lo menos la pondría sobre aviso de las intenciones de Dandridge y eso haría que estuviera más segura o, por lo menos, más de lo que cualquier figura pública con opiniones controvertidas podía esperar. Solo por eso, valía la pena sacrificarse.

Los nervios hacían que estuviera tenso como las cuerdas de un piano y, cuando la calesa hubo llegado a la puerta del jardín de la casa de las Rivers, Hadrian saltó del asiento de manera repentina. La sirvienta de ojos brillantes que abrió la puerta tras su llamada negó con la cabeza cuando le entregó su tarjeta, explicando que la señorita Callie no estaba en casa. Al oír aquello, no supo si dar las gracias al cielo por ese momento de indulto o si sentir miedo por lo que aquello podía significar. ¿Habrían cambiado los sentimientos de Callie con respecto a la noche anterior y ahora se escondía en casa para no verlo? O, peor aún, ¿habría perdido Dandridge la paciencia de esperar por esa foto que él tenía que hacer y que nunca llegaba y había empleado algún otro medio más expeditivo para derrotarla?

Callie, tenía que avisarla, pero para hacerlo debía encontrarla. Cuando ya se iba y tenía un pie fuera de las escaleras, Lottie Rivers apareció en el umbral de la puerta.

—Señor St. Claire, entre, por favor —lo llamaba—. Callie no está en casa, pero mientras llega podríamos charlar un rato.

Se le pasaron por la cabeza una miríada de excusas, pero cuando la anciana le aseguró que su llegada le había ahorrado enviarle un mensaje para que viniera no le quedó otro remedio que aceptar del mejor talante que pudo. Además, si había alguien que sabía dónde estaba Callie esa persona era su tía.

No había siquiera traspasado el umbral de la entrada cuando la pequeña sirvienta que antes le había atendido se le acercó para ayudarle a quitarse el abrigo y llevarse su sombrero. Sintiéndose como una mosca atrapada en una tela de araña, dejó que la joven hiciera su trabajo y acompañó a Lottie Rivers a un acogedor saloncito.

—Estoy encantada de que haya venido, señor St. Claire —dijo la mujer una vez estuvieron a solas—. Iba a tomarme una copita de jerez y no me gusta nada beber a solas. Usted me acompañará, ¿verdad?

Él asintió.

—Sí, gracias.

Después de todo, el efecto del whisky que se había tomado en casa de Gavin ya se le había pasado hacía rato, así que estaba lo bastante sobrio como para tomarse otra copa.

La mujer se acercó a un mueble bar con la superficie de mármol donde había un decantador de cristal y vasos dispuestos sobre una bandeja de plata.

—Me temo que no puedo decirle cuándo regresará Callie —le dijo mirando hacia atrás—. Tenía una reunión con lord Stonevale y solo Dios sabe cuánto durará.

La reunión con Stonevale, ¡claro! Sumido como estaba en sus problemas, casi había olvidado el logro de Callie la noche anterior, la invitación para tomar el té en casa de los Stonevale. De haber estado solo, se habría pasado la mano por la frente no una sino varias veces.

La voz de Lottie hizo que volviera a la realidad. De espaldas a él, la mujer sirvió el vino.

—Le agradezco mucho que la acompañase a casa ayer por la noche —le dijo—. Esas jaquecas repentinas se pueden aliviar, pero sé que ella no quería pedirme que dejara la fiesta tan pronto.

En lugar de verse en la necesidad de mentir, Hadrian se levantó y se acercó a la chimenea con el pretexto de calentarse las manos. Un par de ferrotipos enmarcados en plata flanqueaban la repisa de la chimenea de color crema, y entre ellos había un montón de adornos. Sin nada más en que ocuparse, la curiosidad profesional le hizo fijarse en el que tenía más cerca. Una joven Charlotte Rivers le sonreía del brazo de un caballero alto y delgado de mediana edad. Tras ellos, una góndola se deslizaba sobre las aguas cristalinas, con un fondo que había quedado borroso al detenerse la imagen en aquel instante.

Lottie se acercó a él.

—Mi marido, Edward, Dios lo tenga en su gloria. Esa foto fue tomada en Venecia, en el Gran Canal, un año antes de su fallecimiento —le explicó—. Su médico pensaba que el aire seco de Italia le haría mucho bien a sus pulmones. Sabiendo como sabíamos que sería el úl-

timo viaje al extranjero que haríamos juntos, resultó un poco amargo para ambos.

Él se volvió para aceptar el vaso de jerez que la mujer le ofrecía.

—Quizá, pero estoy seguro de que se consideraba el más afortunado de los hombres por poder pasar sus últimos días junto a usted.

Ella tomó un sorbo de su copa con la cara anhelante, triste.

—Creo que la afortunada fui yo, señor St. Claire. Amar y ser correspondida es algo maravilloso. Tanto si el amor dura décadas como un solo día es siempre un regalo precioso —le dijo volviéndose para mirarle a los ojos de lleno—. Me da pena pensar que hay gente que deja pasar la vida sin conocer esa felicidad.

Hadrian no se sentía cómodo bajo su mirada, pues si aquella mujer descubría lo mínimo acerca de quién y qué era, lo más seguro sería que le echase a patadas de su casa. Fijó su atención en la otra fotografía: se trataba esta vez de una pareja muy joven. La mujer, poco más que una chiquilla, permanecía sentada, derecha, en una silla de respaldo alto. Llevaba un vestido con la falda llena de volantes festoneados con lazos y muchos adornos. El hombre, de cuello grueso y piernas arqueadas, estaba en pie a su lado, con una mano apoyada en el respaldo de la silla y la otra metida en un bolsillo. Hadrian volvió a mirar la cara de la joven, que le resultaba familiar. ¡Era Callie! En el retrato se le veían la barbilla más redonda y menos angulosa, unas mejillas adorables, aunque menos pronunciadas, y la sonrisa tirante, casi forzada. A pesar de eso, seguía siendo ella. Podía imaginarse la tortura que habría soportado para transformar sus grandes rizos en aquel peinado tan estúpido lleno de tirabuzones. Sin embargo, dudaba mucho de que la tristeza que revelaban sus ojos se debiera a la sesión de peluquería que habría tenido que soportar para lucir aquel peinado.

Lottie se acercó a él.

—Se la hicieron unas semanas antes de su veinte cumpleaños —le aclaró.

—Supongo que el hombre era su prometido, ¿verdad? —preguntó, y al hacerlo sintió un pinchazo irracional de celos que le recorrió el cuerpo.

Hadrian dejó la fotografía sobre la repisa de la chimenea.

La anciana lo miró con sorpresa.

—¿Le contó que había estado prometida? —preguntó la anciana, que, ante su silencio, asintió con la cabeza y lo miró—. Nunca les habría ido bien juntos, hasta un ciego se hubiera dado cuenta de eso, pero sus padres la presionaron para que aceptara, demasiado preocupados por que se convirtiera en una solterona y sin pensar en su felicidad. Solo lo conservo aquí porque es la única fotografía que tengo de ella. Hasta que la señora Fawcett le hizo a usted el encargo de que fotografiara a mi sobrina, nunca había dejado que el objetivo de una cámara se le acercara.

Pobre Callie. No le extrañaba que tuviese una opinión tan negativa de los hombres y del matrimonio y que no le gustara posar para que la fotografiaran. Esto último tenía que haber sido muy desagradable para ella. Ahora entendía por todo lo que había pasado, la humillación que había soportado no solo por parte de su prometido, sino también por la de su familia. No podía culparla.

Lottie tomó en sus manos la fotografía que él tenía en las suyas y se quedó mirándola durante un buen rato.

—Gerald Dandridge era solo un segundón, pero su familia estaba muy bien considerada. No estaban entre lo más selecto de la sociedad, pero casi. Aun así, mi sobrina hizo bien librándose de él. Muy bien.

Hadrian casi se atraganta con el jerez que se estaba tomando.

—¿Ha dicho Gerald Dandridge? —preguntó. Y al ver que la dama asentía insistió—: ¿Y qué relación tiene, si es que hay alguna, con Josiah Dandridge?

Sorprendida, Lottie lo miró.

—Son padre e hijo. Gerald sustituirá a su padre en las próximas elecciones —repuso ella—. ¿Por qué lo pregunta?

Siempre había sabido que el odio del parlamentario iba mucho más allá de una cuestión política, y ahora sabía por qué. Según la forma de pensar de Dandridge, Callie había dejado plantado a su hijo, una afrenta que para un hombre sobrado de orgullo como él se convertía en algo muy personal.

Sin saber muy bien todavía cómo emplear esta información en su favor, o mejor dicho en el de Callie, supo que tenía que marcharse, aunque solo fuera para pensar. Dejó su jerez sobre la repisa de la chimenea y se dispuso a salir.

—Me temo que debo dejarla, señora Rivers. ¿Le dirá a Callie que he estado aquí?

—Por supuesto, pero, señor St. Claire, ¿a dónde va con tanta prisa? —quiso saber la mujer, que se había fijado en que no se había bebido ni la mitad del jerez que le había servido—. Casi no ha tocado su copa.

—Me atrevo a decir que los tres pronto tendremos algo por lo que brindar. Sin embargo, ahora tengo que marcharme para ver a alguien y cerrar un asunto.

Salió corriendo al recibidor y casi se lleva por delante a la sirvienta, que había estado espiando al otro lado de la puerta, con la oreja pegada. Corría escaleras abajo abotonándose el abrigo cuando el crujido de la puerta del jardín hizo que levantara la vista.

Aquel dandi con un abrigo verde botella y bigote que entraba en el jardín le resultaba vagamente familiar, aunque no sabía bien por qué. Desde luego nunca le había hecho una foto, pues de haber sido así no hubiera olvidado su cara. Nunca olvidaba una.

Cuando se disponía a seguir su camino saludando al recién llegado con un gesto de la cabeza, el hombre se detuvo ante él.

—Usted es ese fotógrafo, ¿verdad? El que está fotografiando a Callie.

Al ver cómo entrecerraba los ojos, Hadrian dudó.

—Sí, soy St. Claire, ¿y qué?

—Me llamo Theodore Cavendish, aunque mis amigos me llaman Teddy.

Mirándolo de arriba abajo, Hadrian dudaba mucho que pudiera ser uno de los suyos. Estaba de mal genio y lo que le apetecía era responderle de cualquier modo. Sin embargo, fuera quien fuese aquel individuo, estaba claro que era un amigo o un conocido de Callie o de su tía, o quizá ambas cosas. A pesar de las prisas, no ganaría nada mostrándose desagradable con él.

Teddy se lamió un poco los labios resecos sacando su rosada lengua bajo aquel bigote encerado.

—Si me disculpa, ¿cuál es su nombre de pila?

Preguntándose si era algún tipo de pregunta trampa, si aquel tipo era un soplón de Dandridge, aunque por su aspecto no sabría decirlo, decidió darle una respuesta.

—Hadrian, aunque no sé para qué diablos quiere saberlo.

—Hadrian St. Claire —dijo el hombre, sonriendo un poco menos y encogiendo sus estrechos hombros—. Eran sus iniciales, H.S. H.S. —murmuró el hombre, que con los ojos brillantes parecía casi a punto de llorar.

Entretanto, Hadrian pudo recordar al fin de qué le conocía. Le había visto un par de veces en los discursos de las sufragistas. El ser uno de los pocos hombres que asistían, además de su gusto por los colores chillones en el vestir y los estampados, hacía que destacara de entre la multitud.

—Oh, vaya. Usted es el amigo de Callie, del mitin en Parliament Square.

—Así es —dijo él. Ambos hombres se miraron y entonces, Teddy se acercó para comentarle—: De hecho, Callie y yo somos algo más que amigos, ya me entiende —añadió con un guiño.

—Me parece que no. Quizá quiera explicármelo.

—Verá, vamos a casarnos pronto —dijo con una sonrisa pícara y mirando a un lado y a otro para comprobar que no había cerca nadie que pudiera oírles.

De repente, Hadrian tuvo la sensación de que el adoquinado bajo sus pies se hundía y caía en el olvido. ¡Callie iba a casarse!

—Pues vengo ahora de visitar a su tía y no me ha dicho nada de que hubiera una boda en perspectiva —repuso Hadrian tratando de mantener un tono de voz neutro.

Theodore, Teddy, pareció desestimar sus palabras encogiéndose de hombros.

—La verdad es que hay algo entre nosotros desde hace meses, pero con la prensa controlando cada uno de sus movimientos Callie no ha

querido decir nada. Tan pronto como todo este maldito asunto del proyecto de ley se haya resuelto proclamaremos nuestro compromiso a bombo y platillo. Hasta entonces, ni una palabra.

Hadrian sintió que los huesos se le entumecían, pero eso no tenía nada que ver con el frío que hacía. Seguía con las manos metidas en los bolsillos del abrigo, aunque solo fuera para evitar el impulso de agarrar a aquel tipo por el cuello, el «novio» de Callie, y estrangularlo. Le costó asumir lo que acababa de oír. ¡Callie casada con este fantoche! No obstante, después de la experiencia que había tenido con el bruto del hijo de Dandridge, quizá Teddy tuviera para ella algún extraño atractivo.

—En ese caso, permítame que sea el primero en felicitarle —le dijo. Y aunque las buenas maneras le obligaban a darle la mano, como no confiaba mucho en él no lo hizo.

Echándose hacia delante, Theodore le dio unos golpes en el hombro como si fueran viejos amigos.

—Gracias, caramba. Lo aprecio de veras. Si las fotos que le está haciendo a Callie salen bien, le contrataré para que realice las de nuestra boda. Le pagaré bien, no se preocupe.

—Me temo que, por el momento, no puedo aceptar más encargos.

Pero lo cierto era que, aunque no le quedase ni un mendrugo de pan que llevarse a la boca, lo último que haría sería fotografiar a Callie vestida de blanco del brazo de su «Teddy». No lo soportaría.

Sintiéndose indispuesto, se dio la vuelta para marcharse. Si aquel supuesto novio de Callie se interponía en su camino otra vez no dudaría en darle una paliza. Puede que lo que pensaba se le viera en la cara, porque lo cierto es que el otro hombre se apartó de su camino de inmediato. Mal, muy mal. Cuando estaba llegando a la calle, se le ocurrió pensar que pisotear al pobre «Teddy» le encantaría, sería una pequeña satisfacción pero, sí, satisfacción al fin y al cabo.

✳ ✳ ✳

Al dejar la casa de los Stonevale, a Callie le costó no ir dando saltos de alegría por la calle. La reunión había ido mucho mejor de lo que esperaba, el éxito estaba asegurado cuando al día siguiente viera a lord Salisbury. Millicent se quedaría de piedra. Deseosa de compartir las buenas noticias con su mentora, estuvo a punto de detenerse frente a una oficina de telégrafos pero la superstición hizo que abandonara la idea. No se debían contar los polluelos hasta que estos salieran del huevo. No había que tentar a la suerte. Aparte de supersticiones, había algo más que debía tener en cuenta, y era lo que le había enseñado la vida política: que siempre hay variables que no quedan a la vista y que pueden emerger en cualquier momento y alterar los acontecimientos a tu favor... o al de tu adversario. Era más prudente que se guardara las buenas noticias para sí, o por lo menos que no las divulgara a los cuatro vientos hasta que la victoria estuviera razonablemente asegurada.

Lottie, por supuesto, era un caso distinto. Confiaba plenamente en ella aunque, a decir verdad, la persona a quien más le apetecía ver era Hadrian. Después de haber pasado una noche en sus brazos, tenía la cabeza llena de fantasías juveniles que siempre habían estado ahí. Soñaba con verse algún día en una acogedora biblioteca como en la que había estado esa tarde, con sus mascotas alrededor, haciendo punto y rodeada de las fotografías de sus hijos y sus nietos.

Pero, por supuesto, una fantasía tan maravillosa era solo eso, pura fantasía, un sueño que nunca sería realidad. Que Hadrian hubiera llegado a su vida era un regalo, eso seguro, aunque no podía quedárselo, no era suyo. Lo mejor que podía hacer era disfrutar del tiempo que le dedicara y luego, cuando llegase el momento, dejarle partir con la mayor elegancia de que fuera capaz. Aun así, por Dios, todavía faltaba para eso. Mientras tanto, abrazaría la vida, a Hadrian y, con él, toda la felicidad que pudiera obtener.

De buen humor, entró en casa de su tía y se encontró con que Teddy la esperaba en la salita. Sintió cierta desilusión, no era justo, lo sabía, pero intentó disimular.

—Teddy, ¡qué agradable sorpresa! —exclamó.

Lottie, con una sonrisa forzada, se levantó del sillón que estaba cerca del fuego.

—Os dejo solos, chicos —dijo, y en su camino hacia la puerta le susurró a Callie—: Me quedaré en la cocina con Jenny por si necesitas mi ayuda.

Tan pronto como se quedaron solos, Teddy se volvió hacia ella.

—El maletín que compraste a principios de mes era para él, ¿verdad? —le preguntó.

Si Hadrian le hubiese hecho tal pregunta, mostrándose así de celoso, se había echado a sus pies. Pero no era él, sino Teddy, su querido amigo, sí, pero solo eso. Antes de responder, se recordó a sí misma que no le debía explicación alguna.

—Eso depende de a qué «él» te refieras.

—Lo sabes muy bien. Hadrian St. Claire. Estás enamorada de él, ¿verdad?

—¡Qué tontería!

Poniendo firmes aquellos hombros tan estrechos que tenía, Teddy dio otro sorbo al jerez. Mirando hacia el decantador, casi vacío, ella se preguntaba cuántas copas se habría tomado.

—Eso no es una explicación.

—No, ¿verdad? —le dijo ella levantando la barbilla—. No sabía que tuviera que darte ninguna.

Ambos se miraron a los ojos durante un buen rato y acto seguido él se encogió como un globo al que alguien va a clavar una aguja.

—Aunque él desapareciera de tu vida nunca te casarías conmigo, ¿verdad?

Viéndolo tan triste, rechazado, su enfado disminuyó.

—No, Teddy, me temo que no. Si he hecho o dicho algo que te haya dado falsas esperanzas, perdóname, lo siento mucho.

Y en verdad lo sentía. Se llamara como se llamase, amaba a Hadrian con todo su ser: su cuerpo, su mente y su alma. El hecho de que él no la correspondiera, y seguramente nunca lo haría, no cambiaría nada con Teddy.

Él se dejó caer sobre un sillón.

—No tanto como yo, querida amiga.

Callie dudó, no sabía si ponerle una mano en el hombro o si tocarlo en aquel instante le pondría las cosas todavía más difíciles. Finalmente pensó que lo último sería peor, así que se echó atrás y esperó. Como él no hizo más que esconder la cabeza entre las manos y no hablaba, no pudo soportarlo más.

—Escucha, Teddy, hemos sido amigos durante años. ¿Por qué no olvidamos este asunto de querer casarte conmigo y dejamos que todo vuelva a ser como antes?

Quitándose las manos de la cara, la miró con ojos llorosos.

—No, creo que eso no puede ser.

Esta vez sí lo tocó, no podía evitarlo.

—Oh, Teddy, ¿por qué no?

—Porque cuando te diga lo que acabo de hacer me odiarás para siempre.

—Jamás podría odiarte. Sea lo que sea que hayas hecho, no puede ser tan malo —le dijo, aunque no dejaba de sentir cierta ansiedad por dentro.

Él la miró con ojos tristes.

—Yo no estaría tan seguro de eso, no, no lo estaría.

※ ※ ※

De vuelta en su estudio, Hadrian no podía hacer otra cosa que dar vueltas de un lado para otro. ¡Callie iba a casarse con ese petimetre! Aunque lo intentaba, no se lo podía creer. En cualquier caso, ¿quién era él para decir nada al respecto? Nadie, lo sabía, y eso hacía que se sintiera mucho peor. Había insistido en que no era uno de esos que se casaban, que no tenían futuro juntos. Desde luego, ella no tenía ninguna obligación de darle explicación alguna.

De la misma forma que él no le había prometido nada, ella tampoco a él. Había sido un milagro que aceptase sus condiciones tan rápi-

do la noche anterior. Ya se había prometido con Teddy, el de los ojos transparentes y el bigote encerado. En ese caso, para ella aquello solo había sido una noche de pasión, la satisfacción de una necesidad antes de atarse a otro. O quizá era como todas aquellas damas de sociedad que había conocido durante años, a las que les gustaba tener el pastel y comérselo, pero que luego aparecían en sociedad con sus estirados y convencionales maridos mientras echaban a su amante a un lado. Igualmente, el había sido el peor de los hipócritas, pero el hecho de pensar que Callie lo veía como poco más que un amante a su servicio le hizo sentirse fatal. Sabía que no tenía ningún derecho de estar celoso, pero lo estaba.

¿Acabarían ambos como suele suceder, siendo dos barcos que navegan en la noche, él viéndola solo en los periódicos, cuando se publicara alguna noticia en la que se la nombrase o escribiéndose alguna que otra carta de vez en cuando? ¿O quizá ella acabaría por cambiar las cosas y dejar la vida pública para tener su propia familia cuando todavía estuviera a tiempo? La verdad es que le había gustado mucho verla jugando con aquellos chiquillos del barrio. Quizá se vieran de forma ocasional, cuando ella fuera con sus hijos a su estudio para que les hiciese unas fotos. Pensar esto último provocó que se pusiera a buscar su botella de ginebra. ¿No había sido él quien le había dicho que sería una madre maravillosa?

Entonces, ¿por qué se sentía tan vacío, casi enfermo?

El tintineo de la campanilla de la puerta de la tienda lo sacó de tan tétricas cavilaciones. Al levantar la vista vio que era Josiah Dandridge.

—¿Dónde diablos ha estado? He venido antes y en la puerta había colgado el cartel de cerrado.

—Su espía debe de estar en baja forma, Dandridge, porque de no ser así lo sabría, ¿verdad? En cualquier caso, está aquí y me ha ahorrado un paseo.

—Entonces tiene la fotografía, ¿verdad?

Durante la larga caminata desde la casa de Gavin para refrescarse las ideas había decidido que se tragaría el orgullo y aceptaría el prés-

tamo de Rourke. Desde luego, devolvérselo le costaría el trabajo de muchos años, quizá de la mayor parte de su vida, pero por lo menos se habría librado de las garras de Dandridge en lo que al dinero se refería.

—No habrá ninguna fotografía, ni ahora ni nunca. Rompo nuestro acuerdo. Dentro de unos días le devolveré su dinero. Hemos terminado.

En contra de lo que esperaba, Dandridge no se enfureció, sino que echó la cabeza hacia atrás y se rió.

—De eso nada, señor St. Claire... o ¿debo decir señor Stone?

Hadrian se quedó helado. Como si fuera una de las fotografías que tenía en el cuarto oscuro en proceso de revelado, se sintió frágil, desnudo, vulnerable. Se pasó una mano por el pelo, con los dedos fríos como la nieve.

Los finos labios de Dandridge, incoloros, parecieron dibujar una sonrisa.

—¿Le sorprende que sepa cuál es su verdadero nombre? No vaya a imaginarse ni por un instante, joven, que queda algo de la historia de su vida que yo no conozca al detalle. Dudo mucho que el hijo de una puta del East End, un antiguo ladronzuelo, vaya a encontrar muchos clientes que le permitan fotografiar a sus esposas y sus hijas.

La vulnerabilidad, el peor de sus miedos de adulto, le había atrapado. Se sentía extrañamente... tranquilo. Se encogió de hombros.

—Ya veré —le dijo.

Dandridge frunció el ceño.

—No sea estúpido. Haga esa foto y todavía tendrá un futuro brillante ante sí. Si no quiere quedarse en Londres, no hay razón para que no se traslade a París y se establezca allí. Ahora, sea buen chico y consígame esa fotografía.

«Sé un buen chico, un buen chico, un buen chico...».

Inesperadamente, las voces de su pasado volvieron a Hadrian con una claridad enorme.

«Aléjate de mi mamá, desgraciado.»

«Señor, J.D., por favor, se lo suplico. Es solo un niño.»

«Solo un niño, un niño, un niño...»

Como si fueran diapositivas proyectadas desde una linterna mágica, los pedazos de su fragmentada memoria volvían con rapidez a su mente: su madre, encogida de miedo en una esquina, el moratón que le había salido en su fina mejilla; su querida cámara estenopeica, la que él mismo había fabricado con una caja de cartón y desechos que había encontrado cerca del río, reducida a unos trozos de madera y a un cristal roto; la humillante sensación de que lo empujaran contra un colchón mientras reseguía el estampado rosa y beige del cubrecama con los dedos para llevarse la mente lejos de allí.

Josiah Dandridge. El malvado a quien solo había conocido como J.D.; el ricachón que era cliente habitual de *madame* Dottie y que le había tomado gusto a su madre. El mismo hombre que la había vencido y luego había destrozado su cámara mientras él trataba de usarla en su contra. El pederasta que le había robado la inocencia y le había enseñado lo malvado que alguien ya malo en sí podía llegar a ser.

Dio una vuelta alrededor del parlamentario, ahora encogido por los años.

—Por Dios, es usted. Siempre ha sido usted. Usted era J.D. Claro, ¡cómo no iba a saber cómo me llamo, desgraciado!

Hadrian se abalanzó sobre él, le agarró por el cuello y, propinándole un puñetazo en aquella nariz de patricio que tenía, descargó más de diez años de furia contenida. El viejo empezó a sangrar, había sido un golpe perfecto. Hadrian le dejó que se marchara. Dandridge cayó al suelo, ya no era el villano de su juventud sino un viejo artrítico que casi no podía caminar sin bastón.

Llevándose la mano a la nariz, que no dejaba de sangrar, levantó la vista hacia Hadrian, con los brazos cruzados y las piernas abiertas.

—No tienes ninguna prueba de eso, Stone. Es mi palabra contra la tuya, la palabra del hijo de una puta contra la de un distinguido miembro del Parlamento, un pilar de la sociedad. Nadie te creerá.

Durante unos segundos, Hadrian pensó seriamente en matar a aquel pervertido. De no haber sido por Callie lo habría hecho. Pero aunque había disfrutado golpeando a aquel desgraciado y haciéndolo sangrar, acabar con él no le hubiera servido de nada a Callie ni tampoco a él. Él hubiese acabado en la cárcel o quizá algo peor. ¿Cómo podría entonces protegerla a ella?

Controlando su ira, chasqueó los nudillos para impresionarle.

—Yo no estaría tan seguro de eso, Dandridge. Puede que tenga más pruebas de las que cree. Y escúcheme bien ahora: si vuelve a intentar hacer daño a Caledonia Rivers de la manera que sea, dedicaré hasta mi último suspiro a asegurarme de que lo lamente toda su vida, al igual que su querido hijo, Gerald —le dijo. Al oír aquellas palabras, el parlamentario se quedó blanco. Hadrian se aprovechó de esa ventaja para añadir—: Ah, sí, lo sé todo acerca de la ruptura de su compromiso. Parece ser que su familia lleva la brutalidad en la sangre.

Ahora que lo había asustado y dejado atónito, alargó la mano, lo agarró de uno de aquellos brazos delgaduchos que tenía y lo puso en pie. Arrastrándolo por la tienda, tanto como le habían arrastrado a él durante todos aquellos años, abrió la puerta y lo dejó tirado en la acera, arrojando también a la calle el bastón que llevaba.

—Aléjese de Caledonia Rivers, Dandridge. Váyase lejos, muy lejos.

Dio un buen portazo, que resonó entre el tintineo de la campanilla. Dando una vuelta a la llave, se sintió como si al cerrar aquella puerta hubiera dejado atrás el pasado y todo el dolor que este le había producido. Aunque el futuro era más que incierto, no tendría que preocuparse más por lo que había sido. Después de pasar quince años escondiéndose, Harry Stone era libre para vivir la vida. Sonriendo para sus adentros, pensó que no importaba que más pudiera sucederle, y solo con eso se sentía bien.

Capítulo 15

«Hablo por mí y digo que soy de la opinión de que las mujeres no tienen la voz que deberían tener a la hora de elegir a los representantes de este reino; pero les advierto que no hay nada que divida más a los partidos en estos momentos, y ni siquiera estoy seguro de estar expresando el sentir de la mayoría de miembros de mi propio partido.»

Robert Gascoyne-Cecil, marqués de Salisbury,
Discurso para la Primrose League, 1896

Para Callie, el encuentro con lord Salisbury había sido el motivo de que pasara muchas noches sin dormir. Ahora que el día de la reunión había llegado, estaba encantada de pensar que pronto dejaría el asunto resuelto. Mientras seguía a la secretaria de Salisbury por la gran escalinata del Foreign Office y luego a la izquierda para bajar de nuevo hacia el corredor del primer piso, con su techo en forma de bóveda de cañón y las paredes pintadas con estarcido, iba pensando en lo que Teddy la había confesado la noche anterior. Al principio se había enfadado por mentir acerca de su relación, pero la ira había dado paso a la calma, especialmente cuando él le había confesado entre lágrimas que, al igual que su ídolo, Oscar Wilde, era culpable de un tipo de amor que «no se puede nombrar». Había luchado contra su verdadera inclinación durante toda su vida, y en su desesperación había pensado que casarse con una mujer que era

también una amiga muy querida podría curarle. Cuando miraba atrás, sospechaba que siempre había sabido que su afecto no iba más allá de una mera amistad, y, desde luego, había sido un buen amigo para ella en muchos sentidos. Aunque tenía muchas ganas de salir a la calle e ir en busca de Hadrian para aclarar el malentendido, no podía dejar a Teddy en aquel estado. Ambos estuvieron charlando hasta tarde aquella noche y, por segunda vez, se saltó la cena. Si seguía así, pronto parecería una sílfide.

A pesar de lo poco que había dormido y comido últimamente, y de que sentía algún que otro pinchazo en el estómago, se sentía tranquila de camino al despacho del primer ministro. Mientras escuchaba sus propias pisadas sobre el suelo de mármol, se había dado cuenta de que eso le daba paz. La respuesta a aquella tranquilidad venía de una sola persona, Hadrian. Antes de que él llegara, la causa sufragista le había servido para darle un sentido a su vida; había comido, bebido y dormido solo para la causa.

Sin embargo, en el corto plazo de tres semanas, todo había cambiado. Tener algo, o alguien, en su vida que no tenía nada que ver con la política le había proporcionado una nueva perspectiva, un equilibrio, que solo al mirar atrás se daba cuenta ahora de que le había faltado durante los últimos diez años, o quizá durante toda su vida adulta. Gracias a Hadrian, había descubierto que en la vida había algo más que la lógica. Aunque seguía totalmente comprometida con la causa y pensaba esforzarse para convencer a Salisbury y que la apoyara, si la reunión de hoy no salía bien, si no lograba su objetivo, por lo menos tanto ella como otras delegadas habrían hecho todo lo que estaba en sus manos. Y podrían sentirse orgullosas.

La llamada de la secretaria en la puerta anticipó la voz que las invitaba a entrar. Callie contuvo el aliento. A pesar de su interés por la política exterior, por las posesiones británicas en África, Salisbury había roto la tradición de gobernar desde el 10 de Downing Street y lo hacía desde el Foreign Office. Así las cosas, algunas de sus palabras más recientes podían ser consideradas como de apoyo, aunque leve, a

la causa del sufragio femenino. Pero, después de todo, aquel hombre seguía siendo un político.

La puerta se abrió y dio paso a una estancia de techos altos decorados en color verde oliva, con remates rojos y dorados.

Lord Salisbury se levantó de detrás de un escritorio de caoba. Era un hombre de mediana edad, con la cara enmarcada por un puñado de cabellos blancos que recordaron a Callie la tonsura de un monje, y llevaba la barba canosa recortada. Aquellos ojos profundos que la contemplaban no le parecieron poco amigables, aunque sí cansados. Era normal, pues aparte de su labor como primer ministro se ocupaba personalmente de la cartera de Exteriores, con lo que tenía doble trabajo. Tenía los hombros un poco cargados y era de complexión fuerte, a pesar de lo cual su figura resultaba imponente cuando se trasladó a la parte delantera de su escritorio y se acercó a saludarla, indicándole que se sentara en alguna de las sillas de piel.

—Por favor, siéntese, señorita Rivers. Mi estimado colega, lord Stonevale, me ha hablado muy bien de usted. Después de todo lo que me han contado sobre su labor, estoy encantado de conocerla al fin.

Callie tomó asiento e inclinó ligeramente la cabeza para agradecer el cumplido.

—Ha sido usted muy amable, milord, al aceptar recibirme.

El hombre hizo un movimiento con la mano, como para quitarle importancia al hecho de haber aceptado la reunión.

—Aun así, entenderá lo difícil de mi posición, señorita Rivers. Como primer ministro no puedo arriesgar la mayoría parlamentaria de mi partido por una causa que, como usted sabe muy bien, algunas mujeres británicas no apoyan.

Durante los últimos diez años de lucha en la arena política, Callie había aprendido que había un tiempo para sonreír y asentir y un tiempo para ser audaz. Esta ocasión era del segundo tipo, había que actuar.

—Con el debido respeto, milord —empezó a decir, no sin antes respirar hondo—, creo que la principal obligación del gobierno es salvaguardar los derechos de todos sus súbditos, sin importar sus ideas políticas, su sexo... o sus circunstancias —añadió, pensando esta vez en mujeres como Iris Brown, para quienes su sexo era un obstáculo más que superar en su lucha por una vida mejor para sus hijos y para ellas.

Salisbury asintió.

—No obstante, siguen llegando a mis oídos informaciones que hablan de mujeres que hacen huelga de hambre, destrozan los escaparates de algunos comercios o incluso llegan a encadenarse en los barrotes de las vallas y, para que se marchen, la policía se ve obligada a utilizar sierras para cortar las cadenas. Este gobierno no puede apoyar la violencia, señorita Rivers. No podemos y no lo haremos, y no importa lo buena que sea la causa.

Además de ocuparse de la cartera de Asuntos Exteriores, Salisbury se había distinguido por lograr la unidad de las diversas facciones de los conservadores. Independientemente de la simpatía que pudiera despertar en él la causa sufragista, no estaba dispuesto a hacer nada que pudiera poner en peligro aquella unidad que tanto le había costado conseguir.

Estaba haciendo alusión a Emmeline Pankhurst, que junto a su marido, Richard, había fundado la Liga de Mujeres por el Sufragio un año antes. Con base en Manchester, la Liga salía a menudo en grandes titulares en las columnas de la prensa sensacionalista.

A sabiendas de que su respuesta podría determinar el resultado de aquella reunión, Callie tuvo mucho cuidado a la hora de contestar.

—En todo movimiento siempre pueden encontrarse extremistas, como bien sabe, milord, y, por desgracia, el que apoya el sufragio femenino no es una excepción. Dicho esto, permítame que le asegure que la violencia, tenga la forma que tenga, nunca ha estado ni estará presente entre las líderes de nuestra organización —dijo recordando que, justo el día antes, había afirmado lo mismo en casa de los Stonevale, y, desde luego, pensaba cumplirlo.

Salisbury empezó a golpetear con sus dedos, fuertes, cortos y regordetes, sobre la pulcrísima superficie de su escritorio.

—Como estoy seguro que ya sabrá, existe una preocupación considerable entre mis colegas, tanto liberales como conservadores, de que

permitir el voto a las mujeres haga que las votantes superen en número a los votantes. Por eso tengo que decirle que si el proyecto de ley actual fuera modificado, de modo que se diera derecho al voto a las mujeres de mayor edad, con propiedades, ya fueran suyas o recibidas de sus maridos, incrementaría las posibilidades de que fuera aprobado por la cámara —dijo levantando una de sus pobladas cejas y mirando a Callie, a la espera de su respuesta.

Ella no sabía qué decir. Unir el derecho al voto a la condición de propietaria siempre había sido un asunto complicado, algo sobre lo que no todas las organizaciones de la Unión Nacional de Sociedades para el Sufragio Femenino estaban de acuerdo. Aunque ella siempre había creído en el sufragio universal para ambos sexos, hasta hacía unas semanas había aceptado lo que dice el refrán, que es mejor algo que nada.

Sin embargo, al pensar de nuevo en Iris Brown y sus compañeras de la fábrica de cerillas su punto de vista había cambiado. ¿Es que acaso Iris tenía menos derecho a expresar sus opiniones políticas que ella misma, simplemente porque no poseía nada más que las ropas que llevaba? ¿Y qué pasaría con la hija de Iris, June? ¿Qué posibilidades tendría aquella niña y muchas otras como ella de tener un futuro mejor, privadas de voz y voto? ¿Podía trabajar únicamente para lograr el derecho al voto para las más privilegiadas mientras se consignaba a las más pobres a una vida de esclavitud?

—En conciencia, no puedo compartir esa postura —dijo, después de pensarlo durante unos instantes—. Hasta que el derecho al voto de la mujer no esté a la misma altura que el del hombre, no habrá justicia, solo diversos grados de tiranía.

—Es usted muy sincera, señorita Rivers, una cualidad estimable que pocos líderes demuestran tener en nuestros días. Si es capaz de reunir los apoyos necesarios para que su proyecto de ley llegue a votarse en la cámara, le prometo que, por lo menos, no haré nada en su contra.

✳ ✳ ✳

Aquella tarde, Hadrian cerró la puerta del cuarto oscuro donde había dejado la últimas fotografías de Callie secándose tendidas en una cuerda. Ahora que había bajado la guardia, Callie se mostraba encantadora y deslumbrante. Ahí estaba ella, con los ojos brillantes y la barbilla levantada, orgullosa, aquel primer día en que él la había provocado con sus palabras; o esa otra en que se la veía sola en el parque, de perfil, con los ojos llenos de melancolía al contemplar a unos niños jugando a la pelota. Estaba maravillado porque lo que había empezado como una artimaña para hundirla había terminado siendo un estudio fotográfico de primera, un material que bien podría emplearse para realizar una exposición. Pero las que más le gustaban eran los centenares de imágenes que se habían quedado grabadas en su mente, que solo estaban ahí: Callie, valiente y hermosa, de pie sobre aquella caja de madera frente a las puertas de la fábrica de cerillas, Callie corriendo junto a él en busca de un refugio por las calles del East End, y la última, aunque no por ello la menos importante: Callie con la cabeza apoyada en la almohada, mirándolo con los ojos muy abiertos, maravillada después de llegar al clímax.

Se quitó el mandil y miró hacia las escaleras que subían al piso de arriba, donde estaba su casa. Tenía que asearse e ir a casa de la tía de ella. Cuando llegara, ella ya estaría en casa o de camino a ella. No iba a posponer más lo inevitable. Tenía que contárselo. Con Dandridge se había tirado un farol, pues en realidad no tenía pruebas de sus fechorías pasadas. Y después de la última noche, y a pesar lo que había disfrutado humillando a aquel hombre, sabía muy bien que el parlamentario no se detendría hasta hundirlo completamente. Más pronto que tarde, Callie sabría, al igual que todo Londres, la historia de su sórdido pasado, quién y qué era en realidad. Lo mejor que podía hacer para redimirse de sus pecados, pasados y presentes, era contarle la verdad antes de que ella se enterase por otros.

Habría salido en su busca mucho antes, pero recordaba que hoy tenía la reunión con el primer ministro, la culminación de muchos sacrificios y de años de duro trabajo. No quería ponerla de mal humor antes de esa reunión contándole que se había puesto de acuerdo con Dandridge para engañarla y destrozar su reputación, lo que, a buen seguro, habría sucedido de haberlo hecho. Cuando le hubiera contado la verdad, se despediría de ella y saldría de su vida para siempre. Seguramente entonces estaría encantada de perderle de vista, y más ahora que ella estaba a punto de casarse con otro hombre.

Sin embargo, esos ojos tan conmovedores le perseguirían en sueños durante mucho tiempo, quizá por siempre, porque... En fin, porque estaba enamorado de ella.

Irónicamente, el encuentro con su novio había sido lo que le había llevado a aceptar sus propios sentimientos. Lo habitual en él era no hablar de absolutos, ni morales ni de ningún otro tipo. Decir «te quiero» era una locura, simple y llanamente; y añadir a eso un «para siempre», le habría llevado a pensar que no se merecía otra cosa que ir al infierno. Pero... eso era lo que creía antes. La había perdido, y aun así no podía evitar sentir lo que sentía, de la misma forma que debía aceptar el color que tenía de ojos o la anchura de sus hombros.

La cola de *Dinah* restregándose contra sus pantalones le hizo mirar hacia abajo. La gata le seguía por la habitación. Los ojos verdes del animal enfocaron a los suyos y abrió la boca para maullar, lo que le recordó que, a pesar de que su vida se estaba derrumbando, todavía había que cenar. Se agachó para acariciarla por debajo del morro.

—Está bien, *Dinah*, ¿qué te parecería vivir en París? O en Venecia... ¿Te gustaría?

Desde lo alto de las escaleras oyó una voz de mujer.

—Pues yo prefiero Londres, la verdad.

¿Callie? Con el corazón latiéndole a toda prisa subió escaleras arriba, saltando los peldaños de dos en dos hasta la puerta de su casa. Entró y vio que el lugar estaba iluminado por la suave luz de un candelabro.

Ataviada con un salto de cama de seda, con el cabello suelto cayéndole por encima de los hombros, Callie salió de entre las sombras.

—No estarás planeando irte de vacaciones dentro de poco, ¿verdad, señor St. Claire?

El corazón de él casi deja de latir en aquel instante, pero al contemplar su sonrisa volvió a ponerse en marcha. Todavía no había descubierto la realidad, pues, si lo hubiera hecho, no habría venido así.

Ella recorrió la distancia que los separaba y le rodeó el cuello con los brazos, tirando de él para darle un beso apasionado que hizo que aquella habitación diera vueltas a su alrededor.

—¿Hay alguna posibilidad de que pueda tentarte para que vengas a un picnic en casa, señor St. Claire? —le susurró con los labios pegados a los suyos.

Él miró por encima del hombro de ella y vio una botella de champán entre cubitos de hielo y un juego de cestos de mimbre en la mesa, con velas y todo lo necesario para hacer de aquella una velada íntima.

Oh, ya lo creo que había posibilidades de que lo tentara, y de muchas más maneras de las que le gustaba admitir. Ya se había excitado y, por lo cerca que estaba de él, seguro que ella podía notarlo. Sin embargo, al recordar la sonrisa satisfecha de Teddy se apartó de ella.

—Eso dependerá de lo que diría tu novio si supiera que estás aquí... —le dijo.

Él esperaba sorprenderla con aquellas palabras y, en cambio, lo único que logró fue que Callie le sonriese con dulzura y asintiera con la cabeza.

—Como no tengo ningún novio, solo un amigo muy querido, aunque bastante desesperado, me interesa mucho más lo que tú tengas que decir —repuso ella, mientras le acariciaba los brazos y subía las manos hasta posarlas sobre sus bíceps.

Callie le explicó brevemente lo que había sucedido con la treta de su amigo. Hadrian se sintió incómodo al pensar que se había dejado engañar con tanta facilidad y que enseguida había pensado lo peor de ella cuando, en realidad, estaba siendo él quien mentía, así que solo pudo asentir con la cabeza.

—Soy un perfecto idiota. Debería haberme dado cuenta.

—¿Te pusiste muy celoso? —le preguntó Callie, levantando la cabeza para mirarlo con ojos oscuros y seductores.

—Muchísimo.

Aunque se había prometido al entrar en la habitación y verla que se mantendría fuerte y no sucumbiría a sus encantos, era un hombre y no podía resistirse. La acercó más hacia sí y deslizó las manos por la suave seda que la cubría hasta la cintura. Abrazándola todavía con más fuerza, su erección presionaba contra el ombligo de ella.

—Si fuera mejor persona no estaría encantado con esto, pero lo estoy. Y mucho.

Ella lo abrazó por la cintura. Ya no sentía los reparos de noches anteriores, así que deslizó sus ansiosos dedos hasta su camisa y empezó a desabrochársela.

—Callie, espera —le dijo él, sujetándola por las muñecas y colocándole las manos a los lados. Entonces la liberó y la miró a los ojos para añadir—: ¿Recuerdas la otra noche, cuando te conté que al regresar a Londres me cambié de nombre?

—Sí —contestó ella, asintiendo con la cabeza mientras seguía desabrochándole los botones de la camisa y contemplando el torso masculino que se abría ante ella.

—Callie, espera. Nunca he encontrado la ocasión de contarte por qué lo hice.

—No me importa. Eso forma parte del pasado. No tienes que darme explicaciones —dijo Callie, acompañando cada frase con un asentimiento de cabeza y haciéndole pensar que no sabía cuál de ellos dos era más difícil de convencer.

—Pero sí que importa, Callie. Pensé que cambiarme el nombre me permitiría empezar otra vez, tener una nueva vida.

Cuando se disponía a seguir hablando, ella terminó de desabotonarle la camisa y le lamió los pezones.

—Hummm... —murmuró contra aquella carne sensible.

Hacer lo que debía, ser noble, en aquella situación, con aquellos labios rozándole la piel, con aquella lengua que lo lamía, se le hacía demasiado difícil.

Callie apartó la boca de él para mirarlo y sonreír, con la barbilla apoyada en su pecho.

—Ya tendremos tiempo después para hablar. De momento, llévame a la cama o, mejor aún...

Ella lo cubría de besos por todas partes: en la boca, en la mandíbula, en el cuello... mientras él iba retrocediendo por la habitación hasta que topó con una pared. Callie deslizó una mano entre ambos y empezó a desabrocharle los botones de la braguera. Sin necesidad de mirar hacia abajo, Hadrian sabía que su erección apretaba contra aquellos botones hasta el punto de casi hacerlos saltar. Antes de que eso sucediera, ella ya los había desabrochado y rodeaba su miembro con su mano.

—Eres hermoso, en esta parte de tu cuerpo y en todo lo demás —le susurró, levantando la cara para besarle mientras le acariciaba la punta humedecida con el pulgar—. ¿Te gusta así?

—Sí, sí —dijo él, reprimiendo un gruñido.

—Entonces, ¿lo estoy haciendo bien? —preguntó ella, mirándolo de nuevo con aquella sonrisa pícara que le dejaba claro que sabía muy bien lo que estaba haciendo con él.

—Sí, pero la palabra «bien» no es la que me viene a la cabeza ahora mismo. Yo diría mejor «exquisitamente», pero si sigues así creo que no tardaré mucho en perder el control—le dijo, entre gemidos de éxtasis y casi riéndose.

—De eso se trata, ¿no es así?

—Todavía no. No si antes quiero darte placer a ti también.

—Pero ya lo haces. Me da placer mirarte, tocarte como lo estoy haciendo. No he podido pensar en otra cosa desde ayer. Casi no podía concentrarme en lo que Salisbury me decía, solo podía pensar en que, en cuanto terminara, vendría aquí y podría estar contigo.

Ella lo soltó, aunque solo durante unos segundos. Los necesarios para agacharse. Hadrian contuvo el aliento mientras ella introducía su pene en la cálida humedad de su boca.

Al mirar hacia abajo y verla, con su cabello echado a un lado dejando visible el arco que forman la mandíbula y la garganta, pensó que se correría de inmediato.

—Callie, no tienes que hacerlo.

Ella se detuvo para levantar la vista y mirarlo con los ojos casi cerrados, llena de sensualidad.

—Ya sé que no tengo que hacerlo, pero quiero hacerlo. ¿Es que te cuesta tanto creerlo?

Él quiso responder, sin embargo los labios le resbalaban y no sabía qué decir, si sí o si no.

—Hummm..., sabes muy bien, delicioso —le dijo Callie cerrando los ojos.

Al principio lo hacía con algo de torpeza, pensando en sus modales, a su manera. Aparte de animarla un par de veces, Hadrian se negó a decirle lo que tenía que hacer. En lugar de eso, apretó la espalda contra la pared y le sujetó los cabellos para que no le cayeran en los ojos. Entre los gemidos de placer y dolor, se puso a pesar que aunque ya antes había practicado aquel tipo de sexo, al verlo en retrospectiva se sorprendía, pues nunca antes se había preocupado de ayudar a su compañera y sujetarle el pelo para que no le cayera en la cara. Ahora, la hermosa mujer que estaba a sus pies no era una cualquiera. Era Callie, su corazón. La mujer a la que amaba.

Cerca del clímax, supo que no podría aguantar mucho más. Fue como si Callie le hubiese leído el pensamiento. Entonces, se levantó y buscó un condón de los que él guardaba en la mesita de noche de su dormitorio. Al observar cómo se acercaba a él, con aquella preciosa boca dispuesta a besarlo, se dio cuenta de que los pezones de sus pechos perfectos se erguían y se marcaban en la seda del camisón que llevaba. Ya no podía aguantar mucho más.

Él se agachó y la atrajo hacia sí.

—Enrolla las piernas alrededor de mi cintura y aguanta.

Ella obedeció. Su camisón se abrió y dejó a la vista su piel opalescente, sus pechos y sus nalgas, coronadas por aquel triángulo de rizos oscuros húmedo y dispuesto a recibirlo.

—Eres preciosa —gimió él, levantándola hasta que sus miradas se cruzaron, con los pezones de ella a la altura de su pecho y su pene presionando contra su intimidad femenina.

Hadrian deslizó una mano entre ambos para comprobar cómo estaba ella. Lista para recibirlo, más que preparada, como esperaba. Con la espalda apoyada en la pared y las manos sujetándole el trasero, entró en ella de una estocada.

Con las manos sobre los hombros de él, ella echó la cabeza atrás y, al hacerlo, su precioso cabello negro le cayó por la espalda hasta rozar los brazos de él.

—Hadrian, Harry, no me importa cómo te llames en realidad. Te quiero. ¡Te quiero! —Apretando las nalgas, se balanceó hacia delante sin vergüenza, ambos arrastrados por la pasión del momento.

Era demasiado perfecto, ella era demasiado perfecta. Los dos empujaron y, aunque Hadrian había estado con tantas mujeres que ya no recordaba el número, nunca antes se había sentido tan en sintonía con alguien, sin necesidad de hablar, siguiendo un ritmo sin par. Perdido en un mar de sensaciones, casi no podía dar crédito a las palabras de cariño que salían de su boca: «Eres preciosa», «Dios, qué bien me haces sentir así, rodeando mi cuerpo» y «Callie, no sabía que esto podía ser así». De pronto, hizo algo que nunca antes había hecho, algo que se creía incapaz de hacer. La miró a los ojos y se centró no en él o en ella sino en ambos, en lo bien que estaban juntos.

—¡Oh, Dios, Callie! —dijo él, que llegó al clímax tan deprisa y con tanta intensidad que le costó darse cuenta de que el sabor metálico que notaba en la boca era sangre.

✳ ✳ ✳

Echados, enredados el uno en el otro en la cama de Hadrian, casi no podían cubrirse con la sábana arrugada que se habían echado encima. Callie alargó una mano hacia el lado de la cama donde estaba Hadrian y con la yema de su pulgar le limpió una gota de sangre de los labios.

—¿Mejor así?

—Sí, mucho mejor —dijo él para, acto seguido, llevarse la mano de ella a la boca, besarle la palma y dejarla de nuevo sobre su pecho, en

el lado izquierdo, donde está el corazón. Mientras, ella seguía haciendo dibujos imaginarios con la otra mano sobre el bíceps de él. Incluso ahora, después de caer rendidos tras haber alcanzado el clímax, ella parecía no tener bastante.

Callie levantó la cabeza de la almohada apoyándose en el codo; tenía que asegurarse de algo.

—No estarás cansado de que te toque, ¿verdad?

A pesar de que él tenía media cara enterrada en la almohada, ella pudo percibir la curva de su soñolienta sonrisa.

—Nunca me cansaré de que me toques, ni en un millón de años.

Aunque eso no era un «te quiero», empezar con un millón de años resultaba bastante prometedor.

—Bien, me encanta. No creo que me canse nunca de tocarte.

Sonriente, lo besó por detrás del cuello y se acercó más a él, satisfecha. No habían hablado de amor, un sentimiento que él tenía que transformar en palabras todavía, pero, aun así, solo con la esperanza de cómo sería cuando lo hiciera se sentía plena, imaginando las miradas ardientes entre ambos, la misma que le dirigía él cada vez que se encontraban en la puerta, la ternura de sus manos cuando la acariciaba entre las piernas y llegaba con un dedo hasta su interior para moverlo a continuación suavemente, el modo en que decía «Callie» una y otra vez hasta que se corría.

Bajo la luz de las velas su piel brillaba como el mármol. Tenía los huesos más cerca de la piel que ella, el cuerpo reducido a su esencia. Sin ganas ni necesidad de resistirse, ella deslizó una mano por la espalda de él, trazando una «V» allí donde se unían sus hombros y dejaban a la vista una onda de piel cálida y tensa bajo sus dedos, la luz y las sombras. Tras depositar un cálido beso en el hombro de Hadrian, siguió hacia abajo hasta llegar a la sábana, que solo le cubría hasta la altura de la cintura. Bajo esta quedaban su firme trasero, las nalgas y unas piernas como las de un atleta. No le sobraba ni le faltaba nada, su cuerpo era perfecto, delgado pero fuerte y fibroso. Más que perfecto. Era como el *David* de Miguel Ángel.

—Eres tan hermoso. Podría pasarme el día mirándote —le dijo, poniendo en palabras lo que pensaba.

Mirando hacia atrás por encima de uno de sus anchos hombros, él sonrió perezoso, de una manera que siempre hacía que ella se enfadara... aunque ya no era así.

—¿Solo mirándome?

Aquella sonrisa y el hecho de verla reflejada en los ojos de él hicieron que Callie deslizara una mano por su frente masculina y bajo las sábanas. Tal y como sospechaba, estaba duro como una roca y a la vez era suave como el terciopelo, preparado para ella.

En respuesta, ella se sentía cada vez más húmeda.

—He oído decir que una mujer puede recibir a un hombre en su interior por tres sitios. Pero nosotros siempre lo hemos hecho por el mismo —se le ocurrió decir.

Sujetándole la mano, se volvió hacia ella.

—Callie, ¿de qué estás hablando?

Luchando contra su antigua timidez, ella forzó una sonrisa.

—La otra noche cuando me metiste el dedo por detrás... me gustó. No sé por qué.

Él miró hacia abajo, bajo las sábanas, donde ella seguía teniendo la mano alrededor de su erección.

—El pene es mucho más grueso que un dedo, Callie. Aunque te pusiera algún tipo de crema para hacerlo más fácil te haría daño.

Parecía tan serio, tan preocupado, que ella quiso consolarle acariciándole la frente con el pulgar.

—No me importa. Quiero estar contigo, Hadrian, de todas las maneras posibles.

En el cajón donde guardaba los condones tenía también un tarro de crema lubricante. Hadrian alcanzó el envase de cristal color cobalto y desenroscó la tapa.

Metió dos dedos en la crema y se volvió hacia ella.

—Empecemos con un masaje, ¿de acuerdo? —le dijo poniendo las manos sobre sus hombros y empezando por el cuello—. ¿Sabes una

cosa? Me gusta tu cuerpo, todo él, desde tus pechos hasta tu intimidad —añadió mientras deslizaba la mano desde la columna hasta la nalga, que empezó a masajear.

Callie se puso tensa y él se dio cuenta.

—Tienes un trasero precioso, Callie, voluptuoso, lleno. Estoy deseando clavarme en él. ¿Sabes por qué?

Ella se volvió hacia él.

—¿Porque te gustan las mujeres que lo tienen grande?

—Bueno, solo en parte. Me gustas. En cuanto a tu trasero, hay una deliciosa hendidura, justo aquí —le dijo trazando una curva allí donde una nalga se unía a la otra, al tiempo que empleaba la punta del dedo para acariciarla ahí.

Callie tembló.

Él repitió la caricia.

—¿Sabías que cuando te toco ahí, justo ahí, tiemblas?

No le sorprendía. De hecho, no importaba donde la tocara, el resultado era siempre el mismo. Pero especialmente ahí donde nadie antes, ni siquiera ella, había explorado.

—Eres tan hermosa —le susurró separándole los glúteos. Sensibilizada por la crema, sintió cierto frescor en la parte de atrás. Entonces, oh, Dios, notó cómo su respiración le acariciaba la espalda. Ella tembló, todo su cuerpo estaba en tensión, preparada para que él entrara en ella, deseándolo, haciéndole olvidar el miedo a que la hiriera o incluso la sensación de saciedad.

Estaba tan relajada que casi no se dio cuenta cuando le metió el dedo dentro. De forma instintiva, se deslizó sobre las rodillas, empujando contra el dedo invasor, deseando que fuera más largo, más grueso, que le metiera todos los dedos si podía y, cuanto antes, mejor.

A su espalda, sentía el calor del aliento de Hadrian.

—¿Más?

Entonces la sujetó de la cintura y la atrajo hacia sí, de modo que pudiera sentir el calor y la fuerza de su erección empujando contra ella, reclamándola para sí.

—Más —dijo ella, respirando con fuerza. Y, para que él no dudara, empujó la cadera hacia atrás para que su dedo entrara con mayor facilidad.

—¿Quieres probar con dos dedos?

Al meterle el segundo dedo sintió un ligero y contundente dolor, que no era dolor en realidad y que después se convirtió en algo maravilloso, que se movía dentro de ella y se abría, como si fueran unas tijeras. Imaginó que él debía de haber echado ahí más crema lubricante con la otra mano, que ahora empleaba para masajearla entre sus nalgas húmedas.

Entonces le dio un mordisquito suave en una oreja, que no le dolió pero sí logró llamar su atención.

—¿Quieres que me detenga?

Que ahora le arrebatasen su premio después de haber llegado tan lejos era algo que a ella no le apetecía nada. Unas gotas de sudor le corrieron por el cuello, se arqueó hacia atrás y se agarró con fuerza a los barrotes de metal de la cama.

—No... oh, no, por favor.

Él la agarró por las caderas con firmeza y entró en ella, no de golpe como había hecho antes, sino poco a poco, con cuidado, despacio. Había hecho bien en advertirle que eso dolería pero de alguna forma el dolor hizo que otras sensaciones despertaran a la vez: el olor de su sudor mezclado; la ropa de cama agradablemente tiesa bajo sus rodillas; el deslizarse de una piel contra la otra. Y, por encima de todo, estaba la increíble sensación de que, por primera vez, se sentía bella en cada parte de su cuerpo.

—Dios, eres maravillosa —le dijo él en voz baja al oído.

Hadrian deslizó una mano hasta el pecho y se lo acarició, disfrutando de su volumen, tirándole de los pezones doloridos y luego excitándola con el pulgar y el índice hasta que ella creyó que gritaría de placer.

—Oh, Hadrian, yo...

Él bajó la mano de los pechos hasta su pubis. Más dedos, otra vez, dos, que introdujo en ella haciendo que se relajara, que disfrutara.

Hadrian la penetraba doblemente, por delante y por detrás, sus sentidos le pedían alivio. Casi no podía hacer más que murmurar frases entrecortadas: «Por favor», «Mi señor»... aunque casi siempre su nombre o, por lo menos, el nombre con el que ella le conocía, «Hadrian», una y otra vez. El placer crecía, aumentaba con cada palabra murmurada.

Él agachó la cabeza y le mordisqueó la nuca.

—Grita si quieres. Nadie puede oírte salvo yo.

Capítulo 16

«Las heridas que podría haber curado el dolor humano e inteligente, y, sin embargo, nunca quise desempeñar un papel tan ingrato.
El mal consecuencia de la falta de pensamiento, como de la necesidad de corazón.»

Mary Lee, *South Australia Register*,
2 de abril de 1890

El apetito les hizo rebuscar entre la comida que había en la casa. En el piso de abajo, las persianas seguían bajadas y el letrero de cerrado colgado en la puerta. Confiada en su aislamiento con respecto al mundo exterior, Callie vagaba por el estudio en camisón y con los pololos hasta las rodillas, bebiendo champán en un tarro de mermelada vacío mientras examinaba los trabajos que ya había visto varias veces, aunque ahora lo hacía con otros ojos. Con los ojos abiertos a la pasión.

—Señorita Rivers, es que nadie te ha dicho que últimamente pareces una fotografía.

Ella se retiró de la fotografía sobre platino que estaba contemplando, unos desnudos, para ver a un Hadrian sonriente de ojos cálidos que bajaba las escaleras con una bandeja de pan, fruta y queso. La boca se le hizo agua pero no por la comida. Despeinado, sin camisa y vistiendo sus pantalones con tirantes, que se había puesto a toda prisa, ella lo contemplaba como a un maravilloso macho semidesnudo de metro noventa; y, de momento, era completamente suyo.

Envalentonada, dio un paso hacia delante.

—En ese caso, hazme una.

—No he hecho otra cosa estas últimas semanas que fotografiarte.

Ella levantó su vaso y se lo acercó a los labios.

—No este tipo de fotos sino el otro, como este, un desnudo.

El último sorbo de champán se le atragantó al oír aquello.

—¿Quieres que te fotografíe desnuda? —le dijo levantándole la barbilla con una mano.

Oh, Dios, cuando creía que ya era inmune a la humillación, o por lo menos a una de este tipo, su antigua vergüenza volvió, ahora con más fuerza que antes. Ya no era una cuestión de orgullo, sino de corazón. Por primera vez en su vida estaba enamorada, de Hadrian. Aunque puede que él no le correspondiera, o no del todo, solo pensar que no le parecía bonita, que le había hecho el amor por aburrimiento o, peor aún, por caridad, era algo muy amargo y difícil de soportar.

Cruzó los brazos por encima de su pecho, que había olvidado cubrirse, y se retiró, buscando alguna manera digna de huir.

—No me hagas caso. Es solo una tontería que se me ha pasado por la cabeza. Por favor, olvida lo que he dicho.

Él dejó la bandeja sobre la mesa y se acercó a ella. Le puso las manos sobre los hombros y la miró a los ojos.

—No creo que vaya a olvidarlo y no ha sido ninguna tontería. Lo único que quiero que me expliques es a qué se debe este cambio de opinión, cuando hasta ahora me había costado hacer que te quitaras las gafas para posar. Y ahora quieres posar desnuda...

—Porque... —dijo ella, mirando de reojo la fotografía, tan perfecta, de aquella modelo. ¿Cómo se le habría ocurrido que podía competir con ella? Y más que competición, lo que buscaba era aprobación, que ella era bonita así; deseable, cierto, pero además alguien a quien valía la

pena amar—. Ya sé que no soy tan joven como ella ni estoy tan delgada ni soy tan bonita, pero estar contigo esta noche y la noche anterior ha hecho que me sienta...

No dijo más. Habría dado cualquier cosa por echarse atrás, pero Hadrian no se lo permitiría.

Él le sujetó la cara entre las manos, de forma que ella no pudiera mirar a nada más que a él.

—Oh, Callie, mi dulce y traviesa muchacha, ya deberías saber que para mí eres miles de veces más bonita de lo que esa modelo podría ser. Tienes un pecho que sería la envidia de cualquier cortesana y piernas de bailarina de revista. Lo único que quiero saber es... ¿por qué en este momento?

—Supongo que quiero tener un recuerdo de nosotros. Algo que pueda sacar del fondo del cajón después de que hayan pasado los años, cuando me haya convertido en una anciana de cabellos grises y una verdadera solterona.

«Cuando llegaste cambió mi vida.»

—Aunque tengas el pelo canoso, siempre serás hermosa.

—No hace falta que digas esas cosas para no herir mis sentimientos o por compasión.

Él respondió a aquellas palabras asistiendo feroz con la cabeza.

—No lo digo para no herir tus sentimientos, sino porque es la verdad, nada más —le espetó, acercándola hacia sí y acariciando su cuerpo con sus manos, grandes y a la vez sensibles—. Por Dios, Callie, ni te imaginas lo cierto que es.

Ella levantó una mano y le acarició la cara, algo que la confianza entre ambos le permitía hacer.

—En ese caso, hazme la foto, Hadrian. Hazlo como recuerdo de esta maravillosa noche que hemos pasado juntos, de cómo eran las cosas antes de que el mundo y su locura se interpusieran entre nosotros.

—¿Estás segura?

Ella no dudó.

—Confío en ti, Hadrian.

Hadrian respiró hondo, una inspiración larga que atravesó su garganta en toda su longitud.

—En ese caso, será un honor para mí fotografiarte.

✳ ✳ ✳

«Confío en ti, Hadrian.» La fe ciega que se desprendía de los ojos de Callie fue como si con una navaja de barbero le cortaran el corazón. Solo hacía poco más de un día que había roto su acuerdo con Dandridge y no creía merecer su confianza. A sabiendas de que este sería su regalo de despedida, Hadrian decidió que todo fuera perfecto, hasta el último detalle. Subió arriba su mejor cámara fotográfica y el trípode. Preparar el escenario para la sesión le llevó un buen rato: no dejaba de colocar cojines y echarpes de seda aquí y allá hasta que, al final, llegó a la conclusión de que un fondo sencillo sería lo más acertado. Una de las reglas de oro del retrato fotográfico es que cualquier decorado debe servir para destacar al sujeto, no para distraer la vista hacia otro lado. Verla como la veía ahora, tan bonita y tan libre, hizo que casi le doliera el corazón por lo que nunca podría ser y, al mismo tiempo, que se sintiera orgulloso por lo lejos que había llegado aquello en tan solo unas semanas.

Aun así, dejaría la estancia en una penumbra sutil, suave, para que ella se sintiera cómoda y para sacarle el mayor partido a sus curvas y su piel satinada. De acuerdo con ese planteamiento, empezó a apagar algunas lámparas de la estancia y a bajar la luz en el caso de otras, para conseguir que en la habitación reinara un ambiente cálido, como si fuese un resplandor entre tinieblas, y luego colocó un espejo a un lado para maximizar el reflejo de la luz. Mientras hacía todos estos preparativos, era plenamente consciente de que Callie le seguía atenta con la mirada.

Cuando por fin estuvo satisfecho con la composición, le hizo una seña a ella para que se colocara sobre el diván.

—Échate de forma que te sientas cómoda, como harías si yo no estuviera aquí.

Ella avanzó y se sentó con las piernas subidas al diván. Extendió un brazo a un lado, hizo una pausa y después enredó el otro sobre el respaldo. Cuando ya estuvo lista, Hadrian hizo los últimos retoques de la composición: le echó hacia atrás un mechón de cabello, colocó un echarpe de colores sobre el respaldo del mueble para lograr un mayor contraste, deslizó una camisola de seda por su hombro para destacar la perfecta curva de este y sus magníficos pechos. Entonces se apartó de ella, algo que no le apetecía nada hacer, para situarse detrás de la cámara y enfocar.

Ella lo miró con los ojos llenos de luz.

—¿Está todo bien?

Él sonrió.

—Yo diría que mejor que bien. Me encantaría que pudieras verte como te veo yo. Estás maravillosa.

En lugar de llevarle la contraria, como habría hecho tan solo un par de días atrás, ella le sonrió. Fue una sonrisa tan sincera que le conmovió. Con los ojos brillantes y la piel tan luminosa, lo miró a los ojos, al objetivo de la cámara, sin pizca de ansiedad o dudas. Y entonces ella hizo algo que él jamás habría esperado que hiciera y nunca se habría atrevido a pedirle: estiró la pierna izquierda ligeramente y deslizó un dedo en el interior de su intimidad.

Al deslizarse bajo la cortinilla de la cámara, Hadrian sintió como si el calor de la habitación hubiera subido unos cuantos grados. Tenía la boca seca y la frente le sudaba.

—¿De verdad quieres hacerlo? —preguntó.

En lugar de responder, ella empezó a mover el dedo en su interior, sacándolo y metiéndolo, una y otra vez. Incluso visto desde el objetivo de la cámara, y a pesar de que ella estaba apartada de él, Hadrian no podía dejar de percibir lo húmeda que estaba, lista para él, y lo segura que estaba de lo que hacía.

—¡Quieta! —gritó él, sintiendo el peso del deseo entre las piernas para, acto seguido, tirar del cordón del disparador.

❋ ❋ ❋

Su idilio, por dulce que fuera, no duraría siempre. Al levantarse tarde la mañana siguiente, Callie le dijo con pena que tenía que irse. La esperaban la marcha hasta el Parlamento y el proyecto de ley de sufragio universal, que se leería en la Cámara de los Comunes al día siguiente. Hadrian sabía que no podía ocultarle lo que tenía que contarle por más tiempo. Aunque no era un cobarde, esperó a que ambos estuvieran en la calesa, de camino a la calle de la Media Luna, antes de empezar con el discurso.

Para mantener la discreción, se sentaron en asientos enfrentados, aunque la necesidad que tenían de tocarse hacía que alargaran los brazos para hacerlo. Callie, con su dulce mirada, le apretó de una de sus manos enguantadas.

—Te agradezco que me acompañes a casa, pero ya sabes que no era necesario, de verdad.

Él tragó saliva para aligerar la tirantez que sentía en la garganta.

—Callie, tengo que decirte algo, algo que debería haberte dicho hace días, o mejor dicho hace semanas, pero que no he hecho porque no encontraba el momento oportuno ni las palabras adecuadas —dijo él.

Aquel tono tan serio le dio que pensar. Callie levantó la vista.

—Muy bien. Te escucho —repuso ella.

Hadrian dudó. ¿Cómo podía decirle a la mujer a quien amaba que había aceptado dinero para destruirla?

—¿Por qué no me contaste que el hombre con el que habías estado comprometida era Gerald Dandridge?

No era un modo de empezar muy elegante, pero por lo menos era una forma de hacerlo.

Ella dudó. Apartó la mano de la de él para recolocarse la manta que le cubría las piernas, que se le estaba cayendo.

—Por ninguna razón en particular. No he vuelto a pensar en su familia.

—Sin embargo, ellos no han dejado de pensar en ti, o por lo menos su padre, Josiah.

Ella frunció el ceño e hizo un aspaviento, como quitándole importancia a esa revelación.

—Josiah no es más que una vieja gloria, un conservador de la vieja escuela que cree que las mujeres, al igual que los niños, deberían ser vistos pero no ser escuchados. No tiene buena salud, así que dejará la política pronto y su escaño lo ocupará Gerald, aunque eso no es que vaya a suponer una gran mejora. En cualquier caso, es verdad que ha sido uno de los opositores más duros contra nuestra causa, aunque dudo mucho que haya algo personal tras dicha oposición.

—Al contrario, sí lo hay, Callie, algo muy personal. Incluso podría decirse que se trata de una *vendetta*.

Eso le llamó la atención.

—Pero, Hadrian, ¿qué estás diciendo?

Había llegado el momento de la verdad, así que se armó de valor antes de seguir hablando.

—Josiah Dandridge pasó por mi tienda hace tres semanas, pocas horas después de nuestro encuentro fortuito en Parliament Square —dijo alargando una mano para alcanzar las de ella y colocarlas entre las suyas—. Callie, tienes que entender que estaba desesperado, o mejor dicho al borde del abismo. Me metí en un lío, adquirí una deuda muy elevada jugando en un antro de Bow. El propietario envió a dos de sus secuaces para que me cobrasen, pero yo no tenía con qué pagar. Me las arreglé para conseguir una semana más de plazo aunque pasado ese tiempo volverían a por mí, y cuando lo hicieron querían cobrarse en sangre. Ya no sabía qué hacer cuando Dandridge se presentó.

Ella apartó las manos y se apoyó en el respaldo del asiento.

—¿Y qué tiene que ver todo eso conmigo?

—Dandridge te odia, Callie, personalmente porque difundiste a los cuatro vientos la ruptura de tu compromiso con su hijo y también políticamente por el poder que has demostrado al conseguir que el asunto del sufragio femenino llegase a ser un asunto que está en la primera línea de la conciencia pública. Quiere verte arruinada, avergon-

zada hasta el punto de que no te quede más remedio que retirarte de la vida pública para siempre. Sin embargo, para levantar un escándalo tal necesita pruebas, pruebas comprometedoras que pueda hacer llegar a la prensa de Fleet Street.

—Como por ejemplo una fotografía. ¿Es eso, no?

Ella se lo quedó mirando, más que horrorizada, helada... con la cara casi blanca.

Él asintió con la cabeza.

—Me ofreció cinco mil libras, una pequeña fortuna. Para ganármelas, todo lo que tenía que hacer era conseguir una fotografía comprometida de tu persona y entregársela antes de que tu proyecto de ley llegara al Parlamento. Me pagó para que te destruyera, para verte «vencida», como a él le gusta decir, y hasta hace pocos días yo estaba de acuerdo en seguir adelante con ese plan.

Ella se dio la vuelta y abrió la ventanilla de la calesa. Un aire helado entró en el interior. Callie sacó la cabeza y golpeó con los nudillos en el lado donde estaba el cochero.

—¡Deténgase! Que pare, le digo. ¡Pare!

—No puedo, señorita —dijo el hombre desde el pescante—. Hay mucho tráfico, discúlpeme.

—¡Haga lo que le digo! —exclamó ella, metiendo la cabeza dentro de la calesa y agarrándose a la tapicería de piel, dispuesta a levantarse.

Alarmado ante la idea de que ella pudiera bajar con el coche en marcha, Hadrian la agarró de una muñeca. Tiró de ella hacia atrás e hizo que se sentara.

—Callie, ¿qué diablos crees que estás haciendo?

Ella se liberó de sus manos como si él al tocarla la quemara.

—No te atrevas a ponerme la mano encima. Ni ahora ni nunca.

El cochero se detuvo a un lado de la calle. Hadrian echó un vistazo rápido afuera. Acababan de doblar la esquina de Regent Street, todavía estaban lejos de su destino final.

Se dio cuenta de que ella no dejaba de mirar el tirador de la puerta, se movió con rapidez y le impidió abrirla.

—No me has dejado acabar. Anteayer vi a Dandridge y le puse fin a nuestro acuerdo.

—¿De veras? Qué noble por tu parte. ¿Eso fue antes o después de que me follaras, señor Stone?

Hadrian creía que se había preparado lo suficiente para soportar su ira y hasta su odio, pero el resentimiento de su voz le hizo más daño de lo que esperaba.

Con las manos temblorosas, abrió su bolso y se puso a buscar en su interior. Mientras, el cochero empezaba a perder la paciencia.

—¿Baja o no? —gritó.

—No —dijo Hadrian, que, acto seguido, le susurró al oído a Callie—: No vas a ganar nada volviendo a casa a pie con el frío que hace y poniéndote enferma. Cálmate y deja que, por lo menos, te lleve a casa.

—Sí —gritó ella, haciendo caso omiso de las palabras de Hadrian.

Callie había abierto el bolso y tenía un fajo de billetes en la mano. Sin contarlos, se los tiró a la cara.

El hombre ni miró a los billetes esparcidos por todas partes, por su regazo, el asiento de piel, el suelo sucio.

—Callie, ¿qué te pasa? Yo pagaré al cochero, por el amor de Dios —dijo Hadrian tratando de devolverle el dinero, a lo que ella respondió con un movimiento de cabeza.

—No es para el cochero, sino para ti, para pagarte por los servicios que me prestaste anoche y el otro día. Si no es suficiente, envía la factura junto a las de los demás proveedores.

Aturdido tanto por su mirada como por sus palabras, esta vez, cuando ella puso la mano en el tirador de la portezuela para abrir, Hadrian no movió ni un solo dedo para detenerla.

✼ ✼ ✼

Después de que Callie se hubiera marchado, Hadrian no soportaba la idea de volver a su casa, ahora vacía, donde los signos de la noche que habían pasado juntos y los olores de su intimidad lo atormentarían. En

lugar de regresar, pidió al cochero que lo llevara a uno de los antiguos antros que solía visitar, una taberna de Mile End. Lo malo era que no habría suficiente ginebra en el mundo como para que se emborrachase y, lo peor, tampoco para acabar con el dolor que lo destrozaba por dentro. La última imagen de Callie, con los ojos llorosos y la boca temblorosa, le atormentaría por muchas copas que se tomara.

Se apeó de la calesa y empezó a caminar. Sin saber a dónde ir, acabó por llegar a la puerta de la antigua casa de madame Dottie, el burdel que una vez había llamado «su casa». Ahora que Sally dirigía el negocio, se sentía mejor allí. Aunque, en fin, aquellos espejos infames de dos caras seguían allí para aquellos a los que les gustaban ese tipo de cosas... pero por lo menos Sally se ocupaba de que sus chicas estuvieran bien alimentadas, vistiesen bien y visitaran al médico con cierta regularidad. Cualquiera de ellas que quisiera marcharse podía hacerlo sin temor a represalias.

Llamó a la puerta. Tres golpes secos, la vieja señal. Sally abrió, ataviada con un salto de cama de color melocotón y todavía con los bigudíes puestos.

—Pero bueno, Harry, ¡qué sorpresa!

Por su maquillaje y su aspecto, pudo advertir que aquella noche había mucho trabajo, así que dio un paso atrás para marcharse.

—No debería haber venido.

Ella lo miró de arriba abajo.

—¿Qué te sucede, cariño? Tienes un aspecto deplorable y apestas a ginebra.

Mirándola a los ojos, se dio cuenta de que no valía la pena disimular.

—Oh, Sally, creo que no hay nada en mi vida que vaya bien.

✹ ✹ ✹

Pasaron de largo el salón, con su sofá de terciopelo y sus sillas cubiertas de satén, y se dirigieron por el pasillo lleno de espejos hasta la cocina, su refugio cuando tan solo eran unos niños.

Sally preparó un par de tazas de café recién hecho, les añadió un montón de leche y azúcar y le dio una a Hadrian. Luego se sentó a la mesa frente a él.

—Vamos, suéltalo ya. Quiero saberlo todo.

Hadrian se puso a mirar su taza.

—No sé cómo empezar —admitió.

—Pues por el principio, por supuesto, y luego sigues hasta que llegues a la razón por la cual has venido aquí. Se trata de Callie, ¿verdad?

Él negó con la cabeza, no en señal de negación sino de derrota.

—Oh, Dios, Sally, lo he echado todo a perder. Ya no hay nada que pueda hacer para arreglar las cosas entre nosotros.

—¿Por qué no dejas que sea yo quien lo decida? Ya sabes que las mujeres solemos perdonar.

—Pero no será así esta vez. Si estuviera en su lugar, no me perdonaría por lo que he hecho.

—¿Tan malo es? Respira hondo y suéltalo.

Hadrian tomó un buen trago de café, que estaba muy caliente, y luego dejó la taza a un lado. Durante las últimas semanas se había estado moviendo en una red de mentiras y ahora no sabía por dónde empezar.

Antes de hacerlo, puso en orden sus pensamientos y empezó a contarle a Sally su primer encuentro con Callie en el parque, totalmente casual, la llegada poco después de los secuaces de Boyle y, finalmente, la visita de Dandridge y lo culpable que se sentía por haber aceptado su oferta, pues estaba en una situación desesperada.

Sin acordarse de que llevaba los bigudíes puestos, Callie se pasó una mano por el pelo.

—Pero, Harry, ¿por qué no viniste a verme antes? Tengo algunos ahorros, no llegarán a las cuatrocientas libras, pero habrían sido suficientes para sacarte de Londres durante algún tiempo y dejar que todo eso se olvidara.

—Mi amigo Rourke me ha dicho más o menos lo mismo. Lo que sucedía era que se había marchado al extranjero y no sabía cómo po-

nerme en contacto con él. En cuanto a Gavin, ya le he pedido tantos favores que no me atrevía a pedirle algo una vez más, y menos cuando he sido yo el culpable de que todo esto sucediera.

—Así que, en lugar de buscar ayuda entre tus amigos, aceptaste el trato de Dandridge y decidiste arruinar la vida de Caledonia, ¿no es así? Oh, Harry.

Dejó caer la cabeza.

—Lo sé, sí, lo sé. Cuando acepté el encargo de Dandridge pensé que podría hacerlo pero...

—Pero te has enamorado de ella, ¿no es cierto?

No había motivo para negarlo. Se pasó una mano por el pelo.

—Por Dios, Sally, daría mi vida por tener la oportunidad de hacer las cosas bien, de mantenerla a salvo... pero ya es demasiado tarde. Se lo he confesado todo y no quiere verme, nunca más. No puedo reprochárselo.

—Eso es lo que se dice cuando una se acalora con una conversación así. Dale tiempo. Volverá.

—Eso es lo único que no tengo. Ahora que Dandridge sabe que no voy a proporcionarle la fotografía que quería, solo es cuestión de tiempo que envíe a sus secuaces a por mí —dijo Hadrian levantando la vista de la taza para mirar a Sally—. Así que, ya ves, tendré que aceptar esa oferta que me has hecho de esconderme, por lo menos durante una temporada.

La mujer se quedó pensativa.

—Tengo algo para ti. Algo que hace mucho que quería darte. Pero nunca encontré la ocasión —musitó, bajando la cabeza.

—¿Qué es?

La mujer no respondió. Se levantó y le pidió que esperase.

—Está arriba, en mi habitación. Solo será un minuto.

Pero Hadrian no podía seguir ahí, sin hacer nada, así que se levantó y se puso a dar vueltas, con la cabeza en otra parte, recordando la escena que había tenido lugar en la calesa. No es que nunca le hubieran insultado o herido, le habían sucedido ambas cosas. Había nacido en un

burdel, era el hijo de una puta, y había sobrevivido sus primeros años como mendigo y ladronzuelo. Sin embargo, nunca se había sentido tan miserable como cuando Callie le había tirado el dinero a la cara y le había llamado Judas, traidor, desgraciado. No se lo reprochaba. Dejar que se marchara odiándole para siempre era lo mejor que podía hacer pero, aun así, una parte de él no quería abandonar del todo la esperanza, todavía no. Al fin y al cabo, le había dicho que le amaba y, aunque lo había hecho en mitad de la pasión, no creía que Callie pudiera decir algo así a la ligera. Solo Dios sabía que él deseaba haberle dicho lo mismo. «Te quiero.» Pero no era libre, no tenía derecho a hacerlo, así que se contuvo y, a cambio, le dio todo lo que su cuerpo podía ofrecerle.

Sumido en sus cavilaciones, no oyó a Sally cuando entró en la cocina hasta que esta se aclaró la garganta.

—Ten cuidado, no vayas a desgastar el suelo de dar tantas vueltas.

De pie en el umbral de la puerta, le tendió algo cuadrado envuelto en algodón y que olía a cedro.

—Este es mi regalo para Callie y para ti —le dijo. Hadrian empezó a desenvolverlo, hasta que ella le puso la mano en el brazo y añadió—: No, ahora no —añadió con una mirada triste—. Espera a estar a solas. O mejor, ábrelo con ella. Entonces sabrás qué hacer con ello.

—Sally, ¿seguro que todo va bien?

—Perfectamente, y ahora sigue con lo tuyo —le contestó, poniéndole una mano en el hombro y arrastrándolo hacia fuera.

Callie. Tenía que verla, aunque no sabía qué demonios le diría, y eso si tenía la oportunidad de hacerlo.

—Pero, Sally, ¿cómo puedo esperar que me perdone y mucho menos que vuelva a aceptarme?

Entonces su amiga le dedicó una de sus miradas largas y bondadosas.

—Mientras hay vida, hay esperanza. Si tienes suerte, lo hará hoy mismo, y si no mañana; si no es mañana, pasado mañana —dijo, dejando escapar una lágrima que resbaló por su mejilla llena de maquillaje y empolvada.

—Ámala, solo eso. Lo demás ya llegará.

Capítulo 17

«Rara vez, muy rara vez, llega la más absoluta verdad a pertenecer a ningún discurso humano. Rara vez puede pasar que no se enmascare algo o que no se equivoque algo.»

JANE AUSTEN, *Emma*, 1815

Desde que había dejado a Hadrian en la calesa y proseguido su camino a pie, Callie se había pasado la tarde entera llorando encerrada en su habitación. Por suerte, aquel manantial de lágrimas había cesado, al menos de momento. Levantó la cabeza de la almohada empapada, con el cuerpo todavía helado envuelto en una vieja colcha, se incorporó y se dirigió al salón, donde el decantador lleno de jerez la llamaba como una sirena a un marino perdido en el mar. Ya se había tomado tres copas... ¿o habían sido cuatro?

Fue en ese estado lamentable, a medio camino entre la tristeza y la intoxicación etílica, cómo Lottie se la encontró más tarde. Su tía llevaba un precioso vestido de lana rosa digno de una princesa cuando entró en la estancia.

—Oh, cariño, ahí estás. Al ver que no regresabas anoche para la cena estuve un poco preocupada, debo admitirlo, pero confieso que luego me imaginé adónde habías ido.

El que hablara de confesiones hizo que Callie se echara a llorar una vez más. Mirando hacia otro lado, la joven se alegró de poder asentir en silencio, sin decir palabra.

Lottie se acercó un poco más a su sobrina.

—¿Cómo ha ido la reunión con el parlamentario?

Con la mirada en el fuego de la chimenea para evitar que su tía viera cómo lloraba, Callie trató de mantener un tono de voz normal.

—Mejor de lo que esperaba —respondió—. El respaldo de lord Stonevale ha sido sincero y su opinión a nuestro favor ha servido para que la del parlamentario se incline a nuestro favor —dijo aclarándose la garganta, puesto que la voz se le había puesto un poco ronca de tanto llorar—. Creo que Salisbury nos apoyará, aunque antes de dar su opinión públicamente esperará a ver en qué dirección sopla el viento y por qué postura se inclinan los suyos.

Lottie se arrellanó en el sofá en que antes estaba Callie. Sacó las manos del manguito que llevaba y lo dejó a un lado.

—Pero si son unas noticias excelentes. ¿Por qué entonces esa cara tan larga?

A sabiendas de que intentar ocultarle a su tía lo que le pasaba no le serviría de nada, dejó la copa de jerez sobre la mesita abatible y se volvió para enfrentarse a la mirada de preocupación de Lottie.

—Oh, tía, he sido una tonta. Y yo que creía que él sentía algo por mí, que quizá llegaría a amarme a su manera, aunque solo fuera un poquito.

—¿Lord Salisbury?

—No, tía, Hadrian, o quizá debería decir Harry Stone, si quieres saberlo.

Lottie levantó las cejas.

—¿Quién es Harry Stone?

Callie movió la cabeza. Aquello era peor que un dolor de muelas.

—Hadrian St. Claire, el fotógrafo. Así es como se llama en realidad. Oh, tía, esto es un lío.

La anciana se deslizó sobre el cojín que estaba a su lado y abrazó a su sobrina.

—Si queremos solucionarlo, lo mejor será que empieces a contarme toda la historia desde el principio.

La compasión reflejada en la cara de su tía hizo que, una vez más, rompiera a llorar.

—En honor a la verdad, lo cierto es que ni yo misma lo entiendo —le dijo Callie, tapándose la cara con las manos.

Su tía la acercó más hacia sí y le dio unos golpecitos en la espalda.

—Vamos, vamos, cariño. Si hay algo que puedo ofrecerte es mi tiempo.

❋ ❋ ❋

Hadrian tenía la sensación de que el tiempo era algo esencial, así que salió de casa de Sally y tomó una calesa en dirección a Westminster, donde tenía la intención de afeitarse a toda prisa y cambiarse antes de presentarse en casa de las Rivers y rogarles a ambas que le perdonaran. Aunque la esperanza de que Callie le aceptara de nuevo era muy escasa, por no decir que no la había, como Sally le había dicho, la esperanza es lo último que se pierde. Pero al introducir la llave en la cerradura de la puerta de su tienda esta se abrió sin más.

Con la sangre casi helada, entró y se mantuvo alerta. Con solo echar una mirada rápida vio que le habían destrozado el mostrador de cristal, dado la vuelta a su mesa de trabajo, tirado las sillas por ahí y las fotografías que tenía enmarcadas estaban fuera de los marcos, destrozadas. ¡Maldita sea!

Los cristales rotos crujían con cada pisada. Subió las escaleras. Al igual que su estudio, el apartamento donde vivía estaba abierto y todo se veía desordenado. *Dinah* no aparecía y eso le preocupó. Por mucho que se lo mereciese, la idea de que otro inocente hubiera sufrido por su culpa era más de lo que podía soportar. Temiéndose lo peor, empezó a llamarla. Después de unos minutos, oyó un maullido que llegaba desde las inmediaciones de la despensa. Aliviado, se puso a cuatro patas para buscarla y la encontró temblando, escondida pero sana y salva al fin y al cabo. Empezó a hablarle para tranquilizarla antes de seguir contemplando el desastre que le rodeaba. También habían abierto la puerta del cuarto oscuro. Por norma general, eso habría significado que las fotografías que allí había se echaran a perder, pero lo cierto era que la única fotografía que había hecho en las últimas veinticuatro horas era el desnudo de Callie. Deseoso de ver cómo había quedado, la había revelado antes de que ambos volvieran a la cama.

¡Callie! Con el corazón en la boca, dejó a *Dinah* en el suelo y se apresuró a entrar en el cuarto oscuro. Una búsqueda rápida confirmó que se lo habían llevado todo. Sin querer aceptar lo que aquello significaba, buscó por todos los rincones, no una sino varias veces, hasta que no le quedó la menor duda de lo que había sucedido. El intruso se había llevado la foto de Callie desnuda.

¡Dandridge! Durante unos minutos se quedó frente al armario de la habitación, en el centro, y se pasó una mano por los cabellos, empapados de sudor. El parlamentario debía de haber encargado a alguien que pusiera patas arriba su apartamento. Si esa persona había encontrado la fotografía por casualidad o porque era lo que buscaba no importaba demasiado en este momento. Hadrian, después de todo, había cumplido con su papel de Judas y le había servido a Callie a su enemigo en bandeja de plata.

Aturdido, regresó a la habitación principal. Alguien había destrozado la tapicería de su diván y había huido. Sentado en medio de todo aquel destrozo, se puso a pensar en qué hacer. ¿Llamar a la policía? No, si antes no le creían, ¿por qué iban a tener en cuenta ahora sus palabras cuando había aceptado colaborar con Dandridge? Incluso aunque se produjera el milagro y lo hicieran, tendría que admitir que aquella fotografía de Callie existía. Y eso era algo que jamás haría.

Solo había algo que sí podía hacer. Y en este caso era utilizar las viejas habilidades de Harry Stone y olvidarse de Hadrian St. Claire. Si Dandridge había ordenado que robaran la fotografía, lo único que tenía que hacer era quitársela. En su día había sido muy hábil como ladrón y, aunque llevarse una billetera no era lo mismo que entrar en un

casa para robar, la destreza que necesitaba para hacerlo era la misma. Además, si le atrapaban, ¿qué le importaba a él lo que pudiera sucederle? Llegado a este punto, no tenía nada que perder. Dandridge así lo había hecho y le había dejado más pelado que un árbol en invierno. Llamarse Hadrian St. Claire o Harry Stone era algo que ya no le importaba lo más mínimo. En ambos casos ero un hombre sin perspectivas, sin futuro, lo que le convertía en alguien muy peligroso.

※ ※ ※

—Por los clavos de Cristo, vamos, mueve ficha. ¿Por qué no hacerlo? Así saldremos los dos de esta situación. Ya me he llevado tu reina y estoy a punto de hacerte jaque mate. No te queda nada que perder.

Con el índice flotando por encima del tablero de ajedrez de ónix, Gavin levantó la vista de la jugada para mirar el ceño fruncido de Rourke.

—Me he distraído pensando en Harry —admitió—. No es que me importe cómo le vi el otro día. Creo que esta vez se lo habrá metido en la cabeza.

Estaban en el Garrick, el club de Gavin, tomándose unas copas de Madeira en la sala de juegos. Las paredes de la estancia estaban revocadas con yeso y decoradas con retratos de dramaturgos y otras figuras destacadas de los escenarios, antiguas y actuales. Algunos otros caballeros habían ido para jugar a las cartas y charlar tranquilamente; de no haber sido así, el club se habría quedado prácticamente vacio pasada la hora de la cena.

Rourke no perdía de vista el dedo de Gavin, que llevaba diez minutos pensando y seguía sin mover ficha.

—Bueno, Harry es como un gato, tiene siete vidas. No es la primera vez que se mete en un lío. También saldrá de este. Además, mi administrador ya está trabajando en conseguir ese cheque para mañana por la tarde. Tan pronto como le devuelva el dinero a Dandridge su deuda quedará saldada —dijo mirando a su alrededor para añadir en voz baja—: A pesar de sus amenazas, no iría tan lejos con algo como cometer un asesinato para evitar que se vote un proyecto de ley.

Gavin asintió. En su corta experiencia como abogado había visto casos en que se había asesinado a alguien tan solo por quitarle un sombrero o un pedazo de pastel. En lo relativo a la capacidad humana para cometer un acto así, una locura sin sentido que solo servía para destruir, nada le sorprendía. Por eso, el proyecto de ley del que había hablado Rourke y que cambiaría el paisaje electoral del país para siempre no le parecía una trivialidad.

—No estaría tan seguro de eso, querido amigo. Incluso aunque lo de Dandridge fuera un farol, en veinticuatro horas se puede hacer mucho daño.

—¿Estás sugiriendo que hagamos una visita a Harry en su tienda y nos aseguremos de que está sano y salvo?

Gavin seguía dando vueltas con el dedo alrededor de una ficha.

—No había pensado en nada parecido, pero tengo que admitir que me parece una idea excelente.

Rourke se removió incómodo en su silla de piel y Gavin tuvo que admitir, aunque solo fuera para sí, que estaba tan preocupado como él.

—En ese caso mueve o habrás perdido; de todos modos, te va a dar igual.

Gavin tuvo la sensación de que una sonrisa se abría paso desde las comisuras de sus labios al darse cuenta por fin de una jugada que apareció ante él con toda claridad.

—Yo no estaría tan seguro de eso si estuviera en tu lugar. Después de todo, ya lo dice el refrán: la paciencia es una virtud —le espetó, moviendo una ficha sin dudarlo en ningún momento. Luego levantó la vista del tablero y añadió—: Jaque mate.

※ ※ ※

Cuando Callie terminó de relatarle a su tía todo lo que había sucedido esta también había acabado por beber jerez. Ambas permanecían sentadas una al lado de la otra, con las copas en la mano y el decantador casi vacío en la mesa situada entre las dos.

—No puedo dejar de pensar que en todo esto hay algo más de lo que parece —dijo Lottie.

Callie dejó su copa vacía a un lado.

—¿Y eso qué quiere decir? —repuso.

—Si Hadrian es en realidad el canalla que parece ser, entonces ¿por qué iba a romper el acuerdo con Dandridge y confesártelo todo, a sabiendas de que nunca más volverías a hablarle?

Callie hizo un gesto afirmativo. A pesar de lo mucho que había bebido, para su desgracia se sentía todavía sobria. Lo único que había conseguido con tanto jerez era que le doliese la cabeza tanto como le dolía el corazón.

—Quizá estuviera arrepentido o tuviese miedo de que le pillaran o...

De repente, le volvió a la cabeza lo que Hadrian le había contado el día anterior: «Está bien, *Dinah*, ¿qué te parecería vivir en París. O en Venecia... ¿Te gustaría?».

Él había estado hablando en voz alta con la gata, cuando todavía no se había percatado de su presencia en el piso de arriba. En aquel momento ella estaba tan llena de pasión que no había vuelto a pensar en aquellas palabras, ni tampoco les había dado importancia; pero después de todo lo que él le había confesado cobraban un significado nuevo.

—¿O qué, Callie? Por favor, no me dejes en vilo —dijo su tía, sentándose al borde del asiento y rellenando de nuevo las copas de ambas.

Su sobrina no podía contener por más tiempo la tristeza que la embargaba.

—Creo que Hadrian estaba hablando de dejar el país.

Lottie devolvió a su lugar el tapón de cristal del decantador.

—Pero, querida, si ha roto con Dandridge lo más seguro es que tenga que devolverle el dinero. Si fue la escasez de recursos lo que le llevó a aceptar la oferta de ese villano, ¿con qué dinero va a pagar un viaje al extranjero ahora mismo?

«Hazme la foto, Hadrian. Hazlo como recuerdo de esta maravillosa noche que hemos pasado juntos, de cómo eran las cosas antes de que el mundo y su locura se interpusieran entre nosotros.»

Si Callie hubiera estado de pie en lugar de sentada, la congoja que sentía en el corazón habría sido suficiente para hacerla caer al suelo. Apretando los dedos contra el brazo del sofá, el sofoco no la dejaba.

—No estoy muy segura de que rompiera el acuerdo con Dandridge —dijo casi sin respiración.

Su tía se volvió hacia ella para mirarla con cara interrogativa.

—¿Qué quieres decir, Callie? Creía que habías dicho que...

Llevándose las manos a la cabeza, su sobrina empezó a sollozar y casi no pudo hablar.

—Oh, tía, cuando te he dicho antes que he sido una tonta no me había dado cuenta de lo cierto que era eso.

* * *

Se estaba haciendo de noche cuando Hadrian se encaminó a la casa de Dandridge en Hanover Square. El picaporte de bronce de la puerta, que tenía forma de serpiente, muy acertado para la casa de alguien como el parlamentario, no estaba trabado, funcionaba, lo que quería decir que él estaba en casa. Vestido de negro y con la cara embetunada, Hadrian se desplazó hacia el callejón que había detrás de la casa. Se escondió agachado tras un muro de piedra bajo, sin encender todavía la linterna que llevaba en la mano, y esperó hasta que fuese noche cerrada y todo estuviera oscuro.

Mientras esperaba así, envuelto por el frío de la noche, empezó a pensar en Callie. Aquella suave sonrisa, sus manos, la costumbre que tenía de levantarle la barbilla, cómo le brillaban los ojos cuando sonreía. Lo triste era que él mismo no se había dado cuenta completamente de lo mucho que significaba para él, de lo mucho que la amaba hasta ahora, cuando ya la había perdido para siempre. No obstante, el tiempo que habían pasado juntos había sido un regalo precioso que recordaría el resto de su vida, una vida que sería insulsa sin ella.

Entretanto, había un último regalo que podía hacerle, y era devolverle su fotografía. Trató de desentumecerse los pies mientras espera-

ba a que se apagase la última luz de la casa, en el piso de arriba, antes de dirigirse a la entrada de servicio. Se sacó una ganzúa del bolsillo, una herramienta algo rudimentaria que le había resultado muy útil en el pasado cuando, empujado por el hambre, había asaltado una tienda de alimentación y se había atiborrado de verdura y carne cruda. Había ocurrido hacía más de quince años pero todavía confiaba en que sería capaz de abrir una puerta otra vez. Después de algunos toques, la pesada puerta cedió y pudo entrar en la cocina.

Lo único que oyó una vez dentro fueron unos fuertes ronquidos, que lo dejaron paralizado por unos instantes. Se escondió en una esquina, entre las sombras, y al hacerlo chocó contra un listón del que colgaban multitud de ollas de cobre. Conteniendo la respiración, estiró el cuello para comprobar de dónde venían y vio a una mujer bastante gorda con un delantal manchado dormitando sobre la mesa, con una copa de vino a un lado que seguramente había tirado con el codo. Debía de ser la cocinera. Tranquilizándose un poco pasó de largo.

El estudio de Dandridge sería el lugar más razonable donde esconder una fotografía o cualquier otro objeto de valor. Llegó al recibidor de la parte delantera y giró a la derecha pensando que el santuario del parlamentario debería de estar ahí, en el piso principal.

Su suposición se demostró acertada. Hadrian encontró la sala con las paredes paneladas en madera sin problemas. La puerta estaba abierta. Echando un vistazo a su espalda, se introdujo en la estancia y cerró la puerta sin hacer ruido.

Levantó la linterna en alto y pudo ver dos librerías que flanqueaban un amplio escritorio. Las librerías eran un buen sitio donde esconder algo, pero sospechaba que Dandridge tendría la fotografía mejor guardada, seguramente en alguna caja de seguridad. Si así fuera, eso sí sería una auténtica prueba para su destreza con la ganzúa.

—¿Buscaba algo, señor Stone?

Aquella voz que le resultaba tan familiar hizo que se detuviera. Ataviado con una bata, Dandridge apareció de detrás del escritorio. Su raquítica silueta se dibujaba sobre la pared de madera que se encontraba

tras él. Bajo la penumbra, Hadrian pudo ver el vendaje que el parlamentario tenía en la nariz y se preguntó si eso significaba que estaba rota.

Deseaba de veras que fuera el caso. Levantó la linterna y la luz iluminó la cara de aquel hombre.

—Dígamelo usted.

Como única respuesta, Dandridge soltó una carcajada.

—Tiene pelotas, eso es cierto. La lástima es que las tenga pero carezca de cerebro.

—Ha hecho que entraran en mi casa.

Dandridge no lo negó.

—Eso es solo culpa suya. De no haber mencionado que guardaba una prueba de mi pasado ni siquiera se me habría ocurrido. No la encontré pero, en lugar de eso, me he hecho con esa deliciosa y comprometedora foto de esa puta de la Rivers que se estaba secando en su cuarto oscuro. Menuda casualidad, ¿no le parece?

—Quiero que me la devuelva, Dandridge.

—Incluso aunque tuviera algo por qué cambiarla, que no lo tiene, es demasiado tarde, amigo mío.

Hadrian miró a los ojos de reptil de Dandridge y sintió que se le revolvía el estómago.

—¿Qué quiere decir?

El parlamentario encogió aquellos estrechos hombros que tenía.

—La bonita imagen de la señorita Rivers masturbándose ante la cámara está ya en manos de la prensa de Fleet Street. Si todo va bien, saldrá en las portadas de todos los periódicos londinenses mañana por la mañana, debidamente censurada, por supuesto. Después de todo, la moralidad pública es un asunto que no tiene discusión.

Hadrian se estaba mareando, todo le daba vueltas. «Callie, ¿qué te he hecho?»

—¡Desgraciado! —le soltó a Dandridge.

Ya no le quedaba nada que perder, así que avanzó por el estudio y agarró al viejo por las solapas de la bata, para propinarle un puñetazo con la derecha que le alcanzó en la mandíbula y le hizo escupir.

Tiró otra vez de él y le dio otro puñetazo en el plexo solar que lo tumbó sobre el escritorio. El hombre alargaba las manos con la intención de alcanzar la campanilla para llamar y pedir ayuda.

—Pagarás por esto, Stone —le amenazó entre accesos de tos.

—Me he pasado la vida pagando, Dandridge. Pero ha llegado la hora de que seas tú y los que son como tú quienes paguen.

Cuando Hadrian se disponía a pegarle de nuevo, alguien desde atrás le agarró. Con los puños en alto, vio cómo la linterna caía al suelo entre tres pares de botas de hombre. Miró hacia arriba y vio entonces las grotescas caras de satisfacción de Sam Sykes y Jimmie Deans.

Sykes salivaba como un perro rabioso a punto de matar a su presa.

—Buenas noches, St. Claire. Qué bien encontrarle aquí.

Mirando a ambos matones, Hadrian se preguntaba si Boyle y sus secuaces habrían formado parte de los que le habían estado engañando siempre. Tan solo tuvo unos segundos para pensar en ello, pues acto seguido un puño de hierro lo golpeó en el estómago. Un segundo par de manos le sujetaban los brazos a la espalda. No podía defenderse. Recibió más puñetazos, en la cara, en los ojos y en el estómago, hasta que se dobló. Tenía la cabeza colgando y los ojos apretados para protegerse de los mocos y la sangre que le corrían por el rostro. Por si no había sido suficiente, alguien le propinó un rodillazo en la entrepierna. El dolor hizo que viera como un relámpago, algo más fuerte que el *flash* de una cámara, que le hizo caer. Oyó un fuerte gemido, un grito de pura agonía que solo un poco después se dio cuenta de que era suyo.

—Suficiente; deteneos —gritó Dandridge, elevando la voz por encima de las de los demás—. Está sangrando y me está manchando la alfombra Aubusson. Sacadlo de aquí. ¡Ya!

Las manos que lo agarraban se relajaron. Hadrian se dejó caer al suelo y se golpeó en la rodilla.

—¿Adónde...? ¿Adónde quiere que lo llevemos?

Aun con los ojos cerrados, Hadrian afirmaría que aquella era la voz de Deans, tan estúpida como siempre.

—Os pago para que lo resolváis vosotros. Lo único que os pido es que lo saquéis por la parte de atrás, por la cocina.

Con sus manazas, aquellos matones lo agarraron por las axilas y lo pusieron en pie.

—Vamos, desgraciado de mierda, no tenemos toda la noche.

Entre ambos, lo arrastraron de la misma manera que Dandridge había hecho en el burdel hacía tantos años. Durante los siguientes minutos tuvo momentos de lucidez con otros de maravillosa inconsciencia: oyó el crujido de las bisagras oxidadas de una puerta al abrirse; sintió el aire helado que le daba en la cara como si fuera un puñetazo, y percibió el fuerte regusto del sudor que le caía por la cara, que hacía que le escocieran los ojos y las heridas. Entonces se preguntó a dónde le llevarían. La cabeza le pesaba muchísimo, tanto que levantarla le parecía un esfuerzo hercúleo. Abrió un ojo como pudo y vio que estaban cruzando la calle adoquinada en dirección a las cocheras, donde pudo ver un carruaje de color negro listo para salir, con los caballos en sus arneses y el cochero esperando en el pescante. Uno de los dos matones, Deans, le soltó y fue por detrás para abrir el maletero. Lo siguiente de lo que se dio cuenta fue que le arrastraban detrás, como si fuera un globo atado a un cordel. Fue entonces cuando entendió que lo que querían era meterlo allí dentro como si fuera un cadáver en una maleta. Le entró el pánico, lo que le dio fuerzas para resistirse. Empezó a dar patadas y a uno de ellos le dio en la espinilla.

Recibió un nuevo golpe en los riñones, lo que le hizo doblarse otra vez y respirar con dificultad el aire helado de la noche.

—Vamos, métete ahí, maricón.

Era la voz de Sykes, aunque qué más daba eso ahora.

Un nuevo golpe le alcanzó en la nuca. Mareado, cayó de bruces en aquel oscuro agujero sin poder evitar el impacto, pues tenía las manos atadas a la espalda. Intentó salir pero siguieron golpeándolo hasta que desistió. Iban a matarle, iba a morir, y lo único que lamentaba en aquel instante era que no tendría la oportunidad de ver a Callie por última vez. Desaparecería sin más y ella le odiaría durante toda su vida por ser un traidor.

—Eres un cabrón muy terco, St. Claire, eso es cierto.

Cerraron la puerta del maletero y lo dejaron emparedado, a oscuras, con los codos y las rodillas lavados en el pecho. Durante unos instantes creyó que iba a volverse loco, casi no podía respirar. Luego, una extraña sensación de paz le invadió. Su vida, o lo poco que quedaba de ella, volvía a su inicio. Hadrian St. Claire había nacido en una noche de invierno parecida a aquella ahora hacía quince años, cuando al subir al carruaje del primer ministro había creído que tenía un nuevo futuro por delante. Pero ahora, todos aquellos grandes planes, aires finos y ropas elegantes se habían convertido en nada.

Hadrian cerró los ojos y se entregó a la oscuridad. No tenía futuro.

Capítulo 18

«Nunca es demasiado tarde para convertirse en lo que uno podría haber sido.»

GEORGE ELIOT

Has visto eso? —dijo Gavin, y Rourke levantó la cabeza de detrás del seto que rodeaba los establos que había detrás de la casa de Dandridge, tras el cual ambos se habían escondido. Sus caballos, que habían alquilado en un establo, permanecían atados cerca, escondidos para que nadie pudiera verlos.

—Vamos, te acompaño. Esta vez seremos dos contra dos, será una lucha más equilibrada. Démosles una paliza. Diablos, estoy como loco, creo que podría dársela yo solito.

Rourke se hubiera lanzado a la carga en ese mismo momento, pero Gavin le agarró de un hombro y le obligó a agacharse.

—¡Espera, por Dios! A no ser que quieras ver a Harry muerto, contén ese temperamento escocés que tienes y sigue escondido. Y estate quieto.

—Pero si acabas de ver lo que le han hecho igual que yo. Por los clavos de Cristo, he visto morcillas más tiesas que él. Le han metido en el maletero como si fuera un bulto.

Mirando por entre las ramas del seto, Gavin pudo ver cómo el matón calvo subía al pescante. El otro, el más gordo de los dos, estaba de pie fuera del carruaje, untando algo negro, seguramente betún, sobre el escudo de Dandridge, para que nadie lo reconociera.

Entonces se volvió hacia su impaciente amigo.

—De momento está vivo —le susurró—, y seguirá vivo hasta que lleguen a donde quiera que hayan pensado llevarle para matarlo. Si nos dejamos ver, quién sabe cuántos secuaces más de Dandridge pueden salir de esa casa para ayudarles. No, es mucho mejor que los sigamos y veamos a dónde se lo llevan. Entonces atacaremos y tendremos a nuestro favor el elemento sorpresa.

※ ※ ※

—Caramba, señoras, ¡qué agradable sorpresa! Sin embargo, ¿no les parece que es un poco tarde para una visita de cortesía? —dijo Dandridge mientras devolvía a la cubitera el paño con hielo que se estaba poniendo en las magulladuras de la cara y se levantaba para saludar a las mujeres a quienes su mayordomo había conducido hasta el estudio.

Ahora que creía que St. Claire estaba fuera de juego y que la mancha de sangre de la alfombra había sido eliminada justo a tiempo, les indicó que se sentaran.

Mirándole desde el lado opuesto de su escritorio, Caledonia levantó la barbilla.

—Esto no es una visita de cortesía, señor, como bien debe de saber. Creo que tiene algo que me pertenece y quiero que me lo devuelva.

Bajo el velo del sombrero, Dandridge percibió los ojos hinchados de Callie y lo pálida que tenía la cara, ambas señales de que aquella mujer había sufrido, y reprimió una sonrisa. Según parecía, St. Claire había hecho su trabajo incluso mejor de lo que pensaba. Aquella chiquilla malcriada no solo acabaría social y políticamente arruinada pasado mañana, sino que además sufriría el terrible dolor de tener el corazón destrozado: por fin la había derrotado, estaba vencida. Y lo

había logrado en un grado que superaba el mejor de sus sueños. A pesar de lo que le dolía la cara, casi no podía ocultar su alegría.

—¿De veras? —preguntó el hombre, llevándose un dedo al labio inferior, uno de los pocos sitios que no le dolían, como si estuviera pensando—. No creo —dijo al fin—. ¿Podría especificar de qué se trata?

Charlotte Rivers, que había permanecido en silencio desde que llegaron, se puso al lado de su sobrina como si fuera una leona dispuesta a defender a su cachorro.

—Josiah, sabe de sobra a qué hemos venido. ¿Dónde la tiene?

La tía de Caledonia, que de soltera se apellidaba Smythe, era todavía una mujer atractiva a pesar de que en edad casi igualaba a Dandridge. En su baile de presentación en sociedad la llamaban «Lottie la bonita». Había sido la reina de la temporada, un diamante por el que no pocos solteros se planteaban luchar para llevarla hasta el altar. Dandridge había sido uno de ellos, pero Edward Rivers se la arrebató delante de sus narices. No es que la amara, aquel hombre no amaba a las mujeres, pero sí apreciaba lo excepcional, lo hermoso, y ciertamente Lottie era ambas cosas. Dulce y encantadora, habría sido la esposa ideal para un político, en lugar del ratón sin cerebro con el que finalmente se había casado Dandridge. Un motivo más para odiar a la familia Rivers.

El hombre abrió los brazos, como invitándolas a que se acercasen.

—Creo que estoy un poco perdido aunque, si pudieran describir con un poco más de detalle qué es lo que creen que tengo que a ustedes les pertenece, puede que me resultara de ayuda —dijo en tono desafiante, en especial las últimas palabras.

Al mirar a Caledonia Rivers y recordar su fotografía, casi no pudo contener su sonrisa de superioridad.

Aunque estuviera muy furiosa, Charlotte nunca dejaba de comportarse como una dama.

—Esto no ha acabado todavía, Josiah —le amenazó en un tono helador. Luego se volvió hacia su sobrina y, de pie como si fuera una estatua, añadió—: Vamos, Callie. Estamos perdiendo el tiempo. No podemos apelar al honor de un hombre cuando no lo tiene —dijo para acto

seguido agarrarse del brazo de su sobrina y tirar de ella hacia la puerta del estudio. Cuando ya estaba en el umbral, se detuvo para mirar hacia atrás y añadir—: Josiah, ¿qué te ha ocurrido en la cara?

Por primera vez desde que ambas damas habían entrado, la sonrisa se le borró de la cara y dejó de estar de buen humor. El vendaje de la nariz estaba bastante mal pero ahora, además, le dolía la mandíbula, en la que St. Claire parecía haber dejado la marca de sus nudillos.

—Ha sido un desafortunado accidente. Me he caído del caballo.

Lo cierto era que había tenido que dejar de montar hacía años, al igual que había renunciado a otros placeres del cuerpo. Por lo penetrante de la mirada de Lottie, supo que ella conocía ese detalle y muchos más. Eso le hizo pensar en el viejo encogido y gotoso en que se había convertido, en una sombra del hombre que un día fue. Al recordarlo, alargó una mano para ajustarse mejor el cinturón de terciopelo de la bata que vestía.

—¡Qué mala suerte, Josiah! Si no me lo hubieras dicho, creería que lo que te ha pasado es que te han dado unos buenos puñetazos.

※ ※ ※

La nieve que le caía en la nuca y los chillidos de las gaviotas le sacaron de la oscuridad en que se había sumido. Volvió en sí, no tan dolorido como entumecido. Sykes y Deans lo arrastraban por el malecón. Tuvo que resistirse a la tentación de abrir los ojos. Los mantuvo cerrados mientras dejaba que le arrastraran. A juzgar por el hedor que desprendían el agua y el pescado podrido estaban en el East End, en alguna parte cerca de las dársenas.

—Vamos, muévete. Al paso que vamos será de día antes de que le hayamos tirado al agua —dijo Sykes.

—Hago todo lo que puedo —protestó Deans, que olía a podrido—, pero es que pesa más de lo que parece.

—Es un peso muerto, eso es todo, o por lo menos pronto lo estará —ladró Sykes entre risotadas. Sujetándolo entre los dos, ambos

hombres se detuvieron para tomar aliento. Entonces este preguntó—:
¿Has traído la soga?
—¿Para qué?
—Para atarle los pies y las manos, idiota.
—¿Para qué molestarse? Si está medio muerto.
—Pero puede que se espabile cuando caiga al agua, y Dandridge no quiere que dejemos ningún cabo suelto. Además, St. Claire es como un gato. Nunca he sabido cómo, pero siempre vuelve.
—Está bien, de acuerdo. La soga está en el maletero. Ahora la traigo.

Con los ojos todavía cerrados, Hadrian se dejó caer sobre el matón mientras escuchaba cómo se alejaban las pisadas de Deans. Era su oportunidad y, aunque estaba malherido y sabía que no sería una pelea al mismo nivel, quizá no tuviera otra ocasión mejor para intentar escapar.

En silencio, contó hasta diez y entonces abrió los ojos. A su lado, la torpe silueta de Sykes se dibujaba a contraluz de la playa. Un rayo de luna iluminaba la calva del matón, que parecía una bola de billar.
—Bueno, St. Claire, este es tu mejor momento, ¿verdad?
«Tu mejor momento.» Girando sobre sí mismo, Hadrian propinó un buen puñetazo a Sykes en plena garganta.

El bravucón cayó hacia atrás con un gruñido y acabó entre un montón de cajas vacías que estaban amontonadas contra la pared de un tinglado. Tambaleándose como si estuviera borracho, Hadrian huyó. Le dolía todo el cuerpo, era como si varias agujas invisibles se le estuvieran clavando en los pies y en las piernas. Sin embargo, no podía hacer caso de aquella agonía y mantuvo la vista fija en el edificio de ladrillo que había más adelante. No podría con ellos en la calle, pero con un poco de suerte lograría perderse por entre los barcos del astillero y aguantar hasta el amanecer, cuando llegaran los estibadores y los pescadores.
—Detente. ¿A dónde crees que vas?

Hadrian echó la vista atrás hacia el lugar donde Deans había dejado el carruaje. En sus manos llevaba una soga de marinero.
—No te quedes ahí parado, idiota. ¡Atrápalo! —gritó Sykes.

Deans dudó, luego tiró la cuerda y se lanzó en su persecución.

Aquellas fuertes pisadas que le seguían se acercaban cada vez más. En cualquier otra ocasión no le habría resultado difícil zafarse del más gordo de los dos, pero la pierna izquierda le estaba fallando y los músculos de ambas le ardían por haber pasado tanto rato encogido dentro del maletero del carruaje.

Siguió adelante. Todavía pensaba en ella, tenía esperanza. Aquella mujer hacía que valiera la pena luchar por sobrevivir. Callie. Si lograba escapar, volvería a ella, se echaría a sus pies y le pediría perdón.

Deans casi lo había alcanzado, estaba muy cerca, tanto que casi podía sentir la respiración de aquel hombre en la espalda. Se abalanzó sobre él y le tiró al suelo. Ahora lo tenía encima y lo había inmovilizado. Las conchas marinas que había en el suelo se le clavaban en la carne como años antes le había sucedido con la lente de aquella cámara que se había caído.

Al recordarlo, sintió deseos de seguir luchando. Le quedaban pocas fuerzas pero, ahora que sabía que no tenía escapatoria, por lo menos no les pondría las cosas fáciles a esos dos. No, presentaría batalla y haría que aquellos desgraciados se acordaran de ese momento durante el resto de sus vidas miserables y malgastadas. Se volvió sobre sí mismo y logró que Deans perdiera el equilibrio. Arrodillado, vio cómo aquellas manos porcinas lo agarraban del cuello de la camisa y le tiraban al suelo. Esta vez, no obstante, pudo levantarse. Con varios puñetazos certeros, consiguió que la cara de Deans tuviera un aspecto no mucho mejor que la suya. Sabía que era matarlo o morir, así que le rodeó el cuello con las manos y le apretó la laringe con los pulgares.

Un navajazo en la espalda hizo que soltara a su presa.

—Déjalo, St. Claire, o acabo contigo aquí mismo —dijo Sykes, al tiempo que le clavaba la navaja más profundamente entre los omoplatos y le dejaba sin otra salida que echarse atrás—. Así está mejor —añadió, para luego dirigirse casi ladrando—: Agarra esa cuerda y átalo. Vamos a sentarle en esa caja que hay ahí. No hay motivo para que no nos divirtamos un poco antes de que lo convirtamos en comida para los peces.

No contentos con ahogarlo, primero iban a torturarle. Hadrian estaba deshecho. Dejó que le arrastraran hasta las cajas. Ahora sí que no le quedaba esperanza alguna de escapar. Dando la vuelta a una de las cajas, lo sentaron encima, le ataron las manos a la espalda y apretaron la soga bien fuerte alrededor de sus muñecas.

Deans, con la cara sangrando, le tiró del pelo con brusquedad para levantarle la cabeza.

—Empiezo cortándote las orejas, o quizá esa polla que tienes y la meto en salmuera. Puede que fuera un trofeo mejor, ¿no crees?

Hadrian empezó a rezar en silencio a cualquier Dios que quisiera escucharle, pidiendo morir antes de que le hicieran todo aquello. Miró hacia arriba a las caras rabiosas de los dos matones.

—Chicos, si me la cortáis, así por lo menos tendréis una para los dos.

—Siempre has sido demasiado listo, St. Claire —le dijo Sykes, sacudiendo la cabeza—. Me pregunto si también al gritar cantarás tan bien como una soprano —le espetó haciendo una mueca horrible, indicando a Deans con la cabeza que empezara, al tiempo que el otro arrancaba la navaja de la espalda de Hadrian para llevarla hasta su entrepierna—. Ha llegado el momento de comprobarlo, muchacho.

Para evitar ver cómo le castraban cerró los ojos con fuerza, pero al oír un disparo los abrió y vio a los dos matones tirados en el suelo. Miró hacia la playa y vio que dos hombres corrían hacia él con las armas desenfundadas.

—Todavía no cantaría victoria si estuviera en tu lugar —le dijo un hombre alto, de cabello oscuro, elegantemente vestido con un traje de montar, que se detuvo a pocos pasos de donde estaba con una pistola humeante en la mano. A su lado, otro un poco más bajo y más musculoso se detuvo junto a él, guardó la pistola y acercó la linterna que llevaba en la otra mano.

Miró hacia arriba, a través de una cortina de sangre y dolor, y al verlos allí casi no podía dar crédito a sus ojos. ¿Gavin y Rourke?

—¿Por qué habéis tardado tanto? —suspiró mirando a sus amigos. Al sonreír, los labios le empezaron a sangrar.

Los matones permanecían arrodillados, con las manos arriba. Sykes se volvió para mirar a Deans.

—Solo tiene una pistola. No puede dispararnos a los dos —dijo Sykes; pero al ver a Rourke se agachó y Deans le siguió.

El escocés se rió a carcajadas.

—Sí, es verdad, pero a esta distancia difícilmente erraría el tiro —dijo, y moviendo la pistola entre los dos matones añadió—: A ver, ¿cuál es el valiente que quiere empezar?

Los dos hombres se intercambiaron las miradas y, mientras lo hacían, Gavin tuvo tiempo de recargar la pistola.

—Como suele decirse, «no hay honor que valga entre ladrones», y yo diría que tampoco mucha valentía —afirmó Gavin. Como si fuera el canto de una sirena, los dos hombres se volvieron para mirar hacia la carretera. En respuesta a su pregunta no formulada este añadió—: Es la policía. El juez es un viejo amigo de la familia. Habría venido antes, pero me detuve para enviarle un mensaje. Si no os importa, muchachos, aguantad aquí un poco más, pronto estaréis a buen recaudo en la camioneta de la policía y os meterán entre rejas.

Visitar a Dandridge había sido una pérdida de tiempo, justo lo que Callie ya se había imaginado, pero como su tía había insistido en que no podían quedarse de brazos cruzados bebiendo jerez toda la noche había aceptado ir, aunque a regañadientes. De la misma manera, había estado a punto de discutir con ella cuando quiso que pasaran por la tienda de Hadrian de camino a casa. El escaparate estaba a oscuras cuando su carruaje se detuvo junto a la acera.

No fue hasta el momento en que Lottie insistió en que se apearan y llamaran a la puerta cuando Callie se negó a seguirla.

—De verdad, tía, ya me han humillado lo suficiente hoy como para que me dure la humillación diez años más, ¿no te parece?

Lottie seguía sentada en el interior del carruaje, junto a su sobrina.

—Ni siquiera sabemos con seguridad si Dandridge tiene la fotografía. Puede que todavía esté en manos de Hadrian —dijo su tía.

Callie asintió. Le dolía y mucho, por la pena y también por el cansancio, además de por la cantidad de jerez que se había bebido.

—Ya has visto la cara que ha puesto Dandridge cuando nos enfrentamos a él. Me ha mirado como si estuviera desnuda. Pues claro que tiene la fotografía, sí, y la única razón de que la tenga es que Hadrian se la ha dado. Él mismo reconoció que había aceptado el dinero de Dandridge a cuenta de arruinarme la vida. De verdad, tía, ¿qué más pruebas necesitas?

—Solo digo que es algo que te debes a ti misma. Tienes que enfrentarte a él, escuchar lo que tenga que decir en su defensa.

—No estoy precisamente interesada en nada de lo que tenga que decirme. ¿Cómo iba a creer ni una sola palabra? Ni siquiera se llama Hadrian St. Claire. Se lo cambió para que nadie supiera nada... de su pasado.

Callie calló de repente, no quería decir nada más. Incluso ahora que sabía que Hadrian era el causante de su desgracia, contarle a su tía lo de su pasado le parecía mal.

Entre las luces y sombras que producía la lámpara del carruaje Lottie la observaba pensativa.

—Igual que cambian los tiempos, también lo hacen las personas. Si lo desean de verdad.

Callie se sintió incómoda. Su tía lo decía por ella.

—Muy bien, tía, tú ganas otra vez. Si Hadrian quiere hablar conmigo le escucharé. Pero esta vez, Lottie, es él quien tiene que venir a mí.

A primera hora de la mañana, cuando las calles todavía están casi desiertas y empiezan a cobrar vida, Hadrian, Gavin y Rourke salían de la oficina del juez tras haber declarado bajo juramento acerca de lo sucedido. Relacionar a Dandridge con los hechos acaecidos aquella noche tardaría un poco más, pero conociendo a Sykes y Deans, Hadrian estaba seguro de que bien uno de ellos o bien los dos acabarían confesando antes que verse colgando de una soga.

—Bueno, esto sí que ha sido una aventura —dijo Rourke mientras miraba a su pistola de duelo Manton.

—Sí, una que espero que no se repita —añadió Gavin—, en especial porque las pistolas del abuelo no se habían vuelto a disparar desde la época de Napoleón hasta esta noche.

—Por si se me había olvidado, gracias a los dos por salvar mi vida, o lo que queda de ella. Aunque no valga mucho —dijo Hadrian a sus amigos de la infancia.

Al mirarse en el espejo roto que había en el baño de caballeros de la comisaría, se había dado cuenta de que tenía la cara llena de cortes y moratones, lo que no le permitiría afeitarse durante una semana, si no más. Tenía un chichón del tamaño de un huevo de gallina que le estaba saliendo en la coronilla y, aunque no era médico, estaba bastante seguro de que le habían roto la nariz. Aun así, prefería seguir viviendo con la cara magullada durante el resto de sus días si con eso conseguía que Callie se compadeciera de él y, sí, volviese a aceptarle.

—Ahora no pienses en eso. Pero, Harry, solo una cosa —le advirtió Gavin haciendo una pausa y mirándolo muy serio—: la próxima vez que se te ocurra ir por ahí haciendo de caballero andante avísanos, ¿de acuerdo? ¿Qué demonios tenías en la cabeza para entrar en la casa de Dandridge?

En una esquina, un muchacho que vendía periódicos gritaba: «¡Extra! ¡Extra! Léanlo. La doncella de Mayfair se desnuda.» Aquellas palabras le ahorraron la respuesta.

—¿Qué diablos...? —dijo Gavin, al tiempo que se acercaba al muchacho y retiraba un ejemplar del periódico de sus manos.

—¡Míralo, aquí está! —exclamó Rourke.

Hadrian apenas dijo nada. No dejaba de mirar aquella portada. A toda página salía una fotografía de Callie, su fotografía, con los pechos al aire y sus blancas nalgas rodeando un punto negro que había

sido censurado. Dandridge había cumplido su amenaza después de todo. Aunque pronto estaría hundido, había arrastrado a Callie antes de caer.

Vacilante, se llevó la mano al bolsillo para buscar su cartera.

—¿Cuánto quieres por todos los periódicos?

El muchacho lo miró con sorpresa.

—¿Quiere comprarlos todos?

—No importa, aquí tienes, es todo para ti —le dijo al chico, dándole un fajo de billetes que él se guardó, a cambio del saco lleno de periódicos.

Acercándose a él, Rourke miró a Gavin y asintió con un gesto.

—Ese chichón que tiene en la cabeza debe de estar nublándole el cerebro.

Gavin también se acercó por el otro lado.

—En serio, Harry, deja que te llevemos a un médico. No tienes buen aspecto —le dijo agarrándole de un brazo.

Hadrian respondió con un feroz movimiento de cabeza que hizo que el chichón empezara a dolerle otra vez.

—Eso tendrá que esperar. Antes tengo que ir a ver a una dama. Ahora, ayudadme a parar una calesa y subidme a ella. No tengo tiempo que perder.

※ ※ ※

Saber que era solo cuestión de tiempo, quizá horas, antes de que la verdad la salpicara, hizo que Callie no pudiese dormir en toda la noche. Cuando empezó a oír la agitación que llegaba desde el piso de abajo supo que no podía posponerlo más. Tenía que levantarse. Decidida a encarar el día y lo que la esperase con la mayor dignidad posible, se lavó la cara, se peinó y se vistió para bajar. El proyecto de ley para ampliar el derecho de voto a las mujeres iba a presentarse en el Parlamento cuando se convocara el pleno aquella tarde, y la entrega de las tres mil firmas de mujeres que lo apoyaban se haría poco después del mediodía.

Podía suponer que Dandridge se ocuparía de que su fotografía saliera a la luz en algún momento entre la entrega y la presentación del proyecto en la cámara. Mientras tanto, decidió ocuparse de sus asuntos habituales como si fuera un día cualquiera, pero, claro estaba, no lo era. Después, dimitiría de sus funciones en el movimiento sufragista, seguramente para bien. Lo que ahora le hacía falta era estar sola y pensar en sus prioridades, sus objetivos y, lo más importante, su vida.

De camino a la planta de abajo, pensaba en el papel que Hadrian había desempeñado en la ruina inminente que la esperaba. Durante las últimas semanas la había estado tentando, animándola a que fuera más osada y dejara de lado su reserva, su autocontrol y la máscara almidonada tras la que se había refugiado durante los últimos diez años tanto como tras las viejas gafas de su tía. Ahora que había abandonado la seguridad y había salido a la luz, y a pesar de que las consecuencias de hacerlo habían sido desastrosas, se dio cuenta de que no lamentaba del todo haber hecho ese cambio.

Pensaba en Hadrian. No podía evitarlo, al igual que no podía evitar amarle, o por lo menos amar al hombre que había creído que era. Dejando de lado sus sentimientos amorosos, ciertas acciones de él le parecía que formaban parte de un puzle en el que faltaban piezas, que no encajaban con el todo. Esa fotografía, ¿se había resistido realmente a tomarla o incluso entonces había estado jugando con ella? Y fuera como fuese, ¿por qué le había confesado el despreciable acuerdo a que había llegado con Dandridge? Suponía que nunca conocería las respuestas y, además, ¿qué importaba ya? En cualquier caso, le había destrozado la vida.

Al entrar en el comedor para tomar el desayuno, pensando en todo aquello, contempló que su sitio en la mesa permanecía tristemente vacío. Siempre solía haber allí un montón de periódicos, bien doblados y colocados junto a su plato. Lottie, que estaba con los bigudíes puestos y en bata, se levantó para mirar por la ventana.

Hacía un día precioso, soleado, pero a pesar de eso corrió las cortinas y se dio la vuelta.

—Callie, querida. Me había parecido oír que ya te habías levantado —le dijo.

La tristeza de su cara contradecía su alegre bienvenida. Cruzó la estancia en dirección a ella, con un periódico enrollado en una de sus finas manos.

Callie miró hacia el diario que le traía y sintió que el corazón le latía con la fuerza de un tambor en una ejecución.

—¿Cómo es de malo? Quiero saberlo.

—Quizá prefieras sentarte primero. Es... malo, Callie —le aclaró, acercándole un ejemplar del *London Times*.

Callie lo agarró y se sentó en su asiento por temor a que las piernas no la sostuvieran. Pensaba que estaba preparada para lo peor, pero al abrir el periódico y ver lo que se había publicado el alma se le cayó al suelo. La cara que se veía en la fotografía, mirándola desde las sombras del blanco y negro, era la suya y al mismo tiempo no lo era. Con la mirada lánguida, los labios hinchados y el pelo revuelto, la mujer de la imagen era alguien que acababa de disfrutar de los placeres carnales y se sentía satisfecha. En cuanto al cuerpo, toda aquella piel clara y aquellas curvas generosas hacían que se viera demasiado desnuda. Por suerte, la censura había cubierto el gesto lascivo que estaba haciendo con la mano.

Se estuvo un buen rato, no sabía cuanto, en silencio, hasta que Jenny entró con el correo matutino, esta vez sin pronunciar su habitual y alegre «Buenos días». Miró la bandeja de la correspondencia que traía.

—Le dejo esto aquí, señorita Callie.

—Gracias, Jenny —dijo Lottie, respondiendo por su sobrina—. Puedes retirarte.

—Pero, ¿qué debo decir a los periodistas que no dejan de llamar a la puerta?

—He dicho que puedes retirarte —repitió Lottie en un tono inusualmente duro que hizo que la sirvienta saliera por la puerta de inmediato.

—¿Qué periodistas? —preguntó Callie una vez se quedaron a solas.

Con una mirada intensa, Lottie asintió mirando hacia la ventana de la que acababa de apartarse.

—Verás, la prensa ha estado acampando en nuestra acera y en el jardín delantero casi desde el amanecer.

—Ya veo —dijo Callie, dejando el periódico a un lado y mirando la bandeja repleta de correspondencia.

La primera carta del montón era un telegrama que la señora Fawcett le había enviado desde los Estados Unidos el día anterior. Familiarizada con la letra de Millicent, siempre tan precisa, podía decirse que había transcrito la nota con desgana. Indiferente, rompió el sello y leyó detenidamente las pocas frases de que constaba.

De pie tras ella, Lottie miró por encima del hombro de su sobrina entornando los ojos.

—¿Qué dice?

Callie se aclaró la garganta. Estaba angustiada.

—Según parece, gracias a mi «conducta lasciva e inconsciente», he perjudicado a la causa. Sigue diciendo que no le queda otro remedio que hacer una declaración pública condenando lo inmoral de mi comportamiento y rechazando cualquier relación futura conmigo. Además, ha convocado una reunión de urgencia del comité de la Unión Nacional de Sociedades para el Sufragio Femenino para proponer a la Sociedad Londinense para el Sufragio Femenino que me expulse de la organización a no ser que dimita de mi cargo de presidenta de manera inmediata. Mientras tanto, me aconseja que no me deje ver, ni la cara ni ninguna otra parte de mi anatomía, durante la manifestación de hoy.

—Callie, ¿qué vas a hacer?

Callie dejó la carta a un lado, sin molestarse siquiera en volverla a doblar.

—Dimitir, por supuesto. Millicent podrá seguir adelante sin mí. Además, aunque no fuera así, mostrarme en público ahora mismo solo serviría para dividir a nuestras seguidoras.

—Quería decir después.

Callie se levantó y empezó a dar vueltas por la habitación, aunque sus pies no iban tan rápidos como su cabeza.

—Oh, no lo sé. Quizá me tome un tiempo y viaje por el extranjero. Me encantaría visitar Francia de nuevo. ¿No es eso lo que hacen las mujeres que caen en desgracia en la actualidad, salir corriendo a Monte Carlo y pasar los días jugando al bacará y mirando las fotos enmarcadas de sus días de gloria? Aunque, pensándolo mejor, creo que dejaré lo de las fotos —dijo acabando la frase con una sonrisa de cansancio.

Lottie la miró.

—Mi sobrina va a escapar, jamás lo hubiera pensado. Eso sí que es una sorpresa.

—No voy a escapar, me voy a... retirar.

Lottie se puso de brazos cruzados.

—¿No es eso que llaman «meter el rabo entre las piernas»? —dejo ir su tía.

—Si me hablas de rabos, el mío, así como el resto de mi cuerpo, sale en la portada del *Times* y de sabe Dios cuantos periódicos y diarios más. ¿Qué quieres que haga?

—Mantenerte firme y luchar.

Callie negó con la cabeza. Estaba terriblemente cansada, terriblemente derrotada y más que vieja.

—No tengo con qué luchar ni un futuro por el que hacerlo.

Lottie le puso las manos en los hombros, preparándose para salir del comedor. Antes de hacerlo, miró a sus sobrina a los ojos.

—Oh, Callie, querida niña, ¿es que no lo ves? Nadie puede quitarte el honor a no ser que se lo permitas.

Capítulo 19

«Ya hemos sacrificado a demasiadas mujeres por esa idea sensiblera e hipócrita de la pureza, sin salirnos del camino para incrementar su número. Las mujeres hemos crucificado a las Mary Wollstonecraft, Fanny Wright y George Sand de todas las edades... Acabemos con tan innoble lista y de aquí en adelante defendamos la femineidad. Si esta mujer tiene que ser crucificada, que sean los hombres quienes claven los clavos.»

ELIZABETH CADY STANTON en respuesta a las críticas de Victoria Woodhull, 1871

«¡Extra! ¡Extra! Léanlo. La doncella de Mayfair se desnuda.» De pie junto a la ventana del comedor del desayuno que daba a la calle, abarrotada de reporteros y fotógrafos, así como de periodistas en busca del escándalo, Callie tenía que admitir que ese futuro, el suyo, parecía bastante negro. Aun así, ahora que el golpe inicial iba pasando, sentía que una calma inquietante se adueñaba de ella. A pesar de que Hadrian había sido el causante de que ahora viese la vida con preocupación, y aunque su relación le había traído tanto cosas buenas como malas, prefería ser la mujer que era ahora que la persona encerrada entre cuatro paredes que había sido hasta hacía pocas semanas. Después de todo, ¿qué podría decir una mujer que había estado siempre dando discursos a los demás, pero que se sentía perdida cuando tenía que hablar honestamente con una amiga? A una mujer que había sabido dar órdenes pero que no tenía ni idea de sonreír, que ansiaba la satisfacción física con todo su ser pero que, hasta solo hacía unos días, no había sido capaz de dejar que un hombre se acercase a ella en casi diez años. Así pues, aunque se sentía relegada por sus hermanas sufragistas y por la buena sociedad a partes iguales, de alguna manera no estaba del todo hundida. Pero antes de dimitir, tenía que hacer un discurso en público diciendo cosas que no se oirían en mucho tiempo.

El sonido de alguien aclarándose la garganta con delicadeza hizo que volviera la cabeza hacia la puerta del comedor. Lottie, tan elegante como siempre, entró.

—He entregado tu mensaje tal y como me pediste. ¿Estás segura de que quieres hacer esto?

Con un suspiro, Callie se alejó de la ventana y de sus cortinas de brocado.

—Sí, lo estoy, y cuanto antes mejor —dijo saliendo al vestíbulo de la parte delantera de la casa.

Al oír la voz de Lottie se detuvo.

—¿Te gustaría llevarlos? —le preguntó su tía, mostrándole las viejas gafas que utilizaba su marido.

Callie se inclinó y le dio un beso en la mejilla.

—Gracias, tía, pero no. No creo que me haga falta esconderme tras las gafas del tío Edward nunca más.

※ ※ ※

Impulsado por la promesa de una sustanciosa propina, el conductor de la calesa llegó a la tienda de Hadrian en un tiempo récord. Deseoso como estaba de ir a ver a Callie y pedirle perdón, casi no se daba cuenta de que estaba sangrando como un cerdo y olía peor que el pescado podrido. Mientras se quitaba la ropa maloliente que llevaba oyó un ruido sordo. Al bajar la vista, advirtió que se le había caído algo del bolsillo interior del abrigo. Impaciente por cambiarse y marcharse, pensó en dejarlo ahí, fuera lo que fuese, hasta que *Dinah* lo desató y empezó a juguetear con ello.

Maldiciendo entre dientes, se agachó con desgana para recogerlo. Era poco más grande que un sello de correos y estaba envuelto en tanto algodón que casi no pudo percibir la forma que tenía. Era el regalo que le había hecho Sally, casi lo había olvidado. Al recordar que ella le había pedido que esperase para abrirlo hasta que estuviera con Callie, pensó que, dadas las circunstancias, su amiga le perdonaría si le echaba antes un breve vistazo.

Tenía los dedos tan inflamados que casi no podía desenvolverlo, pero al final lo consiguió y extrajo de entre el algodón una fina placa de metal. Al darla la vuelta para ver la imagen que había impresa en ella, una sonrisa se apoderó de su semblante. El labio reseco empezó a sangrarle.

«Oh, Sally, si estuvieras aquí, te daría un beso enorme en la cara.»

Su vieja amiga no le había hecho un regalo sin más sino que, quizá, le había entregado la clave de su futuro. Y puede que también del de Callie.

※ ※ ※

Una vez en el vestíbulo principal, Callie se enrolló un suave chal en los hombros. Mirando a su tía y a Jenny, respiró hondo e hizo una señal con la cabeza a la sirvienta para que abriese la puerta. Con lágrimas en los ojos, la muchacha hizo lo que le pedía y se quitó de en medio mientras un murmullo de voces entraba en la casa junto con el aire helado. Callie salió hasta la escalinata de entrada con el viento frío golpeándole el rostro. A pesar de que había estado mirando por la ventana, lo que veía ante ella le robó momentáneamente el aliento. La calle, por lo general tranquila, parecía más bien una plaza en un día de mercado. Además de los representantes de la prensa y de los vendedores de periódicos, un buen puñado de tenderos habían instalado allí sus puestos, frente a la verja de la casa, ofreciendo castañas asadas, bollos calientes y pan de jengibre en sus carretones de tres patas. Y por todas partes, absolutamente por todas, se veía la imagen en blanco y negro de su desnudo.

—Es ella, la lasciva doncella de Mayfair —se oyó decir a una voz muy aguda entre el gentío.

Al oír aquellas palabras, estalló la risa generalizada.

—Pero mira bien aquí, Jack. Ya lo ves, según la foto no es ninguna doncella.

Callie mantuvo la cabeza alta y los hombros erguidos y no dijo nada. Luego se aclaró la garganta y empezó...

※ ※ ※

De camino a la calle de la Media Luna, Hadrian casi se lanzó de la calesa en marcha.

—Lo siento, señor, pero esto es lo más cerca que puedo dejarle. Parece ser que pasa algo ahí enfrente —le dijo el conductor desde el pescante.

Con el corazón en la garganta, Hadrian pagó la carrera y saltó a la calle, abarrotada de gente. A juzgar por el estruendo, era como si medio Londres se hubiera reunido frente a la puerta de la casa de Callie.

Con decisión, fue abriéndose camino entre la multitud a codazos. Le llevó un tiempo llegar hasta la verja del jardín, pero por lo menos al ser alto podía ver por encima del gentío que se agolpaba frente a la fachada de estilo palladiano de la casa. Una mujer de brazos fuertes vendía flores frescas y bloqueaba la entrada. Le pidió que se retirase y, al ver que no le hacía caso, le dio un billete de cinco libras; con eso logró que se apartara.

Evito su carretilla y empujó hacia adentro para unirse a la docena de personas que había en el jardín, dando vueltas sobre la hierba hela-

da. Acababa de cerrar la puerta tras de sí cuando de repente se hizo el silencio y todas las cabezas se volvieron para mirar hacia allí. Él también lo hizo, a tiempo de ver cómo se abría la puerta principal de la casa y una mujer alta, de cabello oscuro y ojos grandes, salía hasta la escalinata. ¡Callie!

Hadrian se quedó paralizado a medio camino. Tenía unas ojeras tremendas que hablaban de lo que había sufrido, pero, aun así, la dignidad y el dominio de sí misma que demostraba le impresionaron desde el primer instante en que la vio. Sin embargo, había en ella algo distinto, diferente a esas cualidades de las que disponía en abundancia. Se dio cuenta de inmediato: parecía más tranquila, aliviada, aunque todavía no había dicho una sola palabra.

—Queridos amigos —empezó a decir, como si los allí presentes, periodistas, repartidores de periódicos, vendedores ambulantes y demás, fueran amigos suyos o vecinos a los que hubiera invitado para charlar un rato—, antes de empezar, me gustaría agradecerles que me hayan dado la oportunidad de hablarles desde mi propio punto de vista. Sé que hace frío y que se está haciendo tarde, así que les prometo que seré breve.

—Vamos, enséñanos esas tetas tan bonitas que tienes, cariño. Llevamos aquí toda la mañana esperando verlas —le gritó un impertinente desde fuera de la verja.

En lugar de ponerse colorada, Callie hizo caso omiso de la interrupción con gran serenidad.

—Quisiera decir que lamento profundamente los problemas que mi comportamiento reciente haya podido causar a las mujeres que apoyan el sufragio femenino en todo el país —continuó diciendo—, y más concretamente a la Sociedad Londinense para el Sufragio Femenino y a mi estimada mentora y colega, la señora Fawcett. Confío en que nuestros distinguidos representantes en el Parlamento continuarán apoyando el proyecto de ley de sufragio universal por lo que significa en sí y le otorgarán su apoyo y consideración cuando se presente ante ellos en el día de hoy.

En su pecho herido, el corazón de Hadrian se hinchaba de orgullo y amor a partes iguales. No, nunca sería ni la mitad de bueno para Callie de lo que ella merecía, ni tampoco podía esperar que lo perdonase, y menos aún que lo aceptase de nuevo. Pero, fueran como fuesen las cosas, jamás dejaría de amarla.

—En lo personal, no obstante, debo admitir que poco es lo que lamento, por no decir nada. Quizá no haya amado de una manera inteligente, pero sí sincera. Sí, he entregado mi cuerpo sin estar casada, pero no sin haber entregado antes todo mi corazón. Aunque sigo manteniendo la firme convicción de que todo ciudadano británico debería nacer con el derecho a votar, independientemente de su sexo, he aprendido que lo más importante de la vida no son los derechos que puedan arrebatarnos los gobiernos o garantizarnos los príncipes, sino los inalienables regalos que nos ha otorgado el Creador. La libertad de amar donde y a quien nuestro corazón nos lleve es el mayor de todos, la mayor libertad, que cualquier hombre o mujer puede desear.

«Callie, mi maravillosa y valiente muchacha, te quiero. Siempre te he querido.»

Y como la amaba, con todo su cuerpo, su mente y su corazón, no podía dejarla allí sola ni un minuto más. Tenía que acercarse a ella. Entre los *flashes* de las cámaras y el sonido de los lápices al escribir en los cuadros, se abrió camino arrastrando la pierna entre la multitud que empezaba a dispersarse.

Desde donde estaba, Callie lo vio llegar y lo contempló con sus bellos ojos muy abiertos.

—Hadrian, por Dios, ¿qué te ha pasado?

Él se agarró de la barandilla y subió hasta donde estaba ella.

—Te lo contaré más tarde, pero antes lo primero es lo primero —le dijo. Cuando llegó arriba, se volvió para mirar a los que estaban en el jardín y empezó a gritar para que la multitud pudiera oírle.

—Esperen, esperen, por favor. Soy el fotógrafo que tomó esta fotografía. Si quieren saber toda la historia, tendrán que tener paciencia, quedarse y escucharme.

—¿Quién diablos es ese? —gritó alguien de entre la multitud.

La gente se volvió en masa para mirarlo.

—Ante todo, tienen que saber que fue el señor Josiah Dandridge, parlamentario por Horsham, quien encargó la fotografía... Sí, la encargó —dijo, consciente de que Callie le miraba—. De hecho, Dandridge me chantajeó para que desacreditase a la señorita Rivers, que, como deberían saber también, es la mujer con mejores valores morales que he tenido el honor de conocer o, si quieren, de amar.

Miró de reojo a Callie, cuya expresión le resultó indescifrable.

Aquella afirmación se ganó la atención de la multitud y también la de ella. Los gritos se convirtieron ahora en un susurro colectivo. Se sentía satisfecho, le estaban escuchando, así que decidió continuar.

—Cuando me negué a seguir con el plan de Dandridge y a entregarle la fotografía, hizo que asaltaran mi estudio y que robasen la foto. El muy cobarde me dijo que ya había entregado la fotografía a la prensa y luego ordenó a sus matones que me dieran una paliza y acabaran conmigo ahogándome.

A su lado, oyó a Callie jadear. Le pareció que decía su nombre, pero no podía estar seguro. Quizá lo deseaba tanto que por ese motivo le parecía oírlo.

—Si las magulladuras que tengo en la cara no les parecen suficiente testimonio de la doble vida de Dandridge, puedo mostrarles una prueba, una prueba indiscutible de que ese individuo es la última persona que puede juzgar la moralidad de nadie.

Se metió la mano en el bolsillo superior de la americana y sacó el regalo que le había hecho Sally, la fotografía que los secuaces de Dandridge no habían encontrado. Era un ferrotipo un poco borroso, pero que todavía se veía bien, de un Dandridge mucho más joven dando un puñetazo a una prostituta que se agachaba, muerta de miedo. Era la madre de Hadrian.

Lo levantó bien para que la gente pudiera verlo.

—Este ferrotipo es una imagen que tomé hace más de quince años y que ha guardado hasta hoy Sally Potts, propietaria de un burdel de

Bow —dijo, para luego hacer una breve pausa y buscar la nota que Sally le había dado y que guardaba en un bolsillo de la americana—. Además, tengo la declaración escrita de puño y letra de la señora Potts, de que ella ha sido la tapadera de un negocio que en realidad pertenecía a Dandridge.

Al oírse aquello se levantó un murmullo. Todo el mundo sabía que en Inglaterra era ilegal que un hombre poseyera un burdel. Dandridge podría acabar en prisión por proxenetismo, eso si no le condenaban antes por intento de asesinato. En cualquier caso, qué mas daba ya. Su carrera política había terminado. Al buscar la ruina de Callie y querer verla vencida, el destino había acabado por derrotarlo a él.

Miró de reojo a Callie y vio lo pálida que estaba. Aunque era una mujer valiente, no quiso dejarla sola. Nunca más.

—Finalmente, he querido presentarme antes ustedes no para que me juzguen sino para contarles toda la verdad y poner sobre la mesa las mentiras acerca de este asunto de una vez por todas. Dandridge, a pesar de lo despreciable que es, no es la única persona culpable de haber mentido. Yo también lo hice. Los que me conocen lo hacen por el nombre de Hadrian St. Claire, pero mi verdadero nombre es Harry Stone, y la prostituta de la foto es Annie Stone, mi madre.

Por fin lo había hecho y, a pesar de que con esa declaración lo había perdido todo, se sentía aliviado: se había librado de la última mentira. Casi no le dio tiempo a respirar cuando, de repente, una avalancha de periodistas y curiosos le rodearon. Callie, que estaba a su lado, deslizó una mano entre las suyas e inclinó un poco la cabeza para hablarle.

—Creo que ya hemos pasado demasiado tiempo aquí fuera con el frío que hace, ¿no te parece? —le susurró.

Antes de que Hadrian pudiera responder, Callie se dio la vuelta, se acercó a la puerta principal y la abrió, tirando de él.

Una vez dentro, se soltaron de las manos. La sirvienta se apresuró a cerrar y luego se dio la vuelta. En las escaleras, la tía de Callie le miraba con cara de cansancio pero, aparte de eso, sin mostrar sentimiento alguno. Hadrian, acorralado entre tres mujeres que no dejaban de mirarle, notó cómo el sudor le ponía las manos pegajosas. Se volvió hacia Callie. Todavía tenía alguna esperanza, aunque estaba aterrorizado. Ella, por su parte, estaba apoyada contra la puerta. Al mirarlo, se puso a llorar.

Con precaución, Hadrian se acercó a ella.

—Por Dios, Callie, ya sé que decir «lo siento» no es mucho en estas circunstancias, pero quiero hacerlo. Lo siento muchísimo, más de lo que puedas imaginarte.

Ella se apartó de la puerta.

—¿Es todo lo que vas a decirme, que lo sientes?

Hadrian dudó y luego negó con la cabeza. Por fin, encontró el coraje que necesitaba al recordar las palabras de Sally.

—No, la verdad es que no. Estás en tu derecho de echarme a patadas de aquí ahora mismo. Dios sabe que no te lo reprocharía si lo hicieras, pero antes tienes que saber que... te quiero.

—¿Que me quieres?

—Con todo mi corazón —añadió. Y le habría dicho muchas más cosas pero, antes de que pudiera hacerlo, ella salió corriendo y se echó en sus brazos.

—Yo también te quiero, Hadrian —murmuró, rozándole con la boca los maltrechos labios. Tras silenciarlo de esta manera tan dulce, se echó atrás y le sonrió con los ojos llorosos—. Creo que te he querido desde el primer día en que chocaste conmigo en el parque.

Hadrian casi no podía creérselo, le daba miedo hacerlo.

—Pero, dime ¿podrás perdonarme alguna vez, mi amor? A pesar de que Dandridge me robase la fotografía del estudio, lo cierto es que nunca habría sucedido nada de todo esto si yo no hubiera aceptado su encargo. No habría podido... —le dijo.

Ella lo miró y le sujetó la cara con las manos. Las tenía heladas, pero sus preciosos dedos fueron para él como un bálsamo.

—Oh, Hadrian, ¿acaso no te das cuenta? Al enfrentarte a la prensa y revelar tu relación con Dandridge, al contar quién eres en realidad, has hecho por mí lo que ningún otro hombre había hecho hasta

ahora. Has sacrificado tu bienestar y tu felicidad por mí. Si eso no es prueba suficiente de amor verdadero, no se me ocurre qué otra cosa podría serlo.

Tanto si se llamaba Hadrian St. Claire o Harry Stone, era el hombre más afortunado del mundo. A pesar de los muchos errores que había cometido, esta maravillosa mujer le amaba. Le acarició la mejilla con su mano herida, no podía dejar de asombrarse al contemplarla.

—Oh, Callie, ni siquiera te merezco, pero si crees sinceramente que puedes perdonarme, confiar en mí de nuevo, pasaré con gusto el resto de mi vida tratando de hacerte feliz.

—Ya me has hecho feliz, más feliz de lo que nunca creí que pudiera ser —le dijo ella, rodeándole el cuello con los brazos—. Además, me has enseñado muchas cosas. — Hadrian no estaba de acuerdo y negaba con la cabeza, aunque ella prosiguió—: Verás, antes de conocerte, no veía más allá del voto femenino, era lo único que pretendía conseguir. Sin embargo, después supe que el sufragio universal siempre sería algo que llevaré en mi corazón, pues me he dado cuenta de que los problemas a los que nos enfrentamos como sociedad, como país, van mucho más allá de lo que es la propia emancipación de la mujer. El asunto no tiene que ver únicamente con los derechos de la mujer, sino con los derechos humanos. Es una cuestión relativa a la dignidad de todos los súbditos británicos, ya sean ricos o pobres, niños o adultos, hombres o mujeres.

—Oh, Callie.

—Y para avanzar en ese terreno, me gustaría empezar haciendo algo, aunque no puedo hacerlo sola. Necesito a alguien que me apoye en esta nueva empresa.

—¿Alguien que te apoye?

Ella sonrió y asintió con la cabeza.

—Sí, un fotógrafo capaz que me ayude a publicar un libro con los retratos de los que viven en el East End, tal como son. No quiero que captes solo lo pobres que son, sino también sus momentos felices, sus aspiraciones y la valentía con que afrontan la adversidad.

Después de muchos años, volvía a su cabeza la voz grave de Gladstone, con tanta claridad como si fuera la noche de hace quince años en que le conoció. «¿Te gustaría ocupar ese puesto?».

—Oh, Hadrian, quiero mostrarte al completo la idea, pero necesito tu apoyo, que me ayudes para sacarla adelante. Te necesito —le dijo ella radiante.

Sin pensar más en todo lo que le había sucedido a ella por su culpa, la abrazó y la besó con pasión.

—Oh, Callie, mi valiente y preciosa Callie, si puedo ayudarte, si te sirvo para algo, ya sabes que puedes contar conmigo. Soy tuyo en cuerpo y alma.

Callie sonreía entre lágrimas.

—En tal caso, solo te pondré una condición para ocupar ese puesto.

—Lo que quieras, mi amor, solo tienes que decirlo.

Por primera vez desde que la había visto en la escalinata de la parte delantera de la casa, le pareció que su confianza en sí misma flaqueaba. Lo miró, dubitativa, y se mordió el labio inferior.

—Debes dejar que haga de ti un hombre honrado.

Durante unos segundos, Hadrian se quedó sin habla. Solo podía mirar, tenía el corazón tan lleno de alegría que no es que no pudiera hablar, sino que le parecía que sobraban las palabras. Todo lo que esperaba de ella era que algún día le perdonara, pero nunca que lograría ganarse de nuevo su confianza y mucho menos su corazón. La mujer a la que pensó vencer un día había dado la vuelta al asunto: le había vencido, con su honestidad y su integridad, con su entendimiento y su capacidad de perdón, y, sobre todo, con un amor incondicional que no tenía límites.

La atrajo todavía más hacia sí, se inclinó para mirarla y le acarició los labios con los suyos, magullados.

—Mi querida, mi adorada Callie, ¿me estás proponiendo matrimonio? —le dijo con la frente apoyada en la de ella.

Ella asintió con la cabeza, lentamente.

—Pues sí, Hadrian, creo que es lo que estoy haciendo.

Desde las escaleras cercanas, Lottie y la sirvienta se miraron sonrientes. Una de ellas susurró «los grilletes del matrimonio» y soltó una risita, pero Hadrian no supo quien de las dos fue pues estaba centrado, ojos y oídos, en la encantadora mujer que tenía entre sus brazos.

—En ese caso, mi amor, estoy encantado de aceptar. Te prometo que seré un compañero leal y apasionado. Seremos amantes, amigos y almas gemelas para el resto de nuestras vidas —le dijo sonriendo, a pesar de las heridas.

Epílogo

«Te quiero no solo por lo que eres, sino por lo que haces que yo sea cuando estoy contigo. Te quiero no solo por lo que has hecho, sino por lo que estás haciendo conmigo.»

Elizabeth Barrett Browning
Parliament Square, Londres
Enero de 1918

Llevaban décadas esperando la victoria y, aunque moderada por el compromiso político, finalmente la habían logrado. Después de casi treinta años más de huelgas de hambre, destrozos y protestas de las sufragistas de todo el país (entre las que se cuentan los infames disturbios del Viernes Negro de Parliament Square), el gobierno había garantizado el voto a las mujeres de treinta años en adelante. Callie no podía dejar de sonreír mientras volvía la cara al raro sol del invierno para calentarse un poco. El siguiente paso sería luchar por el derecho al voto femenino en las mismas condiciones que los hombres. Sin embargo, con la Gran Guerra en marcha, incluso las feministas más militantes estaban de acuerdo en que había que posponer la lucha. Ahora que los Estados Unidos, junto a Gran Bretaña y los Aliados, habían declarado la guerra a Alemania en abril, todos esperaban que el conflicto bélico acabase pronto y se saldara con la victoria. Ahora tenía dos hijos que luchaban en el frente oeste, por lo que no dejaba de rezar para que todo acabara.

Irónicamente, había sido el trabajo de las mujeres en la retaguardia en lugar de las sensacionalistas tácticas empleadas por militantes como los Pankhursts lo que había logrado que la opinión pública se decantara a favor de la concesión del derecho al voto a la mujer. El ejemplo dado por las mujeres británicas de todas las edades y estados civiles al trabajar en las fábricas de munición, los hospitales y las oficinas municipales había probado ser la manera más efectiva de conseguir el apoyo que setenta años de protestas y peticiones no habían logrado.

Desde el otro lado de la plaza, la voz de su amado esposo la devolvió al presente.

—Callie, cariño, sonríe.

Ella levantó la mirada para encontrarse con Hadrian, que movía la cabeza haciéndole indicaciones. Tenía entre sus manos lo último en cámaras fotográficas, una que había encargado a la Eastman Kodak Company de Nueva York, y le estaba haciendo una foto. Dado el gusto de su marido por hacerles fotos a ella y a sus hijos en todas partes y en cualquier momento, tenía que dar gracias al cielo de que hubieran desaparecido ya el cordón del disparador, los productos químicos o las placas de cristal y que no hiciera falta irlas cargando por ahí. Además, con la nueva tecnología se podían hacer reportajes fotográficos como el que Hadrian y ella habían publicado en un libro acerca de la pobreza endémica que afectaba al East End londinense de una forma mucho más económica que antiguamente, cuando las fotografías tenían que ser reveladas con un proceso más largo. El libro había tenido un gran éxito y ya iba por la tercera edición. Formaba parte de uno de los varios proyectos que ambos habían llevado a cabo juntos a lo largo de los años.

Incluso después de haber transcurrido tanto tiempo, ver a Hadrian acercarse pisando la hierba escarchada para captar su imagen todavía lograba que el corazón le latiera con más fuerza.

—¿No te ha dicho nadie últimamente que no cooperas nada con tu fotógrafo? —le dijo acercándose a ella. Y antes de que pudiera responderle le dio un beso y añadió—: Ahora vamos, cariño, sonríe. Es tu día, después de todo.

Ella le acarició la cara. Con el tiempo le parecía todavía más atractivo y lo amaba aún más, así que no le costó mucho dedicarle una sonrisa.

—Ya estaba sonriendo. Lo estoy haciendo, pero es que tengo tanto por lo que sentirme feliz. Lo que pasa es que no es mi día sino «nuestro» día, cariño. Hoy, mañana y siempre, nunca deja de serlo.

Notas históricas

Un autor siempre se permite algunas licencias en las novelas históricas, y *Vencida* no es una excepción. La huelga de Bryant & May tuvo lugar en 1888, dos años antes de los hechos que se relatan en este libro, y en ella estuvieron 672 mujeres y niñas, y no solo un pequeño grupo de huelguistas como cuento yo en esta historia. Tomando como punto de partida el entorno ambiguo en que se desarrolla la novela, cabe decir que la huelga acabó casi con un final feliz. Como suele suceder, la escritura se probó más suave que la espada, o incluso que los carteles de las huelguistas. Un editorial escrito por Annie Besant, titulado *La esclavitud blanca en Londres* y publicado por el semanario *The Link,* que detallaba las terribles condiciones en que se trabajaba en B&M, con largas jornadas laborales, salarios bajos, un duro sistema de sanciones, los abusos de los capataces y, por lo general, la propia naturaleza en sí de aquellas tareas, aburridas, tediosas y peligrosas, fue el detonante del cambio. La compañía amenazó al semanario con denunciarlo por libelo e intentó forzar a las huelguistas a que firmasen un acuerdo en el que deponían las protestas, pero las mujeres se mantuvieron firmes. Como resultado, la líder de la protesta fue despedida. El apoyo de la gente, libre de vaivenes políticos, se decantó a favor de las trabajadoras, con lo que la empresa se vio obligada a realizar algunas concesiones. Las mujeres (y toda la empresa al final) marcharon para defender sus derechos, esta vez de la mano de un sindicato. El 18 de julio, la compañía cedió a todas las demandas planteadas y el 27 de ese mismo mes las mujeres crearon la Union of Women Matchmakers, una organización que daba amparo a todas las trabajadoras de la industria cerillera. Aunque imperfecto, fue el amanecer de un nuevo día.

El final feliz para el movimiento sufragista británico tardó bastante más en llegar. En 1918, gracias al papel que las mujeres habían desempeñado en la retaguardia, al ocupar los puestos que habían dejado vacantes los que habían partido para luchar en la primera guerra mundial, el Parlamento garantizó el derecho al voto de las mayores de treinta años siempre y cuando fueran cabezas de familia o estuvieran casadas con un cabeza de familia. Sin embargo, no fue hasta 1928 cuando el Parlamento garantizó a todas las mujeres adultas (de veinte años en adelante) su derecho a votar, igual que los hombres.

A veces, el progreso requiere su tiempo. Hasta la próxima...

A todas mis lectoras, les deseo que sus sueños se hagan realidad.

Hope Tarr
www.hopetarr.com